剑来

12 人间羊肠道

○ 烽火戏诸侯 著

浙江文艺出版社
Zhejiang Literature & Art Publishing House

001　第一章　山水依旧

031　第二章　江湖夜雨

056　第三章　南下

080　第四章　请君入瓮

105　第五章　账房先生

134　第六章　拳剑皆可放

157　第七章　直抒胸臆

183　第八章　人心似水

218　第九章　磨剑

236　第十章　大雪

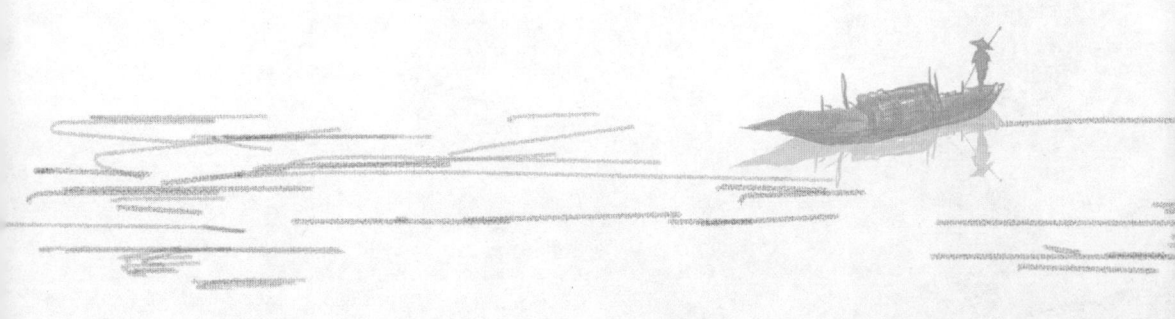

第一章
山水依旧

从大隋京城走回大骊龙泉郡的返乡路,陈平安无比熟稔。

依然是尽量拣选山野小路,四下无人,除了以天地桩行走,每天还会让朱敛帮着喂拳,越打越动真格,朱敛从压境在六境,到最后的七境巅峰,动静越来越大,看得裴钱忧心不已,如果师父不是穿着那件法袍金醴,在衣服上就得多花多少冤枉钱啊!第一次切磋,陈平安打了一半就喊停,原来是靴子破了道口子,只好脱了靴子,赤脚跟朱敛过招。

离开大隋边境后,陈平安就换上了草鞋,看得裴钱乐不可支,然后陈平安也给她做了一双,小黑炭便笑不出来了,草鞋结实,上山下水其实反而比寻常靴子更加可靠,可终究磨脚,好在陈平安也没坚持让裴钱一直穿着。裴钱拿针挑破脚底水疱的时候,朱敛就在旁边说着风凉话,这一老一小,习惯了每天嘴上斗法。

陈平安当时就坐在溪涧旁,脱了草鞋,踩在水里,思绪飘远。

近乡情怯谈不上,可是比起第一次游历返乡,到底多了许多挂念,泥瓶巷祖宅,落魄山竹楼,魏檗说的买山事宜,骑龙巷两座铺子的生意,神仙坟那些泥菩萨、天官神像的修缮,林林总总,许多都是陈平安以前没有过的念想,经常心心念念想起。回到了龙泉郡后,要先去书简湖看看顾璨,再去彩衣国探望那对夫妇和那位烧得一手家常菜的老嬷嬷,还有梳水国老剑圣宋雨烧也必要见见的,还欠老前辈一顿火锅,陈平安也想要跟老人显摆显摆,心爱的姑娘也喜欢自己,没宋老前辈说的那么可怕。

崔东山、陆抬,甚至是狮子园的柳清山,他们身上那股腹有诗书气自华的名士风流,陈平安自然无比向往,却也不至于让自己一味往他们那边靠拢。

这叫喜新不厌旧,所以家当越攒越多。

陈平安觉得这是个好习惯,与他的取名天赋一样,是寥寥几样能够让自己小小得意的"拿手好戏"。

陈平安突然转头对裴钱说道:"以后你和李槐他们一起走江湖,不用太拘束,更不用处处学我。"

裴钱羞赧道:"我倒是想要学师父,可是想学师父也学不来嘞。"

朱敛笑道:"裴钱啊,以后我编撰一部马屁宝典,一定在江湖上大卖,到时候挣来的银子,必须跟你平分才行。"

裴钱一本正经道:"可不许反悔,咱俩五五分账!"

朱敛伸手点了点裴钱:"你啊,这辈子掉钱眼里,算是爬不出来了。"

裴钱学那李槐,摇头晃脑做鬼脸道:"不听不听,王八念经。"

陈平安会心一笑:"听李槐说你们决定以后要一起四处挖宝?"

朱敛打趣道:"哎哟,神仙侠侣啊,这么小年纪就私订终身啦?"

裴钱怒道:"我跟李槐是投缘的江湖朋友,没有情情爱爱,老厨子你少在这里说混账的荤话!"

然后裴钱立即换了嘴脸,对陈平安笑道:"师父,你可不用担心我将来胳膊肘往外拐,我不是书上那种见了男子就发昏的江湖女子。跟李槐挖着了所有值钱宝贝,与他说好了,一律平分,到时候我那份,肯定都往师父兜里装。"

陈平安一笑置之。

之后一行人顺顺当当走到了那座位于御江畔的黄庭国郡城。当时陈平安和崔东山结伴而行至此,见过数位御剑过街的剑修,鸡飞狗跳,当时陈平安并没有阻拦,况且仅凭自身当时的实力,也管不了,只能冷眼旁观。

应了那句老话,庙小妖风大。不提大骊南方疆土,就说那大隋国境,还有青鸾国京城,似乎练气士都不敢如此横行无忌。倒是这些藩属小国的州郡大城,谱牒仙师和山泽野修都十分放纵,就连老百姓被祸事殃及,事后也是自认倒霉,因为无处可求一个公道。朝廷不愿管,吃力不讨好,地方官府是不敢管,便是有侠义之士激愤不平,亦是有心无力。

正是在这座郡城内,崔东山在芝兰曹氏的藏书楼收服了书楼文气孕育出真身为火蟒的粉裙女童和还在御江水神辖境作威作福的青衣小童。

粉裙女童,属于那些因世间著名文章、脍炙人口的诗词曲赋,孕育而生的"文灵";至于青衣小童,按照魏檗在书信上的说法,好像跟陆沉有些渊源,以至于这位如今负责坐镇白玉京的道家掌教,想要带青衣小童一起去往青冥天下,只是青衣小童并未答应,陆沉便留下了那颗金莲种子,同时要求陈平安将来必须在北俱芦洲帮助青衣小童这条水蛇走江渎化为龙。陈平安对此没有异议,甚至没有太多怀疑。

郡城依旧热闹,似乎纳贡上国从大隋高氏变成大骊宋氏,黄庭国百姓对此并无太多感触,日子依旧悠哉。不过听说大骊铁骑当时南征,其中一支骑军就沿着大隋和黄庭国边境一路南下。谈不上秋毫不犯,可是并未在黄庭国朝野引发太大的波澜。

这一路深入黄庭国腹地,倒是经常能够听到市井坊间议论纷纷,对于大骊铁骑的所向披靡,竟然流露出一股身为大骊子民的自豪,对于黄庭国皇帝的英明抉择,从一开始的怀疑观望,变成了如今一边倒的认可赞赏。

与此同时,黄庭国紫阳府、御江、寒食江、五岳,成为率先被大骊朝廷认可的仙家府邸与山水神祇,风头一时无两。

临近黄昏,进了城,裴钱无疑是最开心的,虽说离着大骊边境还有一段不短的路程,可终究距离龙泉郡越走越近,仿佛她每跨出一步都是在回家,最近整个人焕发着欢快的气息。

朱敛倒是没有太多感觉,大概还是将自己视为无根浮萍,漂来荡去,总是不着地,无非是换一些风景去看。不过对于前身曾是一座小洞天的龙泉郡,好奇心,朱敛还是有的,尤其是得知落魄山有一位止境宗师后,他很想见识见识。

唯独石柔,充满了忐忑。

陈平安断断续续的闲聊,加上崔东山给她描述过龙泉郡是如何的藏龙卧虎,石柔总觉得自己带着这副仙人遗蜕到了那边,就是羊入虎口。尤其是崔东山故意调侃了一句"仙人遗蜕居不易",更让石柔揪心。

陈平安入城先购买了一些零散物品,然后选了一家闹市酒楼,与朱敛小酌了几杯,顺便买了两坛酒水,才去找一家落脚的客栈。

当陈平安再次走在这座郡城的繁华街道上时,并没有遇上游戏人间的"潇洒"剑修。不然陈平安不介意他们肆意伤人之时,直接一拳将其打落飞剑。至于有无后续风波,牵连出几个山上祖师爷,陈平安并不介意。

走过倒悬山和两洲版图,就会知道黄庭国之类的藩属小国,一般来说,金丹境地仙已是一国仙师的执牛耳者,高不可攀。再说了,真遇上了元婴境修士,陈平安不敢说一战而胜之,有朱敛这位远游境武夫压阵,还有能够吞掉一把元婴境剑修本命飞剑而安然无恙的石柔,跑路总归不难。

比如当年一行人,曾借宿于黄庭国户部老侍郎隐于山林的私人宅邸。程老侍郎著有一部享誉宝瓶洲北方文坛的《铁剑轻弹集》,其人亦是黄庭国的大儒。陈平安事后得知,老侍郎其实在黄庭国历史上以不同身份、不同相貌游历世间,当时借宿之时,老侍郎盛情款待了偶然路过的陈平安一行。

幽雅宅院附近有大崖，是形胜之地，游人络绎，风景奇绝。

后来崔东山泄露天机，老侍郎是一条蛰伏极久的古蜀国遗留蛟种，当初经由他这个学生亲自引荐，已经被大骊朝廷招徕为披云山林鹿书院的副山长，而老蛟的长女，便是黄庭国第一大山上门派紫阳府的开山鼻祖，幼子则是寒食江水神。老蛟的长女，是一个金丹境雌蛟，受限于自身资质，试图以旁门道法的修行破境，虽然最终破开金丹境瓶颈，跻身元婴境，只可惜还是差了点意思，百年之内，休想更进一步。蛟龙之属，修行路上，得天独厚，只是结丹后，便开始难如登天。

骊珠洞天当年最大的五桩机缘，大隋皇子高煊的那尾金色鲤鱼，那条死活不愿意留在陈平安祖宅的四脚蛇，化作手镯盘踞在阮秀手腕上的火龙，赵繇那暂时休眠的木雕螭龙镇纸，再加上陈平安当年亲自钓出却赠送给顾璨的泥鳅，它们之所以令人垂涎，就在于它们会毫无阻滞地跻身元婴境，谁能豢养其中之一，就等于必然可以拥有一个战力相当于玉璞境修士的扈从。在本土上五境修士屈指可数的宝瓶洲，哪个修士不眼红？而且这五条距离真龙血统很近的蛟龙之属，一旦认主，相互间神魂牵连，它们就能够不断反哺主人的肉身，最终相当于无形中给予主人一副相当于金身境纯粹武夫的浑厚体魄。

陈平安刚要带头走入一家客栈的时候，与朱敛一起转头望向大街，一个面容冷漠的高挑女子姗姗而来。女子走到陈平安他们身前，露出微笑，以字正腔圆的大骊官话说道："陈公子，家父与你们大骊北岳正神魏檗是好友，如今担任林鹿书院副山长，而且当年曾经招待过陈公子，离开黄庭国之前，父亲交代过我，若是以后陈公子路过此地，我必须尽一尽地主之谊，不可怠慢。前不久，我收到了一封从披云山寄来的家书，故而在附近一带等候已久，若是这些窥探，冒犯了陈公子，还希望见谅。在这里，我诚心恳请陈公子去我那紫阳府做客几日。"

陈平安问道："因为着急赶路，如果我今天婉拒了前辈，会不会给前辈带来麻烦？"

正是老蛟长女以及紫阳府开山鼻祖的高挑女子笑道："自然不会，不过我是真希望陈公子能够在紫阳府逗留一两天，那边风景还不错，一些个山头特产，还算拿得出手，若是陈公子不答应，我虽不会被父亲和山岳正神责骂，可若是陈公子愿意给这个面子，我肯定能够被赏罚分明的父亲与魏正神记住这点小小的功劳。"

陈平安稍作犹豫，点头笑道："好吧，那我们就叨扰前辈一两天？"

上古蜀国蛟龙之属遗种的高挑女子取出一只小如女子手指的核雕小舟，往地上一丢，水雾弥漫间，蓦然变出一艘雕栏画栋的袖珍楼船，高三层，乘坐四五十人不在话下，好在抛掷这枚核雕法宝之际，女子已经默默挥袖，将街上行人轻飘飘扯到了街道两旁。

与此同时，她从袖中拈出一叠色彩不一的符纸，松手后，符纸飘落在地，出现了一个个亭亭玉立、姿容秀美的少女，顾盼生辉，根本认不出她们片刻之前还是一叠符箓纸人。

她们手脚伶俐，迅速从楼船上搬出一条登船木板。

高挑女子笑道："请公子登船。"

裴钱看得目不转睛，觉得自己以后也要有楼船和符纸这么两件宝贝，砸锅卖铁也要买到手，因为实在是太有面子了！

陈平安拍了拍裴钱的脑袋，带着她跟随那位高挑女修，一起登船。

在众目睽睽之下，楼船缓缓升空，御风远游，速度极快，转瞬十数里。

站在这艘紫阳府老祖宗的仙家渡船上，脚底下就是那条蜿蜒近千里的御江。

陈平安站在栏杆旁，跟裴钱一起眺望地面上风景如画的山山水水。他没来由地想起了家乡，以及去往龙泉郡一路上的郡县、小镇集市，那些他走过了就被牢牢记在心头的高山秀水。

他又想起了一些家乡的人。

当时跟随学塾马夫子一起离开骊珠洞天的同窗当中，李槐和林守一最终还是跟上了陈平安和李宝瓶。

董水井和石春嘉一个选择留在家乡，一个跟随家族迁往了大骊京城。其实陈平安对他们观感也很好，一个性情淳朴，大概是出身相似的缘故，当年最让陈平安心生亲近；一个扎着羊角辫子，活泼可爱，瞧着就灵秀聪慧。

陈平安不觉得他们的选择就是错的。陈平安内心深处，希望家乡山水依旧，不管是董水井、石春嘉这样留在大骊的，或是刘羡阳、顾璨和赵繇这样已经远游的，他们心扉间，依然是故乡的青山绿水。

当然，在这次返乡路上，陈平安还要去一趟那座悬挂秀水高风的嫁衣女鬼楚夫人的府邸。当年憋在肚子里的一些话，得与她讲一讲。

暮色里，董水井给馄饨铺子挂上打烊的牌子，却没有着急关上店铺门板，做生意久了，就会知道，总有些上山时与铺子约好了下山再来买碗馄饨的香客，会慢上一时半刻，所以董水井哪怕挂了打烊的木牌，也会等上半个时辰左右。不过董水井不会让店里新招的两个伙计跟他一起等着，到时候有客人登门，就是董水井亲自下厨，两个贫苦出身的店里伙计，便是想要陪着掌柜同甘共苦，董水井也不让。

董水井的馄饨铺子名气越来越大，许多龙泉郡新建郡城的有钱人，都邀请董水井去郡城那边多开两家铺子，只是都被董水井一一婉拒了。

除了这个山顶有山神庙的半山腰馄饨铺子，董水井当年凭借卖出小镇其中一栋祖宅的大笔银子，早早地在新郡城那边买了半条街的宅子。除了留下一栋宅院，其余都租了出去。

董水井还是最早一拨四处捡漏的当地人，两座祖宅的街坊邻居中，有不少小镇土生土长的孤寡老人，性子执拗，哪怕外人出天价购买他们的祖传物件，仍是死活不卖——晚上能够住银子堆里啊，还是死后塞满棺材就能带到下辈子啊？那些山上的仙家子弟耐着性子，与那堆指不定几年后就是泥土里一堆白骨的老家伙们磨嘴皮子，只觉得不可理喻，可又不敢强买，只得带着大笔神仙钱失望而归。

　　可董水井登门后，不知是老人们对这个看着长大的年轻人念旧情，还是董水井巧舌如簧，总之老人们以远远低于外乡买家的价格，半卖半送给了董水井。董水井跑了几趟牛角山包袱斋，又是一笔不可估量的进账，加上他自己辛勤上山下水的一点意外收获，之后他分别找到了陆续光临过馄饨铺子的吴郡守、袁县令和曹督造，无声无息地买下诸多地皮。不知不觉，董水井就成为了龙泉新郡城屈指可数的富贵大户，隐隐约约，在龙泉郡的山上，就有了董半城这么个吓人的说法。

　　今天董水井与两个年轻伙计聊完了家长里短，在两人离去后，已经长成为高大青年的他，独自留在店铺里边，给自己做了碗热腾腾的馄饨，算是犒劳自己。暮色降临，秋意愈浓，董水井吃过馄饨收拾好碗筷，来到铺子外边，看了眼去往山上的那条烧香神道，没看见香客身影，就打算关了铺子。不承想山上没有返家的香客，山下倒是走来一位身穿儒衫的年轻公子哥，董水井与他相熟，便笑着领进门，又做了碗馄饨，再端上一壶自酿米酒，两人从头到尾，故意都用龙泉方言交谈，董水井说得慢，因为怕对方听不明白。

　　客人是个怪人，叫高煊，自称是来披云山林鹿书院求学的外乡游子，大骊官话说得不太顺畅，却还要跟董水井学龙泉方言。

　　等高煊吃完馄饨，董水井倒了两碗米酒，米酒想要甘醇，水和糯米是关键，而龙泉郡不缺好水，糯米则是董水井跟那位姓曹的窑务督造官讨要的，从大骊一处鱼米之乡运来龙泉，远远低于市价。在龙泉郡城那边于是出现了一个规模不小的米酒酿造处，如今米酒已经开始远销大骊京畿，暂时还算不得日进斗金，可前景与钱景都还算不错，大骊京畿酒楼坊间已经逐渐认可了龙泉米酒，加上骊珠洞天的存在与种种神仙传闻，更添酒香。米酒销路一事，董水井是求了袁县令的，这桩薄利多销的买卖，涉及吴鸢的点头、袁县令的打开京畿大门，以及曹督造的糯米转运。

　　郡守吴鸢、袁县令与曹督造三人当中，吴鸢品秩最高，虽然正四品的郡守官位，还不算名副其实的封疆大吏，可是作为大骊现任郡守中最年轻之人，吴鸢是大骊朝廷不太愿意小觑的存在，毕竟吴鸢的授业先生正是大骊国师崔瀺。只可惜如今吴鸢升了官后，口碑反而比起离京前差了许多，因为据说在龙泉尚未由县升郡期间，这名被国师寄予厚望送到此地的吴县令，被那些地方大族排挤得很是欲仙欲死，磕磕碰碰，碰了一鼻子灰。可是人家吴鸢有个好先生，是旁人羡慕不来的。然而吴鸢在大骊京城朝廷，已经是个不小的笑话。

反而是后两人，袁县令和曹督造，更被大骊官场看好。不单单是两位年轻俊彦是两大上柱国姓氏的嫡系子弟，还在于两人于龙泉郡各自领域风生水起。袁县令担负着一部分西边山头仙家洞府的建造，神仙坟与老瓷山的文武庙顺利开工与完工，也是他的功劳，留在龙泉郡的大姓豪族，不认吴鸢这个郡守，却愿意认这个官帽子更小的县令。

至于曹督造所在的窑务督造官署，明面上是管着那些龙窑烧造宫廷御用瓷器的清水衙门，实则肩负着监督所有龙泉郡山上势力的秘密任务。

而袁、曹两个大骊最尊贵的姓氏，势同水火，大骊铁骑分兵三路南下，其中两路铁骑的幕后，就分别站着两大上柱国姓氏的身影。

董水井能够通过一桩不起眼的小买卖，同时拉拢到三人，不能不说是一桩"误打误撞"的壮举。事实上这米酒买卖，是董水井的想法不假，可具体谋划，一个个环环相扣的步骤，却是另有人为董水井出谋划策。

董水井事后询问那人，为何袁县令和曹督造这般出身煊赫的世家子弟，一样不拒绝这点蝇头小利，比如去年年末三家分红，董水井挣了七万两银子，袁、曹两人相加不过十四万两白银，相较于市井商贾，可算暴利，未来分红，也确实会稳步递增，可董水井知晓袁、曹两姓的大致家业后，委实是想不明白。

那人便告诉董水井，天底下的买卖，除了分大小、贵贱，也分脏钱买卖和干净营生。一些杀头的买卖挣着了大钱，是本事，在干干净净的小买卖里边，挣到了细水长流的银子，也是能耐。何况许多小买卖，做到了极致，那就有机会成为一条真正的钱路，成为能够夯实豪阀底蕴的百年营生。

最后那人摸出一枚普普通通的铜钱，放在桌上，推向坐在对面诚心求教的董水井，道："便是浩然天下的财神爷，皑皑洲刘氏，都是从第一枚铜钱开始发家的。好好想想。"

那个依旧横剑在身后的家伙，扬长而去，说是要去趟大隋京城，运气好的话，说不定能够见着商家的祖师爷。那位看着面嫩的老先生，曾以降落一根通天木的合道大神通，取信于天下，最终被礼圣认可。

董水井思量半天，才记起那人吃过两大碗馄饨、喝过一壶米酒，最后就拿一枚铜钱打发了自己。不过做买卖习惯了锱铢必较的董水井那次非但没觉得亏本，反而庆幸赚到了。

高煊见董水井喝着酒，有些神游物外，笑着问道："有心事？不妨说出来，我帮不上忙，听董掌柜发几句牢骚，还是可以的嘛。"

董水井摇摇头，玩笑道："胡乱想了些以后的事情，没有牢骚。每天回了郡城宅子，累得半死，数完钱，倒头就能睡，一睁眼就是新的一天，忙忙碌碌，很充实。"

高煊感慨道："真羡慕你。"

董水井哑口无言，他倒是没有觉得高煊是在无事强说愁，家家有本难念的经，跟钱多钱少关系不大，董水井便没有接话，只是喝了口自酿米酒。馄饨铺子这边的酒壶上，都撕去了董家坊的红纸，不然容易惹来是非，让一座用来修养心性的简单铺子，很快变得乌烟瘴气。如今知晓董水井到底有多少家底的人，整个各路神仙鱼龙混杂的龙泉郡，依然是寥寥无几。

高煊结账后，说要继续上山，夜宿山神庙，明天在山顶看看日出，董水井便将店铺钥匙交给高煊，说如果反悔了，可以住在铺子里，好歹是个遮风挡雨的地方。高煊拒绝了这份好意，独自上山。

董水井则下山，结果碰到了应该是刚从大隋京城返回的许弱，说要吃碗馄饨，垫垫肚子，再去牛角山渡口继续赶路去大骊京城，董水井只得返回，打开铺子大门，直接给这位墨家豪侠做了两大碗，没拿米酒，懒得跟此人客气。董水井坐在对面，看着许弱狼吞虎咽。

许弱含糊不清道："你猜刚才那个年轻人是谁。"

董水井原本没多想，与高煊相处，并未掺杂太多利益，他也喜欢这种往来。他是天生就喜欢做生意，可生意总不是人生的全部，不过既然许弱会这么问，董水井又不蠢，答案自然就水落石出了："弋阳高氏的大隋皇子？是来咱们大骊担任质子？"

许弱点点头。

董水井犹豫了一下，问道："能不能别在高煊身上做买卖？"

许弱笑道："这有什么不可以的。之所以说这个，是希望你明白一个道理。"

董水井正色道："先生请说。"

只有这种时候，董水井愿意以先生称呼许弱。

许弱瞥了瞥店铺柜台，董水井立即拿了一壶米酒，放在许弱桌前，许弱喝了口余味绵长的米酒后道："做小本买卖，靠勤勉；做大之后，勤勉当然还要有，可'消息'二字，会越来越重要。你要擅长去挖掘那些所有人都不在意的细节，以及细节背后隐藏着的'消息'，总有一天能够用得到，也不必对此心怀芥蒂。天地宽阔，知道了消息，又不是要你去做害人生意，好的买卖，永远是互利互惠的。"

董水井点了点头。

许弱又问："你觉得吴郡守、袁县令和曹督造，还有这高煊，展现给你的性情，如何？"

董水井缓缓道："吴郡守温和，袁县令严谨，曹督造风流，高煊散淡。"

许弱再问："为何如此？"

董水井早有腹稿，毫不犹豫道："吴郡守的先生，国师崔瀺如今锋芒毕露，吴郡守必须守拙，不可以得意忘形，否则很容易惹来不必要的红眼和攻讦。袁氏家风素来谨小慎微，如果我没有记错，袁家家训当中有'藏风聚水'四字。曹氏家族多有边军子弟，门风豪迈。高煊作为大隋皇子，流落至此，难免有些心灰意冷，即便内心愤懑，至少表面上还是要表现得云淡风轻。"

许弱说道："这些是对的，可其实仍是流于表面。你能想到这些，很多人一样可以，因此这就不属于能够生财的'消息'，你还要再往更深处、更高处推敲，多想想更加深远的庙堂格局、王朝走势，对你当下的生意未必有用，可一旦养成了好习惯，能够受益终身。"

董水井点头道："明白了。"

许弱笑道："我不是真正的赊刀人，能教你的东西，其实也浅，不过你有天赋，能够由浅及深，以后我见你的次数也就越来越少了。再就是我也属于你董水井的'消息'，不是我自夸，这个独门消息，还不算小，所以将来遇上过不去的坎，你自然可以与我做生意，不用抹不开面子。"

董水井嗯了一声。

许弱拿出一块太平无事牌："你如今的家业，其实还没有资格拥有这块大骊无事牌，但是这些年我挣来的几块无事牌，留在手上，纯属浪费，所以都送出去了。就当我慧眼独具，早早看好你，以后是要与你讨要分红的。明天你去趟郡守府，之后就会在本地衙门和朝廷礼部记录在册。"

董水井没有拒绝，当场收起了那块无事牌，小心翼翼收入怀中。

这块太平无事牌，如今用价值连城来形容都不过分。整个宝瓶洲的北方广袤版图，不知道有多少帝王将相、谱牒仙师、山泽野修和山水神祇，希冀着能够拥有一块。

许弱打趣道："听说你的未来老丈人，去了趟桐叶洲，返回北俱芦洲途中，在这座家乡小镇出现过，你没有趁机去探望？"

董水井有些哭笑不得，无奈道："等我知道消息的时候，李叔叔已经离开小镇了。"

许弱笑问道："想不想知道你的那个劲敌，林守一如今在山崖书院混得如何？"

董水井点头道："想知道。"

许弱笑而不语。

董水井直截了当问道："多少钱？"

许弱一伸手，将柜台后边一壶米酒招入手中，说道："尚未跻身中五境，但是在大隋京城声名鹊起，你要是不努力，林守一成为中五境神仙后，就会有大把大把的机缘涌向他，可能动动手指头，动辄就是几十万两真金白银的丰厚收入，很容易让他后来者居上。"

董水井犹豫了一下："我当然不愿意输给林守一，但是有些事情，根本就不是挣多挣少的事。"

许弱笑了笑，拎着酒壶站起身，说道："有比无好，多比少好，很多看似钱无法解决的事，归根结底，还是钱不够多。"

董水井跟着起身："先生为何至今为止，还不与我说赊刀人的真正意义所在，只是教了我这些商家之术?"

许弱笑呵呵反问道:"只是?"

董水井懵懂不解,许弱却不再多说什么,离开店铺。

董水井收拾了桌上残局,关上店门,下山去往龙泉郡新城。自认一身铜臭气的他,夜幕中,披星戴月。

龙泉剑宗,宗主阮邛新收了十多个记名弟子,总算让冷冷清清的几座山头多了些人气。而关于圣人阮邛最后会收取几人作为入室弟子,一时间议论纷纷。

之所以会有这些暂时记名在龙泉剑宗的弟子,归功于大骊宋氏对阮邛这位铸剑大师的重视,朝廷专门挑选出十二个资质绝佳的孩童和少年少女,再让一千精骑一路护送,带到了龙泉剑宗山头脚下。

阮邛当时在开炉铸剑,并未露面,一个刚刚跻身金丹境没多久的黑袍青年负责了接待事务。待得知这个黑袍青年是一位货真价实的金丹境地仙后,那些孩子眼中都流露出炙热的眼神,其实阮邛的圣人名头,大骊朝廷的精锐甲士担任扈从,再加上龙泉剑宗的"宗"字头招牌,早就在这些孩子心中留下了深刻印象。

传说中的修行之路,成为山上仙人,其实充满了未知和凶险,若是能够投身于龙泉剑宗,被阮圣人相中,最终成为入室弟子,就意味着至少跻身中五境神仙将会无比顺遂。

十二人队伍中,其中一人被鉴定为极其罕见的先天剑胚,必然可以温养出本命飞剑。三人有地仙资质,其余八人,也都是有望跻身中五境的修道良材。由此可见,大骊宋氏,对阮邛的扶持,可谓不遗余力。

十二人住下后,阮邛在铸剑期间只抽空露了一次面,大致确定了十二人修行资质后,便交由其余几个嫡传弟子各自传道,接下来会是一个不断筛选的过程。对于龙泉剑宗阮邛而言,能否成为练气士,只是一块敲门砖,修道的天赋,与根本心性,在他眼中更加重要。

这些人上山后才知道原来阮宗主还有个独女,叫阮秀,喜欢穿青色衣裳,扎一根马尾辫,让人一眼看见就再难忘记。一些少年更是内心雀跃不已,只是不敢将这些心思流露出来罢了。

这些龙泉剑宗的后进之辈,都喜欢称呼阮秀为大师姐。对谁都和和气气、却也对谁都不特别亲近的阮秀,与他们说了几次,还是没办法改变,便任由他们称呼她为大师姐了。

久而久之,有些已经脱颖而出、有些已经慢慢感觉到吃力的弟子,发现大师姐是本就很奇怪的山门里最奇怪的那个存在。

这个大师姐,旁人从来看不到她修行,她每天要么深居简出,要么在禁地剑炉帮宗主打铁铸剑,要么就在几座山头间闲逛。除了宗门本山所在的这座神秀山,以及隔着有些远的几座山头,神秀山周边邻近还有宝箓山、彩云峰和仙草山三座山头。众人是很后来才得知这三座山,竟然是师门与某人租借了三百年,其实并不真正属于龙泉剑宗。

阮秀除了在山水间独来独往,还喂养了一院子的老母鸡和毛茸茸的鸡崽儿。偶尔,她会远远看着那名金丹境同门为众人详细讲解修行步骤、传授龙泉剑宗的独门吐纳法门、拆分一套据说来自风雪庙的上乘剑术。她从来不靠近大家,只用一只手托着块巾帕,上边搁放着一座小山似的糕点,慢悠悠吃着,来的时候打开巾帕,吃完了就走。一些聪慧伶俐的弟子,察觉到每当大师姐离开后,那名已是金丹境地仙的二师兄才会微微松口气。

除了大师姐阮秀,他们有几乎等于半个师父的二师兄,常年独居在龙须河畔的三师姐,还有那个姓谢、天生就有一双长眉的少年四师兄。年纪不大的谢师兄,对晚辈从来没什么好脸色,但偏偏是这个谢家长眉儿负责龙泉剑宗的戒律。一开始还有些师弟埋怨这个四师兄太过严苛冷漠,不讲半点同门之谊,只是后来一个在小镇那边听来的小道消息让所有人只觉得震撼不已。祖宅在桃叶巷的谢四师兄,家中某位老祖犹然健在,是一位北俱芦洲的道家天君、十二境的仙人。

上山之前,十二人当中,只有几人得以知道世间地仙也分金丹、元婴两种。至于元婴境之后,没有谁听说过,误以为那就是练气士的山巅境界了。上山之后,属于阮邛开山弟子之一的二师兄、那个不苟言笑的黑袍金丹境地仙,便为他们大致讲述了练气士的境界划分,才知道有上五境,有那玉璞境和仙人境。

在那之后,除了几个不谙世事或是实在心大的孩子,其余所有人见到了喜欢板着脸训人的四师兄,几乎连大气都不敢喘。四师兄只有到了大师姐阮秀那边,才会有笑脸,而且整座山头,也只有他不喊大师姐,而是喊秀秀姐。只是阮秀对这个师弟,好像也一样不太亲切。这让许多后进师门的少年心里好受多了。反正大家谁都不受大师姐的青眼相加,当然就用不着失落。

这天阮邛再次露面,言简意赅,只说了两件事,就返回了剑炉。

一件事,是只要成为入室弟子,阮邛就会亲手为他铸造一把剑。

要知道阮宗主可是当之无愧的宝瓶洲铸剑第一人,故而莫说是那十二人,除了谢四师兄依旧浑然不在意的神色,就连二师兄、赶回山头聆听恩师教诲的三师姐,都有些不可抑制的激动神色。

第二件事,是如今龙泉剑宗又买下了新的山头。阮邛劝勉了几句,说是将来有人跻身元婴境之后,就有资格在龙泉剑宗举办开峰仪式,独占一座山头。其实作为剑宗第一个跻身地仙的修士,按照之前早有的约定,董谷是可以破例开峰,挑选一座山头作为自己的修行府邸的,龙泉剑宗也会将此事昭告天下。但是董谷却拒绝了,恳请阮邛自己在跻身元婴境后,再名正言顺地开峰。阮邛答应了下来。

被师弟师妹们习惯称呼为三师姐的徐小桥再次下山,去往剑宗龙兴之地的龙须河畔铺子,阮秀破天荒与她同行,这让徐小桥有些受宠若惊。

四师兄谢灵想要跟随她们,结果阮秀不说话,只是瞧着他,谢灵便知难而退,乖乖地留在了山上。

徒步下山的时候,阮秀问道:"其实你才是我爹的开山大弟子,就因为董谷率先结丹,结果你被那些人喊成了三师姐,会不会难受?"

当年被风雪庙驱逐出山门的弃徒徐小桥,老老实实回答道:"心里会难受,但是董谷当这个二师兄,我没有意见。"

阮秀不置可否。

当年握剑之手断去大拇指的徐小桥,沉默片刻,问道:"大师姐,有朝一日,我真的可以跻身元婴境吗?"

阮秀坦承道:"比较难,比起百年内必然为元婴的董谷,你变数很多,结丹相对来说他稍稍容易。到时候我爹会帮你,不会偏袒董谷而忽视你,但是想要跻身元婴境,你比董谷要难很多。"

徐小桥神色黯然。寻常仙家,能够成为金丹境修士,已是给祖宗牌位烧完高香后、大可以回被窝偷着乐呵的天大幸事。可是在这座龙泉剑宗,在见识过风雪庙山顶风光的徐小桥眼中,金丹境修士,远远不够。

不承想阮秀还雪上加霜了一句:"至于你们师弟谢灵,会是龙泉剑宗第一个跻身玉璞境的弟子,你如果现在就嫉妒谢灵,相信这辈子你以后都只会越来越嫉妒。"

徐小桥嘴唇抿起,脚步沉重。

董谷是师父阮邛三名开山弟子中出身最低贱的一个,因为是山林畜生成精,但如今却是摇身一变,成了龙泉剑宗人人敬重的二师兄和金丹境地仙。

谢灵是土生土长的小镇百姓,年纪最小,根本就没有吃过半点苦难,但偏偏是福缘最为深厚的那个人。不但家族老祖宗是一位道家天君,甚至能够让一位地位超然、高出天外的道家掌教,亲手赠送了一座媲美仙兵的玲珑宝塔。

唯独她徐小桥,身世最坎坷,修行最勤勉,大道最不平坦!

阮秀在山路旁折了一根树枝,随手拎在手里,缓缓道:"觉得人比人气死人,对吧?"

徐小桥眼眶通红。

阮秀突然说了一句话,面带微笑,轻声道:"虽说你可能到金身腐朽殆尽、彻底老死的那一天,也还是远远比不上谢灵和董谷,但我还是比较喜欢你一些,不过好像这对你的修行,没半点用处。"

徐小桥转头用手背擦了擦眼角，再转头时对阮秀笑道："大师姐，谢谢你。"

阮秀停下脚步，点头道："谢我？那下次上山，记得给我带些糕点，骑龙巷那间铺子，你知道的。"

徐小桥愣了愣，蓦然笑颜如花："我的大师姐呀！"

阮秀跟着笑了起来。

阮秀只是将徐小桥送到了山脚。在那块大骊皇帝或者准确说是先帝御赐的"龙泉剑宗"牌楼下，徐小桥与阮秀道别后，运转气机，脚踩飞剑，御风而去。在龙泉郡，这是龙泉剑宗弟子才能有的待遇。换成其他地仙，胆敢升空飞掠，阮邛不会谈什么圣人心性。从最早几拨前来试探的大骊修士，到后来的剑修曹峻，都领教过了阮邛的规矩，或死或伤。

阮秀站在山脚时，抬头看了眼那块牌匾。阮邛不喜欢龙泉剑宗多出"龙泉"二字，徐小桥三个开山弟子都一清二楚，阮邛希望三人当中，有人将来可以摘掉"龙泉"二字，只以"剑宗"屹立于宝瓶洲群山之巅，到时候那个人就会是下一任宗主。阮秀对爹的心结，自认比较理解，可是每次爹私底下要她更用心些修行，她嘴上答应，但满脑子就是那些糕点啊、笋干炖肉啊。这让阮秀有些愧疚。于是她收起了念头，打算不去与爹说，是不是给师弟师妹们改善改善伙食，能否顿顿多加个荤菜了。可怜师弟师妹们没那个口福了。她这个自己都不愿意承认的大师姐，当得确实不够好。

在阮秀满怀歉意、反身登山的时候，阮邛悄无声息地离开了神秀山，来到了龙泉郡城的郡守官署。

郡守吴鸢等候已久，没有跟圣人阮邛做任何客套寒暄，而是直接将一件官事说清楚。

如今大骊境内，一些极有可能是别国扶植的山上势力蠢蠢欲动。尤其是今年开春以来，光是大的冲突就有三起，其中粘杆郎阵亡七人，朝廷震怒。

阮邛得知冲突的详细过程，和大骊朝廷的意愿后，想了想："我会让秀秀和董谷，还有徐小桥三人出面，听命于你们大骊朝廷的此事负责人。"

吴鸢显然有些意外和为难："秀秀姑娘也要离开龙泉郡？"

其实阮邛与大骊宋氏早有秘密盟约，双方职责和酬劳，条条框框，早就白纸黑字，一清二楚。但是这些年都是大骊朝廷在"给"，没有任何"取"，即便是这次龙泉剑宗按照约定，为大骊朝廷效力，礼部侍郎在飞剑传信的密信上也早有交代，只要阮圣人愿意派遣金丹境地仙董谷一人出马，则算诚意足矣，绝对不可过分要求龙泉剑宗。吴鸢当然不敢自作主张。所以得知阮秀也要出山后，吴鸢于情于理，都觉得不妥。

应该是知道吴鸢和大骊朝廷为何会感到为难，阮邛笑道："放心，我会叮嘱秀秀，她这趟出山办事，尽量不出手。而且哪怕出现任何意外，我也不会迁怒你们大骊。"

吴鸢依旧不敢擅自答应下来，阮邛话是这么说，可他吴鸢哪敢当真，世事复杂，只要出了稍大的纰漏，大骊朝廷与龙泉剑宗的香火情，岂会不出现折损？宋氏那么多心血，一旦付诸流水，整个大骊，恐怕就只有先生崔瀺能够承担下来了。所以吴鸢也没有含糊，说他必须上报礼部。

阮邛点头道："可以，郡守大人尽早给我答复就是了。"

然后阮邛问道："我想在卢氏遗民刑徒当中，挑选几人作为剑宗记名弟子，你可以一并上报给朝廷，看看能否答应，万一与那几拨粘杆郎发生冲突，你们也好有个心理准备。"

吴鸢苦笑道："好的。"

说完了正事，阮邛来去如风，毫不拖泥带水。留下一个愁眉苦脸的吴郡守，酝酿着措辞，该如何跟朝廷落笔说这两件事。

大骊朝廷在国师崔瀺手上，打造了一个极为隐蔽的地下机构，其中所有相关人员，一律被称为粘杆郎，每次奉命离京，三人一伙，钦天监一人，相师一人，阴阳家术士一人，负责为大骊搜罗地方上所有适合修道的良材美玉。一旦被粘杆郎相中，哪怕是被练气士早就选中却暂时没有带上山的人选，一律必须为粘杆郎让道。大概这也是粘杆郎这个名称的由来。

崔瀺成为国师、大骊国势兴盛后，历史上不是没有因为此事而大打出手，只是数次之后，大骊谱牒仙师和山泽野修就消停了，因为那头绣虎无一例外，为粘杆郎撑腰到底。

一位元婴境老祖坐镇的仙家府邸，一位老金丹境修士已经考验了某个山下少年长达六年之久，潜心雕琢那块璞玉，准备收为继承衣钵的嫡传弟子，结果被一伙路过的粘杆郎发现少年是棵好苗子，老金丹境修士遇上了蛮横不讲理的粘杆郎，气得咬牙切齿，他甚至愿意交出一大笔神仙钱，但粘杆郎只是执意要带走那名少年。双方争执不休，最终引发了一场恶战，粘杆郎被当场击杀两人，逃遁一人。照理说，老金丹境修士的所作所为，合乎情理，而且已经足够给大骊朝廷面子，再者老金丹境修士所在山头，是大骊屈指可数的仙家洞府。可到头来，仍是被足足六千大骊铁骑围山，更别说近百名武秘书郎，加上数百架无比昂贵珍稀的墨家机关，以及百余被刑部衙门招徕的练气士、纯粹武夫。美其名曰演武！战事惨烈。大骊甚至出动了那尊北岳正神。最后那座曾是大骊北方边境上最大的仙家门派，被打得等于削掉了半座山头，元气大伤，沦落到二流垫底的势力。元婴境老祖战死，老金丹境修士被大骊武将亲手割掉头颅，再被一名剑修随身携带着那颗死不瞑目的干瘪头颅"传首"边境诸多山头。

在那之后，大骊国境内的山上神仙，气焰收敛了许多，便是一些早就依附大骊朝廷的骄横势力，也开始对门内嫡传弟子叮嘱一番。

据说那次战事落幕后，很少离开京城的国师绣虎，出现在了那座山山巅，却没有对山上残余"逆贼"痛下杀手,只是让人立起了一块石碑,说是以后用得着。如今那块山顶石碑,依旧空白无字,不知是国师大人忘了这桩陈年旧事,还是时机未到。

一座大骊北境上有仙家洞府扎根多年的高山之巅,有个登山没多久的儒衫老者,站在一块没有刻字的空白石碑旁,伸手按在石碑上边,转头望向南边。

山顶,就只有老人一人,没有任何人陪同。所有经历过当年那场血腥屠杀的仙家门派老一辈,都战战兢兢汇聚在距离山顶不太远的地带。至于后来山门新收的年轻弟子们,更是一个个被严令不得离开各自的府邸屋舍,谁敢擅自走动,直接打断长生桥,丢到山脚!

这座大骊北方曾经无比高高在上的门派里的所有老人,此刻面面相觑,都看出对方眼中的忧惧和无奈,唯恐那个大骊国师,毫无征兆地一声令下,就来一个秋后算账,将好不容易恢复了一点生气的山头斩草除根!

面容肃穆的绣虎崔瀺突然微笑玩味道:"你陈平安不是喜欢讲道理吗,这次我就看看你还能不能讲。"

乘坐那艘核雕小舟变化而成的锦绣楼船,不过一个时辰,就破开一座云海,落在了水雾缭绕的峰峦之间。紫阳府到了。

从稍高处俯瞰,这座仙家门派规模已经不输世俗王朝的皇宫,居中地带有一大片在阳光下泛起紫金颜色的恢宏建筑。

陈平安一行下船后,自称洞灵真君吴懿的高挑女修,便收起了核雕小舟放入袖中,至于那些莺莺燕燕的妙龄少女,纷纷变成一张张符纸,却没有被那位洞灵真君收回,而是随手一拂袖,打入不远处一条潺潺而流的河水之中,化作阵阵氤氲灵气,融入河水。

一个高瘦老者立即识趣地出现在河对岸,向着吴懿跪地磕头,口中大呼道:"积香庙小神,拜见洞灵老祖,在此叩谢老祖的大恩大德!"

朱敛一巴掌拍在裴钱脑袋上,轻声道:"你的同道中人又出现了,不去把臂言欢?"

裴钱翻了个白眼。

吴懿神色淡漠:"无事就退回你的积香庙。"

那名神祇赶紧起身告退,化作一股夹杂有点点金光的青烟掠入河水,一闪而逝。

吴懿笑着解释道:"出门就是这点不好,很难有清净。"

陈平安点点头,表示理解。

吴懿随口问道:"陈公子,上次与你同行的众人当中,比如我父亲最喜欢的红棉袄小姑娘,他们怎么一个都不见了?"

陈平安笑道:"都在大隋那边求学。"

吴懿似乎有些遗憾。

父亲曾经透露过,那个名为于禄的高大少年,正是隐姓埋名的卢氏王朝亡国太子!一身浓郁龙气,简直就是世间最美味的食物。当年父亲不知为何没有下嘴,她在父亲眼皮子底下不敢妄动,跟着错过了,就是不知道将来有没有机会饱餐一顿,说不定就能够破开那个该死的金丹境瓶颈。

为了破境,为了能够跻身如今蛟龙之属的"大道尽头"——元婴境,弟弟不惜成为寒食江神祇,自己则勤修道家旁门术法,不能说无用,只是进展极其缓慢,简直让人抓狂。

难不成真要之后的百年千年,还要活在父亲的阴影下?随时随刻提心吊胆,害怕父亲哪天饿了,或是与人厮杀,重伤了需要食补,就拿他们两个子女填肚子?

当年自己与那可怜的弟弟陪同父亲,见到了大骊国师崔瀺,但那次经历就不算好。绣虎凭借一方古砚台,硬生生以上古神通打去父亲三百年道行,事后父亲迁怒于她和弟弟,打得他们无比凄惨。不过结果还不错,父亲总算离开了黄庭国,她与弟弟再不必心头如压大山,毕竟数千年悠悠岁月里,被这个性情暴戾的父亲吃掉的子孙不计其数。况且紫阳府和寒食江也各自成了大骊朝廷认可的藩屏之地,卓然独立于黄庭国之外。

吴懿当然只是一个化名,她身为紫阳府的老祖宗,真身更是古蜀之蛟后裔,如果不是父亲寄来的那封家书,哪怕是有远游境武夫担任扈从的陈平安,她一样懒得搭理,无非是独木桥和阳关道,各走各的,她何至于如此殷勤,亲自赶去迎接,还得拗着性子对一个年轻人挤出笑脸来?

吴懿带着陈平安他们缓缓行走在河边大路上,大路平整异常,以大块大块的青色条石铺就,倒映其中,容貌清晰。

手持行山杖的裴钱就一直盯着亮如镜面的青石地板,看着里边那个黑炭丫头,龇牙咧嘴,自得其乐。

吴懿先前在楼船上并没有怎么跟陈平安闲聊,所以趁着这个机会,为陈平安大致介绍了紫阳府的历史渊源。

陈平安应对得只能说勉强不失礼,在这类事情上,别说是风雷园刘㶉桥,就是李槐,都比他强。

大概是因为开辟出一座水府、炼化有水字印的缘故,踩在上边,陈平安能够察觉到有丝丝缕缕的水运精华蕴藏在脚下的青色巨石当中。

陈平安环顾四周,心中了然。世间蛟龙之属,必然近水修行,就算是大道根本看似更加近山的蛟龙后裔,只要结了金丹,依旧需要乖乖离开山头,走江化蛟、走渎化龙,一样离不开个"水"字。

想必整座紫阳府历代修士,打破脑袋都猜不出为何这位开山鼻祖,要选择此地建造府邸开枝散叶。

紫阳府位居黄庭国头等仙家之列，却不似寻常仙家洞府建造在山巅，而是放在了一条视野开阔的秀美河水之畔。由山林溪涧汇聚而成的河水名为铁券河，是黄庭国第三大江白鹄江的上游，算是浩浩荡荡白鹄江的源头之水，而白鹄江仅次于寒食江和御江，故而有黄庭国正统江水正神获得敕封，得以塑金身、建祠庙，帮助黄庭国洪氏历代皇帝坐镇八百里水运。

要知道，浩然天下诸国，分封山水神祇一事，是关系到山河社稷的重中之重，也能够决定一个皇帝龙椅坐得稳不稳，因为名额有限，其中五岳神祇，属于先到先得，往往交由开国皇帝抉择，一般说来后世帝王君主，不会轻易更换，因为牵扯太广，极为伤筋动骨。所有隶属于江河正神的江神、河神以及河伯、河婆，与五岳之下的大小山神、末流土地公婆，一样由不得坐龙椅的历代皇帝肆意挥霍，再昏庸无道的君主，都不愿意在这件事上儿戏，再小人盈朝的庙堂，也不敢由着皇帝陛下乱来。

每当国库丰盈，能够换成足够的神仙钱时，通过某座儒家七十二书院之一的许可，由君子现身，口含天宪，亲临那处山水，为一国"指点江山"，那么这个朝廷，就可以名正言顺地为自家山河，多造就出一位正统神祇，反哺国运、稳固气运。这就叫太平盛世之气象，必定会被文武百官恭贺，举国同庆，皇帝往往会龙颜大悦，大赦牢狱，因为这注定会在史书上被誉为中兴之主、英明之君。只是这种山下的风光行径，一贯被山上修士讥笑为"百姓棺材添一层，皇帝龙椅加木头"，嗤之以鼻。

至于为何各国境内，经常会是淫祠林立、屡禁不绝的处境，真是朝廷孱弱，无力根除？其实很大程度上，其中许多朝廷默认的淫祠，是得不到儒家书院承认，无法请出一位君子开金口，各国朝廷对于这类香火鼎盛的淫祠，才会睁一只眼闭一只眼，甚至有些朝廷，还会背着书院源源不断暗中暗中资助淫祠神仙钱，偷偷怂恿地方上的文人骚客，带头去烧香，以便当地百姓跟风而至，蜂拥相随。

铁券河亦有一个正统河神，正是先前那个来去匆匆的卑微老者。数百年来这个金身供奉在积香庙的河神，一直是紫阳府的牵线傀儡，紫阳府下五境修士的历练之一，往往都是这个被同僚笑话为"死道友不死贫道，贫道帮你捡腰包"的铁券河神，派遣河水精怪去送死。那些可怜喽啰，几乎等于伸长了脖子给那些练气士雏儿砍杀而已，运气好的，才能逃过一劫。一来二去，铁券河自然孕育而出的精怪，便不够砍了，就得这个河神自己掏钱增加水运精华，碰上收成不好的年份，还得携带礼物登门拜访，求着紫阳府的神仙老爷们，往河里砸下些神仙钱，增补水运灵气，加速水鬼、精怪的生长，免得耽搁了紫阳府内门弟子的历练。听上去很跌价，差不多可以被说成是苟延残喘，实则不知道多少黄庭国江河神祇，对此艳羡不已。

道理很简单，铁券河不过是河神，其金身牢固程度，不逊色于白鹄江这黄庭国第三大江水正神。靠什么？自然是靠着每年从紫阳府牙齿缝里抠出来的那点残羹冷炙，年复一年的积攒，加上借助于金身所在积香庙的香火熏陶。

紫阳府修士，历来不喜外人打搅修道，许多慕名而来的达官显贵，只能在距离紫阳府两百里外的积香庙停步。停步之后，自然要烧香敬神，还有一些见不得光的事情，都需要铁券河神帮忙跟紫阳府通气。因为紫阳府生财有道，从三境修士，一直到龙门境修士，每次被邀请出门"游历"，都会有个大致价位，但是紫阳府修士一向眼高于顶，寻常的世俗权贵便是有钱，这些神仙也未必肯见，这就需要与紫阳府关系熟稔的铁券河积香庙，帮着牵线搭桥。在此期间，铁券河神绝对不敢从中渔利，一枚铜钱都不会赚。只是每次外边的将相公卿和达官显贵，给钱去供奉孝敬紫阳府神仙，后者出山摆平，事成之后，一笔与紫阳府无关的香火钱，自然而然就送到了积香庙。

临近紫阳府府邸，府门外是一座白玉广场，已经浩浩荡荡站满了恭候老祖归来的紫阳府众人。紫阳府分内门、外门，内门修士是开山老祖吴懿这一脉嫡传弟子，以及历代紫阳府府主与他们的门生弟子，加上各个高寿的龙门境老供奉，以及执掌各事的观海境实权修士。外门则相对驳杂，除了资质一般的练气士，还有投靠紫阳府的山泽野修、纯粹武夫，以及世世代代为紫阳府效命的奴婢杂役等，泥沙俱下的外门，人数自然要远远多于潜心修道的练气士。

将近千人在广场上，所有人按照各自身份地位站立，位置不可有丝毫差错。

大概是免得陈平安误以为自己在给他们下马威，吴懿微笑解释道："我已经在紫阳府百余年没露面了，早年对外宣称是拣选了一块洞天福地闭关修行。实在是厌烦那些避之不及的人情往来，干脆就躲起来不见任何人。"

当吴懿从青石道路步入白玉广场边缘时，所有人不约而同地跪地磕头，异口同声高呼"恭贺老祖出关"。

落在裴钱耳朵里，就跟打雷似的。这么个阵仗，这么大排场，看得裴钱两眼放光。

吴懿一抬手，看得裴钱啧啧称奇，明明是低头跪在地上的那千余人，这会儿就跟脑袋上长眼睛一般，哗啦啦站起身。

吴懿径直前行，陈平安故意落后一个身形，以免分摊了紫阳府老祖宗的风采，不承想吴懿也跟着停步，以心湖涟漪告知陈平安，言语中带着一丝真诚笑意："陈公子不必如此客气，你是紫阳府百年难遇的贵客，我这块小地盘，位于乡野之地，远离圣贤，可该有的待客之道，还是要有的，所以陈公子只管与我并肩同行。"

吴懿生性倨傲，是黄庭国以桀骜不驯著称的地仙，原本去见陈平安就是捏着鼻子行事，既然陈平安言语举止处处得体，并未因为仗着与父亲、绣虎和魏檗相熟，在她面前作威作福，也就让吴懿心里舒服不少，才有这番心湖言语。

陈平安笑着摇头道："吴真君是百年来首次返回仙府，若是平时，我也就斗胆跟着并肩而行了,今天万万不可,还望吴真君先行一步,我们紧跟便是。"

吴懿笑了笑,不再坚持,独自先行。倒是个知晓分寸的年轻人,不过就是过于刻板迂腐了些,跟个学塾夫子差不多,不反感,却也不讨她的喜。

随着吴懿前行,广场上的人海立即分出一条道路来。

只有陆陆续续五六人,有资格来到吴懿身后,在紫阳府地位越尊崇,位置就越靠前,比如来到陈平安右手边的中年修士,便是现任紫阳府府主,是个金丹境地仙,而与裴钱、朱敛和石柔差不多身位的两个修士,是比紫阳府府主辈分更高的龙门境老修士,一个掌管赏罚,一个管钱,所以紫阳府府主从来都是虚设,并无实权,无非是个跟黄庭国朝廷与其他山头洞府打交道的门面人物。不过历代紫阳府府主,总计七人,只有一人是靠资质天赋自己跻身的陆地神仙,其余六人,像当下这人,都是靠着紫阳府的神仙钱,硬堆出来的境界,真实战力,要远远逊色于大宗门里边的金丹境地仙,尤其是杀出一条血路的野修地仙。

紫阳府的实际情况,当然不止如此。还有几个前任府主,或是吴懿早年收取的弟子,后世的紫阳府师祖,正在闭关;也有一些迟暮修士,大道无望,一颗金丹,已经被光阴流水冲刷得腐朽不堪,只能靠着躲在紫阳府灵气充沛的几座府邸,如病榻俗子以人参吊命,隐世不出。

紫阳府所有人都在揣测那个背竹箱年轻人的身份。难道是洞灵老祖在外边新收的弟子?那么会不会是下一任府主人选?

吴懿带着陈平安步入紫阳府,直接去了居中的那座紫气宫,交代府主晚上要大摆宴席,为贵客接风洗尘。

进了紫气宫,吴懿便让所有人先去剑叱堂候着,她说要亲自为陈公子安排下榻处所。

贵客?一行人面面相觑。难道是大骊那边某位元婴境地仙的嫡传弟子,或是大骊袁曹之流的上柱国豪阀子弟?

吴懿果然亲自将陈平安他们安顿下来后,这才去了紫阳府大佬齐聚的剑叱堂。她坐在一张紫檀打造而成的主位龙椅上,开始让在座各位禀报事务,例如紫阳府这百年间的神仙钱收支、门中一些俊彦弟子的修行进展,府上一些老人的状况,基本上她都只是在听,不予点评,若非如此,也不可能消失百年,当个甩手掌柜,更不会明明在世,依旧挑选一个个傀儡府主。

其实所有人都心知肚明,老祖宗不爱听这些琐事,大家一本正经的汇报,只是走个过场而已。吴懿也毫不掩饰自己的无聊神态,身体歪斜,单手托腮帮子,偶尔点点头。

大体上,紫阳府可以用"蒸蒸日上"四个字来形容。这就差不多了。吴懿懒得去计较那些修行之外的蝇营狗苟。

之所以建造紫阳府，成为开山鼻祖，当年还是她临时起意，实在太过无聊使然。

再者，蛟龙之属的诸多遗种，多喜好开府炫耀，以及收藏四处搜刮而来的宝物。

黄庭国算是古蜀国分裂前的旧版图之一，与昔年莫名其妙就仿佛一夜覆灭崩塌的神水国，都是蛟龙之属梦寐以求的风水宝地，因为水运浓厚。再者上古剑仙，喜好来此斩杀蛟龙，相互厮杀当中多有陨落，故而法宝众多，虽然绝大多数都被神水国之流的强大王朝搜集在国库内，成为一件件传承有序的国之重器，之后辗转，不过是从一个老朽王朝传到另一个新兴王朝的皇帝手中，可仍有许多遗落珍宝，被她父亲不动声色地收入囊中。

她是最知道父亲家底有多么雄厚的。自己身上那件核雕小舟的法宝，不过是父亲当年随手赏赐、作为她跻身洞府境的小礼物而已。她父亲收藏之丰，可以说是宝瓶洲北方所有地仙修士当中最夸张的一个。南方老龙城符家，说不定略胜一筹，不过那是整个符氏家族积攒了两千多年的底蕴，而她父亲，是仅凭一己之力。所以吴懿对于这个她从来看不懂其内心想法的父亲，是既恨又怕又尊敬，恨在表面，怕在骨子里，尊敬在内心最深处。想必那个弟弟也是相似心态。

吴懿抬起头，原来是有人问到紫阳府应该如何招待那位陈公子。

吴懿想了想："你们不用插手此事，该做什么，我自会吩咐下去。"

吴懿的安排很有趣，将陈平安四人放在了一座完全等同于藏宝阁的六层高楼内。每一层都摆满了这位洞灵真君与紫阳府历代修士的藏宝。

吴懿离去前，只说最上边两层楼，希望不要随便登临，底下四层，可以任意逛荡。

由于这栋楼占地颇广，除了第一层，之后上边每一层都有屋舍床榻、书房，其中三楼甚至还有一座演武厅，摆放了三具身高一丈的机关傀儡，所以陈平安四人不用担心空有琳琅满目的天材地宝，而无歇脚处。

光是一楼，就看得裴钱恨不得多生出一双眼珠子。

这趟紫阳府游历，让裴钱大开眼界，雀跃不已。以前总觉得除了姚近之赠送的多宝盒，将来再置办一两只多宝架，就已经是自己那颗小脑袋的想象力极致了，如今进了名为紫气宫的这栋藏宝楼，才知道真正的有钱人，原来可以如此有钱！

不过如今已经不用陈平安提醒，裴钱也不会擅自去触摸那些奇奇怪怪的古物珍宝。她打算今晚不睡觉了，一定要把这四层的数百件宝贝全部看完，不然一定会抱憾终生。

由着裴钱和一样心动不已的石柔在一楼"赏景"，陈平安和朱敛站在四楼，俯瞰半座紫阳府。

陈平安笑道："以前跟人聊起过，以后我心目中的山头该是怎么个样子，现在看来，那会儿还是个穷光蛋的瞎琢磨，紫阳府才是个鲜活例子。"

又赶紧补了一句："其实当时我也不穷了。"

朱敛问道："少爷，这位洞灵真君，好像不是一般的金丹境地仙？"

陈平安点头道："相当于大半个元婴境修士吧。"

终究是在人家的山头蹭吃蹭喝，陈平安就没有与朱敛细说其中玄机。

朱敛心里有数。

吴懿身在紫阳府，必然有仙家阵法，相当于一座小天地，几乎可以视为元婴境战力。

朱敛玩笑道："若是有山泽野修将这栋楼一扫而空，岂不是发大财了。听说宝瓶洲是有一位玉璞境野修的。"

陈平安从咫尺物取出一壶酒，递给朱敛，摇头道："儒家书院的存在，对于所有地仙，尤其是上五境修士的震慑力，太大了。未必事事顾得过来，可一旦儒家书院出手，盯上了某个人，就意味着天大地大，同样无处可躲，所以无形中压制了许多大修士的冲突。"

朱敛喝了口酒，笑道："为何浩然天下，对我们纯粹武夫的约束反而不大？就因为八境、九境武夫太少？听说一名武夫打死了皇帝君主，儒家书院是不一定派人追剿的。"

陈平安轻声道："这里边涉及很多被尘封的远古内幕，崔东山不太愿意讲这些，我自己也不太感兴趣。以前在龙泉郡家乡，我第一次出门远游的时候，窑务督造官和后来新设的县令，就已经是最大的官了，总觉得跟皇帝什么的，离得太远。后来一个大骊皇宫的娘娘，也就是宋集薪的亲生母亲，派人杀过我，我心里边一直记着这笔账，上次跟泥瓶巷邻居宋集薪在山崖书院见面，也与他聊开了。但是说出来不怕你笑话，我哪怕现在看着宋集薪，还是无法想象，他是一位大骊皇子。高煊还好些，毕竟第一次碰头，就穿得鲜亮，身边还有扈从。可宋集薪，怎么看都是当年那个吊儿郎当的家伙嘛。"

朱敛提起酒壶，跟陈平安手里的养剑葫轻轻碰了一下，陈平安摘下养剑葫一直没动，这会儿才喝上第一口酒。

朱敛感慨道："万一哪天宋集薪当上了大骊皇帝，少爷岂不是更加无法想象？"

陈平安点头道："肯定的。"

两人沉默片刻。陈平安突然说道："崔东山有过一个很有意思的说法，他说三教圣人都在试图换一种方式，让注定势不可当的那条光阴长河的流速，慢上一些。"

朱敛来了兴致，好奇问道："怎么个减慢？"

陈平安趴在栏杆上，拍了拍栏杆："仙家山头是一物。"

朱敛一头雾水。

陈平安继续道："人间城池是一物。"

陈平安缓缓道:"战争,又是一物。"

陈平安最后道:"能够让人心神沉浸其中的百家学问,好像也是。"

朱敛听得头大:"崔东山说得神神道道,老奴算是更迷糊了。"

陈平安喝着酒,笑道:"我一样不懂。"

朱敛轻声问道:"那么少爷想要懂得这些玄之又玄的大道吗?"

陈平安想了想,摇头道:"如果可以不懂,就不懂好了。"

朱敛嗯了一声:"少爷已经懂得够多了,确实不必事事探究,都想着去追本溯源。"

陈平安转头道:"朱敛,你这见缝插针拍马屁的习惯,能不能改改?"

朱敛举起手臂,晃了晃手中酒壶,哈哈笑道:"为什么要改?改了,能有酒喝?"

陈平安笑道:"倒也是。"

朱敛试探性问道:"之前少爷说要一个人去北俱芦洲历练,真不能带上老奴?身边没个烧火做饭的厨子,也没个没事就溜须拍马的扈从,多没劲?"

陈平安点头道:"你就老老实实留在落魄山吧,我还是希望你能够……在武道上更上一层楼。那个崔姓老人的喂拳法子,既然适合我,当然更适合你。以后如果你可以跻身山巅境,那么裴钱第一次游历江湖,哪怕走得再远,甚至是跟李槐去了别洲游玩,只要有你暗中护送,我就可以很放心了。"

朱敛只得放弃说服陈平安改变主意的想法。

陈平安问道:"朱敛,能不能说说你年轻时候的事情?"

朱敛破天荒有些赧颜:"无数糊涂账,无数风流债,说这些,我怕少爷会没了喝酒的兴致。"

陈平安跳上栏杆坐着:"说说看,其实你送给裴钱的那几本江湖演义小说,我都偷偷看过好几遍了,我觉得写得都很好。不过毕竟是书斋文人想象中的江湖,不够实在,相信没有你口述的亲身经历有趣。"

朱敛也跳上栏杆坐下,咧嘴而笑:"好啊,容老奴娓娓道来。少爷你是不晓得当年老奴是何等年少风流,在那江湖上,有多少仙子女侠,仰慕得那叫一个死去活来,痴心不改。"

结果越是听到后来,朱敛发现自家少爷的嫌弃眼神越是明显,最后陈平安拍了拍朱敛肩膀,也没多说什么,跳下栏杆就走了。这让朱敛有些受伤。自家少爷其他都好,唯独在男女情爱一事上,委实是太正人君子,太不同道中人了!

朱敛应该不知道,走入楼内的陈平安,一直在心中碎碎念:"你有宁姑娘了,你有宁姑娘了,胆敢胡思乱想,花花肠子,会被宁姑娘二话不说打死的……难道想一想也不成?不成的不成的,你只要见着了宁姑娘,在她那边哪里藏得住,一下子就会被看穿,还不是要被打个半死,你敢还手吗?"

一艘装饰素雅的两层楼船，由江水汹涌的白鹄江驶入河面平缓的铁券河河道。

船头站着一个容貌冷艳的宫装女子，身边还有一个贴身婢女和三个年龄悬殊、相貌迥异的男子。

一个老者苦笑道："夫人，咱们这趟拜访紫阳府，未必讨喜啊。"

老者与其余两人，都是这位夫人的府上客人，双方相识已久，而且大家性情相合，君子之交淡如水，便是一些联盟，也都是除魔卫道。例如当初根据夫人提供的密报，他们在蜈蚣岭追捕那个为祸百年的狐魅，便是例子，与那紫阳府和积香庙无异于商贾往来的甘若醴，是截然不同的氛围。

那位夫人眉眼间有着淡淡的忧愁，唯有一声叹息。

她身边的妙龄婢女，与她相伴百年之久，虽是水鬼阴物之身，早年含冤溺死，但是受香火恩泽，因祸得福，得以踏上修行之路。

婢女算是这位夫人的体己人，所以在这种场合，还是说得上话，轻声道："形势所迫。寒食江和御江已经得了大骊宋氏颁发的太平无事牌，唯独我们白鹄江，被冷落至此，这还不算什么，无非是与大骊朝廷不打交道便是了，只是夫人这趟入京，听陛下的言下之意，白鹄江说不定还有大难在后边，我们休想洁身自好。"

老者疑惑道："大难？"

婢女亦是愁绪满怀，言语也有些低沉："陛下还有所暗示，御江水神那厮，虽已得了一块太平无事牌，犹不知足，竟然恬不知耻，主动跑去了骊珠洞天的披云山，好像通过一桩隐秘关系，得以在北岳正神魏檗面前搬弄唇舌，极有可能大骊朝廷会对咱们白鹄江动手，已经封山的灵韵派，就是前车之鉴。陛下对此亦是无可奈何，只能由着大骊蛮子胡作非为。"

老者无奈道："那个家伙的厚颜无耻，确实是出了名的。"

一个高大汉子双臂环胸，站在稍远的地方看着铁券河，虽然前年顺利从五境巅峰成功跻身六境武夫，可如今一团糟的国事，让这个原本打算跻身六境后就去投身边军行伍的热血汉子有些心灰意冷。

大骊蛮子的马蹄肆意踩踏在黄庭国版图上，从来不需要跟当今陛下通气打招呼。更让汉子无法接受的事情是朝野上下，从文武百官到乡野百姓，再到江湖和山上，几乎少有义愤填膺的人物，一个个投机钻营，削尖了脑袋，想要依附那拨驻扎在黄庭国内的大骊官员，大骊宋氏的七品官竟是比黄庭国的二品中枢大员，还要威风！说话还要管用！

而真正让汉子最终放弃去边军的，是一个在黄庭国京城流传开来的消息。

当年他与朋友追杀那个狐魅，却被后者在蜈蚣岭设下陷阱，只是最后那个本该现身与她联手的姘头熊罴大妖,不知为何,非但没有露面,反而对那个擅长彡毒双修之法的狐魅姘头见死不救。这才使得他们众人合力,成功擒拿了那个自封青芽夫人的作祟狐魅,在黄庭国朝廷那边立下一桩大功。后来那个狐魅被秘术束缚禁锢,失去了大半神通,关押在朝廷专门用来镇压山泽野修和妖魅精怪的大牢。

当时汉子与朋友们,在白鹄江水神府邸好好喝了顿快意酒。

但是很快就有小道消息传遍京城,那个本该被剥皮抽筋、以儆效尤的狐魅,被皇帝陛下收入了后宫,金屋藏娇。

汉子听后心中愤懑不已。

这次与两个修士朋友联袂登门江神府,站在船头的那位白鹄江水神娘娘,也明明白白告诉了他们真相。传闻不假。

国难当头,君王倒是快活得很?

江神娘娘在入京觐见皇帝之时,那个狐魅的的确确就站在皇帝身侧,只是变得低眉顺眼,好在她身上被供奉修士设下的禁忌,洪氏皇帝还没有傻到帮她全部去除。

当时那幕场景,让这位曾经与洪氏先祖皇帝有过一段露水姻缘的江神娘娘有些皱眉头,印象中当今皇帝并无好色的名声。

只是时过境迁,对方终究是一国之主,她不好多说什么。再者,作为一江正神,在漫长的岁月里,高居神台,透过那百年复百年的袅袅香火,早已看遍众生百态,对于这些世俗荒诞事,早已见怪不怪。

想来是现任皇帝心中压力太大,毕竟大骊宋氏虽然承认了黄庭国的藩属地位,可天晓得会不会突然有一天,就冒出个姓宋的年轻皇室,让他从龙椅上滚蛋?既然如此,何以解忧?大概只有床笫之乐了。

水神娘娘其实知道那个武夫孙登先的积郁心情。只是有些话,她说不得。因为一旦说出口,所谓的君子之交,以前积攒下来的香火情,就会烟消云散。

大势所趋,黄庭国洪氏皇帝不转投大骊蛮子,难道真要为了所谓脸面,大动干戈,以卵击石,然后惹恼了大骊宋氏,毫无悬念地被大骊边关铁骑轻松碾压而过?到时候皇帝陛下沦为阶下囚不说,黄庭国百姓有多少人要遭受战火劫难?几十万?还是几百万?天翻地覆,山河变色,满目疮痍,黄庭国没有谁能够独善其身。那些无辜百姓的立世之本,哪有太多的讲究,不过是求个一年到头的衣食无忧。天寒可加衣,饿时能加餐,已是难得的安稳岁月。

这趟执意要拜访紫阳府,还拉上他们三人,水神娘娘何尝不知道孙登先心中不痛快?可她不得不来。甚至还需要三人帮忙压阵护卫,以免被那个性情难测的紫阳府老祖宗,干脆就将她拘押在那边。多出三人,其实无补于事,可到底能够让紫阳府稍稍多出一两分忌惮吧。

这位夫人只能寄希望于此次顺利圆满,回头自己的水神府自会报答孙登先三人。

驶入铁券河后,几人越来越沉默,当路过那座积香庙的时候,河神老者出现在河边,作为下属,他先向江神娘娘作揖行礼,只是直腰后所说的言语,可就不太中听了。老者笑眯眯问道:"江神夫人可是稀客,不知道此次巡查属下的铁券河,有何指教?若是夫人依旧不愿放过咱们铁券河如今的那个水军统领,属下倒是不敢说半个不字,只是这个统领,如今已是紫阳仙府的挂名修士,难道夫人此次逆流而上,是要去紫阳仙府掰扯掰扯当年那桩恩怨?"

渡船继续前行,江神娘娘一言不发。

铁券河神不以为意,转头望向那艘继续前行的渡船,不忘火上浇油地使劲挥手,大声嚷嚷道:"告诉夫人一个天大的好消息,咱们紫阳仙府的洞灵真君老祖,如今就在府上,夫人身为一江正神,想必紫阳仙府一定会大开仪门,迎接夫人的大驾光临,继而有幸得见真君真容。夫人慢走啊,回头返回白鹄江,若是得空,一定要来属下的积香庙坐坐。"

等到渡船远去,这个河神朝铁券河狠狠吐了口唾沫,骂骂咧咧:"什么玩意儿,装什么清高,一个不明来历的外乡元婴,投杯入水幻化而成的白鹄真身,不过是当年自荐枕席,跟黄庭国皇帝睡了一觉,靠着床上功夫,侥幸当了个江神,也配跟咱们真君老祖宗谈买卖?这几百年中,从来不曾给咱们紫阳仙府进贡半枚雪花钱,这会儿晓得亡羊补牢啦?哈哈,可惜咱们紫阳仙府这会儿,是真君老祖宗亲自当家做主,不然你这臭娘们舍得一身皮肉,死皮赖脸地爬上府主的床笫,还真说不定给你弄成了……痛快痛快,爽也爽也……"

河神转身大摇大摆走回积香庙。他突然偷偷咽了口唾沫,贼兮兮地笑,不晓得这婆娘脱下那身宫装衣裙后的金身皮囊,摸上一摸,到底是啥个手感和滋味?若是白鹄江遭了难,说不定他还真有机会尝一尝?

紫阳府,剑叱堂。

吴懿已经差不多到了耳根子忍耐的极限,正要让那拨还在滔滔不绝向她邀功讨赏的家伙退下,突然有一个外门管家站在剑叱堂大门后躬身道:"老祖宗,那白鹄江的江神,携带重礼登门求见,希望老祖能够赏脸见她一面。"

吴懿嘴角扯起一个弧度,似笑非笑,望向众人,问道:"我前脚刚到,这白鹄江婆娘就后脚跟上了,是积香庙那家伙通风报信?他是想死了?"

在场众人,心知肚明,这是老祖宗生气的征兆。一时间,所有紫阳府位高权重的老神仙们,个个惴惴不安。

老祖宗一发火,次次地动山摇,要么是不长眼的外人遭受灭顶之灾,要么是办事不力的一大堆自家人掉一层皮。

一个与铁券河神关系不错的紫阳府老修士，赶紧硬着头皮站出来，为那命悬一线的河神美言几句："启禀老祖宗，积香庙河神绝对不敢，这家伙道行低贱，万事不行，只有对咱们紫阳府忠心耿耿这件事上，可以说是半点不含糊。所以我斗胆猜测，想必是老祖宗此次驾驭仙舟，远游归来，给那江神娘们抬头瞪大一双狗眼，瞧见了老祖宗的绝代风采，就屁颠屁颠赶来跟老祖宗摇尾乞怜了。"

吴懿一根手指轻敲椅把手："这个说法……倒也说得通。"

所有人顿时如释重负。哪怕是与老修士不太对付的紫阳府老人，也忍不住心中暗赞一句。

倒不是那个老修士仗义，愿意为一个紫阳府的外人说几句公道话，而是他管着紫阳府外门的钱财往来，每年从乖巧懂事的铁券河神那边多有额外进账。

这种事，可大可小。一般来说，即便这类鸡毛蒜皮的腌臜事，被洞灵真君这名一心修大道的老祖宗知道了，她也未必愿意动一下眼皮子，张嘴说半句重话。说不定告密之人，与被揭发的可怜虫，都会被她厌烦驱逐，各打五十大棍，一起丢出紫阳府大门，道理很简单——这会让她心情不佳。

老祖宗虽然不爱管紫阳府的世俗事，可每次只要有人招惹到她发火，她势必会挖地三尺，牵出萝卜拔出泥，到时候萝卜和泥土都要遭殃，万劫不复，真真正正是六亲不认。

历史上，好几个龙门境功勋供奉，莫说兢兢业业，就是为紫阳府出生入死都不过分，功劳苦劳都不缺；还有几个老祖宗的嫡传弟子，无一例外都是金丹境地仙的大好资质，可一样是事发后，悉数被老祖宗亲手抓走，再无音讯。

吴懿依旧没有给出自己的意见，随口问道："你们觉得要不要见她？"

众人意见不一，有人说这白鹄江神胆大包天，仗着与洪氏一脉的那点关系，从来不向我们紫阳府纳贡称臣，既然她敢来紫阳府，不妨随便找个由头，直接将她拿下，关押在紫阳府水牢底下，回头再扶植一个听话的傀儡继任白鹄江神，两全其美。也有人反驳，说这个萧鸾夫人，终究是黄庭国屈指可数的一江正神，如今黄庭国暗流涌动，咱们紫阳府虽然算是已经上了岸，可近期最好还是行事稳重些，堂堂紫阳府，何必跟一个近邻江神怄气，传出去，徒惹笑话。

吴懿烦得很，拍了拍椅把手，对现任府主的金丹境修士说道："这个萧鸾夫人，可没那么大面子，能够让我去接待她。黄梧，你去见见她，看她到底想要做什么。如果说话不对胃口，或是求人办事，出价太低，就抓起来丢入水牢；如果足够温顺，或是价格公道，那就与她做买卖好了。紫阳府虽说家大业大，可谁乐意跟钱过不去。如果谈得愉快，今晚为陈公子接风洗尘的宴席，可以顺便邀请她，记得她的座位……嗯，就放在最靠近大门口的地方好了。"

紫阳府府主黄楮抱拳领命。

吴懿的视线在所有人身上掠过，玩味笑道："我不在的时候，你们怎么做，我可以不管，可如今我就在紫阳府，你们谁如果把事情做得私心重了，就是把我当傻子看待。"

一江水神萧鸾夫人，艳名远播，黄楮早就对她的美色觊觎已久，况且这个江神的双修之法，能够大补修士神魂，一旦拘押在水牢中，慢慢磨去棱角，等到哪天老祖离开紫阳府，还不是由着他这个府主为所欲为？原本确有这一丝腌臜想法的府主黄楮，被吴懿这番言语吓得头皮发麻，悚然惊惧，再次低头抱拳道："黄楮岂敢罔顾老祖宗的栽培之恩，岂敢如此自寻死路？！"

吴懿皮笑肉不笑，没有言语。

黄楮慢慢退出剑叱堂，走出去后，大汗淋漓。其余众人，陆续离开，都有些幸灾乐祸。

吴懿突然一皱眉，伸手拈住破空而来的一抹亮光，是完全无视紫阳府阵法的飞剑传信。

这等惊人手笔，不用想，必然是那个去当什么书院副山长的父亲大人了。

看到信上内容后，吴懿揉了揉眉心，十分头疼，还有不可抑制的愤怒。

她一巴掌拍碎紫檀龙椅的椅把手。自己已经足够客气了，还要怎样盛情款待？！难道要将那个陈平安当老祖宗供奉起来不成？只是一想到父亲的阴沉面容，吴懿脸色阴晴不定，最终喟然长叹，罢了，也就忍一两天的事情。

暮色降临，整座紫气宫灯火辉煌，亮如白昼。

紫阳府今夜大摆宴席，地点位于紫气宫用以款待头等贵客的雪茫堂。

白鹄江神萧鸾夫人，带着贴身婢女和孙登先三人，在一个紫阳府年轻女修的带领下，去往雪茫堂宴会。

事情已经谈妥，不知为何，萧鸾夫人总觉得府主黄楮有些拘谨，远远没有以往在各种仙家府邸露面时的那种意气风发。

他们一行的住处，被黄楮安排在紫阳府的偏僻地带，根本不可能会是这座属于吴懿私宅的紫气宫，而且只有一个紫阳府外门弟子中的三境女修负责他们的衣食住行，即便如此，小小三境修士也没个好脸色给一位大江正神娘娘，紫阳府店大欺客，那种从骨子里流露出来的居高临下，一览无余。除了萧鸾夫人，婢女和三个大老爷们当时脸色都有些难看，只有萧鸾夫人始终神色恬静。接下来发生了一件更过分的事情，让婢女和孙登先直接绷不住脸色，各自冷哼一声。

那名三境女修战战兢兢进了紫气宫大门后，每一步都走得如履薄冰，因为关于紫气宫的传闻，一个个都很让人敬畏，结果只走了一半路程，她指了大致道路后就说接下去让萧鸾夫人他们自己去那雪茫堂，反正座位很好找，就靠着大门。

萧鸾夫人安慰了婢女和孙登先两人几句，见效果不大，只好苦笑着率先前行。结果绕过一座影壁，在一条长廊上，遇到了另外一拨人。

遇到的正是陈平安四人。之前是一个龙门境老修士亲自去请的陈平安，不过陈平安问过了道路，就说不麻烦老前辈带路，自己走去就行，管着紫阳府所有下五境修士生杀大权的老修士本想坚持，只是一想到先前剑叱堂老祖宗的说法，以及自己咀嚼出来的余味，觉得还是顺着这个陈公子为妙，便告罪一声，转头去忙他自己的事情了。

双方刚好在两条廊道交会处碰头，陈平安便率先停步，让萧鸾夫人一行人先走。萧鸾夫人微笑着点头致意，算是谢过这个陌生人的礼数。

一个在紫气宫背负长剑的白衣年轻人？萧鸾夫人也没有多想。她的贴身婢女忍不住多看了陈平安一眼，哟呵，腰间还挂了个朱红色小酒壶呢。瞧着挺像是一个紫阳府上的内门谱牒仙师啊，可为何没有紫阳府修士身上的那种跋扈？

走在最后边的孙登先惆怅郁闷得很，便没有注意陈平安这拨人。突然，他听到有人喊道："大侠?!"

孙登先没理会，继续前行。

可那人继续说道："大侠！蜈蚣岭，破庙前，我们见过的。"

孙登先愣了一下，停下脚步，转头望去，看着那个满脸灿烂笑容的白衣年轻人："你是？"

陈平安快步走到孙登先跟前，笑道："大侠还记不记得，破庙那边，我当时带着两个小家伙，一个青衣，一个粉裙。你们降妖除魔之后，大侠你还好心提醒我要注意来着，说不是所有山上人，都不介意有人身边带着成精的妖物。"

孙登先恍然大悟，爽朗大笑："好嘛，原来是你来着！"

陈平安挠挠头，有些难为情："这两年我个子蹿得快，又换了一身行头，大侠认不出来，也正常。"

孙登先一巴掌重重拍在陈平安肩膀上："好小子，不错不错！都混出大名堂了，能够在紫气宫吃饭喝酒了！等会儿，估计咱们座位离得不会太远，到时候我们好好喝两杯。"

陈平安只是乐呵，点头说"好"。

当年在蜈蚣岭，孙登先持有一把符器银色小刀，与人一起追剿捉拿一个狐魅化身的美妇人，还与一拨游历江湖的官宦子弟差点起冲突，最终还是制服了那个心狠手辣的狐魅，狐魅好像自称青芽夫人。

对于那场萍水相逢,陈平安记忆尤其深刻。甚至可以说,陈平安对于江湖的模糊印象,以及何谓侠士,何为降妖除魔,如何真正看待险恶的江湖,都源于那场偶遇和旁观。

竟然能够在这紫阳府再次遇到那个出手干脆利落的汉子,陈平安觉得是大大的意外之喜。

只是陈平安全顾着高兴了,裴钱却瞪大了眼睛。那不知道哪根葱的黄庭国六境武夫,竟然敢将那么重一巴掌拍在陈平安肩膀上。这一幕看得朱敛微笑不已,石柔更是眼皮子打战,她心想要是崔东山在这里,估计这个不长眼的江湖莽夫,八成是死定了。

孙登先前边的萧鸾夫人等人也听到了后方动静,纷纷停步,孙登先向他们笑着介绍陈平安,开怀大笑道:"这个小兄弟,就是我与你们提起过一嘴的那个少年郎,年纪轻轻,拳意相当不俗,胆子更是大,当年不过三四境武道修为,就敢带着两个小妖行走江湖,不过比起那帮官宦子弟的绣花枕头,这位少侠,江湖经验可就要老到多了……"

仪态雍容、姿色出彩的萧鸾夫人,虽然脸上再次泛起笑意,可她身边的婢女,已经用眼神示意孙登先不要再磨蹭了,赶紧去往雪茫堂赴宴,免得节外生枝。

一个老者轻声提醒道:"小孙,你们可以边走边聊。"

孙登先有些悻悻然,好在陈平安笑道:"赴宴要紧,大侠姓孙?我姓陈名平安,孙大侠就直接喊我陈平安好了。"

孙登先本就是生性豪迈的江湖游侠,也不客气:"行,就喊你陈平安。"

萧鸾夫人等人继续赶路,孙登先便留在最后与陈平安热络闲聊起来。

廊道尽头,有训斥声骤然响起:"你们怎么回事?难道要我们老祖和府主等你们落座才开席?萧鸾夫人,你真是好大的架子!"说话的是一个火急火燎拐入廊道尽头的紫阳府内门管事,他神色倨傲无比,根本不将一位江水正神放在眼中。

那管事训斥之后,黑着脸转身就走:"赶紧跟上,真是婆婆妈妈!"

萧鸾夫人在那管事转身后,眯起眼,轻轻吐出一口气,神色恢复正常。

孙登先小声骂了一声娘。

陈平安没有说话。

紫阳府所有中五境修士已经齐聚于雪茫堂。

萧鸾夫人走到大堂门槛外,放缓了脚步,因为她已经有了如芒在背的感觉。

那个管事就站在大门口,使劲瞪着白鹄江水神娘娘,压低嗓音道:"还不快进去坐下!"

萧鸾夫人面无表情,跨过门槛,身后是婢女和那两个江湖朋友,管事对待白鹄江神还乐意刺几句,对于之后那些狗屁不是的玩意儿,就只有冷笑不已了。

只是当他看到与一人关系亲近的孙登先后,这个管事一下子笑容僵硬,额头瞬间沁出汗水。

孙登先有些疑惑,百思不得其解,只管大踏步跨过门槛。

稍稍慢一步走入雪茫堂的陈平安,神色如常。

第二章
江湖夜雨

萧鸾夫人四人落座，果然是最靠近雪茫堂门槛的位置，适合欣赏门外夜景。而那个萧鸾夫人的贴身婢女，被八百里白鹄江辖境所有山水精怪，敬称一声小水神的她，紫阳府竟是连个座位都没有赏下。婢女只得站在萧鸾夫人身后，俏脸如霜。

自从溺死成为水鬼后，两百年间，她一步步被萧鸾夫人亲手提拔为白鹄江水神府的巡狩使，所有在辖境作乱的下五境修士和精怪鬼魅，她都可以先斩后奏，何曾受过如此大辱！这次拜访紫阳府，算是将两百年积攒下来的风光，丢了一地，反正在这座紫阳府是休想捡起来了。

好在她跟在萧鸾夫人身边，耳濡目染，知晓轻重，不用夫人提醒注意场合，就已经早早低眉垂眼，尽量让自己的神色更加自然，不敢流露出丝毫不满。先前夫人与紫阳府现任府主黄楮两人单独聊完大事后，夫人的心情依旧不算轻松，提醒他们四人，真正乘船返回江神府前，还有变数，恳请所有人再忍忍。

当时萧鸾夫人颇为愧疚，神色苦涩，言语中竟带着一丝祈求之意，看得婢女心酸不已，差点落泪。

此刻萧鸾夫人从容貌、衣饰到坐姿，几乎没有瑕疵，只是眼神有些晦暗不明。

她能够坐镇白鹄江，纵横捭阖，将原本只有六百里的白鹄江，硬生生拉伸到将近九百里，权柄之大，犹胜世俗朝廷的一个封疆大吏，与黄庭国的诸多山头谱牒仙师以及孙登先这类江湖武道大宗师关系亲近，自然不是靠打打杀杀就能做到的。

她在两拨人中第一个跨入宴会厅，厅内高朋满座，神仙扎堆，只留出两块空白，连她在内的白鹄江水神府的客人,既然早被通知是靠近门槛的凉快位置,那么剩下那几个位于主位之下最尊贵的左首座位是留给谁的,萧鸾夫人一眼便知。

果不其然,见到陈平安走入雪茫堂,慵懒地高坐主位的吴懿,这个连萧鸾夫人面都不愿意一见的紫阳府开山老祖,竟是笑着起身,走下台阶,走向陈平安一行。她挽住陈平安的手臂,大笑道:"陈公子不到雪茫堂,我们可不敢擅自开席上菜。"

一身拳意早已浑然天成的陈平安,胳膊骤然间给一个仍算是陌生的女子挽住,破天荒有些身体僵硬,但他又不好众目睽睽之下当场挣脱吴懿的亲昵动作,实在是煎熬无比。

包括府主黄楮在内的紫阳府大修士,一个个心神摇曳不定,越发觉得那姓陈的年轻人,可能是老祖的姘头相好——不过这种可能性实在不大呀,毕竟老祖创建紫阳府以来,从未有过道侣,老祖醉心于大道,对于儿女情长,从无感觉。不然就是大骊宋氏某个游历至此的皇亲国戚?否则老祖吴懿此次宴席的种种表现,太过诡谲反常。

所幸吴懿将陈平安带到座位后,就不露痕迹地松开了手,走向主位坐下,依旧是对陈平安青眼相加的熟稔架势,朗声道:"陈公子,我们紫阳府别的不说,这老蛟垂涎酒,名动四方,绝非自夸之辞,便是大隋弋阳高氏一位皇帝老儿,私底下也曾求着黄庭国洪氏,与我们紫阳府每年讨要六十坛。现在酒水已经在几案上备好,喝完了,自有下人端上,绝不至于让任何一人身前杯中酒空着,诸位只管痛饮,今夜我们不醉不归!"

紫阳府数十个相貌秀美的年轻女修,担任端酒送菜的丫鬟,她们穿上了崭新光鲜的彩衣,从雪茫堂两侧涌出,如彩蝶翩翩,十分出彩。

吴懿率先站起举杯:"这第一杯酒,敬陈公子莅临我紫阳府,蓬荜生辉!"

如此一来,所有人只好跟着都站起来,共同举杯,向陈平安敬酒。

在黄庭国,这是比天大的面子。恐怕洪氏皇帝亲临紫气宫,都未必能够让吴懿如此措辞。

孙登先在陈平安一行人落座后,一时半会儿没回神还魂,怔怔地坐在位置上,好在被朋友踹了一脚,他这才连忙起身。

陈平安只得道了一声谢,饮尽一杯。

裴钱身前那只最为小巧玲珑的几案上,同样摆了两壶老蛟垂涎酒,不过紫阳府十分贴心,也给小丫头早早备好了一壶甘甜清冽的果酿,让跟着起身端杯的裴钱很是快活。

紫阳府,真是个好地方哟。

裴钱打定主意,回头她一定要跟师父念叨念叨,好好磨磨师父的耳根子。以后咱们要常来紫阳府做客,那个吴懿虽然长得不算俊俏,比黄庭、姚近之差得蛮多,可人好,待客热情,真是挑不出半点毛病!反正又不是要让师父娶回家当她的师娘,相貌什么的,不重要嘛。"

之后吴懿倒是没有太盯着陈平安,就是寻常山上仙家的丰盛筵席了。

各色山珍海味、美味佳肴,由那些身姿曼妙如彩蝶的年轻女修,纷纷端上觥筹交错的雪茫堂。

府主黄楮不愧是紫阳府负责抛头露面的第二把交椅,是个会说话的,带头向吴懿敬酒,说得妙语如珠,赢得满堂喝彩。

吴懿言语不多,但是比起以往紫阳府宴席上的姿态,今夜已平易近人了许多,可谓判若两人,她还主动说了几桩山上趣事,紫阳府众人自然是笑声连连。其实吴懿是个不苟言笑的性子,若是换成黄楮来讲述那些内容,说不定都不比说书先生差,可从吴懿嘴中说出,在陈平安听来,真不算好笑,雪茫堂的欢声笑语,却委实是一个比一个眼神真诚、笑脸自然。大概这也算江湖吧。

其实陈平安第一次有此感触,还是在那座虚无缥缈的藕花福地,大战落幕后,在酒楼遇到那位南苑国皇帝。

萧鸾夫人手持酒杯,缓缓起身。所有人极有默契,停下了喧闹,一时间鸦雀无声。

萧鸾夫人微笑道:"萧鸾代白鹄江水神府,向真君老祖敬一杯酒。"

吴懿置若罔闻,但是目光却停留在了萧鸾夫人身上。这副姿态,明摆着是她吴懿根本不想给白鹄江水神府这份面子,你萧鸾更是丁点儿脸面都别想在紫阳府挣着。

孙登先差点气炸了胸膛,双手紧握拳头,搁放在几案上,浑身颤抖。

吴懿有意无意,眼角余光瞥了眼陈平安,后者正转头和裴钱低声说话,好像是正在告诫这个丫头在别人家做客,必须坐有坐相,吃有吃相,不要得意忘形,果酿又不是酒,便没有那个喝醉了万事不管的借口。裴钱挺直腰杆,不过摇头晃脑,笑嘻嘻说着"晓得嘞晓得嘞",结果挨了陈平安一栗暴。

吴懿见陈平安没有掺和的意思,便迅速收回视线,打了个哈欠,一手拎住一壶特制老蛟垂涎酒的壶颈,轻轻晃荡,一手托腮帮子,懒洋洋问道:"白鹄江?在哪儿?"

然后吴懿转头望向黄楮,问道:"离咱们紫阳府多远来着?"

黄楮赶紧起身恭敬回答道:"回禀老祖宗,这白鹄江水神府,距离我们紫阳府只有一条铁券河的路程,三百里水路。"

吴懿故作恍然状:"那也不远啊。"

不远,就算是近邻,市井俗语曾说远亲不如近邻,对于谱牒仙师和山水神祇而言,三百里,也的确是转瞬即至的一段路程,相当于凡夫俗子饭后散步的路途罢了。既然如此,白鹄江水神府在这数百年间,摆出与紫阳府老死不相往来的架势,落在吴懿眼中,无异于萧鸾夫人的挑衅。不过吴懿在这件事上,有自己的盘算,才由着白鹄江水神府放开手脚去开疆拓土,并未开口让紫阳府修士以及铁券河积香庙阻拦。

一座融融洽洽的雪茫堂,刹那之间充满了肃杀之意。

萧鸾夫人就那么在身前双手端着酒杯,一张精致无瑕的脸庞上恬静笑容不变:"还望洞灵真君恕罪,那我萧鸾就自罚一杯。"

就在萧鸾夫人抬起手臂的时候,吴懿突然伸出手掌,虚按两下:"萧鸾,小小紫阳府,哪里当得起一位江水正神的罚酒。黄楮,你怎么当的府主,人家萧鸾不来拜访,你就不会主动去水神府?非要这位江神夫人主动来见你?我看你这个府主的架子,可以媲美洪氏皇帝了。赶紧地,愣着干吗,主动给江神夫人敬一杯酒啊。算了,黄楮你自罚三杯好了。"

黄楮二话不说,面朝萧鸾夫人,连喝了三杯。

雪茫堂内已是落针可闻的凝重气氛。

萧鸾始终端着那杯没机会喝的酒水,她弯腰放下那杯酒后,做了一个古怪举动,去左右两侧老者和孙登先的几案上,拎了两坛酒放在自己身前,三坛酒并列,她拎起其中一坛,揭开泥封后,抱着大概得有三斤的酒坛,对吴懿说道:"白鹄江水神府喝过了黄府主的三杯敬酒,这是紫阳府大人有大量,不与我萧鸾一个妇道人家斤斤计较,但是我也想要喝三坛罚酒,与洞灵真君赔罪,同时在这里祝愿真君早日跻身上五境,紫阳府开宗!"

接下来萧鸾竟是刻意压制金身运转,等于撤去了白鹄江水神的道行,暂时以寻常纯粹武夫的身躯,一鼓作气,喝掉了整整三坛酒。

萧鸾满脸绯红,她三次高举酒坛,仰头饮酒,酒水难免有遗漏,一身华美宫装的胸前衣襟微微浸湿,她转过头去,伸手捂住嘴巴。

裴钱张大嘴巴,看着远处那个豪气干云的女中豪杰,换成自己,别说是三坛酒,就算是一小坛花果酿,她也灌不下肚子啊。

她赶紧摸起酒杯,给自己倒了一杯果酿,准备压压惊。

陈平安对裴钱轻声笑道:"差不多就可以了。"

再次打量陈平安的吴懿眯起眼,转而望向那个还不敢落座的白鹄江水神,点点头:"敬酒喝了,罚酒也没少喝,挺好,不是一家人不进一家门,以后你们水神府与我们紫阳府,就算是半个亲戚了,逢年过节,记得多串门。不过我再提醒一声萧鸾夫人,今儿你有这么个机会,要归功于陈公子,就不意思意思?"

那位萧鸾夫人明显已经相当难受,呼吸急促,便有了峰峦起伏的风光,可仍是笑道:"理当如此,那就再喝一坛,就像洞灵真君所说,机会难得,不醉不归!良辰美景与美酒豪杰,我萧鸾皆不敢辜负,只是希望到时候我若是醉后失态,真君莫要笑话……"

言语间,萧鸾又拎了一坛酒,揭开泥封的手指,已经在微微颤抖。

陈平安起身后,手持酒杯,看了看门口那边白鹄江水神娘娘手捧酒坛,又低头看了看自己的酒杯,突然转头望向主位上的吴懿,笑道:"真君,我酒量一般,不如我跟江神娘娘都只以杯饮酒?不然我一杯酒,江神娘娘却是一坛酒,于情于理,我都站不住脚,免得以后再次叨扰紫阳府,路过水神府的时候,都不敢拜访水神娘娘了。"

吴懿眼神深沉,晃着酒壶,笑道:"陈公子,这可不行,萧鸾敬我三坛酒,却只跟公子喝一杯酒,这算怎么回事,太不像话。怎么,陈公子是起了怜香惜玉的心思?这样的话,倒也巧了,酒水做媒,咱们这位萧鸾夫人又孑然一身多年,陈公子是人中龙凤……"

陈平安赶紧打断吴懿越说越不着边的言语,拎起一坛酒,开了泥封,像是与吴懿求饶道:"真君,说不过你,我也认罚,半坛罚酒,剩下半坛子,就当是我回敬江神娘娘。"

吴懿蓦然大笑。于是雪茫堂再次响起震天响的爽朗笑声。

陈平安面向主位,一口气喝了半坛酒,然后转身向那位萧鸾夫人,高高举起剩余的半坛酒:"敬江神娘娘。"

萧鸾夫人再次一饮而尽。这次顾不得仪态礼数,她赶紧落座,转过头去,用手臂使劲抵住嘴巴。

闹剧过后,酒宴再次热闹起来,一个个彩衣女修忙碌不停。已经有人离开座位,来来往往相互敬酒。

毕竟这次紫阳府中五境修士齐聚,其中不少人都是从紫阳府邸附近的修道洞府赶来的,观海、龙门两境的修行,尤为讲究滴水穿石,这类可谓真正登堂入室的修道中人,十数年甚至是数十年不见一面,十分平常,如果到了传说中的元婴境,更是云中龙隐一般的清静光景。

婢女弯腰,轻轻拍打着萧鸾夫人的后背,结果被萧鸾一震弹开,婢女赶紧收手,噤若寒蝉。

醉眼蒙眬的萧鸾夫人,姿色越发美艳夺人、光彩夺目,她对孙登先轻声道:"登先,不去与你朋友喝个酒?"

孙登先面有难色。

萧鸾夫人不知是否醉酒的缘故,与平时的雍容端庄大不相同,此刻竟是有些小女人娇憨模样,可怜兮兮地望向孙登先。

孙登先有些无奈,他倒是对这位江神娘娘唯有敬重而无思慕,可是天底下的英雄好汉,见着了美人蹙眉、秋波流转的旖旎画面,有几个能够铁石心肠的?

孙登先只得点头,起身持杯,就要去陈平安那边敬杯酒。

孙登先便是这等犟脾气,若是不晓得陈平安是紫阳府的头等贵人,老祖吴懿都要讨好的座上宾,只是当年印象中那个三四境的年轻游侠,大伙儿相逢于江湖,既然又重逢于江湖,别说是陈平安不来敬酒,他也会主动找陈平安去碰杯,聊那么几句。可如今他反而浑身不自在,豪气全无。

不过孙登先愣住了,只见白衣负剑的陈平安走到他身前,身边还跟着个蹦蹦跳跳的黑炭丫头。

陈平安说道:"孙大侠,敬你一杯。"

孙登先虽说先前有些扭捏,只是人家陈平安都来了,他还是有些高兴的,也觉得自己脸上有光,难得这趟憋屈窝囊的紫阳府之行,能有这么个小小舒心的时候。孙登先笑着与陈平安相对而立,碰杯后,各自喝完杯中酒。碰杯之时,陈平安稍稍放低酒杯,孙登先觉得不太妥当,便也跟着放低些,不承想陈平安又放低,孙登先这才算了。

孙登先今晚本就独自喝着闷酒,也有些微醺,现在喝完陈平安敬的一杯酒后,一些跑到嘴边的言语,便脱口而出了:"陈平安,从哪儿学来的酒桌规矩,俗气得很!再说了,我也当不起这份礼数。"

萧鸾夫人已经站起身,老者在内的两个水神府朋友,见孙登先如此不拘小节,都有些哑然。

陈平安眼神明亮:"孙大侠,当得起!"

孙登先乐了:"不就抓了个狐魅吗,至于把你给这么念念不忘的?"

陈平安没有说那些关于江湖感触的心里话,只是就近从一人几案上拿起酒坛,给自己倒了一杯酒,也给孙登先满上,笑道:"人间路窄酒杯宽,与孙大侠再走一个!"

两人依旧一口饮尽杯中醇酒。孙登先开怀笑道:"好家伙,劝酒本事也不小嘛。"

陈平安笑眯眯,先前一口气喝了一坛后劲十足的老蛟垂涎酒,也已满脸通红。

陈平安与孙登先并未长久寒暄客套,更没有与那位白鹄江水神娘娘闲聊一个字。只是告别离开前,陈平安望向大门口那边。

那个只能守在门槛外的管事,一直眼巴巴望向陈平安和萧鸾夫人这边,总算瞅见了陈平安的视线后,他立即低头哈腰。陈平安笑了笑,手举空杯,这才返回原位。那个已经惶恐许久的管事得了这个表示后,激动得差点老泪纵横。

萧鸾夫人坐在位置上,低下头去,轻轻擦拭衣襟酒渍,轻轻吐出一口浊气和酒气。比这种往死里喝罚酒更可怕的是,你想喝罚酒千百斤,对方都不给你举杯喝二三两的机会。

婢女看着那个年轻人远去的背影,一番思量后,心头有些感激。

裴钱仰起头,好奇问道:"那老头儿,可会狗眼看人低唉,师父你也不生气?"

陈平安笑道:"这有什么好生气的。"

裴钱小声问道:"师父是想着孙大侠他们好吧?"

陈平安一拍她的脑袋:"就你聪明。"

离着座位已经没几步路了,裴钱一把抓住陈平安温柔的手掌,陈平安好奇问道:"怎么了?"

裴钱笑嘻嘻道:"蹭蹭好人师父的仙气儿和江湖气。"

陈平安笑道:"对,能够跟着一路蹭吃蹭喝,上哪儿找这样的师父去。"

裴钱小心翼翼问道:"师父,我能喝一丁点儿老蛟垂涎酒吗,可香啦,馋死我了。"

陈平安问道:"你说呢?"

裴钱点头道:"我觉得可以喝那么一小杯,我也想人间路窄酒杯宽。"

陈平安扯着她耳朵,把她丢在小绣凳小几案的独有座位上:"喝你的果酿。"

陈平安正要落座,吴懿已经走下主位,来到他身前,她摆摆手,示意瞬间安静下来的雪茫堂继续喝酒,等到酒宴重归喧闹后,吴懿以心声问道:"陈公子,你是不是斩杀过不少的蛟龙之属?"

陈平安摇摇头。蛟龙沟一役,不是他亲手杀的那条元婴境老蛟。

陈平安突然记起桐叶洲大泉王朝边境上的黄鳝妖物,确是他从头到尾一手打杀。陈平安皱了皱眉头,问道:"真君可是瞧出了什么?"

吴懿见陈平安摇头,心底便有些不悦,只是一想到那两封比圣旨还管用的家书,只得耐着性子解释道:"我也不好细问公子的过往,但是我看得出来,公子身上沾染了不少业障。"

陈平安好奇问道:"怎么说?"

吴懿笑道:"世间有些妖物,杀了是功德在身,也可能是业障缠身。这种不同寻常的规矩,儒家一直讳莫如深,所以陈公子可能不太清楚。"

陈平安直截了当问道:"可有破解和去除之法?"

吴懿卖了一个关子:"不着急,反正公子还要在紫阳府待一两天,等到酒醒之后,我再与公子说这个,今夜只管喝酒,不聊这些扫兴事。"

天下无不散的筵席。吴懿率先离场。陈平安也很快带着裴钱他们离开雪茫堂,原路返回。

裴钱还是很兴奋,没忘记拿上那根行山杖,一路上哼唱着自编自曲的歌谣,都是她从师父那儿听来的一些龙泉郡家乡俗语:"今儿雷公唱曲儿,明儿有雨也不多。燕子低飞蛇过道,蚂蚁搬家山戴帽……月亮生毛,大雨冲壕。天上挂满鲤鱼斑,明日晒谷不用翻……"就是没个消停。

朱敛早将这首歌谣听得耳朵起茧了,劝说道:"裴女侠,你行行好,放过我的耳朵吧!"

裴钱哀叹一声,今夜心情大好,就顺着老厨子一回好了。她在幽静道路上前冲几步,挥动行山杖:"天底下野狗乱窜,豺狼当道,才使得江湖如此险恶,人人自危。可我还没有练成绝世的剑术和刀法,怪我,都怪我啊。"

朱敛一脚踹在她屁股上。裴钱踉跄几步,依然飘然站定,扭头怒道:"干吗?"

朱敛正要笑话她几句,突然咦了一声,抬头望去,伸出手去:"下雨了?"

陈平安嗯了一声。

还真下起了绵绵细雨。

一行人加快脚步返回那栋藏宝阁。

石柔是阴物，无需睡眠，便守在了一楼。朱敛和裴钱分别住在二、三楼。陈平安独自站在四楼廊道，今夜雨水不大。

他在廊道上走桩半个时辰，散去一身内外酒气后，就返回房间睡觉了。不过他睡眠极浅，终究是在紫阳府，有个性情难测的主人吴懿。

后半夜，突然响起轻轻的敲门声。

陈平安穿衣起身，开门后，却看到一个绝对想不到的人——白鹄江水神萧鸾夫人。

只见她眼神复杂，娇羞不已，欲语还休，好像还换上了一身越发合身的衣裙。她侧过头，咬着嘴唇，鼓起勇气，细语呢喃道："陈公子……"

陈平安砰然关门。

萧鸾夫人站在门外，满脸震惊，只听陈平安在里边怒道："夫人请自重！"

萧鸾夫人怔怔站在门外，许久没有离开，当她犹豫要不要再次敲门的时候，转过头去，看到了那个不甚起眼的佝偻老人。

萧鸾夫人擅长察言观色，去往雪茫堂酒宴廊道那边，初见此人，从每次呼吸长短，到脚步触底的声响，隐藏极深，竟是故意维持在了武道五境修为，而这次老家伙悄无声息出现在四楼，已是与孙登先差不多的武道气象，可见必然是城府深沉之辈。

萧鸾夫人只看得出这个年老扈从是个武学高于孙登先的宗师，可是否已经跻身金身境，双脚开始迈上去往武道止境的炼神台阶，她看不出。

看不出一个纯粹武夫的深浅，这就意味着萧鸾必须小心。

佝偻老人笑得让白鹄江水神娘娘差点起一身鸡皮疙瘩，所说言语，更是让她浑身不适："萧鸾夫人，吃了我家少爷的闭门羹啦？别上心，我家少爷从来就是这样，并非针对夫人一人。"

萧鸾夫人酝酿一番措辞，神色自若，微笑道："老先生，今夜骤然有雨，你也知道我是江水神祇，自然会心生亲近，好不容易散去酒气，就借此机会夜游紫气宫，凑巧看到你家公子在楼上廊道练拳，我本以为陈公子是修道之人，是一位前程似锦的小剑仙，不承想陈公子的拳意竟是如此上乘，不输我们黄庭国任何一位江湖宗师，实在好奇，便冒昧拜访此地，是我唐突了。"

朱敛大义凛然道："不唐突不唐突，天底下只有莽夫不解风情、唐突佳人的份，美人说什么做什么，都不唐突！"

萧鸾不愿与此人纠缠不休，今夜之事，注定要无疾而终，就没有必要留在这里耗费光阴了。再者，真当她不知半点廉耻？堂堂黄庭国第三大江的正神，已经比本国五岳神祇并不逊色太多。如果不是吴懿和紫阳府太强势，而且如今更是坐拥大势，傍上了大骊王朝，否则换作黄庭国其他任何酒宴聚会，她萧鸾都会有陈平安在今晚享受的待遇。于是萧鸾客气了几句，打算就此离去。

在这紫阳府，真是诸事不顺，今夜离开这栋藏宝楼，一样还有头疼事在后边等着。

朱敛笑眯眯道："夫人请留步。"

萧鸾心中恼火不已，只是一身气态依旧雍容华贵，疑惑道："老先生可是有事？若是不着急，可以明天找我慢聊。"

朱敛伸出一只手掌，晃了晃："哪里是什么老先生，比起萧鸾夫人的岁月悠悠，我就是个面相稍稍显老的少年郎罢了。萧鸾夫人可以喊我小朱，绿鬓朱颜、朱墨灿然的那个朱。事情不着急，就是在下在雪茫堂，没那胆气给夫人敬酒，刚好这会儿夜深人静，没有外人，就与夫人一样，有了夜游紫阳府的兴致，不知夫人意下如何？"

萧鸾感觉比喝了四坛老蛟垂涎酒还反胃，但她仍是笑脸相向："夜已深，明早就要动身离开紫阳府，返回白鹄江，有些乏了，想要早些歇息，还望体谅。"

朱敛已经大步前行："必须体谅夫人！那就容我护送夫人返回住处，夫人一个人回去，我实在放心不下。夫人国色天香，虽说自有绝代佳人那种凛然不可侵的气度，可我总觉得哪怕是给紫阳府一些个巡夜修士，多看了夫人两眼，我就要心疼不已。不行不行，夫人莫要替我考虑了，我一定要送一送夫人！"

萧鸾一笑置之，以她的养气功夫，都快要忍不住恶语相向了。

她径直转身，既不拒绝，也没答应，一掠出楼，曲线玲珑的曼妙身形，瞬间化虹而去，你有本事跟得上就跟。不承想那朱敛刹那之间就出现在她身边，跟随她一同御风而游！

萧鸾心神震荡，差点没摔落地面。

远游境！这个老色胚，竟是第八境的纯粹武夫？！享誉黄庭国江湖四十余年的武学第一人，不过是金身境而已。

朱敛跟在萧鸾身边："夫人，我从一本杂书上看到，说世间蛟龙之属与江水神灵，一旦情动，便有一场甘霖雨露，落在人间，不知是真是假？"

萧鸾夫人羞愤难当，恨极了那个幕后主使，更恨不得将身边这个糟老头儿打入白鹄江水底，把此人魂魄抽丝剥茧，拧为一根根灯芯，挂起灯笼，照耀水府！

朱敛犹然自顾自说道："能够与萧鸾夫人夜游紫阳府，真是人生一大快事啊。说出来不怕夫人笑话，小朱我生平喜好撰写游记，记录千山万水的奇人异事，一直想要将来哪天版刻游记，我觉得今夜有幸与夫人结伴夜游，必须在游记中以浓墨重彩描述，等到出书之后，我一定亲自携书登门，赠予夫人一本！"

萧鸾气得牙痒痒，以至于呼吸不稳，有些胸脯起伏，今夜这身让她觉得太过火的装束,本就是那人强行丢下,要她穿上的。

朱敛瞥了眼那宛如咫尺天地的壮丽景象,迅速转头,望向铁券河,朗声道:"大好风光!"

朱敛早已返回二楼住处。

藏宝楼那边屋内,陈平安已经全然没了睡意,干脆点起一盏灯,开始翻阅书籍,看了一会儿,心有余悸道:"一本游侠演义小说上怎么说来着,英雄难过脂粉阵?这个江神娘娘也太……不讲江湖道义了!雪茫堂那边,好心帮了你一回,哪有这么坑害我的道理!只听说那任侠之人,才没有隔夜仇,当晚了结,你倒好,就这么报恩?他娘的,如果不是担心给朱敛误以为此地无银三百两,赏你一巴掌都算轻的……这要是传出去半点风声,我可不就是裤裆上沾满了黄泥巴,不是屎都是屎了?"

陈平安抹了把额头汗水,絮絮叨叨,痛骂那个白鹄江水神娘娘。

最后陈平安只好找个由头,安慰自己:"藕花福地那趟光阴长河,没白走,这要换成早先时候,指不定就要傻乎乎给她开了门,进了屋子。"

逐渐心静下来,陈平安便开始聚精会神翻阅书籍,是一本佛家正经,当时从山崖书院藏书楼借来六本书,儒释道法墨五家典籍皆有,茅山长说不用着急归还,什么时候他陈平安自认读透了,再让人寄回书院便是。

陈平安突然合上书,走出屋子,来到廊道栏杆处。

事出无常必有妖。

楼外雨已停歇,夜幕重重。陈平安伸手按住栏杆,缓缓而行,手心皆是雨珠破碎、合一的雨水,微微沁凉。

陈平安摊开手掌,低头望去。

他跳上栏杆,缓缓而行,眺望远方,紫阳府外铁券河,河外又有青山。

当下身处黄庭国紫阳府紫气宫的藏宝阁高楼檐下栏杆上,思绪飘远。

陈平安想起先前青鸾国之行,在酒楼听当地百姓酒客说那场佛道之辩,有那么一个僧人撑伞在外、儒生檐下躲雨的故事。

若是赶路时遇上下雨,自然就会寻找屋檐躲雨。

又记得陆抬曾经在飞鹰堡小院感慨,人间的遗憾,多是"留不住"三字。最深的肺腑之言,不过是对种种风景、种种人的一句"且慢行"。

陆抬又说,我们很难对世间诸多苦难,真正感同身受,所以当苦难临头,落在一个人的身上时,谁都会措手不及。

且慢行。慢。

那座观道观的观主老道人,以藕花福地的众生百态观道,道法通天的无名老道人,显然可以掌控一座藕花福地的那条光阴长河,可快可慢,可停滞不前。

可是四座天下的光阴洪流,别说掌控,就是想要拦上一拦,据说连道祖都做不到,故而至圣先师曾经观水有悟:"逝者如斯夫,不舍昼夜。"

崔东山说过天下所有山头仙府、人间城池皆有玄妙,加上战争和诸子百家的学问,都牵涉到光阴长河的流逝速度,是圣人们希望换一种法子,求一个慢。

已经站得那么高、看得那么远的三教圣人,到底为何非要慢下来?

至圣先师,佛祖,道祖,这三位有开天辟地之功的圣人,又到底在看什么?以至于一定要三座天下人间"且慢行"?

第一次与崔东山游历黄庭国,一次在山巅,崔东山陪着他一起练拳,曾经笑言,历史的车轮前行之时,必然要碾碎许多花草。这不是帝王心性的无情之语,而是一位中土醇儒的悲悯之言,那个读书人,希望所有看到这句话的掌权者,或是当时就坐在那辆马车上的大人物,能够低头看一眼那些稀烂的花草。

世道慢慢变好,需要担心吗?只要是变好,方向是对的,再慢都无所谓,当然不需要担心。

若是世道在变得糟糕,比如历史车轮,以迅猛势头一碾而过,一路碾碎无数花草,哪怕有人想要低头去看一眼,也未必看得清楚。又何谈弥补?所以才要慢上一些?因为若是慢慢而行,哪怕是岔入了一条错误的大道,慢慢而错,是不是就意味着有了修改的机会?又或者,人间苦难可以少一些?

陈平安在栏杆上缓缓而行,走到尽头便转头,来回反复,一次次行走于栏杆两端。

陈平安此时此刻,并不知道在一个人自己都浑然不觉的内心深处,每一个深刻的念头,就像心田里的种子,会抽芽,可能许多会半路夭折,可有些会在某天开花结果。

陈平安更不会知道,那些以刻刀用心刻在竹简上的文字,那些被他反复咀嚼和念叨,甚至会在大太阳的天气里,让裴钱去晒一晒记载着他由衷认可、视为美好的竹简上的文字,不管好坏,也不管道理对错,都是在他心田撒下的种子。

陈平安并不是孤例,事实上,世人一样会如此,只是未必会用刀刻竹简的方式去具象化。爹娘的某句牢骚,夫子先生的某句教诲,一翻而过又从头翻回再看的书上语句,某个听了很多遍终于在某天蓦然开窍的老话、道理,看过的青山绿水,错过的心仪女子,走散的朋友,皆是所有人心田里的一粒粒种子,等待着开花。

陈平安仍是不知道,他只是当作一场散步散心的栏杆缓行,人身小天地之中,拥有水字印的那座水府当中,绿衣小童们都停下了手头忙碌的事情,一个个屏气凝神。而拥有金色文胆的那座府邸,外边盘踞着那条酣睡的真气火龙,府邸里边,背负长剑、腰挂几本金色小书本的金色儒衫小人儿,一身金光越发凝练,熠熠生辉,如一尊神祇塑金身。只是从那个全身金光流淌的儒衫小人儿身上,不断有星星点点的金色光彩流溢飘散出去,显然并不稳固。他充满了期待,期待着陈平安在栏杆上停下脚步的那一刻。但陈平安依旧在缓缓而行。

这次离开山崖书院,路上陈平安问了朱敛和石柔一个问题。

如果杀一个无错的好人,可以救十人,救不救。两人摇头。

等到陈平安依次递增,将救十人变成救千人救万人,石柔开始犹豫了。

只有朱敛坦言,哪怕可以救整个天下人,他也不杀那个人。

陈平安便问为何。

朱敛当时笑着给出答案:我担心自己就是那个被杀的人。

朱敛便回过头询问陈平安的答案。

陈平安说自己也给不了答案,除非是真正走到那一步,才有可能知道自己的本心和选择。

气府内,金色儒衫小人儿有些着急,几次想要冲出府邸大门,跑到人身小天地之外,去给那个陈平安打赏几个大栗暴,你想岔了,想这些暂时注定没有结果的天大难题做什么?莫要不务正业,莫要与一桩千载难逢的机缘擦肩而过!你先前所思所想的大方向,才是对的!快快将那个至关重要的"慢"字,那个被世俗天地无比忽略的字眼,再想得更远一些,更深一些!只要想通透了,这就是你陈平安未来跻身上五境的大道契机!只是这些内幕,它若是直白告诉了陈平安,反而会让陈平安陷入一种无比糟糕的心境。

陈平安终于在栏杆上停下脚步,两座府邸的金色儒衫小人和绿衣童子们,都充满了期待。然后绿衣童子们面面相觑,突然间哄然大笑起来。

原来陈平安站定之后,那一刻的纯粹心念,竟是开始想念一个姑娘了,而且想法特别不那么正人君子,竟是想着下次在剑气长城与她重逢,可不能只是牵牵手了,要胆子更大些,若是宁姑娘不愿意,大不了就是给打一顿骂几句,相信两人还是会在一起的,可如果万一宁姑娘其实是愿意的,等着他陈平安主动呢?你是个大老爷们啊,没点气魄,扭扭捏捏,像话吗?

陈平安跳下栏杆,有睡意了,走向屋子的时候,以拳击掌,给自己不断鼓气:"不像话,肯定不像话!再说了,倒悬山那边,你又不是没抱过宁姑娘,只是那次光顾着发蒙了,啥个滋味都记不住,这怎么行?亲个小嘴儿……陈平安找死啊,你?不能想这个,这个有些快了,你不刚想了那么多慢吗?与宁姑娘还是要慢些,文火慢炖,也是好的……好个屁的好……"

绿衣小童们一个个捧腹大笑,满地打滚。

倒不是说陈平安所有心念都能够被他们知晓,只有今夜是例外,因为陈平安所想,与心境牵连太深,已经涉及根本,所想又大,魂魄大动,几乎笼罩整个人身小天地。

一身浓郁金光、几乎要在心扉间结成一颗如丹金胆的儒衫小人儿,后仰倒去,忍不住骂道:"陈平安你大爷啊!"骂完之后,他反而笑了起来。

虽说今夜的"开花结果",不够圆满,远远称不上无瑕,可其实对陈平安,对他,已经大有裨益。例如金色儒衫小人心口处的那颗金丹雏形,正是茅小冬当初对陈平安炼化沈温金色文胆的最大期望。

萧鸾夫人与婢女主仆二人,单独住在紫阳府偏远地带的一栋独院。

若是与孙登先三人安排在一起,哪怕以萧鸾夫人的心性也要翻脸。

这会儿萧鸾夫人在大堂站着,有人坐着,婢女已经被那人以秘法使之陷入昏睡境地。

那人斜眼瞥着一身太过紧绷衣裙的白鹄江水神娘娘,笑容古怪。萧鸾夫人满脸尴尬。

此人正是自号洞灵真君的吴懿,紫阳府真正的主人。

萧鸾夫人胆子再大,当然也不敢擅自进入禁地紫气宫,何况穿着这么一身不比青楼花魁好到哪里去的衣裙去敲陈平安的房门。这都是吴懿的要求。

吴懿并未以修为压人,只是给出了一个萧鸾夫人无法拒绝的条件。

关于御江水神试图通过龙泉郡关系,祸害白鹄江水神府一事。府主黄楮已经答应了萧鸾夫人,会帮忙让那个御江水神停下鬼祟动作。为此,白鹄江水神府以后每十年,都需要向紫阳府上缴一大笔供奉神仙钱。从此之后,白鹄江就与铁券河一样,成为紫阳府的藩属依附,不过白鹄江水神府这边,也不全是破财消灾,解了燃眉之急这么点好处,投靠紫阳府后,虽说必然要与当今洪氏皇帝愈行愈远,划清界限,但是黄楮承诺萧鸾夫人,会将不到九百里的白鹄江,在百年之内拉伸到一千二百里!钱,得水神府出,但是所有来自黄庭国那边的朝廷阻力,被侵夺气数的山水神祇们的拼死反扑,紫阳府可以帮忙摆平,白鹄江水神府只需要按照市价,出钱聘请紫阳府修士,就可以一路镇压打杀过去。

神仙钱易求,可白鹄江的长度,决定了一条大江的水运大小、厚薄,不仅需要朝廷点头答应开凿水道,其间还必然遭受各种强大的阻力,绝不是有钱就行的,而白鹄江长达一千二百里后,随着白鹄江水域的增加,江水周边的郡县城池、青山秀水,都将全部划入白鹄江水神府管辖,到时候每年的收益,会变得极为可观,这是萧鸾夫人一直梦寐以求的事情。百年之后,别说是超过御江,成功跻身黄庭国第二大江,就算是一鼓作气将寒食江甩在身后,甚至是将来某天升为水神宫,如今都可以想象一下。这才是萧鸾夫人为何会在雪茫堂那么低三下四的真正原因。

她一定要牢牢抓住这份前景!这已经不是什么忍一时风平浪静,而是忍一时就能够大道直行，香火鼎盛。所以吴懿找到萧鸾夫人后，提出了第二笔买卖，已经对未来充满了憧憬的萧鸾夫人，一番权衡利弊和犹豫不决之后，仍是强压下心中所有的委屈、悲愤和羞愧，选择点头答应下来。

吴懿说只要萧鸾愿意今夜爬上陈平安的床铺，有了那一夜欢愉，就相当于帮了她吴懿和紫阳府一个忙，她就会让铁券河彻彻底底成为白鹄江的附庸，积香庙再也无法狐假虎威，无法以一河祠庙抗衡一座大江水府，而且从今往后，她吴懿会给萧鸾和白鹄江水神府在大骊王朝那边说说好话，至于最终能否换来一块太平无事牌，她吴懿不会拍胸脯保证什么，可至少她会亲自去运作此事。于是就有了萧鸾夫人的旖旎夜访。

连那场小雨，都是吴懿运转神通，在紫阳府辖境施展的障眼法，为的就是向陈平安证明，萧鸾夫人确实是春情萌动。一个诚心仰慕、对你一见钟情的江神娘娘主动献身，结下一段无需负责的露水姻缘，何乐不为？除此之外，还有玄机。先前吴懿故意提了一嘴斩杀蛟龙之属妖物的业障一事，那并非虚言，事实上她看出陈平安身上确实存在一段因果，如何解决？自然是以白鹄江水神娘娘的自身香火功德，帮忙去除，这份折损，吴懿说得直截了当，会以神仙钱的方式弥补萧鸾夫人，后者思量之后，也答应了。

只可惜，萧鸾夫人无功而返。那个陈平安连门都没有让她进。

吴懿缓缓开口道："萧鸾，这么大一份机缘，你都抓不住，你可真是个废物啊。"

萧鸾夫人笑容苦涩。

吴懿突然问道："难道是陈平安对你这类女子，不感兴趣？你那婢女瞧着年轻些，姿色也还凑合，让她去试试看？"

萧鸾夫人摇头道："她估计连真君的那栋楼都进不去。那个叫朱敛的家伙，是远游境武夫，对我纠缠许久，看似轻佻，实则在最后关头，对我都已经起了杀心，朱敛故意没有掩饰，所以换成她去，说不定会被直接打死在楼外边，尸体要么丢出紫气宫，要么干脆就丢入铁券河，顺流而下，刚好能够漂荡到我们白鹄江。"

吴懿揉了揉眉心："这个陈平安到底是怎么想的？"

萧鸾夫人一脸无奈，当时那个家伙二话不说就关上门，她何尝不是恼羞成怒？

吴懿打量着萧鸾夫人："萧鸾，你的姿色，在咱们黄庭国，已经算是首屈一指的绝色了吧？我上哪儿再给他找个皮囊好的女子？山下世俗女子，任你粗看不错，其实哪个不是臭不可闻。萧鸾，你说会不会是你这种丰腴妇人，不对陈平安的胃口？他只喜欢娇小玲珑的少女，又或是格外身材高挑的？"

萧鸾夫人摇头，她是真不知道。

吴懿叹了口气："那你说，陈平安到底是不是个正常男人？"

萧鸾夫人轻声道："应该是吧。"

吴懿一脸认真道："你觉得我怎么样？"

萧鸾夫人背脊发凉,从那陈平安,到扈从朱敛,再到眼前这个紫阳府老祖宗,全是不可理喻的疯子。

她只得字斟句酌,小心翼翼地说了句漂亮话:"真君何等尊荣身份,岂可如此委屈自己?"

吴懿摆摆手,有些心灰意冷:"算了,总不好让你萧鸾硬闯阁楼,对那陈平安霸王硬上弓。"

吴懿站起身:"不过这桩买卖,哪怕今夜不行,接下来一段时间,都还有效。你还有机会。萧鸾,你自己看着办。"

骤然之间,先是吴懿,再是萧鸾,神色凝重,都察觉到了一股不同寻常的……大道气息。

高远,缥缈,威严,浩浩荡荡,不一而足,妙不可言。

两人都猜出了一点端倪。

吴懿厉色道:"萧鸾!如何?"

萧鸾心神激荡不已,再无半点犹豫,斗志昂扬,这位白鹄江水神娘娘的内心答案,已经坚定不移。

比起当年那次白鹄江畔"偶遇"洪氏皇帝先祖,萧鸾夫人的心思,更加炙热。

吴懿大步走后,萧鸾夫人回到屋内休息,躺在床上辗转反侧,夜不能寐。

紫阳府这一晚,又下了一场雨。

朱敛站在二楼屋檐下的廊道上,怪笑道:"好嘛,来真的了。"

陈平安并不知晓这些。他回到屋内,桌上灯火依旧。

陈平安继续翻书看,看着看着,借着昏黄灯光,抬起头,环顾四周。

书上说,有些人心,就像一面照妖镜,让四周的魑魅魍魉无所遁形。

可陈平安却希望自己的本心,只是一盏油灯,在泥瓶巷家徒四壁的祖宅桌上放着,自己可以通过那点光明,看到那些与自己做伴的尘埃与飞蛾,若是有客人来家里了,便可以看到黄泥窗台上,他陈平安在那边摆放着一只粗劣小陶盆,里边有一棵摇曳生姿的小草。

陈平安趴在桌上,下巴搁放在手背上,凝望着那盏灯火。

他其实隐约知道,有一件事情,正在等着自己去面对。

陈平安想了许多种可能性,觉得都不怕。唯独一件事,一个人,让陈平安不敢去多想。

天底下的道理,没有亲疏之别,这是他陈平安自己讲的。

裴钱蓦然惊醒坐起身，像是做了个噩梦。

她想了想，却已经忘记噩梦的内容。她擦去额头汗水，还有些迷糊，便去找出一张符篆，贴在额头，倒头继续睡觉。

她能够看穿人心，看得到一个人的心境景象，比如老厨子朱敛的腥风血雨，唯有一座高楼屹立，比如崔东山的深潭幽幽，岸边有一本本散落在地的金色书籍。

她内心藏着一个最大的秘密，哪怕是师父陈平安，她都没有告诉。她只要用心去看陈平安，她就会像是置身于一座小水井，仰头望去，大概是井口上摆放着一盏灯火，一团小小的光明，本该最让她这么个怕鬼怕黑的胆小鬼感到温暖和向往，可偏偏会让她好多次像在藕花福地那样，抬头看着天空中的骄阳，看得眼眶灼烧、泪水直流，却每次好了伤疤忘了疼，她又忍不住一直抬头去看。当她低头望去时，井底水面上微漾着一轮明月，再下边，影影绰绰，好像游弋着一条本该很可怕、却让她尤为心生亲近的蛟龙。

师父心中的这口水井，井水在往上蔓延。

可能有一天，水中明月就会与那盏井口上的灯火相逢。

裴钱在酣睡中，下意识伸手放在心口，那儿贴身藏着一只崔东山交给她的小锦囊，说是以后哪天她师父伤透了心，很生气，她就要拿出来交给师父。

陈平安一夜没睡。

临时起意，不再在紫阳府逗留，要动身赶路，就让朱敛与管事知会一声，算是与吴懿打了声招呼。

不承想府主黄楮迅速赶来，竭力挽留陈平安，说是陈平安假如就这么离开紫阳府，他这个府主就可以引咎辞去了，不管如何，都要陈平安再待个一两天，他好让人带着陈平安去游览紫阳府附近的风景。再就是告诉陈平安一个消息，真君老祖宗已经去往寒食江，但是老祖宗临行前放出话来，陈平安他们离开紫阳府之时，可以从紫气宫藏宝阁一到四楼，各自挑选一件东西，作为紫阳府的送客赠礼，若是陈平安不收下，也行，他这个府主就当着陈平安的面，挑选四件最珍贵的，当场砸烂便是。

陈平安越来越猜不出吴懿葫芦里卖什么药。这种死皮赖脸的热情待客，太不合情理了，就算是魏檗都绝对没有这么大的面子。

陈平安自然是想要立即离开这个是非之地，管你黄楮砸不砸掉四件珍宝，前有吴懿无事献殷勤，后有萧鸾夫人夜访敲门，陈平安实在是对这座紫阳府有了心理阴影。

但是黄楮似乎早有预料，半点脸皮都不要了，也学自家老祖宗摆出一副无赖嘴脸，说："我还能不能当府主，全在陈公子一念之间，难道一两天的游山玩水，让紫阳府略尽地主之谊，陈公子都不肯答应？眼睁睁看着我丢掉府主之位？"

陈平安与朱敛、石柔商量后，便决定以不变应万变，答应黄楮多待一天，看看附近的风景。结果当紫阳府派了个人担任领路后,陈平安就悔青了肠子,朱敛则明显有些幸灾乐祸,没觉得是什么坏事。原来是那位恢复雍容风范的萧鸾夫人,负责带着陈平安一行游览山水。

陈平安硬着头皮,乘坐一艘停靠在铁券河畔的楼船,往上游驶去。

夜幕中,一行人返回紫阳府。

吴懿站在萧鸾的住处小院,笑问道:"怎么样?"

萧鸾夫人欲言又止。

吴懿神色不悦道:"直说便是!"

萧鸾夫人叹了口气:"这一路,任由我百般暗示,之后更是坦诚相见,向他表达了自己的思慕之情,陈平安从头到尾,都没给我好脸色,也不说话。只是在下船前,陈平安跟我说了两句话。"

吴懿好奇道:"哪两句?"

萧鸾夫人苦笑道:"第一句话:'萧鸾夫人,你是不是存心要害死我?'"

吴懿一头雾水。

萧鸾夫人有些惴惴不安:"第二句话,陈平安说得很认真:'你再这样纠缠,我就一拳打死你。'"

吴懿伸出两根手指,揉着太阳穴。

萧鸾夫人掩嘴娇笑,蓦然间风情流泻,然后敛了敛妩媚神色,拍了拍胸脯,轻声道:"知道他不是在开玩笑,所以我是真怕,可我还真有些不服气呢,不过我也知道,这次我注定是要与天大机缘擦肩而过了。"

萧鸾夫人毕恭毕敬向吴懿鞠躬赔罪。

吴懿斜眼瞧着萧鸾夫人:"你倒是知道自己有几斤几两。"

萧鸾愣了一下,一下子醒悟过来,偷偷看了眼身材高挑、略显消瘦的吴懿,萧鸾赶紧收回视线,她有些难为情。

吴懿恼火道:"他陈平安就是个瞎子!"

朱敛一直偷着笑,陪着陈平安站在四楼廊道上。

朱敛实在忍不住笑出声,问道:"少爷,碰上这等没头没脑的艳福,作何感想?"

陈平安黑着脸道:"江湖险恶!"

拂晓时分,陈平安一行收拾好包裹行李,准备离开紫阳府。

府主黄楮与两位龙门境老神仙亲自相送,一直送到了铁券河畔,积香庙河神则早已备好了一艘渡船。陈平安一行要先沿河而下一百多里水路,再由一座渡口登岸,继续去往黄庭国边境。

陈平安向黄楮表达了谢意,黄楮拿出一只泛着清新木香的紫檀小箱,是黄庭国著名的"甘露台"文案清供样式,说是老祖的一点心意。

裴钱板着脸,假装自己毫不在意。

陈平安犹豫了一下,还是收下了装有四件藏宝楼珍宝的小箱子,说道:"以后黄府主若是经过龙泉郡,一定要去落魄山做客。"

然后陈平安提了提贵重箱子,玩笑道:"没这样的贵重礼物相送,也没有雪茫堂酒宴的老蛟垂涎酒,就只有些家常菜,我估计黄府主就算路过龙泉郡,都不太乐意跟我打声招呼吧。"

黄楮微笑道:"只要有机会去大骊,哪怕不路过龙泉郡,我都会找机会绕路叨扰陈公子的。"

相谈甚欢,黄楮一直将陈平安他们送到了渡船那边,他原本打算要登船送到铁券河渡口,陈平安执意不用,黄楮这才作罢。

登船后,陈平安站在船头,腰间养剑葫中装满了灵气充沛的老蛟垂涎酒,渡船缓缓向下游行驶而去,陈平安向紫气宫方向一抱拳。

藏宝楼顶楼,一个高挑女修施展了障眼法,正是洞灵真君吴懿,她看到这一幕后,笑了笑:"请神容易,送神倒也不难。"

她心情还算不错。

吴懿已经将这两天的经历,事无巨细,以飞剑传信龙泉郡披云山,详细禀报给了父亲。

相信就算得不到嘉奖,至少也不会受到责罚。

吴懿视野中,那艘远游渡船逐渐小如一粒芥子。

吴懿突然间心弦紧绷,不敢动弹。不知何时,她身旁出现了一位温文尔雅的儒衫老者,就这样轻而易举破开了紫阳府的山水大阵,悄无声息来到了吴懿身侧。

吴懿稳了稳心神,轻声道:"不孝女见过父亲。"

不速之客,原来正是昔年的黄庭国户部老侍郎,如今的披云山林鹿书院副山长,漫长生涯当中,这条老蛟已经不知道用了多少个化名。

老人看了眼吴懿,破天荒给予了一个笑意,道:"给你做成了一举三得,什么时候脑子这么灵光了?"

吴懿惶恐不安,总觉得这个父亲是在反讽,或是话里有话,生怕下一刻自己就要遭殃,已经有了远遁逃难的念头。

老人伸出手掌放在栏杆上,缓缓道:"御江水神哪来的本事,祸害白鹄江萧鸾,他那趟大张旗鼓的龙泉郡之行,不过就是跟那条小蛇喝了顿酒。那个打肿脸充胖子的落魄山青衣小童，只是给朋友讨要一块太平无事牌，当时就已经是四处碰壁，十分吃力。其实就是萧鸾自己乱了阵脚，病急乱投医，才愿意放低身段，投靠你们紫阳府。不过萧鸾舍得放弃与洪氏一脉的香火情，也算是个聪明人，为紫阳府效命，她好处一大把，你也能躺着挣钱，互惠互利。这是其一。"

老人摊开手心，看了看，摇摇头，然后他双手负后，继续道："你讨好陈平安的手段，很下乘，太生硬，尤其是在雪茫堂酒宴上，竟然还想要压一压陈平安，不过就像围棋上的错进错出，反成神仙手，让陈平安对你的观感好了不少，因为如果你一直表现得太心思深沉，陈平安只会更加谨慎，对你和紫阳府始终忌惮和戒备，到头来也就攒不下半点所谓的江湖情分。最妙的地方，在于你那场本意是为萧鸾打掩护的夜雨，营造出一位江水正神春心萌动的假象，不料反而送了陈平安一桩极大机缘，若非我刻意压制，恐怕天地异象要大很多，不单是紫阳府、整条铁券河，甚至是白鹄江的精怪神灵，都会心生感应，雨露均沾。圣人乐山更亲水，大有学问。所以你做得很让为父意外，大大的意外之喜。这是其二。"

老人转头笑道："最后嘛，此次要你邀请陈平安做客紫阳府，是国师大人的安排，崔国师与我明言，无非是让陈平安的返乡归途走得更慢些，至于国师所求，肯定不会与我一个外人讲了。当然，我也不想知道，也不想掺和这些，因为无论成与败，你我都注定是没有好果子吃的。这次你帮为父做成了这件事，为父就等于帮了崔国师一点小忙，紫阳府以后必然会得到大骊的赏赐，你就等着好消息吧。"

是个天大的好消息，只是吴懿却忍不住遍体生寒，她打死都没有想到父亲竟然从头到尾看遍了这场闹剧。

当下的吴懿在高楼廊道上面对老蛟，大概就是萧鸾夫人在小院面对她，心态如出一辙。

穿着与容貌都与世间大儒无异的老蛟，再次摊开手掌，眉头紧皱："这又能看出什么门道呢？"

吴懿悄悄望去。

只见父亲以神通凝聚天地灵气中的水雾精华，手心满是一颗颗水珠，像是刚刚从雨后荷叶上颗颗采撷而来，然后那些水珠在父亲掌心同时炸碎，化作一摊雨水，父亲凝望许久，仍是百思不得其解，雨水又变成一粒粒雨珠。在吴懿心目中，学究天人不输儒家书院圣人的父亲，似乎略有犹豫，伸出另外一只手掌，将原先掌心水珠倒入其中，刹那之间，吴懿见到父亲掌心金光一闪，不等吴懿定睛查看，父亲已经迅速握拳，吴懿再也看不到父亲掌心的景象。

老人思量片刻，回神后对吴懿笑道："没什么好看的。"

吴懿自然不敢刨根问底。

老人问道："你可知为何世间有灵众生,皆孜孜不倦追求人之皮囊?分明人的身躯如此孱弱,就连为了活命而进食五谷,都成了修行障碍,所以练气士才讲究辟谷,以免臭乱神明,胎气凋零,使得无法返老还元婴?反观我们蛟龙之属,得天独厚,天生体魄雄浑不说,灵智同样丝毫不比人差,你我又为何以人之形貌站在这里?"

吴懿有些疑惑,不敢轻易开口,因为关于人之洞府窍穴,即是洞天福地,这早已是山上修士与所有山精鬼魅的共识,可父亲绝对不会与自己说废话,那么玄机在哪里?

老人没有为难吴懿这个世上所剩不多的子女:"妙处只在一个字眼上:'还'。"

老人伸出一根手指,在空中画了一个圆圈。

吴懿陷入沉思。

老人笑道:"你年龄尚小,涉世不深,别说是三千年前的那副光景,万年之前,为父不与你说,你又能去哪里寻找答案。"

吴懿神色肃穆,知道父亲是在传授自己证道契机!

她在金丹境界已经停滞不前三百余年,那门可以让修士跻身元婴境的旁门道法,她作为蛟龙之属的遗种后裔,修炼起来,非但没有事半功倍,反而磕磕碰碰,好不容易靠着水磨功夫,跻身金丹境巅峰,在那之后百余年间,金丹境瓶颈纹丝不动,令她绝望。

老人抬头望向天幕:"你就不好奇如今的三教、诸子百家,三座天下,那么多凡夫俗子,是从何而来吗?又是为何而来吗?最后又是如何成为天下的主人吗?嗯,关于最后一点,乱七八糟的山野杂闻很多,离着那个真相,有远有近,你可能大致了解一点内幕。"

吴懿点点头。三千年前,世间最后一条真龙逃离中土神洲,凭借着当初执掌天下水运的本命神通,选择在宝瓶洲最南端的老龙城登岸,其间身负重伤,撞入大地之下,硬生生开辟出一条走龙道,被一位不知名的大修士以如今已经失传的压胜山法镇压,竟是不得不破土而出,濒死的真龙最终摔落在后来的骊珠洞天附近,就此陨落,又有大修士以秘法打造了那座骊珠洞天,如同一颗明珠,悬于大骊王朝上空。

老人叹了口气:"你这悟性,真是不堪。"

吴懿有些委屈。

老人一挥衣袖,将紫阳府临时变作一座小天地,又取出那只当年曾经泛舟去往天幕星河的仙家小舟,率先跨入木舟,示意吴懿跟上,这才说道:"你觉得世间出现过最强大的存在,是什么?"

吴懿怯生生道:"三教祖师爷?还有那些不愿现世的十四境大佬?前者只要身在自己的某座天地,就是老天爷一般了,至于后者,反正已经脱离境界高低这种范畴,一样具备种种匪夷所思的神通仙法……"

老人不置可否,随手指向铁券河一个方位,笑道:"积香庙,更远些的白鹄江水神府,再远一点,你弟弟的寒食江府邸,以及周边的山水神灵祠庙,有什么共同点?罢了,我还是直接说了吧，就你这脑子，等到你给出答案，纯属浪费我的灵气积蓄，共同点就是这些世人眼中的山水神祇，只要有了祠庙，就得以塑造金身，任你之前的修道资质再差，都成了拥有金身的神灵，可谓一步登天。之后需要修行吗？不过是吃香火罢了，吃得越多，境界就越高，金身腐朽的速度就越慢，这与练气士的修行，是两条大道，所以这就叫神仙有别。回过头来，再说那个'还'字，懂了吗？"

吴懿摇头道："还是不太懂。"

老人感慨道："你哪天要是销声匿迹了，肯定是蠢死的。知道同样是为了跻身元婴境，你弟弟比你更加对自己心狠，舍弃蛟龙遗种的诸多本命神通，直接让自己成为束手束脚的一江水神吗？"

吴懿眼睛一亮："我们想要'还'元婴，就要成为神祇？"

老人用一种可怜眼神看着这个女儿，有些意兴阑珊，实在是朽木不可雕："你弟弟的方向是对的，只是走过头了，结果彻底断了蛟龙之属的大道，所以我对他已经死心，不然不会跟你说这些。你钻研旁门道法，借他山之石可以攻玉，也是对的，只是尚且不得正法，走得还不够远，可好歹你还有一线机会。"

老人伸出一根手指敲了敲栏杆："不是两头，就在这儿，神人之间，才是最契合蛟龙之属的根本大道，这便是一万年前我们的祖宗家法。那会儿蛟龙管着天下的五湖四海、江渎溪涧，一切有水之处，皆是我们的疆域，只是你弟弟聪明反被聪明误，误以为远古时代的正统神道'封正'，与如今的朝廷敕封差不多，这就不可救药了，让他走上了那条歧路。只是如今天地规矩变了，对我们影响极大，因为当年那场血腥变故，我们被无形的大道厌恶，所以跻身元婴境就变得极其困难……"

吴懿终于忍不住问道："父亲，你也没说到底如何才能修成元婴啊，你就与女儿直说了吧！"

老人笑了笑，反问道："你我是父女，是不是就觉得你修道，我传道，是天经地义的事情？"

吴懿顿时如临大敌，觉得接下来自己要有苦头吃了。

果然，老人冷笑道："父慈子孝，这种想法，是儒家教你的，可不是为父教你的。为父可从来不奢望子孙的恭顺和孝敬，这一点，你应该比那些在为父肚子里的兄弟姐妹更清楚吧？那么你该如何当个女儿才对？"

吴懿脸色惨白。

老人咧嘴，露出些许雪白牙齿："百年之内，如果你还无法成为元婴，我就吃掉你算了，不然白白分摊掉我的蛟龙气运。看在你这次办事得力的分上，我告诉你一个消息，那个陈平安身上有最后一条真龙精血凝结而成的蛇胆石，有几颗品质颇好，你吃了，虽无法跻身元婴境界，但是好歹可以拔高一层战力，到时候我吃你的那天，你也可以多挣扎几下。怎么样,为父是不是对你很是慈爱?"

身材高挑的吴懿颤抖起来。

老人突然感慨一句:"你吃成精的水族果腹,我吃你们,聚拢气运,那个占据一副远古遗蜕的崔东山,自然也可能吃掉我。怎么办呢?"

老人对吴懿笑道:"所以别觉得修为高,本事大,有多了不起,一山总有一山高,所以我们还是要感谢儒家圣人们订立的规矩,不然你和你弟弟,早就是为父的盘中餐了,然后我差不多也该是崔东山的囊中物。如今的这个天下,别看山底下各国打来打去,山上门派纷争不断,诸子百家也在钩心斗角,可这也配称为乱世?哈哈,不知道一旦万年前的光景再现,如今所有人,会不会一个个跑去那些州郡县的文庙那边,跪地磕头?"

吴懿对这些"大事"反而没有半点感触,她犹在心心念念那个跻身元婴境的法门。

老人问道:"你送了陈平安哪四样东西?"

吴懿老实回答道:"每一层楼各选一样。一块从第一声春雷当中凝结孕育、坠落人间的陨铁,拇指大小,六斤重。一件春草薄衫的上品灵器法袍。六张清风城许氏特制的'狐皮美人'符篆纸人。一颗灵气饱满的青色梅核,埋入土中,一年时间就能长成千年高龄的杨梅树,每到二十四节气的当天,就可以散发灵气,之前灵韵派一个老祖师想要重金购买,我没舍得卖。"

老人点头道:"火候还行。"

老人突然笑了:"别觉得抛媚眼给瞎子看,北岳正神魏檗自会与陈平安一一解释清楚,不过前提是……陈平安走得到落魄山。这就得看崔国师和崔东山斗法的结果了。"

吴懿听得出言语中的那个惊人内幕,崔瀺与崔东山斗法?可她仍是执念于那个"神人之间"的说法,满是哀求道:"父亲,若是我能够跻身元婴境,岂不是可以为父亲做更多事情?"

老人却已经收起小舟,撤掉小天地神通,一闪而逝,返回大骊披云山,只留下一个满怀惆怅和忧惧的吴懿。

百年光阴。是那凡夫俗子梦寐以求的高寿,可在她吴懿看来,算得了什么?

积香庙水神一路上殷勤得过分,让陈平安只好搬出朱敛来挡灾。

很快,朱敛就与那个铁券河水神称兄道弟起来,到了渡口的时候,两人依依不舍告别,河神喊朱敛为大哥,已经喊得无比熟稔和诚挚。

河神驾驭渡船返回,陈平安和朱敛一起收回视线,陈平安笑问道:"聊了什么,聊得这么投缘。"

朱敛嘿嘿笑道:"男人还能聊什么,女子呗,聊了那萧鸾夫人半路。"

陈平安便懒得再说什么。

朱敛突然一脸羞赧道:"少爷,以后再遇上江湖险恶的场景,能不能让老奴代劳分忧?老奴也算是个老江湖,最不怕风里来浪里去了,萧鸾夫人这般的山水神祇,老奴倒不敢奢望手到擒来,可只要放开了手脚,拿出看家本事,从指甲缝里抠出丁点儿当年的风流,萧鸾夫人身边的婢女,还有紫阳府那些年轻女修,最多三天……"

陈平安赶紧打断了朱敛的言语,毕竟裴钱还在身边呢,这个丫头年纪不大,对于这些言语,特别记得住,比读书上心多了。

朱敛还不死心,念叨道:"少爷,一方水土养育一方人,龙泉郡家乡那儿,肯定美女如云吧?"

陈平安想了想,摇头道:"就容貌而言,好像跟寻常市井小镇没啥两样。"

朱敛哀叹道:"美中不足啊。"

不过朱敛很快说道:"老奴斗胆擅自与那个河神老弟聊了些孙登先的事情,估计以后孙登先即便在黄庭国遇到些麻烦,只要给这个善于钻营的河神老弟听到了,说不定可以帮上孙登先的忙,只是少爷也要做好准备,就是隔着千山万水,积香庙河神少不得都要跟少爷邀功的。"

陈平安朝朱敛伸出大拇指:"这件事,做得漂亮。"

朱敛好奇问道:"少爷为何如此仰慕孙登先?"

陈平安毫不犹豫道:"因为人家是大侠啊。我们行走江湖,不去仰慕大侠,难道还崇拜采花贼啊。"

朱敛一本正经道:"少爷,我朱敛可不是采花贼!我辈名士风流……"

陈平安一句话打发了朱敛:"你可拉倒吧,你。"

裴钱摇头晃脑,学着陈平安的语气火上加油:"你可拉倒吧,你。"

朱敛做了个抬脚动作,吓得裴钱赶紧跑远。

陈平安跟第一次游历大隋返回家乡一样没有拣选野夫关作为入境路线,而是又到了那座黄庭国边境的风雅县,到了这里,就意味着距离龙泉郡不过六百里。

再往前,就要路过很长一段山崖栈道,那次身边跟着青衣小童和粉裙女童,那次风雪呼啸当中,陈平安停步燃起篝火之时,还偶遇了一对凑巧路过的主仆。陈平安越琢磨越觉得那名神色温和、气质从容的男子,应该是一位挺高的高人。

过了风雅县,暮色中一行人来到那条熟悉的栈道。陈平安挑了个宽敞位置,打算夜宿于此,叮嘱裴钱练习疯魔剑法的时候,别太靠近栈道边缘。

裴钱好奇问道:"老厨子反正会飞呀,我就算不小心摔下去,他也能救我吧?"

陈平安随口道:"想要御风远游,可以直接让朱敛帮你,但练剑的时候还是要小心,这是两回事。"

裴钱哦了一声。

裴钱手持行山杖，开始打天打地打妖魔鬼怪，次次看得朱敛辣眼睛。

石柔倒是挺喜欢看裴钱瞎胡闹的，就坐在一块石头上，欣赏裴钱的剑术。

好一番勤学苦练，练出了一身大汗，裴钱放下行山杖，将师父的竹箱横放着，当作书桌，拿出自己的家当后，趁着夕阳西下的最后一点余晖映照，蹲在那边开始抄书。

抄完书，朱敛也已煮熟米饭，石柔和裴钱拿出碗筷，朱敛则拿出两只酒杯，陈平安从养剑葫中倒出那老蛟垂涎酒，两人偶尔就会这般小酌。

裴钱拿出风卷云涌的气魄，早早吃完一大碗米饭，陈平安和朱敛才刚开始喝第二杯酒，她笑眯眯询问陈平安："师父，我能瞅瞅那只紫檀小箱子不？万一里边的东西丢了，咱们还能早点原路返回找一找哩。"

陈平安哧溜一口醇酒，笑道："自己看去。"

裴钱便从竹箱里拿出漂漂亮亮的小木箱，抱着它盘腿坐在陈平安身边，打开后，一件件清点过去：拇指大小却很沉的铁块，一件折叠起来还没有二两重的青色衣衫，一摞画着美人的符纸……裴钱翻来覆去，生怕它们长脚跑掉的仔细模样，她突然惶恐道："师父师父，那颗梅子核不见了唉！怎么办怎么办，要不要我马上去路上找找看？"

朱敛翻了个白眼。石柔忍俊不禁，你这丫头骗人的时候，能不能把眼睛里头的笑意藏好？

陈平安哦了一声："没关系，如今师父有钱，丢了就丢了。"

裴钱嘿一声，翻转手腕，一下摊开手掌："师父，开不开心，咱们刚才都觉得它给丢了，对吧，那么现在咱们就等于多出了一颗梅核哦。"

陈平安笑着点头。

裴钱哈哈笑道："师父，你很傻乎乎唉，它本来就没丢嘛，你这都看不出来哩。"

陈平安在裴钱额头屈指一弹，裴钱纹丝不动，做了一个气沉丹田的动作："半点不疼！"

朱敛已经忍无可忍，凌空一弹指，疼得裴钱以迅雷不及掩耳之势，先将梅子核放回小箱子，弯腰把小箱子放在一旁，然后双手抱住额头，哇哇大哭起来。

陈平安笑得合不拢嘴。

一看到连师父都不心疼自己，从手指缝隙偷看师父的裴钱哭得更厉害了。

陈平安只得赶紧收起笑容，问道："想不想看师父御剑远游？"

裴钱嘴角向下，委屈道："不想。"

陈平安只是微笑。

裴钱蓦然灿烂笑起来："想得很哩。"

陈平安便摘下背后那把半仙兵剑仙，却没有拔剑出鞘，站起身后，面朝山崖外，随后一丢而出。陈平安快步向前，一拍养剑葫，一掠而出，踩在那把长剑之上，呼啸远去。

裴钱张大嘴巴,赶紧起身,跑到山崖畔,瞪着眼睛,望向那个御剑的潇洒背影。

朱敛和石柔自然知道谜底,飞剑初一和十五藏在了那把剑仙的下边。

裴钱扯开嗓子喊道:"师父,别飞太远啊。"

山风里,陈平安微微屈膝,踩着那把剑仙,与两把飞剑心意相通,剑仙剑鞘顶端倾斜向上,骤然拔高,陈平安与脚下长剑破开一层云海,不由自主地悬停静止,脚下就是余晖中的金色云海,一望无垠。

天地之间有大美而不言。陈平安才发现原来自己御剑游历,眼中所见,与那乘坐仙家渡船俯瞰云海,是截然不同的风光和感受。

陈平安看了许久的云海,随着红日西沉如坠海中,余晖也随之渐渐退散。最后陈平安站在长剑上,闭上眼睛,屏气凝神,练习剑炉立桩。

陈平安收起剑炉立桩,刹那之间,心中一动,喃喃道:"是曹慈又破境了?"

第三章
南下

朱敛发现陈平安取巧御剑返回栈道后,身上有些感觉不太一样了。那是一种玄之又玄的感觉。

朱敛也是与陈平安朝夕相处之后,才能够意识到这种微妙变化,就像……春风吹皱池水起涟漪。

陈平安让等了大半天的裴钱先去睡觉,破天荒又喊朱敛一起喝酒,两人在栈道外边的悬崖边盘腿而坐,朱敛笑问道:"看上去,少爷有些开心?是因为御剑远游的感觉太好?"

陈平安反问道:"还记得曹慈吗?"

朱敛笑道:"这个名字,老奴怎会忘记。剑气长城那边,少爷可是连败三场,能够让少爷输得心服口服的人,老奴恨不得明天就能见着了面,然后一两拳打死他拉倒,省得以后跟少爷争夺天下武运,耽搁少爷跻身那传说中的第十一境,武神境。"

陈平安没计较朱敛这些马屁话和玩笑话,悠悠然喝酒:"不知道是不是错觉,曹慈可能又破境了。"

朱敛奇怪问道:"那为何少爷还会觉得高兴?天下第一这把交椅,可坐不下两个人的屁股。当然了,如今少爷与那曹慈,说这个,为时尚早。"

陈平安喝了一小口养剑葫里的老蛟垂涎酒,问道:"你说我们纯粹武夫,练拳学武,为了什么?"

朱敛笑道:"自然是为了获得大解脱、大自由,遇上任何想要做的事情,可以做成,碰到不愿意做的事情，可以说个'不'字。藕花福地历史上每个天下第一人，虽说各自追求，会有些差别，但是在这个大方向上，殊途同归。隋右边、卢白象、魏羡，还有我朱敛，是一样的。只不过藕花福地到底是小地方，所有人对于长生不朽，感触不深，哪怕是我们已经站在天下最高处的人，也不会往那边多想，因为我们从来不知原来还有'天上'，浩然天下就比我们强太多了。访仙问道，这一点，我们四个人，魏羡相对走得最远，当皇帝的人嘛，给臣子百姓喊多了万岁，多少都会想万岁万万岁的。"

陈平安指了指自己："早些年的事情，没有告诉你太多。我最早练拳，是因为给人打断了长生桥，必须靠练拳吊命，也就坚持了下来。等到按照约定，背着阮邛铸造的那把剑，去倒悬山送给宁姑娘，等我走了很远很远的路啊，终于走到了倒悬山，几乎就要打完一百万拳，那个时候，其实我心里深处，自然而然有些疑惑，已经不需要为了活下去而练拳的时候，我陈平安又不是那种处处喜欢跟人争第一的人，接下来怎么办？

"是成为下一个朱河？不难了。还是下一个梳水国宋雨烧？也不算难。还是闷头再打一百万拳，可以奢望一下金身境武夫的风采？要知道，我当时是在剑气长城，天底下剑修最多的地方，我住的地方，隔着几步路，茅屋内就住着一位剑气长城资历最老的老大剑仙，我脚下，有老大剑仙刻下的字，也有阿良刻下的字，你觉得我会不想转去练剑吗？想得很。

"所以当时我才会那么迫切想要重建长生桥，甚至想过，既然不好一心多用，是不是干脆就舍了练拳，尽力成为一名剑修，养出一把本命飞剑，最后当上名副其实的剑仙？大剑仙？当然会很想，只是这种话，我没敢跟宁姑娘说便是了，怕她觉得我不是用心专一的人，对待练拳是如此，说丢就能丢了，那么对她，会不会其实一样？"

朱敛喝了一大口酒："老奴与少爷相识太晚，竟然错过了少爷这段以后未必再有的少年愁滋味，必须喝口酒，浇一浇心头遗憾。"

陈平安仰起头，双手抱住养剑葫，轻轻拍打，笑道："那个时候，我遇到了曹慈。所以我很感激他，只是不好意思说出口。"

陈平安又一次指了指自己，再伸手指了指栈道对面的那座高山峭壁："曹慈可能就在那边，我差了很远。我虽然不刻意追求什么武境第一，可我又不是傻子，谁乐意自己不当那第一？当然是想要当第一的，不过我只是……愿意慢一些，就像先前我在紫阳府藏宝楼走栏杆，我在瞎琢磨一个'慢'字，想明白了不少事情。如果追本溯源，从我当龙窑学徒学拉坯的时候，其实就接触到了这个字。姚老头嫌弃我没天赋，从不乐意教我道理，甚至不爱跟我说话，可那会儿我把烧窑当作了以后活下去的立身之本，怎么办，姚老头不教，那我就次次旁听他与刘羡阳还有其他学徒的讲话。姚老头与他们说心要定，手才能稳，才能从慢而无错，变成快且对。照理说，我貌似也该算是早早知道了这个道理了吧？我也算记得牢吧？其实仍然不是，只有当我走过很远的路，见过很多的人以后，许多自身不长脚的道理，才会像茅山长所说，在心里头住下了，道理才算是自己的了。

"当曹慈出现后，我就知道了，原来同龄人当中，不止有马苦玄，还可以有曹慈，曹慈再耀眼，我却怎么都不会讨厌，不至于嫉妒他，最多就是有些失落。在自己心爱的姑娘身边，当着她的面，输给别人三场，我心里当然会有些不痛快，所以那会儿，我就下定决心，总有一天，不管曹慈以后武道境界有多高，外人怎么说他是前无古人后无来者的武运坯子，我都要争取让他连输三场！"

陈平安神色从容，眼神熠熠："只在拳法之上！"

朱敛一拍大腿："壮哉！少爷心志，巍巍乎高哉！"

陈平安拍着养剑葫，遥望着对面的山壁，笑眯眯道："我说酒话醉话呢。"

朱敛自认最解风情，最不会煞风景，一坛新酒泥封放起来后，等着便是，哪里有赶紧打开再闻闻的道理，所以他开始转移话题："少爷这一路走的，似乎在担心什么？"

陈平安点了点头："你对大骊国势也有留心，就不奇怪明明国师绣虎在别处忙着布局落子和收网打鱼，崔东山为何会出现在山崖书院？"

朱敛问道："上五境的神通，无法想象，魂魄分开，不奇怪吧？咱们身边不就有个住在仙人遗蜕里边的石柔嘛。"

陈平安摇头道："崔瀺和崔东山已经是两个人了，并且开始走了不同的大道上。那么，你认为两个本心相同、秉性一样的人，以后该怎么相处？"

朱敛笑道："以崔东山的脾气，除了少爷这位先生外，他是绝对不会低人一头的，哪怕是……自己，也不行。"

陈平安喃喃道："那么下出彩云谱的一个人，自己会如何与自己弈棋？"

朱敛开始皱眉，神色凝重，转头望向陈平安。

陈平安点点头："我猜，我就是那块棋盘了。可能我们到达老龙城时，他们两个就开始下棋。"

陈平安伸出一根手指，画了交错的一横一竖："一个个纵横交错处，大的，比如青鸾国，还有山崖书院，小的，比如狮子园，去往大隋的任何一艘仙家渡船，还有最近我们路过的紫阳府，都有可能。"

朱敛问道："崔东山应该不至于坑害少爷吧？"

陈平安摇摇头："他一直在尽力帮我，这一点，不用怀疑。"

朱敛忍不住站起身，身形佝偻，沉声道："这可不是小事！"

陈平安依旧坐着，轻轻摇晃养剑葫："当然不是小事，不过没关系，更大的算计，更厉害的棋局，我都走过来了。"

朱敛缓缓而行，双手掌心互搓："得好好思量一番。"

陈平安反过来安慰道:"放心,不会涉及生死,所以不可能是那种拳拳到肉的生死大战,也不会是老龙城突然冒出一个杜懋的那种死局。"

朱敛想了想,愁眉不展:"这就越发棘手了啊,老奴岂不是出不了半分力?难道到时候在旁边干瞪眼?那还不得憋死老奴。"

陈平安望向对面山崖,挺直腰杆,双手抱住后脑勺:"不管了,走一步看一步。哪有害怕回家的道理!"

朱敛看着陈平安的侧脸:"兵来将挡水来土掩?少爷倒是心大。"

陈平安没来由地感慨了一句:"道理知道得多了,偶尔心会乱的。"

陈平安弯下腰,双掌叠放,手心抵住养剑葫顶部:"棋盘上的纵横线路,就是一条条规矩,规矩和道理都是死的,直来直往,可是世道,会让这些直线变得弯曲,甚至有些人心中的线,大概会变成个歪歪扭扭的圆圈都说不定,这就叫自圆其说吧。所以天底下读过很多书、依旧不讲道理的人,会那么多,自说自话的人也很多,一样可以过得很好,因为一样可以心安、心定,甚至反而会比恪守规矩的人,束缚更少。怎么活,只管按照本心做,至于怎么看上去是有道理的,好让自己活得更心安理得,或是借此掩饰,让自己活得更好,三教诸子百家,那么多本书,书上随便找几句话,暂时将自己想要的道理,借来用一用便是了,有什么难,半点不难。"

朱敛喟然长叹。

重新坐在陈平安身边,放下已经不知不觉喝完了的酒壶,朱敛双拳撑在膝盖上,身形佝偻的干瘦老人,有些伤感。

这些肺腑之言,陈平安与隋右边、魏羡和卢白象说,三人多半不会太心陷其中,隋右边剑心澄澈,专注于剑,魏羡更是坐龙椅的沙场万人敌,卢白象则是藕花福地那个魔教的开山之祖。其实都不如与朱敛说,来得……有意思。

朱敛看似没心没肺——大事小事,一律是那闲事,从来不牵挂我心头,可其实他才是四人当中在藕花福地见过最多人间百态的那个人。

生于世代簪缨的豪阀之家,知道天底下的真正富贵滋味,近距离见过帝王将相公卿,自幼习武天赋异禀,在武道上早早一骑绝尘,却依然依循家族意愿,参与科举,轻而易举就得了二甲头名,那还是担任座师的世交长辈、一位中枢重臣,故意将朱敛的名次押后,否则不是状元郎也会是那榜眼。那会儿,朱敛就是京城最有声望的俊彦,随随便便一幅墨宝、一篇文章、一次踏春,不知多少世家女子为之心动,结果朱敛当了几年清贵的散官后,找了个由头,一个人跑去游学万里,其实是游山玩水,拍拍屁股,混江湖去了。混着混着,一个浪荡不羁的贵公子,就莫名其妙成了天下第一人,顺便成了无数武林仙子、江湖女侠心里过不去的那个坎。

之后各国混战,山河破碎,朱敛就从江湖抽身返回家族,投身沙场,成为一个横空出世的儒将。六年戎马生涯，朱敛只以兵法，不靠武学，力挽狂澜，硬生生将一座将倾大厦支撑了多年，只是大势所趋，朱敛之后哪怕潜心辅佐一个皇子数年，亲手主持朝政，依旧无法改变国祚崩断的结局。最终将家族安置好后，朱敛再次返回江湖，始终孑然一身。

按照朱敛自己的说法，在他四五十岁的时候，依旧风流倜傥，一身的老男人醇酒味道，还是无数豆蔻少女心目中的"朱郎"。

陈平安说道："接下来我们会路过一座女鬼坐镇的府邸，悬挂有'秀水高风'匾额，我打算只带上你，让石柔带着裴钱，绕过那片山头，直接去往一个叫红烛镇的地方等我们。"

朱敛跃跃欲试，笑问道："嗯，之前少爷就提过这一茬，不过当时没细说，现在看来，属于有危险，又不是太危险的那种？"

陈平安点点头："那栋府邸住着一个嫁衣女鬼，当年我和宝瓶他们路过，有些过节，就想着了结一下。"

朱敛恍然道："难怪少爷最近会详细询问石柔，阴物鬼魅之属的一些本命术法，还走走停停，就为了养足精神，写下那么多张黄纸符箓。"

陈平安突然抬起手掌："住嘴。"

朱敛悻悻然，不愧是自家少爷，懂自己。

上次没从少爷嘴里问出嫁衣女鬼的模样，是美是丑，是胖是瘦，朱敛一直心痒痒来着。毕竟在藕花福地，可没有以坟冢做家的美艳女鬼仰慕过自己，到了浩然天下，岂能错过？

不过那位白鹄江的水神娘娘，与石柔差不多，一位神祇一个女鬼，好像都没瞧上自己，朱敛揉了揉下巴，愤愤道："咋的，这儿的女子，无论是鬼是神，都喜好以貌取人啊？"

陈平安拿起养剑葫："走一个。"

朱敛瞥了眼脚边的酒壶，苦着脸道："少爷，我酒壶可是空了。"

朱敛觍着脸搓着手："少爷，不用担心老奴的酒量，用裴钱的话讲，就是没有问题！再来一壶，刚刚解渴；两壶，微醺；三壶，便快活了。"

陈平安笑呵呵，张大嘴巴，晃了晃脑袋，做了个吸气的动作，然后转头，一脸幸灾乐祸道："喝西北风去吧，你。"

朱敛憋了半天，打算做一回死谏的忠臣，打死不做那谄媚奸佞了，一身正气道："少爷，这么不好笑的笑话，老奴真是很难拍马屁了。"

陈平安心意微动，从咫尺物当中取出一壶酒，丢给朱敛，问道："朱敛，你觉得我是怎么样的一个人？"

朱敛接过酒，不假思索道："好人。"

陈平安笑道:"这酒没白给你。"

朱敛摇头道:"便是没有这壶酒,也是这般说。"

陈平安自言自语道:"我就是好人了啊。"

朱敛爽朗大笑:"少爷就当我又说了马屁话,莫当真。喝酒喝酒!"

一个钟鸣鼎食之家的老人,一个陋巷泥腿子的年轻人,两人其实都没将那主仆之分放在心上,在崖畔慢饮美酒。

朱敛抹了抹嘴,突然说道:"少爷,老奴给你唱一支家乡曲儿?"

陈平安点头道:"行啊。"

朱敛赶紧小抿一口酒水,润了润嗓子,这才开腔哼唱,摇头晃脑,是那藕花福地某个早已亡国朝廷的官话。

陈平安自然听不懂,只是朱敛哼得悠然陶醉,哪怕不知内容,他仍是听得别有韵味。

朱敛唱完一段后,问道:"少爷,咋样?"

陈平安点头道:"不错不错。"

朱敛晃着剩下半壶酒的酒壶:"若是少爷能够再赏赐一壶,老奴就以大骊官话唱出来。"

陈平安二话不说,直接丢给朱敛一壶。

朱敛将那壶酒放在一旁,轻声哼唱:"春宵灯烛如人眼,见那娘子褪放纽扣儿,青葱手指拈动罗带结,酥胸白雪耸如峰,肚皮软绵绵,可怜烛光不得见,背脊光滑腰收束,悬挂大葫芦,小娘子啊,思量那远游未归负心郎,心如撞鹿,心肝儿千千结……娘子拧转腰肢回首看双枕,手捂山尖儿生哀怨,既然一刻值千金,谁来挣取万两钱?"

朱敛停下,喝了口酒,觉得比较尽兴了。

陈平安问道:"这就完啦?"

朱敛很是意外,愣愣道:"少爷竟然没有打我的念头?"

陈平安嗤笑道:"走过那么多江湖路,我是见过大世面的。这算什么,以前在那地底下的走龙河道,我乘坐一艘仙家渡船,头顶上边船舱不分昼夜的神仙打架,呵呵。"

这就叫后知后觉,其实还是归功于朱敛,当然还有藕花福地那条岁月漫长的光阴长河。

朱敛问道:"给说道说道?"

陈平安笑眯眯道:"可以,不过把那壶酒先还我。"

朱敛犹豫了一下,将酒壶递给陈平安。

陈平安收入咫尺物后:"那真是一场场荡气回肠的惨烈厮杀。"

朱敛等了半天,也没等到下文:"没啦?"

陈平安站起身："不然？"

朱敛赶紧起身，跟上陈平安："少爷，把酒还我！就这么可怜兮兮的几个字，说了等于没说，不值一壶酒！"

陈平安没理朱敛，在栈道上，一个身形翻转，以天地桩倒立而走。

朱敛站在原地，懊恼不已。突然转头望向那个坐忘修行的石柔，朱敛咧嘴一笑。

石柔睁开眼，怒道："滚远点！"

朱敛抬起手，拈起兰花指，朝石柔轻轻一挥："讨厌。"

石柔给恶心得不行。

惊鸿一瞥后，她呆若木鸡。原来朱敛一根手指按住鬓角处，做了两个动作，一个撕扯，一个覆抹，其间有片刻停留。

老人对石柔扯了扯嘴角，然后转过身，双手负后，佝偻缓行，开始在夜幕中独自散步，只留下一个好像见了鬼的昔年枯骨艳鬼。

远处朱敛啧啧道："没有意思。"

走完了栈道，过了南苑国和大骊王朝的边境线，在一片崇山峻岭之间，陈平安和朱敛两人行走在山路之上。

石柔已经带着裴钱绕路，会沿着那条绣花江，去往红烛镇，到时候在那边双方会合。只是陈平安让石柔背着裴钱，可以施展神通，所以不出意外，肯定是石柔、裴钱更早到达那座红烛镇。

陈平安笑着说起了一桩陈年旧事。当年就是在这条山路上，遇到师徒三人，其中一个跛子少年，扛着"降妖捉鬼，除魔卫道"的破旧幡子，结果沦为难兄难弟，都给那个嫁衣女鬼抓去了悬挂无数大红灯笼的府邸。好在最后双方都安然无恙，分别之时，寒酸老道士还送了一幅师门祖传的搜山图，不过师徒三人路过了龙泉郡，但是没有在小镇留下，在骑龙巷铺子那边，他们与阮秀姑娘见过，最后继续北上大骊京城，说是要去那边碰碰运气。

故意拣选了一个暮色时分登山，走到当初那段鬼打墙的山间小路后，陈平安停下脚步，环顾四周，并无异样。

陈平安背着剑仙和竹箱，觉得自己好歹像是半个读书人。不过那个嫁衣女鬼不为所动，这也正常，当初风雪庙魏晋一剑破开天幕，又有豪侠许弱出场，想必吃过大亏的嫁衣女鬼，如今已经不太敢胡乱残害过路读书人了。

陈平安想了想，对朱敛说道："你去天上高处看看，能否看到那座府邸，不过我估计可能性不大，肯定会有障眼法遮蔽。"

朱敛拔地而起，远游境武夫，就是如此，天地四方皆可去。

片刻之后,朱敛落回小道,摇头道:"确实看不到,还得浪费少爷两张符箓。"

陈平安笑着拿出两张符箓,阳气挑灯符和山水破障符,都是以李希圣赠送的那一摞符纸中的黄纸画成。

陈平安将来自体内那颗金色文胆所在气府的积蓄灵气,浇灌入阳气挑灯符,火苗极小。

陈平安掠上树林枝头,绕了一圈,仔细观察指尖挑灯符的燃烧速度、火苗大小,最后确定了一个大致方向。就靠着挑灯符的指引,去寻找那座府邸的山水屏障,恰如凡夫俗子挑灯夜行,以手中灯笼照亮道路。

最后陈平安来到一堵山壁前,火苗蓦然炸开,陈平安一抖手腕,山水破障符的符胆灌满灵气,大放光明,陈平安将这张符箓往山壁上一贴,眼前景象随之急剧变化,山壁如积雪遇火,迅速消融,出现一个巴掌大小的窟窿,透过窟窿,已经可以看到里边是一条阴气森森的山谷小径,不断有阴煞之气往外涌出。等到山水破障符燃烧将尽,窟窿已经变成院门大小,陈平安与朱敛跨入其中。

古树参天的山坳中,陈平安依旧手持那张犹有大半的阳气挑灯符,带着朱敛一掠向前。

朱敛脚不着地,跟在陈平安身后。

陈平安并未细说与嫁衣女鬼楚夫人的那桩恩怨,但是朱敛以前从未在陈平安身上看到他对于某件"小事",如此真真切切地执着。

为了见那楚夫人,陈平安事先做了诸多安排和手段。朱敛曾经与陈平安一起经历过老龙城变故,感觉陈平安在灰尘药铺也很谨小慎微,事无巨细,都在权衡,但是两者相似,却不全然相同。比如陈平安好像等这一天,已经等了很久,当这一天真的到来时,陈平安的心态比较古怪,就像……他朱敛猿猴之形的那个拳架,每逢大战,出手之前,要先垮下去,缩起来,而不是寻常纯粹武夫的意气飞扬,拳意倾泻外放。

那张阳气挑灯符燃烧速度变快,当最后一点灰烬飘落时,两人终于站在了一个广场上,眼前正是那座悬挂如仙人执笔"秀水高风"匾额的威严府邸,门口有两尊巨大石狮。

陈平安眯起眼,抬头望向那块匾额。曾有着一袭鲜红嫁衣的女鬼,飘浮在那边。

她痴情,她曾经是良善鬼物,她一直有自己的道理。据说最早有一个走夜路的读书人,在山路上大声朗诵圣贤诗篇,为自己壮胆,被她看在了眼中。读书人与女鬼,两人阴阳有别,但是依旧相亲相爱,她仍然心甘情愿地穿上了那件红嫁衣。

陈平安扯了扯嘴角,道理没有亲疏之别,这是陈平安他自己讲的。不讲道理的,随你高兴,怎么活怎么活得更好,都是自己走的路,但是哪天遇上了讲道理又拳头比你硬的,那就下辈子投个好胎,这也是陈平安讲的。

陈平安就那么站在那里。朱敛忍不住转过头。

饶是朱敛这个远游境武夫，都从陈平安身上感到一股异样的气势。这就是纯粹武夫五境大圆满的气象？如明月升空。

但是这都不算什么，比起这种依旧属于武学范畴内的事情，朱敛更震惊于陈平安心境与气势的外显。那轮明月，如一条蛟龙所衔骊珠。

就在朱敛觉得这趟捉鬼之行，估摸着没自己啥事的时候，那座府邸大门打开，走出一人。

朱敛忍不住问道："少爷，这是那女鬼的姘头？牌面挺大啊，这汉子，瞅着可不比萧鸾夫人的白鹄江神位差了。"

走出之人，身材魁梧，披挂甲胄，手臂有一条金色眼眸的青蛇盘踞，呼吸吐纳皆是白雾缭绕，如祠庙内香火弥漫。

陈平安认得此人，他曾经与许弱一起出现在绣花江上，眼前这位，极有可能是绣花江或是玉液江水神。

绣花江、玉液江和棋墩山，以及这座府邸，皆有讲究，魏檗曾坦言，都是用来镇压神水国残余气运的隐蔽存在，所以同样是江水正神，绣花、玉液两江神祇，比起水域辖境差不多的大骊水神，品秩要稍高半筹。

那位绣花江水神沉声道："陈平安，私自破开一地山水屏障，擅闯楚氏府邸，按照大骊制定的封山律法，哪怕是一位谱牒仙师，一样要削去户籍，谱牒除名，流徙千里！"

陈平安疑惑道："那个楚夫人？"

绣花江水神摆摆手："她早已离开府邸，而且此地已经有新主人，念在你有太平无事牌在身，已经被礼部记录在档，准许你速速离去，下不为例。"

陈平安抱拳问道："敢问江神，那个楚夫人如今在何处？"

这尊以金身现世的江水正神皱了皱眉头，瞥了眼陈平安所背长剑："只知道楚夫人去了观湖书院，有个读书人死在那边，她想要去收拢骸骨，但是近期她肯定不会返回此地。"

陈平安叹了口气，应该是要白跑一趟了，有些心疼那两张黄纸符箓，向那位水神致歉道："这次登门拜访楚夫人，是我冒失了。下次一定注意。"

绣花江水神冷笑道："还有下次？"

不等陈平安说话，水神斜眼看那个佝偻老人："怎么，觉得自个儿是个远游境武夫，就可以肆意妄为了？"

朱敛抹了把脸，转过头，对陈平安说道："少爷，就求你让我打一架吧，这家伙这副嘴脸，实在太欠揍了，回头我一定还少爷一枚金精铜钱。"

陈平安先是眼神示意朱敛不用以此试探虚实，那个嫁衣女鬼，多半不在府上。

陈平安对那位水神笑道:"我们这就离开。"

就在此时,楚氏府邸后方,冲起一阵滚滚黑烟,声势浩荡,汹涌而至,落地后化作人形,身穿一袭黑袍。

绣花江水神面无表情:"顾府主,你不是在修缮山根水脉吗?"

陈平安怎么都没有想到现任府主,是那位曾经护送他们一路的顾氏阴神,更是顾璨的父亲。

阴神与陈平安点点头,再与那尊水神微笑解释道:"先前感应到有修士打破屏障,想到水神大人刚好在府上查看进展,就没理会,只是转念又想到如今大骊境内乱象四起,便担心是大隋修士想要强行破坏此地根本,不料竟然是熟人拜访。"

绣花江水神眯眼道:"当年顾府主护送陈平安去往大隋,确实称得上相熟,不知道顾府主要不要邀请陈平安进门,摆上一桌酒宴,为朋友接风洗尘?"

顾氏阴神哈哈笑道:"既然当了这顾府主,我自然不敢耽误了手头正事,就只与陈平安唠叨几句,送出楚氏府邸辖境即可。"

"修补水脉山根是不能中断的细致活,希望顾府主别耽搁太久,不然我一定会公事公办,在公文上记你一笔。"绣花江水神撂下这句话后,转身大步走入府邸。

顾氏阴神抱拳相谢,然后来到陈平安身边,赶在一脸惊喜的陈平安开口之前,大笑道:"没办法,当年那趟差事,在礼部衙门那边讨了个苦功劳,得了个不伦不类的山神身份,所以万事不由心,没办法请你去府上做客了。"

陈平安笑道:"没关系,以后机会多得是,这里离着龙泉郡又不算远。"

顾氏阴神突然一揖到底,然后满脸感伤道:"上次远游,我不告而别,由于有命在身,不敢擅自说一桩私事,如今已是大骊神祇之一,虽说职责所在,不能擅自离开,但是刚好借着这个机会,不再隐瞒什么,也好省去一桩心事。"

说到这里,顾氏阴神面带笑意,运转神通,使得原本飘忽模糊的面容越发清晰,笑道:"觉得与谁比较像?"

陈平安打量了他片刻,震惊道:"该不会是?"

顾氏阴神爽朗大笑,再次抱拳:"陈平安,如果没有你,顾璨就不会白白得了那么大的福缘!这份比天还大的恩情,顾某以死相报都不过分!"

陈平安好似许久没有缓过来,道:"难怪当年总觉得你经常在偷偷瞅我,那会儿还误以为你居心叵测来着。顾叔叔,你早该告诉我的!"

之后聊了些泥瓶巷鸡毛蒜皮的故人故事,很快就来到山水屏障附近,顾氏阴神苦涩道:"不敢违反规矩。对了,如水神所说,楚氏府邸经营不善,山根水脉,残破不堪,已是藕断丝连的境地,我不能离开太久,恕不远送了,在此分别便是。"

陈平安笑问道:"因为书简湖位于宝瓶洲中部,战事如火如荼,仙家渡船都不愿意去触霉头，我这次从老龙城返回后，打算近期去趟书简湖看看顾璨，不知道顾叔叔知不知道顾璨如今如何了，那截江真君待他可还好？"

顾氏阴神哈哈笑道："他们娘俩好得很，小璨已经成了那个截江真君的嫡传弟子，万事无忧，不然我怎么会安心待在这里。"

陈平安点点头，抱拳道："祝愿顾叔叔早日神位高升！"

顾氏阴神小声提醒道："对了，陈平安，你可听说家乡那边，许多当年买下山头的仙家势力，如今开始转手贱卖，你最好赶紧回去，说不定还能低价入手一两座山头，这等机会，切莫错过。"

陈平安笑道："已经听说了，所以飞剑传信了披云山，在让魏檗帮忙看看。"

顾氏阴神一挥袖，山水屏障凭空出现一道大门，陈平安步入其中，转头与顾氏阴神抱拳告别。

重新行走在山路上，陈平安感慨道："怎么都没有想到顾叔叔竟然成了阴神，还当了这座府邸的府主，就是不知道他们一家三口，什么时候可以团圆相聚。"

朱敛微笑道："虽然没见着那个楚夫人，可此行不虚。就像少爷先前所说的棋墩山，本是魏檗沦为末流神祇土地公的沉寂之地，也是一举成为大骊北岳正神的发迹之地。所以说，世事难料，不过如此。"

陈平安深吸一口气："走吧，去红烛镇。"

两人稍稍加快步伐，去往裴钱、石柔所在的红烛镇。

两人一路闲聊，一直到走出那座山头数十里，朱敛放慢脚步，小心翼翼，以聚音成线的武夫本事，突然问道："少爷，接下来怎么说？"

陈平安脸色如常，同样聚音成线，回答道："不急，到了红烛镇再做下一步的谋划，不然顾叔叔会有大麻烦。"

楚氏府邸大门口，绣花江水神脸色阴沉，看着那位缓缓而返的府主，厉色道："顾韬，我让你老老实实待在府邸水运主脉附近，寸步不离！你竟敢自己跑出来?！"

这位臂绕青蛇的魁梧水神手臂一震，那条金色眼眸的青蛇，落地后盘曲着，变作一条粗如水桶的巨蛇，缓缓游弋，刚好将主人和那位府主绕在一个大圈内，然后它高高抬起头颅，冷冷注视着顾氏阴神。

绣花江水神伸手一抓，手中出现一杆精炼长槊，金光如水流淌，讥笑道："国师有令，只要你做出半点逾越举动，我就可以将你魂魄打去半数！你要是不服气，大可以凭借楚氏府邸，反抗试试看。"

顾韬纹丝不动，满脸无奈道："此次之所以现身，只为了将那个秘密说出口，委实是积攒太久，不吐不快。水神这趟登门，奉命行事，又对我早有提醒，我认罚！但是我希望水神行刑之前,能否告知,为何我连陈平安的面,都不能见?希望水神大人能给我一个明明白白,不然我即便认罚,却也心有不甘!"

绣花江水神死死盯住这个阴神,他不是在犹豫要不要打散这尊阴神府主的半数魂魄,而是在犹豫要不要直接将其所有魂魄打烂。

顾韬生死,两可之间。遭罪一场,肯定难逃。不过目前确实需要顾韬修补楚氏府邸气运,况且如今这里都属于北岳地界,山岳大神作为大骊王朝第一尊新五岳神祇,魏檗越来越流露出神尊之姿,所以具体何时打散顾韬的半数魂魄,除了向国师大人询问,按照大骊山水律法,他一样需要跟魏檗报备。这叫县官不如现管。

如果不是顾韬从头到尾,没有流露出丝毫劝说陈平安去往书简湖的迹象,反而劝说陈平安返回家乡买山头,这会儿顾韬早就已经魂飞魄散了。

这也合情合理,顾韬私底下几次从红烛镇得知的书简湖传闻,其实都是大骊谍子想要这位府主知道的消息。

绣花江水神毫无征兆地将长槊丢掷而出,长槊贯穿顾韬腹部,倾斜钉入地面,金光绽放,在顾韬身上直接灼烧出一个窟窿,以阴物之身转为神祇金身的顾韬,依旧挨了一记重创。

顾韬也确实是硬骨头,硬是一言不发,面容开始扭曲,一身黑烟滚滚散发。

绣花江水神伸手一抹,摊开一幅画卷,楚氏府邸山水辖境内所有景象,随着这位水神的心意转动,画面迅速流转变幻,画上人与事,纤毫毕现。接着他又打开一幅,是那绣花江辖境景象。

绣花江水神语气冷硬道:"只要一点点苗头,给我怀疑了,我就宁可错杀了你。"

腹部犹有金色长槊贯穿而过的顾韬怒道:"你是不是疯了?!国师大人岂会让你如此肆意妄为!你真当我不知道,你爱慕那楚夫人已经数百年之久?!怎的,我如今占据了楚夫人的府邸,你便看我不顺眼,一定要除之而后快?欲加之罪何患无辞!好好好,我算是领教了你这绣花江水神的肚量!"

绣花江水神根本不理睬悲愤欲绝的顾韬,只是低头凝视着一幅画卷上的陈平安、朱敛两人,观察着那两人的表情和谈话,每一个细节都不愿意放过。至于国师大人在谋划什么,绣花江水神不是丝毫不感兴趣,而是不敢有探究的念头,半点都不敢。

大骊王朝百余年来,这位始终站在皇帝陛下影子里的国师,几次走出阴影,每次都会带来一场场腥风血雨,人头滚滚而落,无论是权贵豪阀,还是山上仙师,没有例外,不管你是如何位居要津的中枢重臣、封疆大吏,还是什么地仙,要么销声匿迹,要么是生不如死的下场。

绣花江水神一招手,驾驭长槊返回手中:"你速速返回府邸底下,修补本地气运之余,听候发落!是生是死,你自求多福。"

顾韬伸手捂住腹部,金身被伤,道行折损,让他这个阴神痛苦不已:"你应该知晓我的大致根脚,所以这件事情没完!"

绣花江水神神色淡漠:"我们大骊,最大的靠山,是国师帮助皇帝陛下订立的律法。"

沿着那条水流和缓的绣花江,来到喧闹依旧的红烛镇。

曾经在这里的一座书肆,陈平安给李槐买过一本《断水大崖》。

裴钱和石柔住在之前陈平安住过的客栈。

进了屋子,正要和师父说这红烛镇好玩之处的裴钱,看了眼陈平安,立即不说话了。

朱敛关上门,站在窗口附近,陈平安开始沉默不语。

陈平安第一句话就开门见山:"我打算先不回龙泉郡,朱敛,你护着裴钱、石柔去落魄山。黄庭国有座仙家渡口,我去那边试试,看有没有去往书简湖的渡船,实在不行,就走路去书简湖。到了龙泉郡,再想走,只会更难。"

朱敛想了想,缓缓道:"老奴会一门还算拿得出手的易容术,不如让老奴假扮少爷,少爷随便假扮某人,然后找个合适机会,先离开红烛镇,我们在这里多留几天。这样稍稍稳妥些,未必能够瞒天过海,就当是聊胜于无吧。"

石柔一头雾水,裴钱更是茫然。

朱敛轻声道:"少爷,你自己说的,万事不要急,慢慢来。"

陈平安笑了笑:"放心吧,我有数。"

朱敛点点头:"还是少爷心细,不然估摸着到了龙泉郡,崔东山这场斗法,就输定了。"

从绣花江水神率先露面,到顾叔叔随后赶来,陈平安就察觉到一丝熟悉的气息。所以陈平安当时选择沉默,等着顾叔叔开口,而不是一声"顾叔叔"脱口而出。

果不其然。顾叔叔话里有话,"第一次"泄露顾璨父亲的身份。陈平安就跟着配合顾叔叔演了那场戏。

什么好心提醒陈平安赶紧返回龙泉郡购买山头,什么娘俩在书简湖万事无忧,只要陈平安全部反过来听就对了。

除此之外,两人心有灵犀,各自绝对不多说一个字,多一个眼神交会。因为那个绣花江水神,一定在暗中窥探。

接下来朱敛开始帮忙推敲细节,例如今晚先去喝一场红烛镇特有的船娘花酒,那里人多眼杂,最适合给人暗中盯梢。陈平安脱下那件必须穿往书简湖的法袍金醴,换上一身青衫,免得之后朱敛假扮陈平安去往落魄山,没了金醴,太过突兀。

朱敛与陈平安就这样相互查漏补缺。

裴钱乖乖坐在一旁,不会在这种时候插科打诨。

石柔护住窗口位置。她再不会觉得，朱敛建议喝那花酒，是在假公济私。

这一晚，陈平安与朱敛离开客栈，喝了顿花酒，陈平安正襟危坐，朱敛如鱼得水，与那个妙龄船家女聊得大有君生我未生之感。

第二天，陈平安带着裴钱游逛红烛镇，购买各色物件，就像是家乡邻近，又即将入冬，可以开始准备年货了。

一个相貌平平的中年男人，悄无声息地离开了红烛镇。

没有乘坐渡船沿着绣花江往下游行去，而是走了条热闹官道，去往边境，邻近关隘，没有以通关文牒过关进入黄庭国，而是像那不喜约束的山泽野修，轻松越过崇山峻岭，此后昼夜赶路。风尘仆仆，到了黄庭国一座仙家渡口，中年男人并未在渡口向执事询问，只是通过闲聊，得知渡口如今并无渡船直接到达书简湖，那条航线早已关停，便选了一艘去往姑苏山的渡船，据说在姑苏山那边换乘渡船，就能够去往一个朱荧王朝的藩属国，在那之后，就只能步行去往书简湖了。

中年男人付了一笔神仙钱，要了个渡船单间，深居简出。到了那座姑苏山，中年男人又听闻一个坏消息，如今连去往朱荧王朝那个藩属国的渡船都已停歇。

中年男人在姑苏山停留了一天，四处行走，最后便一掷千金，以远远高于市价的神仙钱，先付了一半价钱，直接雇用了一艘不太愿意死守规矩的私船。在船主一脸谄媚却满是看傻子的眼神中，中年男人登上那艘渡船——就只有他一个客人。

豺狼环伺。中年男人不知是江湖经验不够老到，毫无察觉，还是艺高人胆大，故意视而不见。

在一次船主通知客人说需要靠岸补给的时候，那个中年男人终于离开船舱，换了一身白袍，背了一把长剑，头别簪子，腰系酒壶。

中年男人直接找到那个观海境修为的船主，一拍那只寻常修士眼中的朱红色酒壶，一把飞剑掠出养剑葫，说道："神仙钱好挣，命没了就没了。"

早已起了杀人越货心思的船主老修士，也是个野路子出身，既然被客人看穿，便懒得掩饰什么，瞥了眼那只酒葫芦，笑道："客人大概不晓得我们这一行的行情，一个养剑葫，可比我的这条命，加上这条船，都还要值钱，你觉得……"不等老修士将话说完，飞剑一闪而逝。

老修士终究是个攀爬到观海境的山泽野修，对于山上四大难缠鬼之一的剑修，并不陌生，刚好有一件压箱底的灵器，可以稍稍制衡。只是老修士凭借本命器物，堪堪躲过了那把飞剑，养剑葫内又有一把飞剑钉入他眉心。虽不至于毙命，但是稍有动作，剑尖再往里边刺入些许，命也就没了。

在观海境老修士震惊于一位剑修竟有两把本命飞剑的时候，一拳已至，打得老修士所有气府灵气蒸腾如沸水。又一拳，能够以灵气反哺、淬炼体魄的老修士，虽身躯坚韧大致相当于四境武夫,可仍是被一拳打得呕出胆汁,倒地不起。两把飞剑更是钉入老修士两座本命气府,一阵乱搅,使得观海境船主当场跌回洞府境,哀号不已。

中年男人环顾四周,挑了一张椅子坐下,对其余人等说道:"继续赶路。"

老修士之后就坐在还算宽敞的屋子小角落,两把飞剑在四周缓缓飞旋,而那个客人,竟然就一直坐在那边翻看书籍。

老修士壮起胆子,询问自己能否就在原地疗伤,以免连洞府境都保不住。中年男人点点头,并无异议。

此后中年男人看了一本本书籍,偶尔会打个盹,偶尔站起身缓缓踱步,慢慢出拳。

渡船到达那座朱荧王朝边境最大的藩属国后,那个中年男人下船前,给了剩下的一半神仙钱。

跟神色萎靡的老修士问过了书简湖大致方向,中年男人摘下背后长剑,连剑带鞘一起抛向空中,御剑远去书简湖。

空中飞鹰盘旋,枯枝上乌鸦嘶叫。原本平整宽阔的官道,早已支离破碎,一支车队,颠簸不已。

石毫国作为朱荧王朝最大的藩属国,位于王朝的西北方向,以沃野千里、出产丰富著称于宝瓶洲中部,一直是朱荧王朝的大粮仓。同样是王朝藩属,石毫国与那大隋藩属黄庭国,有着截然不同的选择,石毫国从皇帝、庙堂重臣到绝大多数边军将领,选择跟一支大骊铁骑大军硬碰硬。

战火蔓延整个石毫国,今年开春以来,在整个京城以北地带,打得异常惨烈,如今石毫国京城已经深陷重围。不但石毫国百姓,就连附近几个兵力远逊色于石毫国的藩属小国,都人心惶惶,当然不乏有所谓的聪明之人,早早依附投诚大骊宋氏,在隔岸观火,等着看笑话,希望所向披靡的大骊铁骑能够干脆来个屠城,将那群愚忠于朱荧王朝的石毫国一干忠烈全部宰了,说不定还能念他们的好,兵不血刃,在他们的帮忙下,就顺利拿下了一座座武库、财库丝毫不动的高大城池。

磕磕碰碰的路途,让这支车队的不少车夫叫苦不迭,就连许多背负长弓、腰挎长刀的精壮汉子,都快给颠散了骨头架子,一个个萎靡不振,强自振作精神,眼神巡视四方,以免有流寇劫掠。七八十骑弓马熟谙的青壮汉子,几乎人人身上带着血腥气味,可见这一路南下,在兵荒马乱的世道,走得并不轻松。

真是脑袋拴在裤腰带上挣银子,说句不夸张的,撒泡尿的工夫,就可能把脑袋不小心掉在地上。

其间最凶险的一场堵截,不是那些落草为寇的难民,竟是一支三百骑假扮马贼的石毫国官兵,将他们这支商队当作了一块大肥肉,那一场厮杀,早早签下生死状的商队护卫,死伤了将近半数,如果不是雇主当中竟然藏着一位不显山不露水的山上神仙,连人带货物,早被那伙官兵给包了饺子。

这支车队需要穿过石毫国腹地,到达南方边境,去往那座被世俗王朝视为龙潭虎穴的书简湖。车队拿了一大笔银子,也只敢在边境关隘停步,不然银子再多,也不愿意往南边多走一步,好在那十数个外乡商贾答应了,允许车队护卫在边境千鸟关掉头返回,之后这拨商贾是生是死,是在书简湖那边攫取暴利,还是直接死在半路,让劫匪过个好年,反正都不用车队负责。

这一路走下来,真是人间炼狱修罗场。

饿殍千里,不再是读书人在书上惊鸿一瞥的说法。车队在沿途,经常会遇到一些茅草店铺里面哭喊连天,不断有成人在贩卖"两脚羊",一开始有人不忍心亲自将子女送往砧板,交给那些屠夫,便想了个折中的法子,父母之间,先交换面黄肌瘦的子女,再卖于店家。

许多饿疯了的流亡难民,成群结队,像行尸走肉和野鬼幽灵一般,游荡在石毫国大地之上,只要到了可能有食物的地方,便蜂拥而上,因此各地烽燧、驿站、一些地方上豪横家族打造的土木堡,都沾染了鲜血,还有一些倒在地上来不及收拾的尸体。

车队曾经经过一座拥有五百同族青壮护卫的大堡,以重金购买了少量食物,一个胆大的精悍少年,眼红艳羡一个商队扈从的那张硬弓,就来套近乎。当时少年蹲在地上,指着城堡外木栅栏那边一排用来示威的干瘪头颅,对商队扈从笑嘻嘻说了句:"夏天最麻烦,招蚊蝇,容易瘟疫,可只要到了冬天,下了雪,就可以省去不少麻烦。"说完,少年抓起一颗石子,砸向木栅栏,精准击中一颗头颅,拍拍手,瞥了眼目露赞赏神色的商队扈从,颇为得意。

当时一个身穿青衣、扎马尾辫的年轻女子,让那少年心动不已。之所以与商队扈从聊这些、做这些,无非是少年想要在那个好看的姐姐眼前表现表现。只可惜那个青衣姐姐从头到尾都没瞧他,这让少年很失落,也很失望,若是这般美貌若祠庙壁画仙子的女子,出现在来这边寻死的难民队伍当中,该多好?那她肯定能活下来。他是族长的嫡长孙,哪怕不是第一个轮到他,总归能有轮到自己的那天。不过少年也知道,难民当中,可没有这般水灵的女子,偶有些妇人,多是黝黑黝黑,一个个皮包骨头,瘦得跟饿死鬼似的,皮肤还粗糙不已,太难看了。

那个青衣姐姐身边,还站着一个岁数稍大的女子,背着一把剑,不过姿色就差太多了,尤其是身材,一个天一个地,若是后者单独出现,少年也会心动,只是当她们站在一起时,少年眼里便没有了后者。

商队继续南下,经常会有流民拿着削尖的木棍拦路,聪明一些的,或者是还没真正饿到绝路上的,会要求商队拿出些食物,他们就放行。商队当然懒得理睬,只管前行,一般来说，只要他们抽刀、摘下一张张硬弓，难民自会吓得作鸟兽散。

也有一些难民，红着眼睛只管往前冲，打算哄抢一番，商队护卫扈从本就是江湖武夫出身，又不是石毫国人氏，一路南下，早已麻木，加上队伍里又死了那么多兄弟朋友，内心深处，巴不得有人冲上来让他们解解恨，所以精悍骑队如渔网撒出，手起刀落，或是比拼箭术——以射中眼眶者最佳，射穿脖颈者次之，射透心口者再次之，若是只能射中腹部、腿脚，那可是要惹来讥讽和笑话的。

这次雇用护卫和车队的商贾，人数不多，十来个人。除了那个极少露面的青衣马尾辫女子，以及她身边一个失去右手大拇指的背剑女子，还有一个不苟言笑的黑袍青年——这三人好像是一伙的——平时车队停马休整，或是野外露营，相对比较抱团。这拨要钱不要命的商贾主事人，是一个身穿青衫长褂的老人，据说姓宋，护卫们都喜欢称之为宋夫子。宋夫子有两个扈从，一个斜背乌黑长棍，一个不带兵器，一看就是地道的江湖中人，两人年岁与宋夫子差不多。此外，还有三个哪怕脸上带笑依旧给人眼神冰冷感觉的男女，年龄悬殊，妇人姿色平庸，剩下两人是爷孙俩。给扈从们的感觉，就是这拨商贾，除了宋夫子，其余都架子大，不爱说话。

这天夜里，歇脚于一座已经荒废、胥吏逃散的破败驿站，驿站物件早已被搜刮一空。

青衣马尾辫女子蹲在驿站外一堵倒塌大半的泥土墙头上。与她形影不离的那个背剑女子，站在墙下，轻声道："大师姐，再有大半个月的路程，就可以过关进入书简湖地界了。"

青衣女子有些心不在焉，嗯了一声。

那位宋夫子缓缓走出驿馆，轻轻一脚踹了下蹲坐在门槛上的同行少年，然后单独来到墙壁附近，负剑女子立即以大骊官话躬身行礼道："见过宋郎中。"

老人笑着点头："徐姑娘还是这般客气，过于见外了。"

此郎中并非药铺郎中。这位气态儒雅的青衫老人，是大骊礼部祠祭清吏司的主事郎中。

这个位置，在黄庭国、石毫国这些藩属小国，属于比较大一点的芝麻官，光是礼部衙门，上头就有侍郎，再上头还有尚书，说不定哪天就要被品秩相当的辅官、员外郎给抢了位置。可在大骊，这就是一个极其关键的位置，是大骊王朝最有权柄的三个郎中之一，位不算高，从五品，权极重。除了名义上一个祠祭清吏司郎中该有的职责，还掌管着一国山水正神的评定考核以及举荐权。

大骊一直不设立江水正神与祠庙的冲澹江，突然多出一个名叫李锦的江水精怪，从一个原本在红烛镇开书铺的掌柜，一跃成为江神，据说就是走了这个郎中的门路，得以鲤鱼跳龙门，一举登上神台高位，享受各路香火。

而两名女子，正是离开龙泉剑宗下山游历的阮秀、徐小桥。

至于为何要离开大骊王朝如此之远，就连徐小桥和董谷都觉得很意外，至于他们的大师姐阮秀，则全然无所谓。

徐小桥见宋郎中像是有事相商的样子，就主动离开了。

宋郎中走到墙头上，盘腿而坐，微笑道："我要感谢阮姑娘的大度。"

阮秀收起一只巾帕，藏入袖中，摇摇头，含糊不清道："不用。"

宋郎中笑问道："冒昧问一下，阮姑娘是不在意，还是在容忍？"

阮秀问道："有区别吗？"

宋郎中点点头，正色道："若是前者，我就不多此一举了。毕竟我这么个老头子，也有过少年慕艾的岁月，晓得李牧玺那般大小的毛头小子，很难不动心思。如果是后者，我可以提点李牧玺或是他爷爷几句，阮姑娘不用担心这是强人所难，这趟南下是朝廷交代的公事，该有的规矩，还是要有的，丝毫不是阮姑娘过分。"

阮秀说道："没关系，他爱看就看吧，他的眼珠子又不归我管。"

宋郎中哑然失笑。

此次随行队伍当中，跟在他身边的两位江湖老武夫，一位是从大骊军伍临时抽调出来的纯粹武夫，金身境。据说去军中帅帐要人的绿波亭大谍子，给那位战功彪炳的主将当面摔杯骂娘，当然人还是得交出来。一位出身大骊江湖大门派的帮主，也是七境。此外三人，是一队临时组建的粘杆郎，爷孙两人当中，少年名为李牧玺，是个精通符箓和阵法的修道天才，与他的爷爷和父亲都是大骊朝廷的粘杆郎，他父亲死于前不久的一场争斗，所以这趟南下远游，对于爷孙二人来说，既是衙门里边的公事，也有私怨夹杂其中。

这趟南下书简湖，有两件事，一件是明面上的，也不算小了，他这位祠祭清吏司郎中，是话事人，龙泉剑宗三人，都需要听命于他，听从他的指挥调度。

今年入秋时分，已经多年没有伤亡的大骊粘杆郎，一下子死了两个，一位身份隐蔽的外乡金丹境修士，偷偷带走了一个弟子，这名少年，比较特殊，不但是先天剑胚，还身负武运，引来当地一州数位武庙圣人的关注。大骊势在必得，就连国师大人那边都听到了消息，很重视。

大概是一报还一报，说来荒唐，这个少年是大骊粘杆郎率先找到和相中，以至于找到这棵好苗子的三人，轮流留守，倾心栽培，长达四年之久，结果那位深藏不露的金丹境修士，不知道从哪里蹦出来，打杀了两人，将少年拐跑，一路往南逃窜，其间躲过了两次追杀和围捕，十分狡猾，战力也高。那少年在逃亡途中，更是展露出极其令人惊艳的心性和资质，两次都帮了金丹境修士大忙。最后绿波亭谍报显示，金丹境修士和少年逃入了书简湖，此后泥牛入海，再无音讯。

对于这类追杀，不单单是大骊王朝，其实宝瓶洲所有的山上势力，都不会犯痴，心存轻视，经验老到的门派，但凡有点底蕴的，都力争以狮子搏兔，一鼓作气用全力解决，而不是好似庸将的战场添油，派遣一拨拨人去白白送死，让对方以战养战，最终养虎为患。对方是一位擅长厮杀的老金丹，又占据地利，所以宋郎中一行人，绝不是两个金丹境战力那么简单，而是加在一起，大致相当于一位强大元婴的战力。

在这一点上，董谷和徐小桥私底下有过数次细致推演，得出的结论，还算比较放心。不然大师姐要出丁点儿纰漏，董谷和徐小桥两个龙泉剑宗的开山弟子，于情于理，就都不用在神秀山待着了。

至于唯有宋郎中自己知晓内幕的另外一件事，就比较大了。涉及整座书简湖的归属，就连他都需要听命行事。就连那个暗中扎根书简湖已有八十年光阴的某个岛主，也一样是棋子。

这次离开大骊南下远行，有一件让宋郎中觉得有意思的小事。

少年李牧玺对南下途中，尤其是乘坐马车的石毫国旅途所见所闻，无论如何都无法理解，甚至内心深处，还会埋怨那个罪魁祸首，也就是自己所在的大骊王朝。兴许在少年看来，如果大骊铁骑没有南下，或是南下的连绵战事不要如此血腥残忍，就不会有那么多老百姓流离失所。在兵灾浩劫中，一个个原本老实本分的男男女女，都变得人不像人，鬼不像鬼。

而李牧玺的爷爷，九十岁的"年轻"修士，则对此无动于衷，也没有跟孙子解释点什么。

阮秀问道："听说有个泥瓶巷的孩子，就在书简湖？"

宋郎中点头道："姓顾，是机缘很大的一个孩子，被书简湖势力最大的截江真君刘志茂收为闭门弟子，顾璨自己又带了条'大泥鳅'到书简湖，带着那战力相当于元婴境的蛟龙扈从，兴风作浪，小小年纪，名声很大，连朱荧王朝都听说书简湖有这么一对主仆存在。有一次与许先生闲聊，许先生笑言这个叫顾璨的小家伙，简直就是天生的山泽野修。"

阮秀抬起手腕，看了眼那条形若鲜红手镯的酣睡火龙，放下手臂，若有所思。

一个中年男人来到了书简湖边缘地带一座人山人海的繁荣大城，大城名为池水城。

中年男人一路之上雇用着一辆马车，车夫是个走南闯北过的健谈老人。中年男人是个大方的，爱听热闹和趣闻，不喜欢坐在车厢里边享福，几乎大半路程都坐在老车夫身边，让老车夫喝了不少酒。老车夫心情大好，说了好多道听途说而来的书简湖奇人异事——那儿没外边传闻的那么可怕，打打杀杀倒也有，不过多半不会牵扯到他们这些老百姓。不过书简湖是个天大的销金窟,却是千真万确,以前他与朋友,载过一拨来自朱荧王朝的富家公子哥,口气大得很,让他们在池水城那边等着,说是一个月后返程,结果等了不到三天,那拨年轻公子哥就从书简湖乘船回到了城里,已经身无分文了,七八个年轻人足足六十万两银子,三天,就这样打了水漂。不过听那些败家子的言语,好像意犹未尽,说半年后攒下一些银子,一定要再来书简湖快活。

中年男人行走在池水城比肩接踵的大街上,很不起眼。

先前城门有一队练气士看守,却根本不用什么通关文牒,只要交了钱就让进。

池水城就建造在书简湖西边水畔。

书简湖极为广袤,千余个大大小小的岛屿星罗棋布,最重要的是灵气充沛,想要在此开宗立派,占据大片的岛屿和水域,很难,可若是一两位金丹境地仙占据一座较大的岛屿,作为府邸修道之地,最是适宜,既清净,又如一座小洞天。尤其是修行法门"近水"的练气士,更是将书简湖某些岛屿视为必争之地。

背剑中年男人挑选了一栋闹市酒楼,点了壶池水城最招牌的乌啼酒,喝完了酒,听了一些附近酒桌上眉飞色舞的闲聊,只是没听出更多的事情,有用的就一件事——过段时间,书简湖好像要举办百年一次的岛主会盟,准备推举出一名已经空悬三百年的新任"江湖君主"。

中年男人喝完酒吃完饭,与伙计结过账,就离开了酒楼,问路去了一条池水城内对所有人开放的猿哭街。猿哭街长达四里,开满了仙家铺子,两头有练气士守着,一样是不看身份、只认银子开道的做派,这一点,倒是有些像商贸冠绝一洲的老龙城,笑人无恨人有,谁有钱谁大爷。不信且看杯中酒,杯杯先敬有钱人。不过若是如此说来,好像整个世道,在哪儿都差不多。

腰挂朱红色酒葫芦的中年男人,之前听老车夫说过,在鱼龙混杂、往来频繁的书简湖,能说一洲雅言就不用担心,可在路上,他还是跟老车夫学了些书简湖方言,学的不多,一般的问路、讨价还价还是可以的。中年男人一路逛荡,走走看看,既没有一鸣惊人,扫荡什么天价的镇店之宝,也没有只看不买,而是挑了几件讨巧却不昂贵的灵器,就跟寻常的外乡练气士一个德行,在这儿就是蹭个热闹,不至于被谁狗眼看人低,却也不会被当地人高看一眼。

中年男人最后在一间贩卖古董杂项的小铺子停留,东西是好的,就是价格不太公道,掌柜又是个瞧着就不像是做生意的老古板,所以生意比较冷清。许多人来来走走,从兜里掏出神仙钱的却寥寥无几。中年男人站在一把横放于特制剑架上的青铜古剑之前,久久没有挪步,剑鞘一高一低分开放置,剑身刻有"大仿渠黄"四字小篆。看着这个弯腰低头一再端详的长衫背剑中年男人,老掌柜不耐烦道:"看啥看,买得起吗,你?便是上古渠黄的仿剑,也要大把的雪花钱。去去去,真要过眼瘾,去别的地儿。"

中年男人大概是腰包不鼓、腰杆不直，非但没有恼火，反而转头跟老掌柜笑问道："掌柜的，这渠黄，是礼圣老爷与人间第一位王朝君主共同巡狩天下时，他们所乘坐马车的八匹拉车骏马之一？"

老掌柜瞥了眼中年男人背后长剑，脸色稍稍好转："还算是个眼力没差劲到眼瞎的。不错，正是'八骏流散'的那个渠黄，后来有中土大铸剑师，用毕生心血打造了八把名剑，以八骏命名。此人脾气古怪，打造了剑，也肯卖，但是每把剑，都只肯卖给相对应一洲的买家，以至于到死也没全部卖出去。后世仿品不计其数，这把胆敢在渠黄之前刻下'大仿'二字的古剑，仿得极好，自然价格极贵，在我这座铺子里已经摆了两百多年。你小子，肯定买不起的。"

中年男人没打肿脸充胖子，他从古剑上收回视线，开始去看其他珍玩物件，最后又站在一幅挂在墙壁上的仕女画前。画卷所绘仕女，侧身而坐，掩面而泣的模样，若是竖耳聆听，竟然真有如泣如诉的细微嗓音传出画卷。

老掌柜哟呵一声："不承想还真碰到个识货的，你进了我这铺子看得最久的两件，都是铺子里边最好的东西。小子不错，兜里钱没几个，眼光倒是不坏。怎么，以前在家乡大富大贵，家道中落了，才开始一个人走江湖？背把值不了几个钱的剑，挂个破酒壶，就当自己是游侠啦？"

中年男人依旧打量着那幅神奇画卷，以前听人说过，世间有许多前朝亡国字画，机缘巧合之下，字中会孕育出悲愤之意，而某些画卷人物，也会变成灵秀之物，在画中独自悲戚断肠。

中年男人转头笑道："游侠儿，又不看钱多钱少。"

老掌柜嗤笑道："这种屁话，没走过两三年的江湖愣头青才会讲，我看你年岁不小，估摸着江湖算是白走了，要不就是走在池塘边，却当是真正的江湖了。"

中年男人还是没生气，指了指墙壁挂像，问道："这幅仕女图，多少钱？"

老掌柜摆摆手："你小子，别自讨没趣。"

中年男人笑道："我要是买得起，掌柜怎么说？送我一两件不甚值钱的彩头小物件，如何？"

年复一年守着祖传铺子，确实无聊的老掌柜顿时来了斗志，指了指靠近大门口的一只多宝架，挑眉道："行啊，瞧见没，只要你掏得起神仙钱，那边架子上，随你挑选三件东西，到时候皱一下眉头，我跟你姓！"

中年男人笑着点头。

老掌柜犹豫了一下，说道："这幅仕女图，来历就不多说了，反正你小子瞧得出它的好，三枚小暑钱，拿得出，就拿走，拿不出来，赶紧滚蛋。"

中年男人回头看了眼墙上的挂像，再转头看了眼老掌柜，询问："是不是一口价都没得商量了?"老掌柜冷笑点头,那中年男人又转头,再看了几眼仕女图,又瞥了眼当下空无一人的店铺以及大门口,这才走到柜台那边,手腕翻转,拍出三枚神仙钱放在桌上,手掌覆盖,推向老掌柜。老掌柜也跟着瞥了眼店铺门口,在中年男人抬手的瞬间,迅速以手掌盖住,拢到自己身边,抬起手掌,确定无误是货真价实的三枚小暑钱后,抓在手心,收入袖中,抬头笑道:"这次是我看走眼了,你这小子可以啊,有点本事,能够让练就一双火眼金睛的我都看岔了。"

中年男人无奈一笑:"那我可就去那边,挑选三件顺眼东西了。"

老掌柜哈哈大笑,绕出柜台:"去吧,做买卖,这点诚信还是要有的,我这就帮你将这幅仕女图收入盒中。放心,光是锦盒就价值两枚雪花钱,不会糟践了这么一幅名贵画像。"

中年男人在门口多宝架前视线巡游。老掌柜小心翼翼摘下画像,将其收入一只珍藏锦盒当中的时候,一直用眼角余光打量那个男人。

他娘的,早知道这个家伙如此腰包鼓鼓,出手阔绰,扯什么彩头?而且一口气就是三件,这会儿开始心疼得很。

当那个中年男人挑了两件东西后,老掌柜略微心安,可当那家伙最后选中一件尚未有名家篆刻的墨玉印章后,老掌柜眼皮子微颤,连忙道:"小子,你姓什么来着?"

中年男人原本还有些犹豫,现在老掌柜来这么一出,他便果断收入手中,转头笑道:"姓陈。"

老掌柜可怜兮兮道:"那我以后跟你姓陈,你将那印章放回去,行不行?"

中年男人笑着摇头:"做生意,还是要讲一点诚信的。"

老掌柜气呼呼道:"我看你干脆别当什么狗屁游侠了,当个生意人吧,肯定过不了几年,就能富得流油。"

虽然嘴上这么说,但其实还是赚了不少的,老掌柜心情大好,破天荒给姓陈的客人倒了一杯茶。

中年男人也没有立即走的念头——一个想着能否再卖出那把大仿渠黄,一个想着从老掌柜嘴里听到一些更深入些的书简湖事情,就这么喝着茶,闲聊起来。于是中年男人知道了很多老车夫不曾听闻的内幕。

书简湖是山泽野修的世外桃源,聪明人会混得很开,蠢人就会格外凄惨,在这里,修士没有好坏之分,只有修为高低、算计深浅之别。商贸繁华,店铺林立,无奇不有。在别处走投无路的,或是落难的,在此往往都能够找到栖身之所。当然,想要舒心痛快,就别奢望了。可只要手里有猪头,再找对了庙,此后便活命不难。之后混得如何,各凭本事,依附大的山头,做出钱出力的帮闲,也是一条出路。书简湖历史上,不是没有多年忍辱负重、最终崛起成为一方霸主的枭雄。

店铺门外，光阴悠悠。店铺内，老掌柜谈兴颇浓。

曾有一个身为谱牒仙师的元婴境修士，与一个金丹境剑修联手，可能是觉得在整个宝瓶洲都可以横着走了，大摇大摆，在书简湖一座大岛上摆下宴席，广发英雄帖，邀请书简湖所有地仙与龙门境修士，扬言要结束书简湖群龙无首的纷乱格局，当那号令群雄的江湖君主。

宴席上，三十余个到场的书简湖岛主，没有一人提出异议，不是拍手叫好，拼命附和，就是掏心窝子拍马屁，说书简湖早就该有个能够服众的大人物，省得没个规矩王法；当然，也有一些沉默不语的岛主。结果宴席散去，就已经有人偷偷留在岛上，开始递出投名状，出谋划策，详细解释书简湖各大山头的底蕴和凭仗。只是接下来的一幕，哪怕是让数百年后的书简湖所有修士，无论年纪大小，都觉得特别痛快——

当晚，就有四百余名来自不同岛屿的修士，蜂拥而至，围住那座岛屿。用将近九百多件法宝，再加上各自岛屿豢养的两百多个死士，硬生生砸死了那两个不可一世的元婴境修士和金丹境剑修。杀意最坚定的，恰好是那拨"率先投诚的墙头草岛主"。

中年男人听得很用心，便"随口"问到了截江真君刘志茂。

老掌柜越说越来劲，说如今那截江真君可了不得。

早两年来了个小魔头，成了截江真君的关门弟子，好一个青出于蓝而胜于蓝，竟然驾驭一条恐怖蛟龙，在自家地盘上，大开杀戒，将一个大客卿的家眷连同数十个开襟小娘，以及百余人，一并屠戮殆尽，大多死相惨不忍睹。之后更是不知为何打杀了那个同门大师兄，又是一场血腥杀戮，那条"大泥鳅"的凶狠暴戾，展露无遗，许多次下嘴，已经不为杀人，纯粹是为了满足杀戮的趣味，所过之处，满地残肢断骸。从此，师徒二人，势如破竹，霸占了附近不少座别家势力根深蒂固的岛屿。

顺之者昌逆之者亡。许多年轻貌美的少女，据说都给那个毛都没长齐的小魔头强掳而回，好像在小魔头二师姐调教下，沦为了新的开襟小娘。

此后书简湖可就没太平日子过了，好在那也是神仙打架，总算没有殃及池水城这样的偏远地儿。

姓顾的小魔头事后也遭受了几次仇家刺杀，竟然都没死，反而越来越跋扈骄横，凶名赫赫，身边围了一大圈墙头草修士，给小魔头戴上了一顶"湖上太子"的绰号高帽。今年开春那小魔头还来过一趟池水城，那阵仗和排场，已经不比世俗王朝的太子殿下差了。

老掌柜聊得兴高采烈，那个中年男人始终没怎么说话，沉默着。

黄昏里，老掌柜将中年男人送出店铺门口，说是欢迎再来，不买东西都成。

中年男人点点头，起身的时候，他就已经将三件小巧物件收入袖子，腋下夹着那只锦盒，走了。

老掌柜有些疑惑,好像这个中年男人离开的时候,怎的有些……失魂落魄?奇了怪哉,明明是个有钱的江湖人,何须如此?

老掌柜不再追究,摇头晃脑走回店铺。

今天的大买卖,真是三年不开张、开张吃三年,他倒要看看,以后邻近铺子那帮黑心老王八,还有谁敢说自己不是做生意的那块材料。

至于那个中年男人走了以后,会不会再回来购买那把大仿渠黄,又为什么听着听着就开始强颜欢笑,然后笑容全无,唯有沉默,老掌柜不太上心。什么书简湖的神仙打架,什么顾小魔头,什么生生死死恩恩怨怨,反正尽是些别人的故事,咱们听到了,拿来讲一讲就完了。

中年男人离开铺子后,缓缓而行。

人生不是书上的故事,喜怒哀乐,悲欢离合,都在书页间,书页翻篇何其易,人心修补何其难——是谁说的来着,崔东山?陆抬?朱敛?记不得了。

中年男人走了几十步路后,竟是停下,在两间铺子之间的一处台阶上坐着,像一条路边的狗。

第四章
请君入瓮

秋风起蟹黄肥，这会儿是池水城吃金衣蟹最好的时分，一到吃饭的点，满城都飘着那股独有的香味。甚至会有一些千里迢迢从朱荧王朝赶来的老饕清馋，在各色关系交好的临水宅邸和酒楼，推杯换盏。不过距离书简湖最近的石毫国，今年少有人来此享口福，毕竟命都快没了。

书简湖岛主会盟还有十来天就要举行，到时候会有百余个岛主，登上那座主人不在多年的宫柳岛，选举出一名江湖君主。青峡岛的截江真君刘志茂，自然是众望所归的人选。

但这里是书简湖，是觥筹交错、其乐融融的酒宴才散尽，马上就有四百多个野修联手打杀那元婴境修士和金丹境剑修的书简湖。

这两天池水城传出消息，那个顾小魔头要来城中吃蟹了，池水城少城主范彦，已经开始重金购买书简湖最肥美的金衣蟹，是金衣蟹中最罕见的"竹枝"，个头极大，蕴含充沛的水运精华，寻常渔夫一辈子都别奢望能够捕捉到一只——见都见不到，那是洞府境修士碰运气才能抓到的宝贝。

如今如日中天的青峡岛，刘志茂最近一年停止扩张，就像一个疯狂进食的人，有点吃撑了，得缓缓，先消化，不然看似大好局面，实则还是一盘人心不稳的散沙，刘志茂在这一点上，始终保持清醒，对于前来投靠青峡岛的山泽野修，筛选得极为严格，具体事务，都是弟子中一个名叫田湖君的女修在打理。

田湖君最早是顾璨的二师姐，这会儿顺理成章地变成了大师姐，大师兄已经被小师弟顾璨打死了嘛，总不能空着位置，不像话，传出去也不好听。"

如今顾璨身边，围绕着一大帮身份不俗的年轻修士和豪阀子弟，比如要举办酒宴款待"顾大哥"的池水城少城主范彦，是城主的独苗儿，给城主夫人宠溺得天王老子都不怕，号称这辈子不服什么陆地神仙，只佩服英雄好汉。简而言之，就是个没脑子的。快三十的人了，还喜欢称呼顾璨为顾大哥。池水城都喜欢把这个少城主当个笑话看。

除此之外，还有青峡岛四师兄秦雎、六师兄晁辙，都是书简湖很出挑的修士，天资好，杀人从不手软，是截江真君四处征伐的得力干将。还有黄鹂岛岛主的小师弟吕采桑，与岛主师兄岁数差了好几百岁，因为是一个老祖闭关前收取的弟子，辈分奇高。黄鹂岛是青峡岛鼎盛之前，少数几个可以与青峡岛掰掰手腕子的大岛，当然如今声势是绝对比不上青峡岛了。还有鼓鸣岛少岛主元袁，昵称圆圆，父母是鼓鸣岛一对修士道侣，两名金丹境修士，妇人姓元，男人姓袁，是个倒插门。元袁的母亲，是一个泼辣蛮横到让刘志茂都头疼的存在，关键是这名女修，据说来头很大，早年是朱荧王朝一位元婴境剑修的宠妾。更有石毫国皇子韩靖灵，大将军之子黄鹤。

顾璨、纨绔子弟范彦、秦雎、晁辙、吕采桑、元袁、韩靖灵、黄鹤，再加上那个不爱抛头露面、却唯顾璨马首是瞻的大师姐田湖君，除了田湖君是被顾璨强拉硬扯进来的，其余八人，意气相投，据说在顾璨的提议下，不知从哪里抓来一只大公鸡，歃血为盟，结为兄弟，号称书简湖十雄杰。

不说书简湖，其实连这其余八人都犯嘀咕，明明是九个人，为何对外宣称十雄杰？

当时小魔头顾璨只是光着脚，站在第二把交椅上，蹦蹦跳跳，指着那把空缺的头把交椅，咧嘴笑，说这个位置先留着。

顾璨年纪不大，可是到了书简湖后，个头跟雨后春笋似的，一年蹿一大截，十来岁的孩子，就已经是十四五岁的少年身量。

有小道消息，说是那条喜好以练气士作为食物的蛟龙，能够反哺顾小魔头的肉身。青峡岛上，唯一一次距离成功最接近的刺杀，就是刺客一刀劈下，重重砍在顾小魔头的背脊上，若是凡夫俗子，肯定当场毙命，哪怕是下五境的练气士，估计没个三两年修养都别想下床，可不过半个月工夫，那小魔头就重新出山，又开始坐在那条被他称呼为"小泥鳅"的蛟龙头颅上，快活游荡书简湖。

这天，从池水城高楼眺望书简湖，能够看到一艘巨大楼船缓缓驶来，楼船之大，与池水城城墙等高。楼船四周，除了船身碾压出来的水浪，百余丈外的湖面上，泛起一圈圈的细微涟漪，不易察觉。

有个少年模样的家伙，竟然身穿一袭合身的墨青色蟒袍，光脚坐在船头栏杆上，晃荡着双腿，每隔一段时间，就会习惯性抽一抽鼻子，好像岁月长了，个头高了，可脸上还挂着两条鼻涕，得将那两条小青龙收回洞府。

他身后站着三人：大师姐田湖君，她如今操着青峡岛和藩属岛屿近万人的生杀大权，已经有了几分类似截江真君的威严气势；一左一右，站着她的两个师弟秦催和晁辙。再之后，是一排十数位姿容秀美、气态各异的开襟小娘，只是出门游玩，换上了一身含蓄得体的衣裳而已。而楼船四周的湖水底下，是一条身长数百丈的"小泥鳅"。

岸边渡口，早已被池水城少城主范彦霸占，驱逐了所有闲杂人等，鼓鸣岛少岛主元袁、黄鹂岛一大群白发苍苍老修士嘴里的小师祖吕采桑，还有来此避难已经长达半年的石毫国皇子韩靖灵，正在岸边谈笑风生。唯独少了石毫国大将军之子黄鹤，没办法，黄鹤那个手握石毫国东南六万精锐边军的老子，据说刚刚在背后捅了石毫国皇帝一刀，投靠了大骊宋氏铁骑，还打算扶植皇子韩靖灵为新帝，忙得很，黄鹤也脱不开身，只是让人寄密信到池水城，要兄弟韩靖灵等着好消息。

池水城城墙轮廓越来越清晰。田湖君走到船栏旁，小声道："真要改变进城路线，故意给那拨刺客机会？"

顾璨双手抱胸，咧嘴笑道："不然你真以为我来这儿吃螃蟹啊？都他娘的快吃吐了的玩意儿，吃起来还贼烦，还不如家乡小溪里边的油炸螃蟹好吃，一口一个嘎嘣脆，筷子都不需要，那种滋味，才叫好。你们这帮书简湖的土鳖，懂个屁！兜里有几个臭钱，就瞎嘚瑟，你看我身上需要带银子吗？需要带一大帮子扈从吗？"

田湖君笑了笑："小师弟是人中龙凤，我们这帮俗人自然不好比。"

顾璨身体后仰，扭过头，嘿嘿笑道："大师姐啊，你就算这么说好话，也没资格当那开襟小娘，长得太丑，胸脯那儿又太小，真可怜，随便一面普通镜子，对你们这些姿容平平的女子而言，就是一面照妖镜。"

田湖君尴尬一笑，她心底没觉得这是坏事。

渡口远处一条幽静的湖边小径上，柳树泛黄，有个中年男人站在一棵柳树旁，远望书简湖上那艘楼船。他摘下了酒葫芦，提起又放下，放下又提起，就是不喝酒。

随着龙泉郡当地百姓越来越熟悉所谓的山上神仙，便有些人嚼出余味来，晓得了原来不是天底下所有的郎中，都能造出让人毫无痛觉、在难熬大病中安然合眼的药膏。尤其是不断有人被收入龙泉剑宗，就连卢氏王朝的刑徒遗民里头，都有两个孩子一步登天，成了神秀山上的小神仙。杨家铺子就热闹了。七大姨八大姑，都拎着自家晚辈孩子往药铺串门，一个个削尖了脑袋寻访神仙，坐镇后院的杨老头当然"嫌疑"最大。如此一来，害得杨家铺子差点关门，有一句祖训相传的现任杨氏家主，更是差点愧疚得给杨老头跪地磕头赔罪。

都是附近的街坊邻居，要不然就是镇上的熟悉面孔，七拐八弯的，总能攀上些关系。杨氏不在小镇那四大姓十大族之列，就只是寻常有钱的殷实门户，总不好让店里伙计赶人，再说除非狠下心见血，否则真赶不走。实在不行，药铺只好找人守在门口，苦口婆心劝说：杨老头根本不是什么老神仙，就是个怀揣着几张祖传秘方的老人。这种骗鬼的屁话，谁信啊。越是这样，越让人起疑心，越来越觉得那个喜欢吞云吐雾的杨老头，是个隐世高人。所幸杨老头好像不太在乎这些，也没让杨氏家主直接关了铺子，反而让药铺放话出去，他会些相面之术和摸骨称斤两，但是每次给孩子勘验是否有变成神仙的资质，得收钱，而且不便宜，一枚雪花钱。

小镇百姓到底是穷惯了的，便是突然有了银子的门户，能够想到要给家族子孙谋一条山上路的人家，也不会是那种不把钱当钱的人。虽说有人砸锅卖铁，攒足了一千两银子，有人靠着向贩卖祖传之物骤然富贵的朋友借钱凑够了钱，好在还是有不少人选择观望，所以第一天带着钱去药铺的人不算太多，杨老头说了一通云遮雾绕的神仙言语，这些不重要，重要的是杨老头只是摇头，没看中任何一个人。

等到登门的人少了后，药铺又开始传出话，不收雪花钱了，只要在杨家铺子买包药就成，大家都是街坊邻里的，一枚雪花钱确实贵了些。

如此一来，登门的人骤减。杨家药铺是想钱想疯了吧？然后不断有人反悔，去杨家铺子讨要那枚雪花钱，撒泼打滚，无所不用其极。

铺子在这件事上异常坚决，寸步不让，别说是一枚雪花钱，就是一枚铜钱都休想。天底下你情我愿的买卖，还有退钱的理由？真当杨家铺子是做善事的？

所有人都碰了壁，结果突然有一天，一个与杨家铺子关系亲近的家伙，醉酒后说自己靠着关系，要回了那枚神仙钱，而且杨家铺子自己人都说了，那个杨老头，其实就是生搬硬套一本破烂相术书籍的骗子，就连起先的风言风语，也是杨家铺子故意传出去的，为的就是给药铺挣钱。

炸窝了。杨家铺子一夜之间声名狼藉，杨氏子弟个个过街老鼠似的，埋怨不已，要求杨氏家主，让那个没本事就敢装神弄鬼的老家伙，从药铺卷铺盖滚蛋。杨氏家主磨破了嘴皮子，好不容易才安抚好家族众人。

在那之后，药铺总算是清静了。估计药铺和杨老头求着要给人摸骨看相，都没人乐意，不收钱都懒得搭理，除非给钱还差不多。以至于药铺更换了两个店伙计——一个出身骑龙巷的窑工少女，一个来自桃叶巷的孩子，已经没有人在乎了。这些狗屁倒灶的事情，外行看热闹，内行看门道，有缘之人看大道。

一个消失了几年的小镇男人又出现了，是那个看大门的郑大风。郑大风除了变成了个驼背，既没有带回个媳妇，也没从外乡带回些银钱。他虽然不是店铺伙计，这段时间却经常端一张板凳坐在药铺大门口，不拦着谁，就是看热闹，还是那副吊儿郎当的模样，眼神贼兮兮的，一个劲儿往妇人胸脯、屁股上贴，越发给小镇女子们瞧不起。

郑大风返回小镇后，除了看到这场闹剧，还看到了很多横财暴富的，一窝窝通宵达旦聚众赌博，天天厮混那几座新建青楼的，昂首挺胸进去，腿有些瘫软地走出来。还有兜里银子算是多到有些数不清的，腰杆比当年的那棵老槐树还要硬，以往走在福禄街、桃叶巷都不敢喘大气的年轻汉子和老光棍，都有胆儿开始跟那些管事喝酒，商量着有没有可能，买一两个模样周正的婢女丫鬟，识得字、看得书的女子更好，若是妙龄少女，那就最好了。以往一袋子铜钱就是大爷，现如今银子都是咱的孙子，钱什么的，就是个屁！钱如流水，哗啦啦在不同的人手上流转。人心一样。

入秋之后，郑大风有些忧愁。晒着秋天的和煦日头，郑大风更愁了，难道真要从一个英俊潇洒的年轻光棍，变成老光棍？

没来由地想到灰尘药铺外边街上，那个自称姓姜的女子，体重估计能有两个郑大风。郑大风打了个激灵，姑娘是个好姑娘，可有些事情，真不是灭了灯就可以对付过去的，那么大一个姑娘，性情再好，再愿意做朋友，郑大风也不能亏待自己！

在郑大风为自己这种念头，而对那个姜姑娘满怀愧疚的时候，阮邛突然出现在药铺后院，杨老头破天荒没有抽旱烟，在那儿晒太阳打盹，撑开眼皮子，瞥了眼阮邛："稀客。"

阮邛拎了两壶酒，扬起手臂。

杨老头摇头笑道："不好这一口。"

阮邛搬了条长凳坐在正屋对面，与杨老头隔着一座天井院子。

杨老头问道："难得阮圣人心神不宁，怎么，担心阮秀？"

阮邛点了点头。

杨老头难得开玩笑："收陈平安当女婿，就那么难吗？"

阮邛喝了口酒："陈平安，人不差，我虽然不愿收他为弟子，却并非不认可陈平安的人品。如果阮秀不是阮秀，换成是个寻常的闺女，就由着她去了。说不定……我还会经常跟这个女婿喝个小酒儿，想来不坏。而且还不用担心自己女儿受委屈，只有害怕自己女儿过于蛮横、女婿跑了的份。可我女儿，是秀秀。"

杨老头点了点头："事情太好，也有烦忧。我能理解。"

阮邛喝着名副其实的愁酒，一大口下肚后，抹了把嘴，闷闷道："因为先前老神君就聊过些，所以此次崔瀺大致的谋划，我猜得出一点苗头，只是其中具体的怎么个用心险恶，怎么个环环相扣、精心设置，我是猜不出，这本就不是我的强项，也懒得去想。不过修行一事，最忌讳拖泥带水，我家秀秀，如果越陷越深，迟早要出事，所以这趟就让秀秀去了书简湖。"

杨老头道："你肯投桃，崔瀺那么个顶聪明的人，肯定会报李，放心好了，会把事情做得漂漂亮亮、天衣无缝，至少不至于适得其反。"

说到这里，杨老头微微一笑，似乎想起一事："投桃报李，李代桃僵，嗯，都有些噱头，至于是嚼出了黄连滋味,还是糖水味道,就看人了。"

阮邛一样不在这类哑谜上纠缠心思,别说是他,恐怕除了齐静春,所有坐镇骊珠洞天的三教人物,都猜不出这位老神君的所思所想、所谋所求。阮邛从来不做无谓的较劲,大好光阴,打铁铸剑已经足够忙碌,还要忧心秀秀的前程,哪里有那么多闲散工夫来跟人打机锋。

杨老头本就是随口一说,转回正题:"你想要做个了断,借助泥瓶巷顾璨,再假借那只绣虎不为人知的谋划,让阮秀和陈平安之间心生嫌隙。两个人,心境越通透,就越喜欢钻牛角尖,犟起来,芝麻大小的瑕疵,就比天大了,所以我没拦着阮秀离开龙泉郡,这也是你阮邛为人父的人之常情。"

阮邛没来由地感慨了一句:"这个崔瀺,真是厉害。"

他阮邛希望女儿阮秀,不再在男女情爱一事上多作纠缠,安心修行,早日跻身上五境,好歹先拥有自保之力。

想要睡觉就有人递过来枕头了。阮邛与崔瀺没有任何接触,崔瀺更没有暗示什么。一切都是阮邛自愿投身棋盘,与女儿阮秀一同担任崔瀺棋盘上的棋子。这就是崔瀺在人心上的精准算计和正确预测,这才是一名国手在棋盘外的棋力。

杨老头笑道:"可别把昔年的文圣首徒不当根葱,那场决定整个浩然天下文脉走势的三四之争,一半的规矩,都等于是崔瀺制定的,你说能不厉害?只不过这会儿崔瀺已经是惊弓之鸟,又有些心虚,躲来躲去,很是辛苦,死活不敢现身,所以才失去了修补师徒关系的最后机会。当然了,这未尝不是文圣对崔瀺的一种无形庇护,你看我这大弟子如此欺师灭祖了,混得比至圣先师当年还要像一条丧家犬,你们亚圣一脉还好意思对他纠缠不休吗?你们不是自己嚷嚷着要有恻隐之心吗,那就把崔瀺当个屁放了吧。于是崔瀺就安然无恙跑到了咱们宝瓶洲。阮邛,别用这种眼神看我,这种耍无赖的事情,文圣是做得出来的。所以那么多陪祀圣人,我就只看这位先生顺眼一些。"

阮邛扯了扯嘴角:"读书人的弯弯肠子,估摸着比浩然天下的所有山脉还要绕。"

杨老头呵呵笑道:"加上道家的青冥天下、佛家的莲花天下和妖族的蛮荒天下,一样都比不上。"

阮邛是第一次觉得跟这位老神君喝酒聊天,比想象中要好不少,以后可以常来?反正女大不中留,就算留在了身边,也不太把他这个爹放心上,每次想到这个,阮邛就恨不得自己在小镇上开家酒铺,省得每次去那铺子买酒,还要被一个市井妇人揩油和取笑。

阮邛走后,郑大风走入后院。作为徒弟,郑大风回到小镇的第一件事,当然就是拜见师父。

那次见面,是郑大风这辈子头一次胆敢正视杨老头,心平气和说了一些大逆不道的言语，比如说这辈子就算是没出息了，以后要么继续去驿站混碗饭吃，要么去给陈平安的落魄山当个看大门的，而且他郑大风没觉得有啥丢人，安安稳稳，挺好的。

杨老头就在那边吞云吐雾，既不说好，也不骂人。

郑大风说完心里话，就离开了药铺后院，虽然还是有点心虚，可心中有着从未有过的轻松。继而觉得有些可笑，以前好歹是个八境武夫，都不敢跟师父这么讲话，每次讲话，师父说出口的言语，从来不会超过十个字。郑大风就害怕师父误以为自己是破罐子破摔，更看不起他。只是思来想去，郑大风觉得这样也好，留在小镇，隔三岔五，来药铺找找老头儿，何必管老头儿见着自己会不会烦。

郑大风进了后院，坐在板凳上，也没说话，打算陪着师父坐会儿，然后就走。

虽然憋了一肚子的话，可是师父的脾气，郑大风一清二楚，只要做了决定，别说是他、李二，恐怕天底下任何人，都改变不了师父的心意。

杨老头抽着旱烟，吐出一口烟圈，缓缓道："回家的时候，不是带了支烟杆吗，怎么丢掉了？见不得人？"

郑大风被天雷劈得外焦里嫩，第一件事就是开始掰手指头，惊喜道："师父，你今天一口气说了二十二个字！"

杨老头问道："一个见着了师父都不敢正眼看的弟子，值得当师父的说几个字？当年的你，配吗？"

郑大风正襟危坐："是弟子让师父失望了。"

杨老头接下来的言语，就一如既往地尖酸刻薄了："没抱希望，何来失望。"

八个字。这才是郑大风离乡之前，最正常的师徒对话。

郑大风没觉着委屈，还是挺乐呵的，再加上这八个字，今天师父已经讲了六十二个字，以后见着了李二，一定要吹嘘吹嘘！

杨老头伸手一抛，是被郑大风偷偷丢在小镇外边的烟杆，郑大风接在手中，发现竟是连烟草都装了。

杨老头说道："我只问你一句话，其他人，配这么被崔瀺算计吗？"

郑大风叹了口气，双指随手一搓，点燃烟草，如今这点能耐还是有的。

杨老头说道："陈平安如果没有被打碎本命瓷，本就是地仙资质，不好不坏，只是算不得拔尖。如今他陈平安便是本心崩碎，断了练气士的前程，还有武道一途可以走，最不济，彻底心灰意冷，在落魄山当个失魂落魄却日子安稳的富家翁，有什么不好？"

师徒二人都在吞云吐雾，郑大风突然说道："这样不好。"

杨老头讥笑道："哦？"

郑大风抬起头，鼓起勇气道："他是陈平安！"

杨老头在台阶上敲了敲烟杆，随口道："之所以选中陈平安，真正的关键，是齐静春的一句话，才说动了那个存在，选择去赌一赌那个一，你真以为是陈平安的资质、性情、天赋和境遇？"

郑大风针锋相对："齐静春，会挑选马苦玄，或是谢家长眉儿，去说服那个存在吗？我看齐静春都不好意思开这个口！所以按照陈平安的学说，想要弄清楚一个结果如何，要步步回推，齐静春的那句话，当然至关重要，可难道陈平安的资质、性情、天赋和境遇，就可以忽略吗？走出去，我才越发知道，外边的世道，原来比小镇百姓更信奉世间苦难，只要某人得到了回报，那就不再是苦难，那些身处苦难之中的漫长煎熬，那些人心起伏，原来都比不得他们眼中的一个境界、一件法宝、一把飞剑、一份机缘。"

杨老头笑了笑，眼神冰冷："这些蠢人，也配你我挂在嘴边？一群蝼蚁争抢食物的那点碎屑，你要如何与它们对话？趴在地上跟它们讲吗？看来你这趟出门远游，真是越活越回去了。"

郑大风嬉皮笑脸，赶紧转移话题："师父押了不少在陈平安身上，就不担心血本无归？"

杨老头摇头道："自己眼光差，做买卖亏了，就别怨天怨地。"

郑大风叹了口气。自个儿已经仁至义尽了，再为陈平安唠叨些有的没的，恐怕就会适得其反。

杨老头瞥了眼有些怔怔出神的佝偻汉子，一语道破天机："崔瀺这些所为所求，暗地里的那些学问，给出了一些好东西，让我大受神益。以前绞尽脑汁，想了九千多年还是没能破开症结，想了很多，收效甚微，还不如跟崔瀺两次聊天来得多。这份额外收获，我得还给崔瀺。所以哪怕押注在陈平安身上的那点东西，赔了个底儿朝天，仍是关系不大。"

郑大风问道："师父，我很好奇，你收的那么多弟子当中，会有人让你特别开心或者特别伤心吗？比如说师兄李二，有望跻身十境中的'神到'，师父会不会比较满意？"

杨老头摇头道："没有。"

郑大风用手指着自己，笑嘻嘻："我呢？弟子都这么惨了，就没丁点儿伤心？"

杨老头只有讥笑。

郑大风眼神哀怨："师父，虽然早有准备，可真知道了答案，徒弟还是有点小伤心。"

杨老头懒得跟这个弟子胡扯，突然说道："为了活着，活着之后为了更好地活着，都要跟世界较劲，稚子无知，少年热血，匹夫孤勇，江湖侠义，书生意气，将军忠烈，枭雄豪赌，这可以一往无前，问心无愧。可有人偏偏要跟自己拧着来，你怎么解开自己拧成一团的死结？

"如今的修道之人，修心，难，这也是当年我们为他们……设置的一个禁制，是他们蝼蚁不如的原因所在。可当时都没想到，恰好是这种鸡肋，成了崔瀺嘴中所谓的星星之火……算了,只说这人心的拖泥带水,就像登山之人,穿着一件湿透了的衣服,虽不耽误赶路,但越来越沉重,百里山路,半于九十。到最后,怎么将其拧干,清清爽爽继续登山,是门大学问。只不过,谁都没有想到,这群蝼蚁,真的可以爬到山顶。当然,可能有人想到了,却为了'不朽'二字,不在乎,误以为蝼蚁爬到了山顶,瞧见了天上的那些琼楼玉宇,哪怕长出了翅膀,想要真正从山顶来到天上,一样还有很长一段路要走,到时候随便一脚踩死,也不迟。原本是打算养肥了秋膘,再来狩猎一场,饱餐一顿,事实上经过了无数年,确实依旧很安稳,无数神祇的金身腐朽得以减缓速度,天地的四面八方不断扩大,可最终结局如何,你已经看到了。"

杨老头说到这里,并没有太多的悲愤或是哀伤,云淡风轻,像是一个局外人,说着天地间最大的一桩秘密。

郑大风小心翼翼问道:"为何三教圣人不对师父斩草除根?"

杨老头笑道:"如今的你,问这么大的问题,有意义吗?你不是该好好想一想,怎么不当个光棍吗?"

郑大风讪笑道:"师父原来也会说趣话。"

杨老头破天荒露出一抹无奈神色,皱巴巴的脸庞越发褶皱:"还不是给李二那个神憎鬼厌的婆娘唠叨出来的。"

郑大风轻声问道:"嫂子也是?"

杨老头嗤笑道:"她要是,我会不把她收拾得生生世世猪狗不如?就因为只是个让你糟心的市井泼妇,我才不计较。"

郑大风如释重负。

杨老头说道:"顾璨之于陈平安,就是陈平安之于齐静春。恰好是死局的死结所在。"

郑大风皱眉道:"顾璨和陈平安,秉性相差也太远了吧?"

郑大风摇头不已:"不一样,不一样。"

杨老头笑道:"你若是不去谈善恶,再回头看,真不一样吗?"

郑大风陷入沉思,眼神逐渐坚毅。

杨老头摇头道:"别去掺和,你郑大风就算已经是十境武夫,都没用。这个无关打杀和生死的局,文圣哪怕想要帮陈平安,都是帮不了。这跟学问大不大,修为高不高,没关系。因为文庙的陪祀神位被砸碎了,文圣自身的学问根柢,其实还摆在那里。文圣当然可以用一个天大的学问,强行暂时覆盖住陈平安的当下学问并降伏那条心井恶蛟,但是从长远来看,得不偿失,反而容易走入岔路,害死陈平安。"

杨老头瞥了眼天空:"来做过客的那个陆掌教,倒是可以帮陈平安走上另外一条道路,可是陈平安自己不会答应。

"而且有一点陈平安猜得很准,那个陆掌教心心念念想要的,是齐静春选中的那个陈平安,自然不是陈平安本身,所以一旦心智不定,给拐去了白玉京,好一点,成为傀儡,十一境十二境,倒不是没有可能;可要坏一点,估计生生世世,都逃不出陆掌教的手掌心了,拿来观道。"

郑大风嗯了一声:"这就像一个男人,得不到的女子,瞧着越好看,心中越别扭。得到了,其实也就那么一回事。"

杨老头没来由地说了句:"如今小镇有不少青楼。"

郑大风脸色涨红:"师父,我就是嘴花花而已,其实不是那样的人!"

杨老头问了个好似全然无关正题的问题:"螃蟹坊那四块三教一家挂在小镇这边的匾额,分别写了什么?"

郑大风回答道:"儒家的'当仁不让',道家的'希言自然',佛家的'莫向外求',兵家的'气冲斗牛'。"

杨老头笑问道:"好好琢磨一下。"

郑大风思量片刻:"'当仁不让',是陈平安身陷此局的关键死结之一……"

杨老头笑了笑:"道家的孑然一身求大道,与天地合道,美好不美好?所以我才会说陆掌教的道法,可以救陈平安一时一世,连人间都不去管了,还管一个泥瓶巷毛头小子的生死对错?文圣骂那个陆掌教是蔽于人而不知天,在我看来,其实不然,早年在浩然天下陆地版图求道的陆掌教,兴许是如此,可当他泛舟出海后,就已经开始不同了,真正开始得意忘其形,无比契合、接近道祖大道,所以才能成为道祖最喜欢的弟子。至于那句佛家语衍生出来的佛法,看似是陈平安有望破局的一个法门,实则不然,崔瀺肯定想到了,早有对策。至于'气冲斗牛'……"

郑大风压低嗓音:"那她?"

杨老头面无表情道:"她?根本不在乎。说不定巴不得陈平安更爽利些。只要陈平安不死就行了,哪怕走入一个极端,她都乐见其成。"

郑大风挠挠头:"说来说去,陈平安肯定就是完蛋了?"

杨老头笑道:"到时候一个守着山头的富家翁,你守着他的山门,混吃混喝,不挺好?"

郑大风猛然抬起头,死死盯着杨老头:"师父是故意要陈平安心中恶蛟抬头,以此淬炼剑心,再不去讲那些束手束脚的仁义道德,让陈平安只觉得天地大,唯有一剑在手,便是道理了,好以此帮助那个存在,丢掉早先陈平安这个剑鞘,对不对?!"

杨老头微笑道:"能够想到这一步,看来还是有点长进的。"

郑大风颤声道:"这是她要求的?"

杨老头摇摇头,露出一抹感慨和缅怀神色,喃喃道:"她哪里会在意这些呢,她都无所谓的。她……是她啊。"

郑大风神色怆然："可怜，真是可怜。"

他想起了那个在灰尘药铺，与自己对坐在檐下长凳上的年轻人，嗑着瓜子，笑看着院子里的众人。他总觉得遭受过那么大一场无妄之灾后，那个年轻人，也该过几天舒坦惬意的日子了。哪里想得到，从离开老龙城开始，就有一个比飞升境杜懋和本命物吞剑舟更可怕的局，在等着陈平安。

入秋了。秋狩了。

杨老头淡然道："如今浩然天下，随着大乱之世的到来，总有一天所有不爱讲道理的人，觉得知道了道理也无用的那帮蠢人，假借道理来满足自己私欲的那些恶人，都会跟着那些根本道理，一起水落石出。不吃饭会死人，不喝水更会死人。等到那个时候，就知道有人愿意讲道理的珍贵了。好在人的记性不好，吃过疼很快就忘。世道就这么反反复复，都过去一万年了，还是没好到哪里去。"

郑大风颤声道："好？怎么就好了？"

杨老头笑了："我是人吗？"

郑大风无言以对。

杨老头又问："你就是人吗？"

郑大风依旧默然无语。

郑大风最后离开铺子，走了趟泥瓶巷，经过了陈平安的祖宅，也走过了顾璨的祖宅。

杨老头独自在院子里吞云吐雾。

万年之前，天上的一簇簇神性光彩，浩浩荡荡，星辰璀璨。人间那些微不足道的人性，一点一点的火星子而已，怎么就赢了？

崔瀺给出了答案。杨老头不愿意承认，也得承认。而能够给出那个答案的家伙，估计这会儿已经在书简湖的某个地方了。

池水城一栋视野开阔的高楼顶层，大门打开，坐着一个眉心有痣的白衣少年，与一个儒衫老者，一起望向外边书简湖的壮丽景象。

崔东山，崔瀺。

如今的两个人，曾经的一个人，大骊国师绣虎，昔年文圣首徒。

崔东山神色肃穆，驾驭那把飞剑金穗在自己四周画出一座小雷池，用来提醒自己不管发生了什么，都不可以走出这个圆圈。

崔瀺看了眼崔东山，微笑道："不愧是先生和学生，两个都喜欢画地为牢。"

崔东山咬牙切齿道："我输了，我肯定认；你输了，可别仗势欺人，翻脸不认！"

如果不是崔瀺强行设置此局，并且不给他任何拒绝的余地，他崔东山哪里愿意再上赌桌？他现在对"大师兄"这个说法，最是深恶痛绝，对于押大赢多的赌博，更是打死都不愿意了。可是崔瀺不答应，他崔东山又能如何？反过来说，如果崔东山是坐在崔瀺的位置上，他觉得自己也会如此做。自己岂会不懂自己？

这次赌局，他崔东山和崔瀺，很简单，要分出一个主次，仅此而已，不涉及生死。这也是崔东山不愿意破罐子破摔的原因，这恰恰也是崔东山最恨自己的地方，"一个人"，会比任何外人都清楚自己的底线在哪里。

如果崔瀺输了，从今往后，允许崔东山在大隋可以成为类似割地称王的存在，并且不单是他崔瀺，整个大骊宋氏王朝，都会押注陈平安。陈平安值这个价格。崔瀺上次见面，笑言："连我都认为是死局的棋局，陈平安破得开，自然当得起我'佩服'二字。这样的存在，又不能随便打死，那就……另外一个极端，竭力拉拢。这有什么丢脸不丢脸的。"

如果崔东山输了，就必须要出山，离开山崖书院，帮助崔瀺运筹帷幄，打下朱荧王朝，以及绕过观湖书院之后，调度大骊铁骑，或是在大骊以南、观湖书院以北，镇压各方，快速消化掉半个宝瓶洲的诸国底蕴，将其变成真正属于大骊的内在国力。崔东山还要乖乖走回事功一途，成为崔瀺事功学说的开山大弟子。

青鸾国那艘仙家渡船，为何会那般磨磨蹭蹭？为何在老龙城，在青鸾国，在黄庭国，都没有直接去往书简湖的渡船？为何陈平安会在大隋书院炼化第二件本命物？为何龙泉郡突然开始新一轮的买卖山头？都是为了书简湖的万事俱备，连那东风都不欠。可在这个过程当中，一切都需要符合一洲大势，合情合理，并非崔瀺在强行布局，而是在崔东山亲自盯着的前提下，崔瀺一步步落子，每一步，都不能是那无理手。

大骊，早已秘密渗透了书简湖，如今开始悄然收网。作为毗邻朱荧王朝的一块重地，书简湖早已是大骊国师眼里的囊中之物。

截江真君刘志茂，要一统书简湖。一统江湖之后，交给谁？自然是售与帝王家，卖个天价。

就是这个帝王家，离书简湖有点远。帝王家还会转手再卖，又是卖给谁？是桐叶洲的玉圭宗。玉圭宗打算在宝瓶洲选择一处风水宝地，作为下宗的开宗地址。已经有三个选址：一个是龙泉郡，一分为二，阮邛、玉圭宗平分；一个是靠近云林姜氏与青鸾国的某处；最后一个，就是书简湖。

刘志茂本就是枭雄心性，这些年的凌厉出手和拉拢，恩威并济，已经有了独吞书简湖的一方霸主之姿，最后一次痛下杀手，又有大骊修士的助力，有望一锤定音。

本该加上一个站在顾璨对立面的阮秀，本该等到最新一任的江湖君主推举出来，经历过一场不断有黄雀在后的连环厮杀。

没关系。本来阮秀就不在棋盘之内，她在不在，无伤大雅，最多就是锦上添花罢了。

原本陈平安应该到了龙泉郡,开开心心买下一两座山头,在落魄山竹楼练练拳,与两个小家伙聊聊天,其乐融融。然后他就会突然听闻一个来自书简湖的噩耗,书简湖一场大混战,拉开了帷幕,小小年纪的顾璨深陷其中,并且发挥了相当大的影响力。在那之后,陈平安才会火急火燎乘坐一艘"恰好路过"牛角山的仙家渡船,通过魏檗的私人关系,耗费大量神仙钱,冒险穿过宝瓶洲版图上空,来到这座书简湖。等到那个时候,局势会比现在更加复杂难解,因为死人更多,可能还要加上一个阮秀。

崔瀺笑道:"还是没有关系,大局已定,就当我不忍心一棍子打死你崔东山好了,省得你改换道路的过程,太过漫长,拖延了宝瓶洲的大势走向。"

崔瀺视线偏移,望向湖边一条小路,面带笑意,缓缓道:"你陈平安自己立身正,愿意处处、事事讲道理。难道要当一个佛门自了汉?那也就由你去了!

"你所相信的道理,没有什么亲疏有别。那么你身边最在乎、最亲近的人,犯了大错,滔天大错,可那个人好像也有自己的一些个理由,这时候你该怎么办呢,陈平安?你一直坚持的道理,还管不管用?我很好奇,我很期待。

"还是去那些乱七八糟的文人笔札上,或是所谓的警示名言上,找几个自己想要的道理?"

崔瀺眯起眼:"你我可以拭目以待。"

崔东山冷笑道:"好一个君子可以欺之以方。"

崔瀺自顾自说道:"当年小镇那场考验,对陈平安来说,其实外物诱惑居多,不够纯粹,所以我们才会输得那么惨。归根结底,还是我小觑了一个陋巷少年。既然他能够被齐静春选中,我,我们当初就该更加谨慎。于是当下这场考验,只问本心。"

崔东山根本不是被崔瀺蒙在鼓里,被他在背后阴险算计,事实上,每一步,崔瀺都会跟崔东山直直白白说清楚。越是这样,崔东山越是觉得自己是在束手待毙。所以当陈平安和画卷四人到达青鸾国后,崔东山终于坐不住了,他不能眼睁睁看着自己沦为崔瀺的附庸,所以他很突兀地出现在了那个静谧祥和的小村庄。

在那之后,一直到陈平安到达山崖书院,崔东山有过两次小小的作弊。

一次是同样"自然而然"借助青鸾国的佛道之辩,说及了法家学问,那次分别,他偷偷交给裴钱的那只锦囊里边的字条上写了一句话。

第二次是重逢于山崖书院,劝说陈平安多读三教百家的那十几本"正经",真正用意,是偷偷摸摸推荐给陈平安那几本佛家正经。

欲破此局,已是奢望,那么退一万步说,也要先让先生陈平安好歹保住自身道心。

崔东山知道自己是在竭力挣扎,给出了两种可能性:一为法家,对错是非,一断于法,无亲疏之别;一为佛家,因果之说,众生皆苦,昨日种种因,今日种种果,前生种种因,今生种种果,那些无辜人的今日横祸,乃是前世罪业缠身,"理"当如此。

其实崔东山的作弊,还有更加隐蔽的一次。就在山崖书院的那栋院子里,是最巧妙的一次。

这会儿,崔瀺看着湖面上那艘缓缓靠近岸边渡口的青峡岛楼船,微笑道:"你两次作弊,我可以假装看不见,我以大势压你,你难免会不服气,所以让你两子又如何?"

崔东山笑眯眯道:"你真是阔绰人的口气,我喜欢,我喜欢!不然再让我一子,事不过三嘛,如何?"

崔瀺望着那艘楼船:"我不是已经让了嘛,只是说出口,怕你这个小崽子脸上挂不住而已。"

崔东山脸色难看。

崔瀺自言自语道:"你在那座东华山院子里边,故意引诱性情顽劣活泼的两个孩子在你的仙家画卷上肆意涂抹,然后又故意以一幅骷髅消暑图吓裴钱,故意让自己的火候过头些,之后果然惹来陈平安的打骂。陈平安的表现,一定让你很欣慰,对吧?因为他走了那么远的路,却没有太拘泥于书上的死道理,知道了君子屈与伸,不可缺一,更知道了何谓'入乡随俗',笑得你崔东山根本不会在意那些画卷。在你眼中,那些画卷一文不值,加上陈平安愿意将你当作自己人,所以看似陈平安不讲理,明明是裴钱、李槐有错在先,为何就与你崔东山讲一讲那顺序的根本道理了?因为这就叫入乡随俗,世间道理,都要合乎那些'无错'的人情。你的用意,无非是要陈平安在知道了顾璨的所作所为之后,好好想一下,在这座书简湖,顾璨到底是怎么变成了一个滥杀无辜的小魔头,是不是稍稍情有可原?是不是世道如此,顾璨错得没那么多?"

崔东山脸色凝重。

崔瀺笑道:"可这真的有用吗?你真以为你的这一手棋,很妙?错了,你的这一手,对当年泥瓶巷少年是妙手,对如今内心已有道理作为压舱石的陈平安来说,反而是火上浇油,只会让他想得更深,到最后更加无所适从。崔东山,事到如今,你还没有看出我这局棋真正有趣的地方吗?"

崔瀺神色自若,始终没有转头看一眼崔东山,更不会搬出咄咄逼人的架势。崔瀺继续道:"有趣在哪里?就在'火候'二字上,道理复杂之处,恰恰就在于可以讲一个入乡随俗,可有可无,道理可讲不可讲,法理之间,一地之法,自身道理,都可以混淆起来。书简湖是无法之地,世俗律法不管用,圣贤道理更不管用,就连许多书简湖岛屿之间订立的规矩,也会不管用。在这里,大鱼吃小鱼、小鱼吃虾米,人吃人,人不把人当人,一切靠拳头说话,几乎所有人都在杀来杀去,被裹挟其中,无人可以例外。

"这些都可以是陈平安'退一步求心安'的正当理由。这些都是我故意送给陈平安的余地,我给了他无数种选择的可能性,大道、岔路,都在他脚下摆着,没人拦着他。如此一来，我好教他切身感受一下，天底下好像真的没有天经地义的道理，我就是要他陈平安去为了一个顾璨，不得不选择否定自己，去接受世人那套唯有立场、没有对错的混账理论。"

崔瀺微笑道："讲理的好人，遇上心底更信奉拳头、只在嘴上讲理的世道，然后这个好人，头破血流，自缚手脚，画地为牢，我倒要看看，最后你陈平安还怎么去谈失望和希望。"

崔东山惨然而笑："妙不可言，真真妙也。"

崔瀺此后更娓娓道来，一句句，如一把把刀子插在崔东山心坎上：

"顾璨之母，当年那一饭之恩，陈平安觉得她对自己有救命大恩。

"你对顾璨，有不输刘羡阳的亲情，将顾璨当作自己的亲生弟弟看待。

"甚至那条泥鳅，还是你当年亲手转送给顾璨的。

"你崔东山偷偷摸摸拿佛家宗旨来救陈平安，真救得了？陈平安不是信奉那座牌坊上的'莫向外求'吗？那些枉死之人的因果，可以解释，可你一旦逃禅，想要给自己一个儒家道理之外的佛家心安之地，可问题又来了，这份与你有关的最早因果，你想不想得到？看不看得到？

"若说陈平安假装看不到，没关系，因为陈平安等于已经没了那份齐静春最珍重的赤子之心，你我二人，胜负已分。

"若是陈平安真的看不到，没关系，我自会找人去提醒他。"

崔瀺最后盖棺定论，语气平常，倒是没有太过喜悦："这一次，没有人能救他，陈平安自己，更不行。"

崔东山坐在一旁，一言不发。

崔瀺终于转过头，笑道："少年郎要有朝气，为何如今比我还要暮气了？"

崔东山闭上眼睛，满脸泪水，轻声呢喃道："愿先生心境，四季如春，四季如春……"

湖边楼船已经停岸，那个姓陈的"中年男人"在远处树叶枯黄的柳树下，终于还是没有喝酒，他将酒壶别回腰间后，踟蹰不前。

他今年十七岁。

崔瀺站起身，伸出一只手掌，微笑道："请君入瓮！"

楼船缓缓靠岸，船身过于巍峨巨大，以至于渡口岸边的范彦、元袁和吕采桑等人，都只能仰起脖子去看。

船头那边，一身墨青色蟒袍的顾璨跳下栏杆，大师姐田湖君很自然而然地帮着他轻拍蟒袍，顾璨瞥了她一眼："今天你就不用登岸了。"

田湖君满脸忧虑："那拨潜伏在池水城中的刺客，据说是朱荧王朝的剑修，不容小觑,有我在……"

顾璨笑道:"有你在顶个屁用,难不成真有了生命危险,大师姐就会替我去死?既然肯定做不到,就不要在这种事情上讨好我了,当我是傻子?你看看,像现在这样帮我抚平蟒袍褶皱,你力所能及、还心甘情愿,我呢,又很受用,多好。"

田湖君眼神黯然,不再坚持。

秦催和晁辙相视一笑。小师弟顾璨,是绝对不能当作一个孩子的。

他们共同的师父、截江真君刘志茂,就曾在一次庆功宴上笑言,唯有顾璨,最得衣钵真传。

刘志茂还阴恻恻环视满堂众人,坦言将来的青峡岛岛主,只会是顾璨,谁都别想去争抢,不然不用顾璨做什么,他就亲自动手清理门户,尸体绝对不会白白浪费了。

那会儿,顾璨瘫靠在一张极其宽大的椅子上,双脚踩着那条现出真身、但是身躯"纤细"了很多的"泥鳅"。顾璨听到那句话后,哈哈大笑,举起装着甘甜果酿的酒杯:"师父,吃酒吃酒。"

最终下船之人,只有顾璨、两个师兄秦催和晁辙,还有两名头戴幂篱遮掩容颜的开襟小娘。开襟小娘身材婀娜,曼妙诱人。

池水城少城主范彦,是个中看不中用的绣花枕头,长得身材高大,相貌堂堂,快步迎接顾璨一行人,弯腰抱拳,谄媚笑道:"顾大哥,你上回不是嫌弃吃蟹麻烦嘛,这次小弟我用了心,帮顾大哥专门挑选了一个……"

说到这里,范彦一脸玩味笑意,做了一个双手在自己胸口画半圆的姿势:"如此般的小娘子。事先说好,顾大哥瞧不上眼的话,就只让她帮着挑蟹肉,可若是看对眼了,要带回青峡岛当丫鬟,得记我一功。顾大哥你是不知道,为了将她从石毫国带到池水城,费了多大的劲儿,砸了多少神仙钱!"

顾璨笑眯眯道:"该不会这个有机会接近我的女子,其实已经被人掉包,换成了一个处心积虑来刺杀我的仇家吧?"

范彦呆若木鸡:"那咋办?小弟我那么多银子,打水漂啦?"

投了一个好胎的元袁笑得幸灾乐祸。

顾璨来到青峡岛之前,曾是书简湖上一任混世小魔头的吕采桑,他是打心眼里瞧不起蠢货范彦的,只是白白多出个"谁拦着我砸钱,谁就与我有不共戴天之仇"的冤大头,没谁不乐意。书简湖的所有岛主,都需要几个花钱比挣钱更开心的钱袋子,何况池水城作为书简湖周边三座大城之一,兜里是真有钱。

吕采桑是个身材纤柔的俊美少年,一身雪白。黄鹤曾开玩笑说,吕采桑便是稍稍涂抹些胭脂,给顾璨当那开襟小娘,都绰绰有余,只不过怀里得揣两个大馒头才行。结果吕采桑勃然大怒,大打出手,当场打死了一个拼死护在黄鹤身前的武道宗师,不过最后被顾璨劝了下来。不过显而易见，吕采桑和石毫国大将军独子黄鹤的关系破裂了。黄鹤事后，后悔不迭，想过很多法子，去修复关系，可是吕采桑都没给他这份面子。

吕采桑细声细气，对顾璨说道："璨璨，放心吧，我勘验过了，就是个下五境的修道坯子而已，长得真是不错，在石毫国名气很大的，你收拢在青峡岛大院里的那些娘们，比起她，就是些脏眼睛的庸脂俗粉。"

顾璨一脚横扫，轻轻踢了吕采桑一腿，笑骂道："你脑子进水了吗？干吗要多此一举，害我一点惊喜都没有了。"

吕采桑白了顾璨一眼，竟是有几分妩媚，看得秦催和晁辙心中古怪不已，只是不敢流露出来。

虽然大家都是书简湖十雄杰之一，可是人人心知肚明，这里头九人，谁有几斤，谁有几两，得有数，比如黄鹤就是心里没数了一次，误以为真是与吕采桑可以推心置腹的兄弟了，立即就碰了一鼻子灰，据说回到大将军府后，一开始还抱怨叫屈，结果被父亲骂了个狗血淋头。

被爹娘起了圆圆绰号的鼓鸣岛少岛主元袁，左右张望，纳闷道："顾璨，你那条大泥鳅呢，不跟着咱们上岸？池水城道路，咱们去年走过一次了啊，足够让大泥鳅通行的。"

顾璨双手笼在蟒袍大袖子里，笑眯眯道："小泥鳅这次留在湖里，不跟咱们去池水城凑热闹，它最近得多溜达，多喝水，因为去年它吃了太多的练气士，又直接将两座大岛积攒了好几百年的水运精华，一股脑儿吞下了肚子，所以今年要经常在湖底闭关。告诉你们一个好消息，咱们是自家兄弟，我才与你们说这个秘密的，记得不要外传！小泥鳅很快就会是货真价实的元婴境喽，到时候咱们这座书简湖，我师父截江真君都不是小泥鳅的对手，嗯，可能就只有宫柳岛那个已经离开很多年的老家伙，才有资格跟小泥鳅打架了。"

范彦愣愣道："顾大哥，你答应过我的，哪天高兴了，就让我摸一摸大泥鳅的脑袋，好让我到处跟人吹牛，还作数不？"

顾璨微微仰头，看着这个二愣子，天底下真有傻子，不是那种什么韬光养晦，就是真缺心眼，这跟钱多钱少没关系，跟他爹娘聪不聪明也没关系。顾璨微笑道："作数啊，怎么不作数。我顾璨说话什么时候不作数？"

范彦笑逐颜开，手舞足蹈，结果被顾璨一脚踹在了下身："白瞎了这么大个子。"

范彦疼得弯腰，仍是不生气，哀求道："顾大哥，可别这样，我爹娘啥都好说话，唯独在传宗接代这事儿上边，不许我胡来的！你上次教我的那套措辞，说什么天底下的英雄好汉，不追求个孤独终老，都不好意思走江湖跟人打招呼，害我被气坏了的娘亲追着打了一顿，娘亲出手不重，我倒是不疼，只是娘亲红着眼睛，我反而开始心疼了。"

顾璨踮起脚尖，拍拍范彦的脑袋："傻人有傻福，以后肯定能跟你那个还没投胎的媳妇生一窝的小傻子。"

范彦咧嘴自乐呵。顾璨翻了个白眼。好话坏话从来听不懂,好人坏人从来看不出。

不过谁都看得出来,范彦这种脑子缺根筋的家伙,真要离开了他爹娘的羽翼和视野,搁哪儿都是给人骗的份,但是顾璨对范彦是最宽容的,钱倒也骗,但不过分,也不许别人太过欺负他。

吕采桑眼神熠熠,仿佛比顾璨还要高兴:"这可是天大的好事,稍后到了酒宴上,璨璨,我与你多喝几杯乌啼酒!"

长了一张圆乎乎脸庞的鼓鸣岛元袁,是"兄弟"当中最没心没肺的一个,对谁都笑脸相向,不管开他什么玩笑,都不生气,只是听到了这么大一个惊世骇俗的消息后,措手不及地脸色一僵,不过稍纵即逝,瞬间恢复正常,啧啧道:"以后咱们几个,沾了顾璨的光,岂不是要在书简湖横着走才算符合身份?"

顾璨笑道:"范彦,你跟采桑还有圆圆,带着我两个师兄,先去吃蟹的地儿,占好地盘,我稍稍绕路,去买几样东西。"

范彦恼火不已,竟敢对顾璨瞪眼了,气呼呼道:"买东西?买?!顾大哥,你是不是打心眼里瞧不起我这个兄弟?在池水城,瞧上眼的东西,需要顾大哥掏钱买?"

顾璨跳起来一巴掌打在范彦脸上:"谁他娘的说买东西就要花钱了?抢东西,多难听?"

范彦挨了巴掌,反而笑容灿烂,一手捂着脸,一手伸出大拇指:"还是顾大哥讲究!"

顾璨大手一挥:"滚蛋,别耽误小爷我赏景。跟你们待在一起,还怎么找乐子?!"

吕采桑板着脸道:"不行,如今书简湖乱得很,我得陪在你身边。"

顾璨无奈道:"行行行,你就跟我屁股后头吃灰好了,跟个娘们似的。"

吕采桑冷哼一声。

双方在渡口分道扬镳,范彦当然给他的顾大哥准备好了豪奢马车。

顾璨和吕采桑走向一辆马车,两个开襟小娘坐另外一辆。

顾璨和吕采桑,在书简湖数万鱼龙混杂的山泽野修眼中,唯一的共同点,大概就是两人都有个好师父了,可两人偏偏关系还不错。

顾璨依旧双手笼袖,突然用手肘一敲身边的吕采桑,低声坏笑道:"你要是去了我家乡,如果又刚好没了修为,我敢说你走在小巷子里,肯定要被那些凑巧路过的色胚光棍,两眼放光,追着乱摸,到时候你就会哭哭啼啼跑到我家门口,使劲敲门,说顾璨顾璨,不好啦,有男人要扒我衣服啦。哈哈,真是想一想就贼开心。但是你知道更好玩的是什么吗,是那些王八蛋扒掉你的裤子后,破口大骂,他娘的是个带把的!最最好玩的,知道是什么吗?是一咬牙,一狠心,依然把你翻个身,就地正法……哎哟喂,不行了,我肚子疼。"

顾璨低头弯腰行走,哈哈大笑。

吕采桑脸色冰冷:"恶心!"

两人先后坐入车厢,吕采桑这才轻声问道:"怎么换了这么一身行头?你以前不是不爱穿得这么花里胡哨吗?"

顾璨闭着眼睛,不说话。

吕采桑犹豫了一下:"元袁这个人,城府很深,他母亲又跟朱荧王朝某位元婴境剑修沾亲带故的,书简湖不少人,觉得这是黄鹂岛故意吓唬人,但是我师父说过,这件事,千真万确。元袁母亲,最早的身份,就是那位厉害剑修最宠爱的侍妾,虽然没办法给一个名分,但是香火情肯定还在。你一定要小心。一旦打死了心怀叵测的元袁,就意味着你要被一位元婴境剑修盯上!"

顾璨没有睁开眼睛,嘴角翘起:"别把元袁想得那么坏嘛。"

吕采桑怒道:"我是为你好!你要是不上心,要吃亏的!元袁一家人,都是那种喜欢暗戳戳害人的坏种!"

顾璨总算睁开眼睛,问道:"元袁再坏,能跟我顾璨比吗?"

吕采桑蓦然掩嘴而笑。

顾璨学他的口气,娇滴滴道:"恶心。"

吕采桑突然有些伤感,看着顾璨,这个一年一变的"孩子",谁能把他当一个孩子看待,敢吗?就连他的师父,少数几个能够让截江真君心生忌惮的老修士,都说顾璨这个怪胎,除非是哪天暴毙,不小心真应了那句"多行不义必自毙"的屁话,否则一旦被他拢起了和青峡岛关系不大的大势,那就真是上五境神仙都未必敢惹一身腥了。

吕采桑轻声问道:"顾璨,你哪天才能跟我交心?"

顾璨从蟒袍大袖子里抽出一只手,掀起车帘子,漫不经心道:"你吕采桑就别想了。天底下就两个人,能让我掏出心窝子给他们瞧瞧。这辈子都会是这样。我知道对你不太公平,因为你是少数几个书简湖修士中真正把我当朋友的,可是没办法,我们认识得晚,你认识我的时候,我已经混出名堂了,所以你不行。"

已经入城了,顾璨放下车帘子,对吕采桑笑道:"不过你放心,哪天你要是被人打死了,我顾璨一定帮你报仇。"

吕采桑撇撇嘴。

吕采桑靠着车厢壁,问道:"顾璨,你才这么点年纪,怎么做到的?"

顾璨说道:"在家乡,我大概只有三四岁的时候,就开始看我娘亲跟人骂街和打架了,我学什么,都很快。"

顾璨伸出一根手指头:"稍微大一点,我可以在大太阳底下,趴在垄头上一动不动,至少一个时辰,就为了钓上一条泥鳅,他都比不上我。"

吕采桑好奇问道:"那个他,到底是谁?"

顾璨眯起眼,反问道:"你想死吗?"

在书简湖天不怕地不怕的吕采桑,这一刻,竟是有些犯怵。

顾璨脸色蓦然而变,笑嘻嘻道:"元袁那小坏种,迟早有一天,我会给他来这么一句,换一个字而已,'你想死妈'?摊上个元婴境剑修的便宜爹,有什么了不起的,惹了我,到时候我当着那个元婴境剑修的面,将元袁的娘亲脱光了衣服,挂在楼船的船头上,逛遍书简湖所有岛屿。"

吕采桑一脸疑惑。

顾璨再次掀起帘子,心不在焉道:"家乡方言,你听不懂。"

池水城那座高楼顶层内,崔东山四周依旧是一圈金色雷池。

崔东山叹息一声。

崔瀺微微俯身,看着地上两幅画卷,微笑道:"是不是很失望,你心中最后的一点侥幸,也不存在了?这种心态可要不得,把希望放在别人身上。"

崔瀺大概知道崔东山不会搭话,自顾自道:"这是两个死结扣在了一起,陈平安慢慢想出来的理,顾璨顺其自然而生的恶。你以为那个一,可能是在顾璨身上,觉得陈平安对这个小家伙动之以情、晓之以理,小家伙就能够幡然醒悟?别说这个道理难讲,哪怕这个情分很重,顾璨一样不会改变秉性。这就是顾璨。泥瓶巷就么点大,我会不看顾璨这个'骨气'极重,连刘志茂都提不起来的小家伙?

"你崔东山是不是太小觑崔瀺自己了?连顾璨的本心都拎不清,就敢设置此局?对于我们这种人来说,错误犯过一次,就不能再有了。不过不能怪你,到了山穷水尽的境地,世人都喜欢抓住一根救命稻草,这就是人性。事实上,当年我们还是一个人,我看到了,你自然也一样看到了,只是你现在方寸大乱罢了。"

崔瀺指了指画卷上那个暗中跟随马车的陈平安:"你知道你更大的错,在哪里吗?"

崔瀺自问自答:"当年齐静春在小镇那栋老宅子,跟我们彻底撕破脸皮后,他放出过一句话,说是甲子之内,如果再敢算计陈平安,就要我们的境界跌跌不休。这自然不是齐静春在故弄玄虚,你我心知肚明,不过你我分离之后,你终究是残留着少年心性,不信邪,对不对?然后在那座客栈的井底,差点被井口上的陈平安以一缕剑气打杀了。在那之后,你又走了另外一个极端,开始深信不疑这句话,这就是你崔东山当下紊乱的心湖上,最后的那根救命稻草。"

崔东山嘴角抽搐。

崔瀺始终神色平静,凝视着画卷,自言自语道:"阴魂不散的齐静春,真的死得不能再死了啊。那我们不妨稳妥一些看待这个问题。假设齐静春棋术通天,推衍深远,已经算到了书简湖这场劫难,于是齐静春在死之前,以某种秘术,将魂魄一部分,放在了书简湖某个地方,可是你有没有想过,齐静春是什么样的读书人?他宁肯让被自己寄予厚望的赵繇不去继承他的文脉香火,也要赵繇安安稳稳求学远游。你觉得那个魂魄不完整的'齐静春',会不会就算躲在某个角落,看着陈平安,都只是希望陈平安能够活下去就行了,无忧无虑,安安稳稳,由衷希望以后陈平安的肩上,不要再担负那么多乱七八糟的东西?连你都心疼你的新先生,你说那个齐静春会不心疼吗?"

崔瀺笑了笑:"当然,我不否认,即便齐静春当初魂魄一分为三了,我依旧还是有些忌惮。如今嘛,他只要敢冒头,被我抓住蛛丝马迹,我不会给他开口说一句话的机会,一个字都不行。"

崔东山转过头,痴痴地望着崔瀺,这个长大后、变老了的自己:"你说,我为什么要变成现在的你?"

崔瀺微微一笑,偏移手指,指了指那辆马车:"这句话,陈平安跟顾璨见面后,应该也会对顾璨说的——'为什么要变成当年最讨厌的那种人'。"

崔瀺看也不看崔东山和那座微微晃荡的金色雷池,缓缓说道:"且不说凭你根本杀不掉我,就算杀了我,这个死局,还是死局,跟天下大势一样,改变不了的。所以你还是乖乖坐着吧,趁我还有些时间,没有返回大骊,许多你崔东山不懂的问题,还可以问我崔瀺。"

当崔瀺不再说话时,楼内就变得寂静无声。

崔瀺似乎想起了一件趣事,笑问道:"你不问,那我来问好了。你说如果顾璨这么回答陈平安那个问题,陈平安会是什么心情?比如……嗯,顾璨可能会理直气壮跟他说,'我觉得我没有错,你陈平安有本事就打死我',又比如……'我顾璨和我娘亲给书简湖那帮坏人欺负的时候,你陈平安在哪里?'"

崔东山视线蒙眬,呆呆地看着这个儒衫老者,这个一步步坚定不移走到今天的自己。

崔瀺微笑道:"其实每个人长大后,不论读不读书,都会或多或少感到孤单,再聪明一些的人,冥冥之中,能够感知到天地人间,在刹那之间的某个时刻,好像不是寂然不动的,一些人扪心自问,会得到一种模模糊糊的回应,愧疚、悔恨。知道这叫什么吗?你不知道,因为这是我崔瀺最近几年才想明白的。你崔东山逆水行舟,一退再退,我不说,你便不会明白的,那就叫一个人的天地良知。可是这种感觉,绝对不会让一个人的生活过得更好,只会让人更加难受,好人坏人,都是如此。"

崔瀺继续道:"对了,在你去大隋书院挥霍光阴期间,我将我们当年琢磨出来的那些想法,说与老神君听了,算是帮他解开了一个小小的心结。你想,老神君这般存在,一个心头坎,都要耗费将近万年光阴才能迈过,你觉得陈平安需要多久?再有,如果换成是我崔瀺,绝不会因为陈平安一句无心之语的'再想想',因为是一个与老秀才截然不同的答案,就哭得稀里哗啦,就比如你现在这副样子。"

崔东山抬起手臂,横在眼前。

崔瀺笑道:"已经连骂我一声老王八蛋的心气都没有了啊,看来是真伤透了心,跟陈平安差不多可怜了,不过别急,接下来,先生只会比学生更加可怜,更加伤心。"

崔东山后仰倒去,满脸眼泪鼻涕,糊在一起,呜呜咽咽。

崔瀺面无表情,说道:"如果我没有记错的话,这么凄惨的心境,最早一次,很久远了,还是在家乡那座给爷爷抽走楼梯的书楼顶层。那次差不多就是跟你这副皮囊相似的岁数,跟爷爷怄气,故意撕了一本爷爷最推崇的圣贤书籍,拿来拉屎擦屁股,丢了下去,爷爷看到那些纸团后,没有恼怒,甚至没有说话,没有骂人,就只是将梯子重新架好,然后就走了。"

崔瀺笑道:"我与老神君说的,其实只说了一半,就是孱弱人性隐藏着的强大之处,是那些被后世解释为'共情''通感''恻隐之心'的说法,能够让一个一个人,不管个体实力有多么强大,前程有多么远大,都可以做出让那些高高在上、漠然无情的神祇无法想象的蠢事,会为别人慷慨赴死,会为别人的喜怒哀乐而喜怒哀乐,会愿意为一个明明才认识没多久的人粉身碎骨,一点点人心的火苗,就会迸发出刺眼的光彩。他们会高歌赴死,会心甘情愿以自己的尸体,帮助后人登山更高一步,去那山顶,去那山顶可见的琼楼玉宇,把它们拆掉!把那些俯瞰人间、把人族气运当作香火食物的神祇砸烂!"

崔瀺又笑了:"可是,这只是一半。另一半人性,是一个人,天生就知道为了生存,可以不择手段,'我'不管多么卑微,都是这个世界上独一无二的,所以不计其数的'我',都想要活下去,活得更久,活得更好,我们不知道自己其实已经知道了那个一,凭借曾经被神祇养蛊饲养的本能,去争去抢,既然只有一个一,那就只能去抢别人手里的,让自己的那个一,变得更大、更多,这种追求,没有止境。"

崔瀺伸出手指,分别点了点陈平安和那辆马车:"顾璨未必知道陈平安的难处,就像陈平安当年一样未必清楚齐静春的想法。"

崔瀺收回手,笑问道:"那么你猜,最后那次齐静春给陈平安撑伞,行走在杨家药铺外边的街道上,齐静春已经说出了让陈平安将来不要愧疚的理由。可是,我觉得最值得推敲的一件事情,是当时这个泥瓶巷少年,他到底是否已经猜到,自己就是害死齐静春的关键棋子?"

崔瀺转过头去,笑着摇摇头。

崔东山已经隔绝了所有观感神识。

崔瀺继续观看两幅画卷:"老秀才,你如果看到这些,会说什么?嗯,是揪着胡子说一句,'不太善喽'。"

崔瀺突然嘲笑道:"偌大一个桐叶洲,竟然只有一个荀渊不是瞎子,真是匪夷所思。"

崔东山直挺挺躺在那边,像个死人。

崔瀺转过头:"你那锦囊里边,到底写了哪句话?这是我唯一好奇的地方。别装死,我知道你哪怕封闭了长生桥,一样猜得到我的想法,这点聪明,你崔东山还是有的。"

崔东山一动不动,装死到底。

就在池水城最人满为患的那条闹市街道,在一个本来最不该在此刺杀的地方,出现了一场惊心动魄的围杀。

一个朱荧王朝的八境剑修,一个八境远游境武夫,一个布好了阵法的金丹境阵师。万无一失的布置。可是结果却让看客们很失望。一来刺杀太过突然,二来结局出现得太快。

第二辆马车的车厢四散炸开,出现了一个头戴幂篱的"开襟小娘"。她任由八境剑修的本命飞剑刺透心脏,一拳打死了那个飞扑而至的远游境武夫,手中还紧攥着一颗从他胸膛剜出的心脏。她长掠而去,张大嘴巴,吞咽而下,然后追上那名剑修,一拳打在剑修后背心,硬生生打裂了那具兵家金乌甲,然后一抓,再次挖出一颗心脏,御风悬停,不去看那具坠落在地的尸体,任由修士的本命元婴携带那颗金丹远遁而走。

这是主人与她事先说好了的,一口气杀完了,以后没得玩。而她这个"开襟小娘",正是那条小泥鳅,已经悄悄跻身元婴境。

蛟龙之属的元婴境,战力相当于一个九境武夫加上一个元婴境修士。更何况她还不是寻常的蛟龙之属,是世间仅剩的最后五个真龙后裔之一。

她回到第一辆马车旁边,还在细细咀嚼那颗八境剑修心脏的滋味,堪称美妙,在书简湖已经很难吃到这么美味的大餐了。

一身墨青色蟒袍的顾璨跳下马车,吕采桑紧随其后。

顾璨走到她身边,伸出手指,帮她擦拭嘴角,埋怨道:"小泥鳅,跟你说多少遍了,不许再有这么难看的吃相!以后还想不想跟我和娘亲一桌吃饭了?!"

她腼腆一笑,转过头去,有些难为情。

这一幕,看得吕采桑不寒而栗。

顾璨大摇大摆,走到那个站在街道旁、丝毫不敢动弹的金丹境阵师身前,这个地仙四周人流早已如潮水散去。

这不是那个阵师心智不够坚韧,给吓得挪不动腿,而是她已经被那个孽畜死死盯住了,只要敢动,就死。

顾璨双手笼袖,绕着那个寻常妇人模样的金丹境修士走了一圈,最后站在她身前,哀叹一声："可惜，这个婶婶你长得太寒碜，不然可以不用死的。"

妇人扑通一声，跪在地上："顾璨，求你饶我一命！我从今往后，可以为你效力！"

顾璨微笑着不说话，似乎在权衡利弊。

那个没了幂篱但还穿着开襟小娘外出装束的小泥鳅打了个饱嗝，她赶紧捂住嘴巴。顾璨转过头，瞪了她一眼，然后对吕采桑笑道："如何，没有白白跟在我屁股后头吃灰吧？"

吕采桑点点头，笑容灿烂。

不这样，也就不是顾璨之前书简湖最大的魔头了。

顾璨一直扭着脖子，笑道："吕采桑，那你给这个婶婶说说看，小爷我先前告诉过整座书简湖的规矩。"

早年在青峡岛上，发生过很多次刺杀和偷袭，不知为何，顾璨竟然让怒不可遏的截江真君刘志茂，不要去顺藤摸瓜，不用追究那些刺客的幕后主使。

可是书简湖的仇家也好，纯粹看不顺眼顾璨作风就聘请杀手的野修也罢，没一个傻子，不再花钱或是拼命，让人去青峡岛白白送钱送死了。

吕采桑斜眼瞥了一下那个妇人，微笑道："出了青峡岛的一切刺杀和挑衅，第一次出手的贵客，只杀一人。第二次，除了动手的，再搭上一条至亲的性命，成双成对。第三次，有家有室的，就杀全家，没有亲人的，就杀幕后主使的全家，若是幕后人也是个形单影只的可怜人，就杀最亲近的朋友之类，总之去阎王殿报到的路上，不能走得太寂寞了。"

顾璨点点头，转过头，重新望向那个满脸惶恐和绝望的妇人，抽出一只手，伸出三根手指："白白送死，何苦来哉。修士报仇，百年不晚。不过你们其实是对的，百年之后，你们哪里敢来触霉头？你们三个，太不济事了，记得前年在青峡岛上，有个刺客，那才厉害，本事不高，想法极好，竟然蹲在茅厕里，给小爷我来了一剑。真他娘的是个天才啊。如果不是小泥鳅下嘴太快，小爷我都舍不得杀他！"

顾璨始终一手缩在袖子里，一手伸着那三根手指："在你前边，青峡岛外，已经有三次了。上次我跟那个家伙说，一家人，就要齐齐整整的，不管在哪里，都要团团圆圆。第一次，谁杀我我杀谁；第二次再杀个至亲；第三次杀他全家；现在嘛，是第四次了。怎么说来着？"

小泥鳅咽了口唾沫："诛九族。"

顾璨恍然大悟："对，就是这么个说法。"

顾璨收回手指，双手笼袖，微微弯腰，与妇人女子言语就是好，她们往往个子不高，不用他抬头说话，省劲。

顾璨轻声笑道："要被诛九族了哦。诛九族，其实不用怕，是大团圆唉，平时哪怕是逢年过节的，你们都凑不到一起的。"

这个时候,从不远处的街道屋檐下,走出一个背剑挂酒壶的中年男人。

他笔直走向顾璨。

吕采桑转过身,眯起眼,杀气腾腾。

顾璨也随之转过身,笑道:"别管,让他来。"

吕采桑犹豫了一下,仍是让出道路。

那个姓陈的中年男人,走到一袭蟒袍的少年身前。那条已经化为人形的小泥鳅,突然往后退了一步。与她心意相通的顾璨刚皱了皱眉头,就被中年男人一巴掌打在脸上。

中年男人说道:"你再说一遍?"

吕采桑张大嘴巴。街上所有人几乎都是如此。

中年男人又是猛然抬手一巴掌,狠狠甩在了顾璨脸上,颤声却厉色道:"顾璨!你再说一遍!"

顾璨扭头朝地上吐出一口血水,然后歪着脑袋,红肿着脸颊,可眼神竟全是笑意:"哈哈,陈平安!你来了啊!"

第五章
账房先生

一袭墨青色蟒袍,正是小泥鳅跻身元婴境后一身蜕皮炼制而成,是一件截江真君耗费重金、聘请高人秘密打造的法袍。

顾璨不再双手笼袖,不再是那个让无数书简湖野修觉得高深莫测的混世魔头,他张开手,原地蹦跳了一下:"陈平安,你个儿这么高了啊,我还想着咱俩见面后,我就能跟你一般高了呢!"

只是那个中年男人始终不说话。

街上看热闹的池水城众人,便跟着大气都不敢喘,便是与顾璨一般桀骜的吕采桑,都莫名其妙觉得有些局促不安。

顾璨便挠挠头。

陈平安终于沙哑开口:"婶婶还好吗?"

顾璨使劲点头道:"好!"

陈平安说道:"我想去看看婶婶,可以吗?"

顾璨委屈道:"这有什么可以不可以的,我娘亲也经常念叨你来着。陈平安,你咋这么见外呢?"

陈平安道:"我在渡口等你,你先跟朋友吃完蟹,再带我去青峡岛。"

顾璨嘿嘿笑着道:"理睬他们做什么,晾着就是了。走走走,我这就带你去青峡岛。如今我和娘亲有了大宅子住,比泥瓶巷富贵多啦,莫说是马车,小泥鳅都能进进出出,你说那得有多大的路,是多气派的宅子,对吧?"

陈平安问道:"不让人跟范彦、元袁他们打声招呼?"

顾璨摇头道:"不用啊,这帮酒肉朋友,算个屁。"

陈平安不再说话,只是瞥了眼顾璨身后那条当年被自己在田垄间钓起来的小泥鳅。如今她已经是人形现世,貌若寻常妙龄女子,只是一再端详后,她一双瞳孔竖立的金黄色眼眸,可以让修士察觉到端倪。

当陈平安瞥向她的时候,在书简湖连刘志茂都不放在眼中的骊珠洞天五条真龙后裔之一,虽没有像先前初见时继续后退一步,可是依旧眼帘低敛,似乎不敢与陈平安对视。

陈平安没有说什么,转身而走,向渡口行去。

顾璨快步跟上,看了眼陈平安的背影,想了想,还是让吕采桑去跟范彦那帮人说一声,再让小泥鳅带上那个金丹境地仙刺客。

吕采桑欲言又止,顾璨眼神冰冷,吕采桑冷哼一声,离开此地。

顾璨这才大摇大摆去追陈平安,很是开心,两只蟒袍大袖子翻摇,阴风阵阵。

如果不是见到了陈平安,妇人今天要死,诛九族更不是玩笑,他们肯定会在阴间一起团团圆圆的。

顾璨见陈平安经过那辆马车的时候,依旧没有停步,喊道:"陈平安,不乘坐马车吗?"

陈平安没有停步,也没有转身:"我自己有脚,而且跟得上马车。"

顾璨便让小泥鳅带着刺客去坐马车,自己跟上陈平安,一起去往渡口那艘青峡岛楼船。

一路上,顾璨既没有询问陈平安为何要打自己那两巴掌,也没有讲述自己在书简湖的威风八面,只是跟陈平安闲聊道听途说而来的龙泉郡趣事。

只是越临近书简湖,顾璨就越失落。因为就跟他不搭理那帮狐朋狗友差不多,陈平安这段路程,从头到尾,没有跟他讲一句话。但是最让顾璨奇怪的地方是,陈平安不像是那种憋了一肚子滔天怒火的状态,而是心不在焉,准确说来,是陈平安的心神沉浸在自己的事情当中,这让顾璨稍稍松了口气。

顾璨,最怕的是陈平安一言不发,见过了自己,给了自己两个大耳光,然后二话不说就走了。这辈子都不再相见,将来即便偶然又见到了,也只是陌路人。

登船的时候,小泥鳅带着那个金丹境妇人一起跟在后边,顾璨小心翼翼问道:"陈平安,不然我把那个刺客放了?今儿我心情好,放了她没关系的。"

陈平安脚步微顿,可仍是没有停步,继续前行。

顾璨明显察觉到了陈平安在那一刻的愤怒和……失望。

只是顾璨不明白自己为何这么说、这么做了……在陈平安那边,怎么又错了。

于是顾璨转过头,双手笼袖,一边脚步不停,一边扭着脖子,冷冷看着那个妇人。

都是因为这个好死不死在今天冒头刺杀自己的婆娘,才害得自己惹了陈平安生气,真是罪该万死,诛九族都不够!

到了船头,陈平安站定,独自眺望远方湖景。

顾璨既委屈幽怨又想着离陈平安近些,便只好站在他身后几步外,竟是连与陈平安并肩而立的底气都没了。

就在此时,那个感觉终于有了一线生机的刺客妇人,一下跪地,对着陈平安使劲磕头:"求求你放了我吧,我知道你是好人,是慈悲心肠的活菩萨。求求你与顾璨说一声,放了我这一次吧。只要不杀我,我以后给大恩人你造牌坊、建祠庙,每天都给恩人敬香磕头,哪怕恩人让我给顾璨做牛做马都可以……"

小泥鳅手指微动。顾璨反而笑了,转过身,对小泥鳅摇摇头,任由这名刺客在那边磕头求饶,船板上砰砰作响。

陈平安颤颤巍巍摘下养剑葫,喝了一大口酒,这才转过身,却不是看那个喊自己"好人"与"活菩萨"的妇人,而是顾璨,问道:"为什么不只是杀了她?"

顾璨一脸认真道:"只杀她不管用,在书简湖喜欢找死的人太多了。陈平安你可能不知道,在咱们这座无法无天的书简湖,谁杀我我只杀谁,那可就真是天大的菩萨心肠了,会被那好几万山泽野修,还有那些依附各个岛主的湖边城池,被他们所有人瞧不起、看笑话的。"

顾璨大概是害怕陈平安不相信自己,转头问小泥鳅:"是不是这样?我没骗陈平安吧?"

在书简湖最无法无天的那条小泥鳅,怯生生点头。

妇人能够成为一名金丹境地仙,又敢于来刺杀顾璨,当然不傻,瞬间就嚼出了那根救命稻草的言下之意,自己可杀?她一下子如坠冰窟,低头之时,眼神游移不定。

陈平安望向她,问道:"如果说,我可以保证杀了你一个,与你相关的所有人都可以活下来,你会怎么做?"

妇人抬起头,泪眼婆娑:"我知道你是好人,为何不能连我一起放过?我知道错了,我不该刺杀顾璨,我保证以后见到了顾璨,就主动绕路,求你救我,救人一命胜造七级浮屠,求求你!"

陈平安缓缓道:"如果你们今天刺杀成功了,顾璨跪在地上求你们放过他和他的娘亲,你会答应吗?你回答我真心话就行了。"

妇人抹去眼泪道:"就算我愿意放过顾璨,可那名朱荧王朝的剑修肯定会出手杀人,但是只要顾璨求我,我一定会放过顾璨娘亲的,我会出面保护好那个无辜的妇人,一定不会让她受欺负。"

顾璨笑容灿烂。

他当然知道这个妇人在胡吹法螺，为了活命嘛，什么骗鬼的言语说不出口，顾璨半点不奇怪，只是有什么关系呢？只要陈平安愿意点这个头，愿意不跟自己生气，放过这类蝼蚁一两只，又有什么大不了的。别说是她这条金丹境地仙的贱命，便是她的九族，一样无所谓，这些初衷、承诺和修为都一文钱不值的蝼蚁，他顾璨根本不放在心上，就像这次故意绕路去往宴席之地，不就是为了好玩吗？逗一逗这些误以为自己胜券在握的家伙吗？

陈平安对顾璨缓缓道："你在街上杀她，我没觉得错。在这里杀她，也行，到了青峡岛再杀，都可以。"

顾璨愣了一下。

陈平安问道："当时在街上，你喊她什么？"

顾璨想了想："婶婶。"

陈平安问道："我喊你娘亲什么？"

顾璨闷闷道："也是婶婶。"

陈平安喃喃道："一家人就要齐齐整整的，一家人就要团团圆圆的。"

顾璨突然红了眼睛，低下头："那到底要我怎么做，杀了她，还是放了她，你才不生气，不发火，不再这么不理我。陈平安，你告诉我，我去做。"

陈平安转过身："随你。我去青峡岛见过了婶婶，可能说完话就走。"

陈平安不再说话。

顾璨咬牙切齿，眼眶湿润，双拳紧握。

顾璨与小泥鳅心意相通，无需顾璨说话，小泥鳅就将那名金丹境地仙如同拎鸡崽儿似的，抓去了一间船舱密室关押起来。

陈平安始终站在船头。

顾璨其间去了趟楼船顶层，心烦意乱，摔了桌上所有杯子，几个开襟小娘战战兢兢，不知道为何一天到晚都笑眯眯的小主人，今天如此暴躁。

小泥鳅站在一旁，同样有些憋屈郁闷。

顾璨抬起头，盯着小泥鳅，笑了起来，得意扬扬道："小泥鳅，别怕，陈平安这是跟我怄气呢，小时候总这样，惹了他不高兴后，不管我怎么跟在他屁股后头说好话，他都不爱搭理我，跟今天一模一样。可每次真见我或是娘亲被街坊邻居还有小镇坏蛋欺负了，还是会帮着我们的，之后，我再哭一哭闹一闹，陈平安保准就不生气了。唉，就是可惜如今我没那两条鼻涕了，那可是我最大的法宝。晓得不？每次陈平安帮过我和娘亲，只要一见到我抽鼻涕，他就会绷不住脸，就会笑起来的，每次在那之后，他可就不会再生我气喽。"

小泥鳅点点头。

只有顾璨和她自己才知道,为何当时在街上她会退一步。

她是真怕。那是一种涉及她大道根本的敬畏和忌惮。恐怕连陈平安自己,整座骊珠洞天,以及如今顾璨的师父截江真君刘志茂,都不知道缘由。

因为这条小泥鳅,与李二那尾被装在龙王篓里边的金色鲤鱼,还有宋集薪院子里那条四脚蛇,都很不一样。能够成功捕获小泥鳅,这桩天大的机缘,就是陈平安本身的机缘!是陈平安在骊珠洞天,唯一一次靠自己抓住并且有机会牢牢抓在手心的机缘!但是陈平安凭借本心,赠送给当时同样是发乎本心、灵犀所致、觍着脸跟陈平安讨要泥鳅的顾璨,就等于是自己送出去了机缘,让它转为了顾璨自身的大道机缘。可对于小泥鳅而言,这不妨碍陈平安依旧是她的半个主人!

虽说陈平安如今肯定无法驾驭已是元婴境的小泥鳅,但要说小泥鳅敢对陈平安出手,除非是如今的主人顾璨下死命令,她才敢。

顾璨突然趴在桌上:"小泥鳅,天底下除了娘亲,就只有陈平安,真真正正愿意把自己所有最好的东西送给我了。不当窑工的时候,当了窑工之后,陈平安都是这样的,只要手头有了丁点儿钱,他自己不舍得买的,只要我馋嘴了,他都会眉头不皱一下,还骗我他挣着了大钱,我是后来听刘羡阳说漏了嘴,才知道的。小泥鳅,你说,陈平安为什么生气呢?"

小泥鳅摇摇头。

顾璨转过身,头靠着桌面,双手笼袖:"那你说,陈平安这次生气要多久?唉,我现在都不敢跟他讲这些开襟小娘的事情,咋办?"

顾璨流着眼泪:"我知道,这次陈平安不一样了,以前是别人欺负我和娘亲,所以他一看到,就会心疼我,所以我再不懂事,他再生气,都不会不认我这个弟弟,可是现在不一样了,我和娘亲已经过得很好了,他会觉得,就算没有他,我们也可以过得很好,所以他就会一直生气下去,会这辈子都不再理睬我了。可是我想跟他说啊,不是这样的,没有了陈平安,我会很伤心的,我会伤心一辈子的;如果陈平安不管我了,我不拦着他,我就只告诉他,如果你敢不管我了,我就做更大的坏蛋,我要做更多的坏事,要做得你陈平安走到宝瓶洲任何一个地方,走到桐叶洲、中土神洲,都听得到顾璨的名字!"

顾璨伸出双手,捂住脸庞。这是顾璨到了书简湖后,第二次露出如此软弱的一面,第一次,是在青峡岛与娘亲过中秋节,一样是说到了陈平安。

小泥鳅与顾璨心意牵连,所有的悲欢喜怒,都会跟着一起,她便也落泪了。

楼船终于到达青峡岛。

下船的时候,陈平安拿出一枚玉牌,递给那条小泥鳅,沉声道:"拿给刘志茂,就说让他先收着,等我离开青峡岛的时候还给我。再告诉他一句话,我在青峡岛的时候,不要让我看到他一眼。"

小泥鳅接到手里的时候,如同稚子抓住了一块烧得通红的火炭,蓦然一声尖叫响彻云霄,差点就要变出数百丈长的蛟龙真身,恨不得一爪拍得青峡岛渡口粉碎。就在她想要一下丢掉的时候,陈平安面无表情,说道:"拿好!"

小泥鳅充满了畏惧,忍住剧痛,死死攥紧那枚篆刻有"吾善养浩然气"的古怪玉牌,寻截江真君去了。

渡口这边早有人候着,一个个卑躬屈膝,对顾璨谄媚无比。

陈平安对顾璨说道:"麻烦跟婶婶说一声,我想再吃一顿家常饭,桌上有碗饭就成。"

顾璨使劲点头,只要陈平安愿意坐下吃饭就成,便让青峡岛一个老修士管家赶紧去府上通知娘亲,不用大鱼大肉,就准备一桌子普普通通的家常饭!

顾璨带路,陈平安走在一旁,走得极慢。

顾璨以为陈平安是想要到了府上,就能吃上饭,他巴不得多逛一会儿,就故意脚步放慢了些。

陈平安突然说道:"我这些天一直就在池水城,问你和青峡岛的事情,问了很多人,听了很多事。"

顾璨耷拉着脑袋:"猜出来了。"

陈平安又说道:"有些话,我怕到了饭桌上,会说不出口,就不敢说了,所以见到婶婶之前,可能我会多说一些你不爱听的话。我希望不管你爱不爱听,不管你心里觉得是不是狗屁不通的歪理屁话,你先听我讲完,行不行?我说完之后,你再说你的心里话,我也希望不要像那个刺客一样,不用担心我喜不喜欢听,我只想听你的心里话,你是怎么想的,就说什么。"

顾璨嗯了一声:"你讲,我听着。"

陈平安缓缓道:"对不起,是我来晚了。"

顾璨一下子停下脚步。

陈平安也停下脚步,在青峡岛所有充满好奇的修士眼中,这是一个神色萎靡的中年男人,面容显露不出来,可是眼神是一个人的心扉显露,那种疲态,无法掩饰。

当年草鞋少年和小鼻涕虫孩子,两人在泥瓶巷的离别,太着急,除了顾璨那一大兜槐叶的事情,除了要小心刘志茂,还有那么点大的孩子照顾好自己的娘亲外,陈平安好多话没来得及说。

陈平安抬起头,望向青峡岛的山顶:"在那个小鼻涕虫离开家乡后,我很快也离开了,开始行走江湖,有这样那样的磕磕碰碰,所以我就很怕一件事,害怕小鼻涕虫变成你,变成当年我们最不喜欢的那种人。一个大老爷们,喜欢欺负家中没有男人的妇人,力气大一些的,就欺负那个妇人的儿子,喝了酒,见着了路过的孩子,就一脚踹过去,踹得孩子满地打滚。所以我每次一想到顾璨,第一件事,就是担心小鼻涕虫在陌生的地方过得好不好;第二件事,就是担心过得好了后,那个最记仇的小鼻涕虫,会不会慢慢变成气力大了、本事高了,那么心情不好就可以踹一脚孩子、不管孩子生死的那种人。那个孩子会不会疼死,会不会被陈平安救下之后回到了家里,孩子的娘亲心疼之余,要为去杨家铺子抓药花好些铜钱,之后十天半个月的生计就要更加困难了发愁。我很怕这样。

"可是怨不得别人,怪我,怪我第一次从大隋返回小镇后,第二次走江湖,明明是要南下去老龙城的,为什么不愿意宁肯给人送剑送得慢一点,为什么就不肯绕路,耽搁几个月而已,也要去看看那个小鼻涕虫,去亲眼看看他和他娘亲到底过得好不好,而不是通过一些消息,知道他们两个人生命无忧,好像混得还不错,就觉得晚一些再去,等到自己混得有出息了,能够给那个小鼻涕虫更多的东西,再去看他也不迟。

"行走江湖,生死自负,你杀青峡岛供奉,杀你那个大师兄,杀今天的刺客,我陈平安只要在场,你不杀,杀不了,我都会帮你杀!这样的人,来得再多,我都杀,来一个我杀一个,来了一万个,如果只能杀了九千九百九十九个,我就只怪自己拳头不够硬,剑不够快!因为我答应过你,答应过我自己,保护好那个小鼻涕虫,是我陈平安最天经地义的事情,都不用讲道理,根本不需要!

"可是,你顾璨有一千个一万个理由,告诉自己,告诉我陈平安,说书简湖就是这样的腌臜地方,世道就是这个鸟样的世道,我不杀人立威,别人就会来杀我,这些都不是你顾璨滥杀无辜的理由。那么多莫名其妙就死了的人,连原因都不知道的人,杀了之后,你顾璨心里那个坎,过得去,我陈平安,过不去。我会想,那么多人,几十个、几百个,就是几十个、几百个当年在泥瓶巷跟在一个泥腿子陈平安屁股后头的小鼻涕虫,就是几十个几百个泥腿子窑工。然后这么多人,都死了。那个当年在泥瓶巷快饿死了也不愿意去敲门的陈平安,在泥瓶巷走了一遍又一遍,没死;那个当年给一个醉酒王八蛋踹了一脚的小鼻涕虫,没死。"

陈平安停下言语,拍了拍身边顾璨的肩膀:"走吧,婶婶还等着我们。路再难走,总要走的。"

两人并肩前行。

陈平安缓缓道:"我不想做道德圣人,可是不做那种道德圣人,不是说我们就可以不讲半点道理了。

"别人讲不讲理,我不管。你顾璨,我要管,管了有没有用,我总要试试看。我爹娘死后,我就没有了所有的亲人,刘羡阳,还有你,你们两个,就是我的亲人。天下这么大,小镇那边，我就只有你和刘羡阳两个亲人，别的任何地方天塌下来，我都可以不管，但是哪怕真的天塌下来了，只要压到了你们，我不管本事有多大，都要去试试看，把塌下来的天给扛回去！就算扛不回去，挑不起来，那我就是死，也要帮你们讨回一个公道！"

当年在骊珠洞天，为了刘羡阳，陈平安试过，打算死了就死了，也要给刘羡阳讨回一个公道。如今在书简湖，陈平安却觉得只是说这些话，就已经耗光了所有的精气神。

不一样的经历。一样曾让陈平安只是独自坐在那儿，就像一条路边的狗。

"我如果不认识你顾璨，你在书简湖捅破了天，我只是听到了，也不会管，不会来池水城，不会来青峡岛，因为我管不过来，我本事就那么大。在嫁衣女鬼的府邸，我没有管；在黄庭国的一座郡城看到了那些剑修，我没有管。在蛟龙沟，我管了，我失去了齐先生送给我的山字印；在老龙城，我管了，我被一名修士打穿了腹部。在这个世道，你讲道理，是要付出代价的；可不讲道理，也是一样！蛟龙沟那条老蛟，被剑修差点铲平了，杜懋给人打了个半死！他们是如此，你顾璨一样，今天活得好，明天？后天？明年后年？！你今天可以让别人一家团团圆圆，明天别人就一样可以让你娘亲陪着你，在底下团团圆圆！

"如果可以的话，我只想泥瓶巷尾巴上，一直住着一个叫顾璨的小鼻涕虫，我一点都不想当年送你那条小泥鳅，我就想你是住在泥瓶巷那边，我只要返回家乡，就能够看到你和婶婶，无论是你们家稍稍有钱了，还是我有钱了，你们娘俩就可以买得起好看的衣服，买得起好吃的东西，就这样过安安稳稳的日子。"

临近那座灯火辉煌、不输王侯之家的府邸，陈平安眼神黯然，轻声道："我已经说完了，也没力气再说什么，所以到了饭桌上，你说你想说的，我都会听着。"

顾璨抬起手臂，抹了把脸，没有出声。

府邸很大，过了大门，光是走到吃饭的地方，就走了很久。

陈平安跨过门槛的时候，摘掉了那张朱敛精心打造的面皮，露出了本来面目。

穿着华贵的顾氏站在大堂门口，翘首以盼，见着了顾璨身边的陈平安，一下子就红了眼眶，快步走下台阶，来到陈平安身边，仔细打量着个子已经长高许多的陈平安，一时间百感交集，捂住嘴巴，千言万语，竟是说不出一个字来。顾氏其实内心深处，愧疚极重，当年刘志茂登门拜访，说了小泥鳅的事情后，她是心肠歹毒过一回的。只要能够为璨儿留住那份机缘，她希望那个帮过她和儿子很多年的泥瓶巷邻居少年死了算数。

陈平安笑道："婶婶。"

顾氏哽咽道："好好好，与我家璨儿一样，过得都好，这就比什么都好了。赶紧进屋，岛上管事说得急急忙忙的，婶婶只好下厨做了两样菜，其余都是府上下人帮忙的，不过都照着咱们家乡的口味做的，肯定是地地道道的家常菜，陈平安你不会吃不惯。"

陈平安说道："麻烦婶婶了。"

顾氏瞪了一眼："说什么混话！"

陈平安不再说话。

母子二人，还有一个母子二人都不会视为外人的人，一起进了屋子，落座。

虽然是家常菜，可还是极为丰盛，摆满了一大桌子。

顾氏还准备好了书简湖最稀罕的仙家乌啼酒，与那池水城市井贩卖的所谓乌啼酒，云泥之别。

顾氏给陈平安倒满了一杯，陈平安怎么劝阻都拦不下。不爱喝酒的顾璨，尤其是在家中从来不喝酒的顾璨，今天也跟娘亲要了一杯酒。顾氏愣了一下，便笑着倒了一杯。

一张大圆桌，顾氏坐主位，陈平安坐在背对屋门的位置上，顾璨坐在两人之间的座椅上。

顾璨转头对自己娘亲说道："吃饭之前，我想跟陈平安说一些话。"

顾氏本就是善于察言观色的女子，已经察觉到不对劲，仍是笑容不变："行啊，你们聊，喝完了酒，我帮你们倒酒。"

顾璨一口饮尽杯中酒，伸手覆盖酒杯，示意自己不再喝酒，转头对陈平安说道："陈平安，你觉得我顾璨，该怎么才能保护好娘亲？知道我和娘亲在青峡岛，差点死了其中一个的次数，是几次吗？"

顾氏心一颤，神色僵硬，坐在位置上，双手在桌底下使劲拧着衣角。

顾璨继续道："只杀那些个出手害我的某个人？那个杀手刺客的幕后人呢？那些鬼鬼祟祟躲在更远地方的坏人呢？

"我一个一个找过去，先与他们打声招呼？跟他们讲，我顾璨很厉害的，小泥鳅更厉害，所以你们不要来招惹我，不然我就打死你们？

"你是不是觉得青峡岛上那些刺杀，都是外人做的？仇家在找死？

"你觉得就没有可能是刘志茂，我的好师父，安排的？藏在那些谋杀当中？

"你可能会说，未必就有。对，确实这样，我也不会跟你说谎，说那个刘志茂就一定参与其中了！可我就只有一个娘亲，我顾璨就只有命一条，我为什么要赌那个'未必'？"

顾璨站起身，怒道："陈平安！你今天就是打死我，我也绝不还手，但是被你活活打死之前，我都要告诉你，我顾璨没有做错！就算我错了，我也不认！我也不改！这辈子都不改！死也不改！"

顾璨脸色狰狞，却不是以往那种愤恨视线所及某个人，而是那种恨自己、恨整座书简湖、恨所有人，然后有着不被那个自己最在乎的人理解的天大委屈。

"我在这个地方，就是与虎谋皮，不把他们的皮扒下来，穿在自己身上，我就会冻死，不喝他们的血吃他们的肉，我和娘亲就会渴死饿死！陈平安，我告诉你，这里不是我们家的泥瓶巷，不会只有那些恶心的大人，来偷我娘亲的衣裳，这里的人，会把我娘亲吃得骨头都不剩下，会让她生不如死！我不会只在巷子里边，遇到个喝醉酒的王八蛋，就只是看我不顺眼，在巷子里踹我一脚！

"你知不知道，我在这里，有多害怕？

"你知不知道，我有多希望你能够在我身边，像以前那样，保护我，保护好我娘亲。

"陈平安，你不知道！

"你就只会打我骂我！"

最后顾璨满脸泪水，抽泣道："我不想你下次见到我和我娘亲的时候，是来书简湖给我们上坟！我还想要见到你，陈平安……"

顾璨呜咽着走出屋子，却没有走远，一屁股坐在门槛上。

陈平安坐在原地，抬起头，对顾氏沙哑道："婶婶，我就不喝酒了，能给我盛一碗饭吗？"

心中惶恐不安的顾氏赶紧擦拭眼泪，点点头，起身去给陈平安端来一碗米饭，陈平安起身接过那碗饭，轻轻放在桌上，然后坐下。

桌上又有一碗饭。当年在泥瓶巷的别人家里，陈平安还是个比如今顾璨还要小的孩子，也有一碗饭，就这样摆在桌上。

陈平安抬起一只手，有些颤抖，最后没有拿起筷子，而是从怀中掏出一本书，放在那碗饭旁边。

那本书，是一部老旧泛黄的拳谱。

陈平安伸手轻轻抚平。它陪伴着他走过千山万水，见过无奇不有的大千世界，见证过陈平安所有的悲欢离合。翻阅了那么多次，依旧齐齐整整，几乎没有任何褶皱。

只给落魄山竹楼老人看过一次，可那次陈平安恨不得老人每翻一页都小心点，唠唠叨叨了无数遍，结果被老人又赏了一顿拳，教训说练武之人，连一本破烂书都放不下，还想在拳意之中装下天下？

给心爱的姑娘看过，当时还没有相互喜欢，因为要识字，要知道拳谱到底讲了什么，才给她看的，当时一样惹来她的不快，误以为陈平安看轻了她，以为她贪图这部拳谱上的那点拳法，会偷学。

一饭之恩，是活命之恩；一本拳谱，还是救命之恩。

陈平安咬了咬嘴唇，没有转头，轻声道："顾璨，我们当时就说好了，这本拳谱，是我跟你借的，总有一天要还给你。"

顾璨猛然站起身，怒吼道："我不要，送给你就是你的了，你当时说要还，我根本就没答应！你要讲道理！"

顾璨最后哭着哀求道："陈平安，你不要这样，我怕……"

在性情偏激又极其早慧的孩子眼中，天底下就只有陈平安讲道理了，一直是这样的。

陈平安没有说话，拿起那双筷子，低头扒饭。一直到吃完那碗饭，他都再没有抬过头。

当顾璨哭着说完那句话后，顾氏脑袋低垂，浑身颤抖，不知道是伤心，还是愤怒。

陈平安轻轻放下筷子，轻轻喊了一声："顾璨。"

顾璨立即擦掉眼泪，大声道："在！"

陈平安缓缓道："我会打你，会骂你，会跟你讲那些我琢磨出来的道理，那些让你觉得一点都不对的道理，但是我不会不管你，不会就这么丢下你。"

陈平安始终没有转头，嗓音不重，但是语气中透着一股坚定，既像是对顾璨说的，更像是对自己说的："如果哪天我走了，一定是我心里的那个坎，迈过去了。如果迈不过去，我就在这里，在青峡岛和书简湖待着。"

顾璨破涕为笑："好的！说话算数，陈平安你从来没有骗过我！"

陈平安突然说道："那今天可能要破例了。"

顾璨一下子心提到了嗓子眼，刚刚略微放松下去的身体，再度紧绷，心弦更是如此。

陈平安说道："之前在来的路上，说在饭桌上，我只听你讲，我不会再说了。但是我吃过这碗饭，觉得又有了些气力，所以打算再说说，还是老规矩，我说，你听，之后如果你想说，那就轮到我听。不管是谁在说的时候，听的人，讲与听的人，都不要急。"

顾璨笑容灿烂，挠挠头问道："陈平安，那我能回桌子吗？我可还没吃饭呢。"

陈平安点点头："多吃点，你现在正是长身体的时候。"

顾璨抹了把脸，走到原先位置，只是挪了挪椅子，挪到距离陈平安更近的地方，生怕陈平安反悔，说话不算话，转头就要离开这间屋子和这座青峡岛，到时候他好更快拦着陈平安。

然后顾璨自己跑去盛了一碗米饭，坐下开始低头扒饭。从小到大，他就喜欢学陈平安，吃饭是这样，双手笼袖也是这样。那会儿，到了天寒地冻的大冬天，一大一小两个都没什么朋友的穷光蛋，就喜欢双手笼袖取暖，尤其是每次堆完雪人后，两个人一起笼袖后，一起打哆嗦，然后哈哈大笑，相互嘲笑。若说骂人的功夫，损人的本事，那会儿挂着两条鼻涕的顾璨，就已经比陈平安强很多了，所以往往是陈平安被顾璨说得无话可说。

陈平安看了眼顾璨，然后转头，对妇人说道："婶婶，如果今天再有一个孩子，在门外徘徊不去，你还会开门，给他一碗饭吗？还会故意跟他讲，这碗饭不是白给的，是要用卖草药的钱来偿还的？"

顾氏小心翼翼斟酌酝酿。

陈平安自顾自说道："我觉得不太会了。

"当然，我不是觉得婶婶就错了，哪怕抛开书简湖这个环境，哪怕婶婶当年那次不那么做，我都不觉得婶婶是做错了。

"所以当年那碗饭，我这辈子都不会忘记。还有那让我稍稍心安一些，觉得我不是我娘亲嘴里一定不要去做的那个乞丐，而是先欠了婶婶的钱，吃过了饭，我肯定能还上。"

顾氏转过头，抹了抹眼角。

陈平安心平气和问道："可是婶婶，那你有没有想过，没有那碗饭，我就永远不会把那条泥鳅送给你儿子，你可能现在还是在泥瓶巷，过着你觉得很贫苦很难熬的日子？所以善有善报恶有恶报，我们还是要信一信的。也不能今天过着安稳日子的时候，只相信善有善报，忘了恶有恶报。

"我今天这么讲，你觉得对吗？"

顾氏仍是默默垂泪，不说是与不是。她害怕今天自己不管说了什么，对于儿子顾璨的未来来说，都会变得不好，所以她宁肯一个字都不多说。

陈平安懂这个，所以哪怕顾璨说了当年顾氏在那条小泥鳅一事上的选择，陈平安依旧没有半点怨恨。应该感恩的，就感恩一辈子。后边发生了什么，对也好错也好，都覆盖不了最早的恩情，就像家乡下了一场大雪，泥瓶巷的泥路上积雪再厚，可春暖花开后，还是家家户户门口那条熟悉的道路。唯一的不同，就是陈平安走了很远的道路，学会了不以自己的道理去强求别人。所以今天先前在饭桌上，他愿意仔细听完顾璨所有的道理，听完小鼻涕虫如今所有的内心想法。

陈平安挤出一个笑脸："婶婶你放心，我不会强行要顾璨学我，不用这样，我也没这个本事，我就是想要试试看，能不能做点什么，做点我和顾璨在如今都觉得'没错'的事情。我留在这里，不耽误顾璨保护你，更不会要你们放弃现在来之不易的富贵。"

陈平安问道："可以吗？"

顾氏神色犹豫不决，最后仍是艰难点头。

陈平安就那么坐着，没有去拿桌上的那壶乌啼酒，也没有摘下腰间的养剑葫，轻声说道："告诉婶婶和顾璨一个好消息，顾叔叔虽然死了，可其实……不算真死了，他还在世，因为成为了阴物，但这终究是好事情。我这趟来书简湖，就是他冒着很大的风险，告诉我，你们在这里，不是什么'万事无忧'。所以，我来了。我不希望有一天，顾璨的所作所为，让你们一家三口，好不容易有了一个团团圆圆的机会，却突然没了。我爹娘都曾经说过，顾叔叔当初是我们附近几条巷子，最配得上婶婶的那个男人。我不希望顾叔叔那么一个当年泥瓶巷的好人，能够写一手漂亮春联的人，一点都不像个庄稼汉子、更像读书人的男人，也伤心。"

顾氏捂住嘴巴，眼泪一下子就决堤了。

这一次，是最真心真意的，最无关对错的。

陈平安缓缓道："婶婶，顾璨，加上我，我们三个，都是吃过别人不讲道理的大苦头的，我们都不是那些一下生下来就衣食无忧的人，我们都不是那些只要想就可以知书达理的人家。婶婶跟我，都有过这辈子差点就活不下去的时候，婶婶肯定只是为了顾璨才活着，我是为了给爹娘争口气才活着，我们都是咬着牙齿才熬过来的。所以我们更知道'不容易'三个字叫什么，是什么。话说回来，在这一点上，顾璨，年纪最小，在离开泥瓶巷后，却又要比我们两个更不容易，因为他才这个岁数，就已经比我，比婶婶，还要活得更不容易。因为我和婶婶再穷，日子再苦，总还不至于像顾璨这样，每天担心的是死。

"但是这不妨碍我们在生活最艰难的时候，问一个'为什么'。可没有人会来跟我说为什么，可能我们想了这些之后，明天往往又挨了一巴掌，所以久了，我们就不会再问为什么了，因为想这些，根本没有用。在我们为了活下去的时候，好像多想一点点，都是错，自己错，别人错，世道错。世道给我一拳，我凭什么不还世道一脚？每一个这么过来的人，好像都成了当年那个不讲理的人，都不太愿意听别人为什么了，因为也会变得不在乎，总觉得一心软，就要守不住现在的家当，更对不起以前吃过的苦头！凭什么学塾先生偏爱有钱人家的孩子？凭什么我爹娘要给街坊瞧不起，凭什么同龄人买得起纸鸢，我就只能眼巴巴在旁边瞧着？凭什么我要在田地里累死累活，那么多人在家里享福，路上碰到了他们，还要被他们正眼都不瞧一下？凭什么我这么辛苦挣来的，别人一出生就有了，那个人还不知道珍惜？凭什么别人家里每年中秋节都能团圆？

"我也不知道为什么会这样。我也不知道一百年前，一万年前，是怎么样的，我更不知道这个世道到底是变好了，还是变坏了。我读了很多书，知道了一些道理，可我知道得越多，就越不敢肯定，自己想出来的道理，是不是就一定对了，就一定能够让自己和身边的人，把日子过得更好。到这里之前，在一个小女孩身边，我觉得是可以把日子过得更好的，可是看到顾璨之后，我觉得可能是我错了，那个小女孩只是跟在我身边，才可以活得稍微好一些，并不一定就是因为我教她那些道理，让她活得更轻松，更好。

"谁不想活下去，好好活着。想每一个明天，都比今天更好一些？我也想啊，在泥瓶巷的时候想，在去大隋书院的路上，去老龙城，去倒悬山，去桐叶洲，去藕花福地，在回家乡的路上，都想，一直在想！可天底下没有最高的道理，总该有最低的对错是非吧？我们哪怕为了活下去，做了很多很多不得不做的事情，总还是有对有错吧？"

顾璨停下筷子，陷入深思。

顾氏看了看陈平安，再看了看顾璨："陈平安，我只是个没读过书、不认识字的妇道人家，不懂那么多，也不想那么多，更顾不了那么多，我只想顾璨好好活着，我们娘俩好好活着，也是因为是这么过来的，才有今天这个机会。活着等到你陈平安告诉我们娘俩,我丈夫,顾璨他爹,还活着,还有那个一家团圆的机会。陈平安,我这么说,你能够理解吗?不会怪我头发长见识短吗?"

陈平安点头道:"可以理解,不会怪婶婶的。"

顾氏看着陈平安的眼睛,给自己倒了一杯酒,一口喝完,又倒了一杯,再喝完:"你来找璨儿,不管你说了什么,璨儿都是很开心的,我要喝一杯,你告诉我们这个消息,我也要喝一杯,都高兴。"

顾氏又倒了第三杯酒,喝完后,泪眼婆娑道:"见到你长高了,长大了,平平安安的,婶婶更要喝一杯,就当替你爹娘也感到高兴了。"

陈平安拿起酒壶,给自己倒了一杯酒,仰头喝完。

池水城高楼内,崔瀺啧啧道:"头发长见识短?这个泥瓶巷妇人,不是一般的厉害了。难怪能够跟刘志茂合伙,教出顾璨这么个家伙来。"

在陈平安跟随那两辆马车入城期间,崔东山一直在装死,当陈平安露面与顾璨相见后,崔东山其实就已经睁开了眼睛。之后的一切,与崔瀺一样,崔东山都看在眼里,听在耳中。

崔瀺微笑道:"陈平安所说,只是徒劳罢了。哪怕同样是泥瓶巷出身,起先一样知道苦头的滋味。可如今顾璨和陈平安,是完全不同的两个人,不单单是立场不同而已,还有以何种眼光看待这个世界的……最根本脉络,大不相同。陈平安能够对顾璨感同身受,那只是因为陈平安走了更远的道路,顾璨却没有,对于他来说,家乡泥瓶巷,再到书简湖,就是整个江湖和天下了。更何况,顾璨秉性如此,喜欢钻牛角尖,天生容易走极端。别说是陈平安,就算是顾璨的父亲顾韬,现在站在陈平安那个位置上,一样拧不过来顾璨的性情了。好玩的地方,恰好在此,顾璨的极端,让他对陈平安感情极深,所以才说了出那句'你就算打死我,我也绝不还手',这可是这混世魔王的心里话,多难得?陈平安知道,所以他才会更加痛苦。陈平安甚至亲耳听说过当年那个将死之人的刘羡阳,临死之前,刘羡阳没有任何怪陈平安的念头,反而只是对他说了一句'陈平安,我不想死,我真的不想死啊',所以现在的陈平安就更痛苦了。

"人性便是如此,井底之蛙,也会鼓腹鸣不平,一个越是离开了井底的人,对下边的人,说任何道理,对于还留在井底的人来说,都是空谈。因为内心深处,会不断告诉自己,你那些道理,是阳春白雪,不是泥泞里打滚的人应该听的,听了,真听进去了,就是找死。不过陈平安已经意识到这一点了。

"所以去往顾璨府邸的那一路所讲,与吃完那碗饭后饭桌上所讲,已经是天壤之别。只可惜顾璨当初在泥瓶巷,年纪还是太小,既没有真真切切看到陈平安如他这般大岁数的境遇,更没有亲眼看到陈平安这一路远游所遭受的苦难和煎熬。顾璨眼中看到的,是陈平安背了一把剑,给了小泥鳅一枚玉佩,是懂了那么多道理之后的陈平安,至于为何陈平安能够走到今天这一步,他不懂,这个孩子也未必愿意真的去弄懂。反观陈平安,他愿意去多想一想,再多想一想,所以就只能够让一团乱麻越来越乱。假若两个人颠倒过来,位置对调,陈平安是以顾璨的性格,走了很远,留在青峡岛的顾璨是陈平安的性格,然后苟活了下来,今天都不是这么个死局。不过如此一来,我们根本就不会坐在这里。"

崔瀺对崔东山说道:"其实你的先生,已经做得相当不错了。"

崔东山板着脸:"你这双老狗眼里头,如今还能看到美好的东西?"

崔瀺不以为意,微笑道:"这趟登上青峡岛,陈平安做得最漂亮的地方,在于两个说法,四个字,是你这个小兔崽子与我说过的,正是'人情'二字之上的出剑……切断与圈定。

"楼船上,先将陈平安和顾璨他们两人仅剩的共同点,拿出来,摆在两个人眼前。不然在楼船上,陈平安就已经输掉了,你我就可以离开这座池水城了。试探那名刺客,既是为了尽量更多了解书简湖的人心,更是为了最后再告诉顾璨,那名刺客,在哪里都该杀,并且他陈平安愿意听一听顾璨自己的道理。一旦陈平安将自己的道理拔得太高,刻意将自己放在道德最高处,试图以此感化顾璨,那么顾璨可能会直接觉得陈平安都已经不再是当年那个陈平安,万事休矣。

"下船后,将那块文庙陪祀圣人的玉佩,放在身为元婴境修士、眼界足够高的刘志茂眼前,让这个截江真君不敢出来搅局。

"到了饭桌上,吃过饭,再将身为顾璨之母的顾氏摘出来,不让她太过干涉自己、影响顾璨。

"不然,这就是一团糨糊,加入他陈平安后,只会更乱。"

崔东山冷笑道:"就算是这样,有用吗? 不还是个死局?"

崔瀺点头道:"可是陈平安只要过不去心里的坎,接下来做什么,都是产生新的心结,哪怕顾璨愿意低头认错,又如何? 毕竟有那么多枉死的无辜之人,会像阴魂不散的孤魂野鬼,一直在陈平安心扉外边,使劲敲门,大声喊冤,日日夜夜,责问陈平安的……良知。第一难,难在顾璨愿不愿意认错。第二难,难在陈平安如何一个个捋清楚书上读来的、别人嘴里听来的、自己琢磨出来的那么多道理,找出自己道理中的那个立身之本。第三难,难在知道了之后,会不会发现其实是自己错了,到底能否坚守本心。第四难,难在陈平安如何去做。最难在三、四。第三难,他陈平安就注定过不去。"

崔东山直接询问陈平安的最后一个心关:"第四难?"

崔瀺看似故弄玄虚道:"难在有无数难。"

崔东山报以冷笑。

崔瀺不以为意："如果陈平安真有那本事，置身于第四难当中的话，这一难，当我们看完之后，就会明明白白告诉我们一个道理，为什么世上会有那么多蠢人和坏人了，以及为什么其实所有人都知道那么多道理，为何还是过得比狗还不如。然后就变成了一个个朱鹿，咱们大骊那位娘娘，杜懋。为什么我们都不会是齐静春、阿良。不过很可惜，陈平安走不到那一步，因为走到那一步，陈平安就已经输了。到时候你有兴趣的话，可以留在这里，慢慢观看你那个变得形销骨立、心神憔悴的先生，至于我，肯定早就离开了。"

崔东山哦了一声："你离开这里，是急着去投胎吗？"

崔瀺哈哈大笑，伸出一根手指，点了点崔东山："你得学学你家先生，要学会心平气和、学会制怒，才能克己。"

崔瀺重新望向地上的那幅画卷："我觉得顾璨依旧是连错都不会认，你觉得呢？"

崔东山重新闭上眼睛，不是什么装死，而有些像是等死。

崔瀺则自言自语道："都说天下没有不散的筵席，有些是人不在，酒席还摆在那里，只等一个一个人重新落座，可青峡岛这张桌子，是哪怕人都还在，其实筵席早已经散了，各说各的话，各喝各的酒，算什么团圆的筵席？不算了。"

陈平安被顾璨领着去了一间富丽堂皇的屋子，而不是独门独院。就在顾璨几处偶尔会住上一住的一间屋子隔壁。

陈平安让顾璨去陪娘亲多聊聊。顾璨关上门后，想了想，没有去找娘亲，而是一个人去散心。很快，身后跟着那条小泥鳅。

她以心湖声音告诉顾璨："刘志茂见着了那块玉牌后，一开始不相信，后来确认真假后，好像吓傻了。"

顾璨在心湖笑着回答她："我就说嘛，陈平安一定会很了不起的，你以前还不信，咋样？现在信了吧。"

她轻轻叹息。

顾璨很想现在就去一巴掌拍死那个已经被关押在水牢的金丹境妇人。但与陈平安聊完之后，知道自己拍死了那个朱荧王朝的刺客，毫无意义，于事无补。

陈平安生气的地方，不在他们这些刺客身上，不在那些敌对的修士身上，而在那些死在小泥鳅嘴中的开襟小娘、各个岛屿上被牵连地相当于"诛九族"的蝼蚁身上，在一个个像是当年的泥瓶巷鼻涕虫、龙窑学徒身上。

顾璨突然问道："我有些话，想跟陈平安说说看，可我现在去找他，合适吗？"

以少女姿容现身的小泥鳅直挠头，这是顾璨跟陈平安学的，她则是跟顾璨学的。

顾璨笑道："傻里傻气的。"

小泥鳅赶紧收回手,赧颜而笑。

顾璨大手一挥:"走,他是陈平安唉,有什么不能讲的!"

顾璨环顾四周,总觉得面目可憎的青峡岛,在那个人到来后,变得妩媚可爱了起来。

如果哪天陈平安不生气了,还愿意留在他的新家里,那么这里肯定就是天底下最风光秀美的地方了!

回到了那间屋子外边,不等顾璨敲门,陈平安就已经说道:"进来吧。"

顾璨发现陈平安站在书房门口,书案上摆了笔纸、一把刻刀和一堆竹简。

陈平安好像是想要写点什么。

在顾璨返回之前,陈平安在自省,在尝试着真正设身处地,站在顾璨的位置和角度去看待这座书简湖。

陈平安试图回到最开始的那个节点,从讲一个最小的道理开始。这是顺序学说的第一步,分先后。陈平安知道"自说自话",行不通。

两个人坐在客厅的桌子旁,四周架子上摆满了琳琅满目的珍宝古玩。那些,都是顾璨为陈平安精心挑选和准备的。

按照顾璨最早的想法,这里本该站满了一个个开襟小娘,然后对陈平安来一句:"怎么样,当年我就说了,总有一天,我会帮你挑选十七八个跟稚圭那个臭娘们一样水灵好看的姑娘,现在我做到了!"

只是现在顾璨当然不敢了。

顾璨坐下后,开门见山道:"陈平安,我大致知道你为什么生气了。只是当时我娘亲在场,我不好直接说这些,怕她觉得都是自己的错,而且哪怕你会更加生气,我还是觉得那些让你生气的事情,我没有做错。"

陈平安轻声道:"都没有关系,这次我们不要一个人一口气说完,我慢慢讲,你可以慢慢回答。"

顾璨点头。

陈平安突然说道:"顾璨,你会不会觉得很失望?"

顾璨摇头道:"我不爱听任何人跟我讲道理,谁敢在我面前唠叨这些,以往我要么打他,要么打死他,后者多一些。反正这些,你早晚都会知道,而且你自己说的,不管怎么样,都要我说实话、心里话,你可不能因为这个生我的气。"

陈平安点点头,问道:"第一,当年那个应该死的供奉和你大师兄,他们府邸上的修士、仆役和婢女,小泥鳅已经杀了那么多人,离开的时候,仍是全部杀了。这些人,不提我是怎么想的,你自己说,杀不杀,真的有那么重要吗?"

顾璨果真实话实说:"没那么重要,但是杀了,会更好,所以我就没拦着小泥鳅。在这座书简湖,这就是最正确的法子。要杀人,要报仇,就要杀得敌人寸草不生,一座岛屿都给铲平了,不然后患无穷。在书简湖,真有很多当时的漏网之鱼,几十年或是几百年后,突然就冒出头,反过来杀了当年那个人的全家,鸡犬不留,这很正常。我已经做好了哪天莫名其妙被人杀死的准备,到了那个时候,我顾璨根本不会跪地求饶,更不会问那些人到底是谁,为什么要杀我。所以我今年已经开始准备如何安置好我娘亲了,想了很多,但是暂时都不觉得是什么万全之策,所以我还在想。反正天底下我在乎的人,就我娘亲,你陈平安,当然,如今还要加上我那个已经是阴物鬼魅的爹,虽然我对他没有任何记忆。只要知道你们三个,不会因为我而出事情后,我就算哪天死了,死了也就死了,绝不后悔!"

陈平安认真听顾璨讲完,没有说对或是错,只是继续问道:"那么接下来,当你可以在青峡岛自保的时候,为什么要故意放掉一个刺客,故意让他们继续来杀你?"

顾璨说道:"这也是震慑坏人的方法啊,就是要杀得他们心肝颤了,吓破胆,才会绝了所有潜在敌人的小苗头和坏念头。除了小泥鳅的打架之外,我顾璨也要表现出比他们更坏、更聪明才行!不然他们就会蠢蠢欲动,觉得有机可乘。这可不是我瞎说的,陈平安你自己也看到了,我都这么做了,小泥鳅也够凶狠了吧?可直到今天,还是有朱荧王朝的刺客不死心,还要来杀我,对吧?今天是八境剑修,下一次肯定就是九境剑修了。"

陈平安想了想,用手指在桌上画出一条线,自言自语道:"按照你的这条来龙去脉,我现在有些懂你的想法了。嗯,这是你顾璨的道理,并且在书简湖讲得通,虽然在我这里,不通,但是天底下不是所有道路,都给我陈平安占了的,更不是我的道理,就适合所有人所有地方,所以我还是不判断我们两个谁对谁错。那么我再问你一个问题,如果在不会伤害你和婶婶的前提下……算了,按照你和书简湖的这条脉络,行不通的。"

顾璨一头雾水,陈平安这都没讲完想法,就已经自己把自己否定了?天底下有这么跟人讲道理的吗?

与人吵架,或是换种好听的说法,与人讲道理,难道不就是为了处处占理、寸土不让,用嘴巴说死对方吗?这就跟打架就要一口气打死对方一样的嘛。

然后顾璨忍不住笑了起来,只是很快便使劲让自己绷住。这会儿要是敢笑出声,他怕陈平安又一巴掌甩过来,他顾璨还能还手不成?还不是只能受着。再说了,被陈平安打几巴掌,顾璨半点都没有生气。

天底下连娘亲都不会打他。只有陈平安会,不是讨厌他,而是真心疼了,真气坏了,真失望了,才会打他的那种。顾璨在泥瓶巷那会儿,就知道了。

顾璨为什么在什么狗屁的书简湖十雄杰当中,真正最亲近的,反而是那个傻子范彦?就在于范彦这种真正缺心眼缺根筋的傻子,才能够说出那种给娘亲轻轻打在身上,他反而有些心疼了的傻话。

当下,那条小泥鳅脸上也有些笑意。

不管怎么样,陈平安都没有变。哪怕我顾璨自己已经变了那么多,陈平安还是那个陈平安。

这会儿陈平安没有急着说话。

先前在书桌那边,准备提笔写字的时候,他就想到了自己曾经对裴钱说过的一件事,是关于三月鲫和三春鸟的事情。陈平安当时向裴钱解释,那是一个吃饱饭、暖穿衣的人很珍贵的善心,可是却不能与一个快饿死的人,去说这些个慈悲心肠,因为不占理。人之所以为人,连将死之人都不怜悯,却跳过去,怜悯鸟与蛙,按照文圣老先生教给陈平安的顺序学说,这是不对的。那么当陈平安将自己说过的这番话,放在了书简湖和青峡岛,就是如此。

这不是一个行善不行善的事情,这是一个顾璨和他娘亲应该如何活下去的事情,所以陈平安这才蓦然开始自省。

对错分先后,审大小,定善恶。

一个步骤都不能随便跳过,去与顾璨说自己的道理。

若是自己都没有想明白,没有彻底想清楚,说什么,都是错的,即便是对的,再对的道理,都是一座空中楼阁。

想到了那个自己讲给裴钱的道理,就自然而然想到了裴钱的家乡藕花福地,想到了藕花福地,就难免想到当年心神不宁的时候,去了状元巷附近的那座心相寺,见到了寺庙里那个慈眉善目的老和尚,最后想到了那个不爱说佛法的老和尚临死前与自己说的那番话——"万事莫走极端,与人讲道理,最怕'我要道理全占尽',最怕一旦与人交恶,便全然不见其善"。

最后,陈平安想起了那位醉酒后的文圣老先生说的"读过多少书,就敢说这个世道'就是这样的',见过多少人,就敢说男人女人'都是这般德行'?你亲眼见过多少太平和苦难,就敢断言他人的善恶"?

所以在顾璨来之前,陈平安提笔写字,在两张纸上已经分别写了"分先后""审大小"。两张并排放着,并没有去拿出第三张纸写"定善恶"。

在写了"分先后"的第一张纸上,陈平安开始写下一连串名字。

顾璨、婶婶、刘志茂、青峡岛首席供奉、大师兄、金丹境刺客……最后写了"陈平安"。

写完之后,看着那些连名字都没有的供奉、大师兄、刺客等,陈平安开始陷入沉思。

然后,顾璨就来了。他只好放下笔,起身离开书案。

这会儿,顾璨看到陈平安又开始发呆。

顾璨便不吵他,趴在桌上,小泥鳅犹豫了一下,也壮着胆子趴在顾璨身边。两颗脑袋,都看着那个眉头紧皱的陈平安。

其实这条小泥鳅,很好奇这个本该成为自己主人的陈平安。

而在顾璨内心最深处,竟然会存着那么一个匪夷所思的念头,若是哪天自己的本事足够高了,就将她还给陈平安。

要知道哪怕是吕采桑这样被顾璨认可的朋友,撑死了也就是哪天吕采桑给人打杀,他顾璨帮着报仇就算很讲朋友义气了。

顾璨趴在那儿,问道:"陈平安,当年我娘亲那碗饭,不就是一碗饭吗?你去敲开别人家的门,求着街坊邻居,也不会真的饿死吧?"

陈平安点点头:"所以我会更加感激婶婶。"

顾璨问道:"就因为那句话?"

陈平安缓缓道:"你忘了?我跟你说过的,我娘亲只让我这辈子不要做两件事,一件事是乞丐,一件事是去龙窑当窑工。"

顾璨叹了一口气。

顾璨又问:"现在来看,就算我当时没有送你那本破拳谱,可能没有撼山拳,也会有什么撼水拳、撼城拳吧?"

陈平安还是点头,不过说道:"可道理不是这么讲的。"

这个世道给予我一份善意,不是说有一天当这个世道又给予我恶意之后,哪怕这个恶意远远大于善意,我就要全盘否定这个世界。那点善意还在的,记住,抓住,时时记起。

这就是崔东山提起过的脉络障。每一个对对错错,单独存在,就像道祖观道的那座莲花小洞天,小一点说,每一次对错是非,大一点讲,每一门诸子百家的学问,就是每一株浮出水面的莲花,虽然池塘下边泥土里,有着复杂的相互盘绕,可若是连上边那么明显的莲花莲叶都看不清楚,还怎么去看水底下的真相。

顾璨笑道:"陈平安,你咋就不会变呢?"

陈平安想了想:"可能是我比你运气更好,在一些很重要的时刻,都遇到了好的人。"

顾璨使劲摇头:"可不是这样的,我也遇到你了啊,当时我那么小。"

顾璨抽了抽鼻子:"那会儿,我每天还挂着两条鼻涕呢。"

陈平安皱起了脸,似乎是想要笑一下。

顾璨找了个由头,拉着小泥鳅走了。

等到房门关上后,不断远去的脚步声越来越轻微,陈平安的面容和精气神便一下子垮了,很久之后,抹了把脸,原来没有眼泪。

陈平安轻轻呼出一口气,走回书房,坐在书案前。他又站起身,将那把剑仙摘下,养剑葫也摘下,都放在书案一边。

在"审大小"那一张纸上,写下四行字:
一地乡俗。
一国律法。
一洲礼仪。
天下道德。
陈平安写完之后,神色憔悴,便拿起养剑葫喝了一口酒,帮着提神。
然后在"一地乡俗"之后,又写下"书简湖"三个字。

顾璨回到自己房间,里边有三个开襟小娘,一个是池水城范彦送来的,她是石毫国落难的官宦女子;一个是素鳞岛上整座师门被青峡岛剿灭后,被顾璨强掳过来的;一个是蜀哭岛上的外门弟子,是她自己要求成为开襟小娘的。

顾璨坐在桌旁,单手托着腮帮子,让三个开襟小娘站成一排,问道:"小爷我要问你们一个问题,只要照实回答,都有重赏;敢骗我,就当是小泥鳅今天的开胃小菜好了。至于照实回答之后,会不会惹恼小爷,嗯,以前难说,今天不会,今天你们只要说实话,我就开心。"

三个姿色各异却都颇为娇艳动人的开襟小娘,战战兢兢,不知道这个性情难料的小主人,到底想要做什么。

顾璨问道:"你们觉得成为了开襟小娘,是好事还是坏事?好,有多好;坏,有多坏?"

那个蜀哭岛外门弟子的开襟小娘,立即说道:"回禀少爷,对奴婢来说,这就是天大的好事,整座蜀哭岛,不但就奴婢活了下来,而且还不用每天担惊受怕,少爷不会肆意欺辱、打杀我们。少爷你是不知道,如今多少书简湖年轻女修,想要成为少爷身边的丫鬟。"

第二个石毫国世族出身的年轻女子,犹豫了一下:"奴婢觉得不好也不坏,到底是从世族嫡女沦为奴婢,可是比起去青楼当花魁,或是成为那些粗鄙莽夫的玩物,又要好上许多。"

最后一个开襟小娘,是素鳞岛岛主的嫡传弟子,冷着脸道:"我恨不得将少爷千刀万剐!"

顾璨没有丝毫动怒,问道:"素鳞岛怎么都是要被灭的,胆敢暗中勾结其余八座大岛,试图围攻我们青峡岛。你们师门是怎么死的,知道吗?是蠢死的。九座大岛里边,就你们素鳞岛离着我们青峡岛最近,行事还那么跳。你的那个大师兄,是如何成为了青峡岛的末等供奉?你真不知道?你恨我一个外人做什么?就因为我和小泥鳅杀的人多了些?你恨也行,可好歹还是应该稍稍感激我救了你吧?不然你这会儿可就是你大师兄的胯下玩物了,他如今逐渐显露出来的那些床笫癖好,你又不是没听说过。"

那个开襟小娘咬牙切齿道："感激？我恨不得把你顾璨的那对眼珠子当作下酒菜！"

顾璨嘿了一声："以前我瞧你是不太顺眼的，这会儿倒是觉得你最有意思，有赏，重重有赏，三人当中，就你可以拿双份赏赐。"

顾璨挥挥手："都退下吧，自个儿领赏去。"

顾璨轻声问道："小泥鳅，你觉得我错了吗？"

小泥鳅坐在他身边，柔声道："没呢，我觉得主人和陈平安都没有错，只是陈平安更……对一些？但是这也不能说主人就错了嘛。"

顾璨转头笑道："小泥鳅，你以前脑子都不好使唉，今儿咋这么灵光啦？"

小泥鳅突然有些没精打采："主人，对不起啊。"

顾璨哈哈大笑："对不起个啥，你怕陈平安？那你看我怕不怕陈平安？一把鼻涕一把泪的，我都没觉得不好意思，你对不起个什么？"

小泥鳅摇头晃脑，开心起来。

顾璨双手环胸，挑眉道："我连娘亲都不怕，天大地大，就只怕陈平安一个人，我觉得咱们俩已经很英雄好汉了。"

顾璨突然耷拉着脑袋："小泥鳅，你说陈平安干吗不睁一只眼闭一只眼呢？干吗要跟我唠叨那么多我肯定不会听的道理呢？"

小泥鳅使劲摇头。

顾璨伸出一根手指："所以说你笨，我是知道的。"

顾璨自言自语道："陈平安又在犯傻了，想要把自己最珍贵的东西送给我。可是这一次，不是吃的穿的好玩的，所以我不太愿意收下了。"

小泥鳅身体前倾，伸出一根手指，轻轻抚平顾璨紧皱的眉头。

拂晓时分，天边渐渐泛起鱼肚白。

一宿没睡的陈平安离开屋子，走出府邸，想要出去散散步，一袭墨青色蟒袍的顾璨很快追上来。青峡岛附近的湖水中，现出真身的小泥鳅在缓缓游弋。

陈平安说道："我昨天说了那么多，是想要你认错，但后来发现很难。没关系。我今天接下来要说的，希望你能够记住，因为我不是在说服你，我只是给你说一些你可能没有想到的可能性。你不愿意听，先记着，说不定哪天就用得着了。做得到吗？"

顾璨点头道："没问题，昨天那些话，我也记在心里了。"

陈平安手中拎着一根树枝，轻轻戳着地面，缓缓而走："天底下，不能人人都是我陈平安，也不能人人都是你顾璨，这样是不对的。

"正是因为世上还有这样那样的好人，有很多我们看见了、还有更多我们没有看见的，才有我和顾璨今天的活着，能够昨天坐在那里，讲一讲我们各自的道理。

"说这些,不是证明你就一定错了,而是我希望你对这个世界,了解更多,知道更多,江湖不止书简湖,你总有一天,是要离开这里的,就像当年离开家乡小镇。"

说到这里,陈平安走出白玉石板小路,往湖边走去,顾璨紧随其后。

陈平安蹲下身,以树枝作笔,在地上画了一个圈:"我与你说一个我瞎琢磨想出来的道理,还不完善。这是因为在桐叶洲,遇到一个江湖上的好朋友,第一次无意间听说书院贤人、君子和圣人的划分之后,才延伸出来的想法。"

顾璨嘀咕道:"我为啥在书简湖就没有遇到好朋友。"

顾璨恨不得陈平安在天底下只有他一个朋友。

陈平安笑了笑,在所画小圆圈里边写了两个字——"贤人":"如何成为七十二书院的贤人,书院是有规矩的,那就是这位贤人通过饱读诗书,思考出来的立身学问,能够适用于一国之地,成为裨益于一国山河的治国方略。"

然后陈平安画了一个稍大的圈,写下"君子"二字:"书院贤人若是提出的学问,能够适用于一洲之地,就可以成为君子。"

最后陈平安画了一个更大的圆圈,写下"圣人"二字:"若是君子的学问越来越大,可以提出涵盖天下的普世学问,那就可以成为书院圣人。"

陈平安指着三个圈子:"你看,只看三个圈子,好像是在说,连儒家书院都在推崇'立场',贤人、君子和圣人,各有各的立场。那么,老百姓,当官的,带兵打仗的,山泽野修,山上谱牒仙师,凭什么我们讲立场、不问是非,就错了?知道为什么吗?"

顾璨一阵头大,摇摇头。

陈平安说道:"第一,立场可以有,也很难没有,但是并不意味着'只'讲自己的立场,就可以万事不顾,那种问心无愧,是狭隘的。学问也好,为人也好,最根本的立身之本,是相通的,贤人、君子、圣人相通,老百姓和帝王将相、练气士相通。所以在中土神洲的正宗文庙,那边儒家历代圣贤的文字,越是学问大的,越是在底处,越是牢不可破。听说即便是这样,历史上也曾有过随着光阴长河的流逝,时过境迁,大圣人的金色文字都开始失去光彩。"

看到顾璨越发茫然,陈平安扯了扯嘴角,就算是笑了:"这些言语,我昨晚想了很久,想要说给你听听看,但其实更是说给我自己听的。"

陈平安站起身,环顾四周:"青峡岛是一个圈子,门派规矩是刘志茂订立的。小一点说,你和婶婶住的地方,也是一个圈子,许多家规,是你和婶婶订立的;往大了一点说,书简湖也还是一个圈子,规矩是历史上无数山泽野修以鲜血和性命换来的乡俗;再往大了说,书简湖所在的宝瓶洲中部观湖书院在画圈圈;再往小了说,你,我陈平安,自己的道理,就是天地间最小的圈子,只约束自己。曾经有人说过,身处世俗人间,比较高的道德,用来律己,会更好一些。"

陈平安好像在扪心自问，以树枝拄地，喃喃道："知道我很怕什么吗，就是怕那些当下能够说服自己、少受些委屈的道理，那些帮助自己渡过眼前难关的道理，成为我一辈子的道理。无处不在、你我却又很难看到的光阴长河，一直在流淌，就像我刚才说的，在这个不可逆转的过程里，许多留下金色文字的圣贤道理，一样会黯淡无光。

"昨天的道理会变得没有道理。"

顾璨突然歪着脑袋，说道："今天说这些，是你陈平安希望我知道错了，对不对？"

陈平安却没有回答顾璨，自顾自说道："可是我觉得一些最底下，最低、低到像是落在了我们泥瓶巷那条满是鸡屎狗粪的小巷泥路上的东西，是一直不会变的。一万年前是怎么样的，今天就是怎么样的，一万年后还是会怎么样。

"比如我们快要饿死的时候……我陈平安没有想着去偷去抢，对婶婶开门给我的那碗饭，我会记一辈子。那会儿别人送我一串糖葫芦，我会忍着，不去接过来，你知道当时我是怎么一边跑、一边在心里告诉自己的吗？"

只要不涉及自己认错，顾璨就会兴致更高一些，很好奇："是什么？"

陈平安望向远方："如果我接了，是不对的，因为那会儿我手头上还有几枚铜钱，我不会马上饿死。不去接那串糖葫芦，是因为我怕吃过了那么好吃的东西，以后会觉得吃碗米饭就已经很满足的生活，会变得很不堪，会让我以后的日子，变得更加难熬，变得好不容易吃了一顿六成饱的米饭，自己还是不太高兴。难道我每天再去跟那个人要糖葫芦吃？退一万步说，就算他还是乐意每次都施舍给我，可总有一天他的摊子会不见了的，到时候我怎么办？"

陈平安神色恍惚："但是你知道吗？那会儿这些道理，都抵不过那串糖葫芦的诱惑，我当时很想很想转过头，告诉那个卖糖葫芦的人，说我反悔了，你还是送给我一串吧。你知道我又是怎么样让自己不转头的吗？"

陈平安自问自答："我就告诉自己，陈平安，陈平安，嘴馋什么，说不定哪天你爹就回来啦，到时候再吃，吃个饱！爹答应过你的，下次回家一定会带糖葫芦的。所以后来我再偷偷跑去那边，没有看到那个摊贩，我就有些伤心，不是伤心没有白拿的糖葫芦吃了，而是有些担心，如果爹回家了，该买不着糖葫芦了。"

顾璨伸手想要去扯一扯身边这个人的袖子，只是他不敢。

陈平安喃喃道："人活着，总得有点念想，对不对？"

"你以为我不知道我爹肯定回不来了吗？"

"我知道啊。"

"可我还是会这么想啊。"

"知道小鼻涕虫你小的时候，走夜路，总问我为什么半点不怕鬼吗？我不是真的从一开始就一点都不怕，只是有天突然想到，如果世上真有鬼的话，是不是就能见着我爹娘了。一想到这个,我的胆子就大了很多。

"只是我也有些担心,爹娘那么好,如果真变成了鬼,他们是好鬼,会不会被恶鬼欺负,害得他们就没办法来见我了。"

陈平安说完这些,转过身,揉了揉顾璨的脑袋:"让我自己走走,你忙自己的去吧。"

顾璨点点头,轻轻离开。

顾璨走出去很远之后,转头望去,他心头突然生出一股很奇怪的念头。好像陈平安没有昨天那么生气和伤心了,但是陈平安好像更加……失望了,可又不是对他顾璨。

这天夜里,顾璨发现陈平安屋内还是灯火依旧,便去敲门。

陈平安绕过书案,走到正厅桌旁,问道:"还不睡觉?"

顾璨笑道:"你不也一样?"

顾璨先前看到桌上堆满了写得满密密麻麻字的纸张,纸篓里却没有哪怕一个纸团,问道:"在练字?"

陈平安摇头道:"随便想想,随便写写。这些年,其实一直在看,在听,自己想的还是不够多。"

顾璨问道:"那有没有想出啥?"

陈平安想了想,道:"刚才在想一句话:世间真正强者的自由,应该以弱者作为边界。"

顾璨白眼道:"我算什么强者,而且我这会儿才多大?"

陈平安说道:"这跟一个人岁数有多大,有关系,但没有必然关系。我以前遇到过很多厉害的对手,大骊娘娘,一条比小泥鳅这会儿的修为还要厉害的老蛟,一个飞升境修士。不能说他们是纯粹的坏人,在很多人眼中,他们也是好人善人,但至少他们不懂这个道理。

"这是我最珍贵的道理之一,你是顾璨,我才与你讲,你听不听,是你的事情。但正因为你是顾璨,我才希望你能够用心听一听。你年纪这么小,就能够想要保护好自己的娘亲,你就是强者,很多很多大人,都比不上你的。"

顾璨趴在桌子上,笑道:"我娘亲说你小时候,为你娘亲做了那么多事情,她总拿这个念叨我没良心来着,说白生了我,是养了个白眼狼。"

陈平安缓缓道:"我们先不谈对错和善恶,如果天底下所有的人,都是顾璨你现在的想法,你觉得会变成什么样子?"

顾璨摇头道:"我从来不去想这些。"

陈平安点点头。

这本就是顾璨内心的真实想法。

顾璨害怕陈平安生气,解释道:"实话实说,想啥说啥,这是陈平安你自己讲的嘛。"

陈平安便转移话题:"如果都是你顾璨,我们家乡那座小镇,就没有学塾那边的齐先生,没有泥瓶巷我们的邻居刘爷爷,没有刘婆婆,没有经常帮你娘亲收稻谷、抢水源的赵叔叔。"

"我觉得没他们,也没关系啊;有那些,也没关系啊。我和娘亲不一样活过来了。大不了多挨几顿打,娘亲多挨几顿挠脸,我迟早要一个一个打死他们。前者,我也会一个一个报恩过去。神仙钱?豪门大宅?漂亮女子?想要什么我给什么!"

"泥瓶巷,也不会有我。"

顾璨瞪眼道:"那可不行!"

脸色微白的陈平安笑了笑。

沉默片刻,陈平安说道:"顾璨,我知道你一直在跟我说真话,所以我才愿意坐在这里,现在我希望最后一个问题,你还是能够跟我说真话。"

"可以!"

"你是不是喜欢杀人?"

顾璨犹豫了一下,只是嘴角缓缓翘起,最后一点点笑意在他脸庞上荡漾开来,满脸笑容,眼神炙热且真诚,斩钉截铁道:"对!"

顾璨笑容灿烂,但是开始流泪:"陈平安,我不愿意骗你!"

陈平安也笑了,伸出手,帮着顾璨擦拭眼泪:"没关系,我觉得其实是我错了,我的那些道理,是讲不清楚对错是非的,可我还是陈平安,你还是小鼻涕虫。"

顾璨担心地问道:"你生我的气?"

陈平安摇摇头:"不生你的气。"

顾璨嘀咕道:"可是你明明还在生气。"

陈平安说道:"我会试试看,对谁都不生气。"

顾璨离开后,陈平安站起身,走向书案,却停步不前。

他刚要转身,想要去桌旁坐着休息会儿,又不怎么想去了。

他就这么站在原地,双手笼袖,微微弯腰,想着。

在南苑国小寺庙里的老和尚,说过一句话:"放下屠刀,立地成佛。"可是顾璨没有觉得自己有错,心中那把杀人刀,就在手里紧紧握着,他根本没打算放下。那么与裴钱说过的昨日种种昨日死,今日种种今日生,也是空谈。

破山中贼易,破心中贼难。现在陈平安觉得这"心中贼",在顾璨那边,也走到了自己这边,推开心扉大门,住下了。打不死,赶不走。因为他迈不过去自己的那个心坎。

顾璨是他绝对不会抛弃的那个人。

那个老大剑仙,名为陈清都的老人,他说这辈子处处讲道理,事事讲道理,就是为了偶尔几次不那么讲道理。

可是陈平安知道,老前辈嘴上是不讲了,但道理还在老前辈的心里头。只是就连他这样的老大剑仙,也有道理说不通的时候,这才只好出剑。

陈平安有些茫然。他突然发现,他已经把这辈子所有知道的道理,可能连以后想要跟人讲的道理,都一起说完了。

池水城高楼内,崔东山喃喃道:"好良言难劝该死鬼!"

崔瀺微笑道:"大道妙就妙在顾璨这种人,比起所谓的庸碌好人,更能出人头地。"

崔东山转过头,死死盯住崔瀺:"你没有让人暗中庇护顾璨?故意怂恿顾璨如此为祸一方?"

崔瀺反问道:"我如果让人成功刺杀了顾璨母亲,再拦阻陈平安这趟南下,到时候等到阮秀'不小心'误伤了顾璨,岂不是死局更死?可是我需要这样安排吗?我不需要。当然,这样做的话,也就失去了火候的精妙,缺少了最最值得玩味的冲淡气韵,留给陈平安可以选择走的道路,更少,看似更狭窄,更是断头路,但是反而容易让陈平安跟着走极端,若是变成了顺乎本心,就能够一拳打死或是一剑捅死顾璨,不然就是干脆自我了断拉倒,这个死局只是死了人,意义何在。即便有些意义,却不够大。你不会心服口服,我也觉得胜之不武。"

崔东山神色落寞。他骤然之间暴怒道:"崔瀺,陈平安到底做错了什么?!"

崔瀺无奈而笑:"幼稚不幼稚?"

崔东山嘶吼道:"你给我说!"

崔瀺笑了笑,伸手在耳边,脑袋歪斜,微笑询问,似乎在等待答案:"至圣先师,礼圣,你们学问最大,来来来,你们来说说看。"

崔东山一下子安静下来。

崔瀺微笑道:"大局已定,现在我唯一想知道的,还是你在那只锦囊里边,写了法家的哪句话?不别亲疏,一断于法?"

崔东山失魂落魄,摇摇头:"不是法家。"

崔瀺点点头:"如此看来,那就也不是佛家了。"

崔东山痴痴然:"不是三教百家的学问,不是那么多道理里边的一个。"

崔瀺皱了皱眉头。

陈平安颤颤巍巍伸出手,从袖子里拿出那只锦囊,在红烛镇离别前,裴钱送给他的,说是在最生气的时候,一定要打开看一看。

陈平安打开锦囊,取出里边的一张字条。

上边写着:"陈平安,请你不要对这个世界失望。"

陈平安看完之后，收入锦囊，放回袖子。

陈平安转头望向窗外的夜幕，喃喃道："我只是对自己很失望。"

高楼之内，崔瀺爽朗大笑。

崔东山心如死灰。

崔瀺笑声不断，无比快意。这个大骊国师，已经很久很久没有笑得这么酣畅淋漓了。

崔东山刚要站起身，走出那座自己画地为牢的金色雷池，崔瀺突然眯起眼。

只见画卷当中，陈平安拿起养剑葫，一口气喝完了所有的酒，然后取出那件法袍金醴，站在原地，法袍自行穿戴在身上。

陈平安再取出一张祛秽符，张贴在一根廊柱上。闭上眼睛，以修士内视之法，陈平安的神识来到金色文胆所在的府邸大门口。

大门缓缓打开。

当初炼制成功这第二件本命物后，背剑挂书的金色儒衫小人儿，对陈平安说了一句茅小冬都捉摸不透的言语："知错能改，善莫大焉。"

那其实就是陈平安内心深处，对顾璨怀揣着的深深隐忧，那是陈平安对自己的一种暗示，犯错了，不可以不认错，不是与我陈平安关系亲近之人，我就觉得他没有错，我要偏袒他，而是那些错误，是可以努力弥补的。

可是，死了那么多那么多的人，顾璨又不会认错。现在，怎么补救？

对错是非，就摆在那里，陈平安做不到可以破例，做不到自欺欺人。很多人都在做的都在说的，不一定就是对的。

府邸大门缓缓打开。陈平安向那个金色儒衫小人儿作揖拜别。原本已经有结丹雏形、有望达成"道德在身"境界的金色文胆，那个金色儒衫小人儿，千万言语，只是一声叹息，毕恭毕敬，与陈平安一样作揖拜别。

砰然一声，整座人身小天地之中，如敲丧钟，响彻天地间。那颗金色文胆砰然碎裂，金色儒衫小人儿那把最近变得锈迹斑斑的长剑、光彩黯淡的书籍以及他自身，如雪消融不复见。

青峡岛这栋宅邸这间屋子，泛起一股血腥气。

陈平安踉踉跄跄跌倒在地，盘腿而坐。

他挣扎着站起身，推开所有纸张，开始写信，写了三封。

崔东山眼神冰冷："我输了。"

长久的沉默。

崔东山有些疑惑，转头望去。

崔瀺竟是如临大敌，开始正襟危坐！

第二天，青峡岛突然出现了一个很奇怪的人。

先是飞剑传书了三封密信。至于写了什么，寄给谁，这个人可是顾璨的贵客，谁敢窥探？

那三封信，分别寄给龙泉郡魏檗、桐叶洲钟魁、老龙城范峻茂。

询问有没有捷径，可以快速精通凝魂聚魄的仙家术法，以及一个人死后如何成为鬼魅阴物，或是如何投胎转世的诸多讲究。有没有失传已久的上古秘术，可以召出阴冥"先人"，帮助阳间之人与之对话。

在那之后，那个人在青峡岛一处山门口附近要了一间小屋子。桌上摆了笔墨纸砚，一只普通的算盘。

那个人年纪轻轻，只是瞧着很是神色萎靡，脸色惨白，但是收拾得干干净净，不管看谁，都眼神明亮。他跟青峡岛田湖君要来了所有青峡岛修士和杂役的档案，就像是个……账房先生？

第六章
拳剑皆可放

今天书简湖青峡岛一带，风平水静，湖面如镜，四周一些个大大小小的藩属岛屿重峦叠翠，偶有几声仙家府邸的仙鹤长鸣，时不时远处天空会有一两道虹光掠过，隐约有轰隆隆雷声作响。风景宜人，神仙洞府。

大师姐田湖君穿了一件大红罗地半袖臂衫，金线刺绣出祥云图案，姗姗而行，手捧一摞档案，去往青峡岛山门附近的那间屋子，一路上遇到田湖君的所有修士都退让路旁，向这个貌美女修致礼。田湖君从来不做任何回应。

她如今是青峡岛炙手可热的权势人物。这几年青峡岛实力大涨，田湖君跟随师父刘志茂和小师弟顾璨四处征战，不但以连绵不断的血腥战事砥砺修为，事后分红，更是收获极丰，加上刘志茂的赏赐，在去年秋末顺利跻身金丹境地仙，当时青峡岛举办了盛大酒宴，庆祝田湖君结成金丹客，成为神仙人。

田湖君来到那间屋子门口，敲门而入，看到了那个坐在书案后边的年轻人，正抬起头，望向自己。

年轻男人，头别簪子，身穿青衫长褂，桌旁放了一只朱红色酒葫芦，只是来这里次数多了，身为金丹境地仙的田湖君看出些蛛丝马迹，酒葫芦不简单，多半是给高人施展了障眼法的物件。值得大修士如此遮掩气象的东西，肯定是一件货真价实的上品法宝，例如养剑葫。

田湖君与师父刘志茂有过一场私下密谈，关于酒壶，刘志茂给出的答案，证实了田湖君的猜想，正是一枚上品养剑葫。

但是更让田湖君心悸的，还不是这只被那年轻人当作酒壶的养剑葫，而是那把留在小师弟顾璨住处隔壁屋内的长剑。刘志茂断言，那是一把桀骜不驯的半仙兵。

刘志茂要求田湖君最近这段时间，约束好青峡岛所有修士，至少在陈平安离开书简湖之前，不可像往常那般随心所欲行事。那是田湖君第一次从师父刘志茂身上，感受到一种叫"约束"的陌生东西。

进了屋子，陈平安已经站起身，主动将桌上挪出一个空位。

田湖君将手上一大摞尘封已久的档案轻轻放在桌上，歉意道："陈先生，这是第三批从青峡岛香火房找出来的秘档，香火房一直无人敲打，过惯了天不管地不顾的舒坦日子，所以有些保管不善，虫蛀较多。陈先生，对不住啊。"

陈平安摆摆手："希望田仙师不要因为此事去责罚香火房，本就是田仙师和青峡岛香火房在帮我的忙。田仙师，你觉得呢？"

田湖君原本已经打算将香火房主事三人，好好拾掇一番，但是此刻看到陈平安的脸色和眼神后，她立即打消了念头，转念一想，或是私底下教训一通？如今书简湖表面上太平，但是青峡岛修士习惯了前些年的腥风血雨，最近实在是一个个闲得发慌，百无聊赖。田湖君从一个截江真君手底下可有可无的大弟子，曾经被一名路过青峡岛做客的阴阳家高人修士勘定为此生无望地仙的龙门境修士，一跃而起，执掌大权，凭借战功，得以独自占据一座抢夺而来的素鳞岛，这在书简湖，就相当于分疆裂土的藩王，有了真正属于她田湖君的地盘。而截江真君的赏罚分明，也正是他能够造就出青峡岛在书简湖一家独大格局的根本。刘志茂并不吝啬封赏"有功群臣"，后进之辈，或是投诚之人，只要敢打敢杀敢拼命，为青峡岛建功立业，青峡岛祖师堂的赏赐，从来一视同仁。

陈平安说道："之后我可能还要去找香火房管事的人，问些事情，劳烦田仙师帮忙转告一下。"

田湖君心中悚然，立即微笑道："陈先生太过客气了，这是我的分内事，更是香火房的荣幸。"

陈平安默不作声，见田湖君好像还没有离去的打算，只得开口，轻声问道："田仙师可是有事相商？"

田湖君小心翼翼在心中遣词造句，打好腹稿后，说道："师父要我询问陈先生，书简湖马上就要在宫柳岛推举江湖君主，陈先生是否参加？"

陈平安说道："这是你们青峡岛好不容易赢来的大好局面，也是你们书简湖的自家事，我自然不会掺和，不过我会看看热闹，就在这里。"

田湖君如释重负，眼前这个让绝大部分青峡岛修士都一头雾水的账房先生，给出的这个答复还算让人满意，在师父刘志茂那边，应该可以交代得过去。

陈平安绕出书案，将田湖君送到门口。

虽然次次如此，可田湖君竟是生出些受宠若惊的感觉。田湖君走远了之后，暗自思量一番，账房先生陈平安，人还是那个人，大概是她如今知道了养剑葫和那把半仙兵的原因？

陈平安返回书桌，开始一部部翻阅香火房档案。

姓名，籍贯，出生年月，师承，亲人和家族。其中许多名字，已经按照青峡岛香火房老规矩，将名字以朱笔抹去，这叫销档。

陈平安每看到一个自己想要寻找的名字，就写在一本手边故意没有版刻文字内容的空白册子上，除了出生年月、籍贯，还有这些人在青峡岛上担任过的职务。香火房的档案，每个青峡岛修士或是杂役的内容厚薄，只与修为高低挂钩，修为高，记载就多，修为卑微，几乎就是姓名加上籍贯，仅此而已，不到十个字。还有许多死人，其实连在香火房档案上都没有出现过，死了，一个名字都没能留住。

陈平安接下来除了去香火房，询问被自己记下名字那拨人为人处事的口碑、旁人的大致观感，还要顺藤摸瓜，从如今青峡岛各路修士、府邸管事和开襟小娘嘴里，问出那些个名字，一一记在书上。可能在这期间，会像麻烦田湖君去跟香火房转告一样，也会麻烦一些青峡岛位居要津的掌权人物，不然如今的陈平安，虽然谈不上为此耗费心神，却会在来来往往的路途上消耗太多光阴。

田湖君去跟刘志茂禀报此事的路上，刚好遇到了身穿一袭蛟龙蜕皮法袍的小师弟顾璨。

至于其余秦倕、晁辙在内的师弟师妹，还有分别居住在青峡、眉仙在内十二大岛屿上的十大供奉客卿，这些青峡岛心腹和得力干将，随着宫柳岛会盟一事的临近，外松内紧，并不轻松。他们需要打着截江真君的幌子，担任说客，好似那纵横家，四处奔走，拉拢结盟，阴谋诡计和阳谋大势，无所不用其极。

顾璨见着田湖君，还是那副双手笼袖在墨青色蟒袍里的少年庄稼汉模样，笑眯眯道："大师姐，又去见陈平安啦？我可要好心好意提醒大师姐一句，莫要有非分之想，想着自荐枕席，哪天爬上陈平安的床铺，好尝一尝我喊你'嫂子'的滋味。不然到时候，我喊完了'嫂子'，可就不念什么师门情谊了。"

田湖君苦笑道："小师弟，我又没有鬼迷心窍。再说了，陈先生看得上我这种蒲柳之姿？"

顾璨有些高兴："那可不，陈平安眼光高着呢，当年就没瞧上邻居家一个叫稚圭的小娘们，大师姐你这么有自知之明，我很欣慰。"

与顾璨聊天的时候，田湖君都会不露痕迹地放低身段，无需顾璨仰头，或是视线上扬，长久以往，自然而然。

顾璨继续道："还有，关于开襟小娘的事情，你可得帮我守口如瓶，别人说漏了嘴，是他们蠢,自己找死,但是大师姐这么一个七窍玲珑心的聪明人,出了纰漏,我可就要怀疑大师姐是不是居心叵测了。到时候就像师父当年护不住大师兄一样,如今也护不住大师姐的。我可是知道,那个天生狐媚最喜欢钻别人被窝的三师姐,对大师姐可不算太亲近,如果不是修为资质实在是不堪入目,说不得如今我们都得喊她一声师娘了。"

田湖君笑脸僵硬:"师姐的为人,小师弟难道还不清楚吗?"

顾璨点头道:"正因为清楚,我才要提醒大师姐啊。不然哪天为了师父牙缝里那点吃食,就在我这边丢了性命,大师姐不后悔,我这个当师弟的,被大师姐照顾了这么多年,那可是要扼腕痛惜的。"

田湖君满脸苦笑:"我记住了。"

顾璨伸出一只手,轻轻拍打田湖君的脸颊:"去吧,师父他老人家等你消息呢。"

田湖君离去后,顾璨转头对小泥鳅说道:"总喊你小泥鳅也不是个事儿。走,我去陈平安那边帮你讨个名字。"

小泥鳅扭扭捏捏。

顾璨笑道:"又不是你的本命名字,有什么害怕和害羞的。"

去往那间屋子的路上,顾璨皱眉问道:"那天晚上,陈平安屋子里边的动静,真像他说的,只是炼气出了岔子?"

小泥鳅摇摇头,她如今作为一名元婴,对于修炼一事,居高临下看待中五境修士的炼气一事,可谓洞若观火:"肯定没那么简单,只比走火入魔稍好一些。具体原因不好说。陈平安是纯粹武夫的底子,又在重建长生桥,跟我们都不太一样,所以我看不出真相,但是陈平安那晚受伤不轻,主人也瞧出来了,不单单是体魄和神魂上,心境……"

小泥鳅不敢再说下去。

顾璨停步不前,沉默下来,整个人散发出一股令人窒息的气势。

这个书简湖令人闻风丧胆的混世小魔王,可不是只靠小泥鳅和刘志茂才走到今天这一步的。

顾璨苦笑道:"那你说,怎么补救?"

少女姿容、肤白若羽的小泥鳅挠挠头:"陈平安自己都没说什么,主人还是不要画蛇添足了吧?主人不是经常笑话那些身陷困兽犹斗境地的蝼蚁,做多错多来着?"

顾璨点点头:"有道理。"

到了陈平安那间不大的屋子,顾璨拎了条小板凳坐在门槛旁,笑着跟陈平安说了此行的目的,想要他帮着给小泥鳅取个名字,不涉及世间妖物和蛟龙之属的本命名字。

陈平安放下笔,抬起头,想了想:"就叫炭雪吧,炭雪同炉,相亲相近,尤为可贵。"

顾璨使劲点头,对小泥鳅笑道:"咋样?!"

小泥鳅羞赧道:"太文气了些,我又没读过书,会不会被人笑话?"

顾璨嗤笑道:"谁敢笑话你的真名字,我就……"

顾璨赶紧闭上嘴巴,偷偷转头,发现陈平安已经重新提笔,继续低头写字。

顾璨晒了一会儿秋末的温煦日头,懒洋洋的,不要太惬意,都快要打盹睡着了。

自己坐在小板凳上,天塌下来,都有坐在身后、书案那边的陈平安,顾璨不怕。

顾璨伸了个大懒腰,转头问道:"我娘亲说晚饭她下厨,做一份比上次更地道的家常菜,有空不?"

陈平安点头道:"替我跟婶婶道声谢,说到了晚饭的点,我就赶过去。对了,跟婶婶说一下,就不喝酒了。"

顾璨笑逐颜开:"好嘞!那我忙去了啊。"

在顾璨将小板凳放回墙角的时候,陈平安突然说道:"跟田湖君说一声,我想要搜集书简湖的地方志,除了各岛珍藏书籍,可能还要涉及书简湖旁边的池水城,以及更远一些的州郡县志,一切开销,不管多少神仙钱,都由我来支付。再提醒她一句,最终报价的时候,将账面之外的溢价计算进去,包括青峡岛的人力物力,一切在商言商好了。相信书简湖对此不会陌生。"

顾璨笑道:"小事情!如今青峡岛在内的十二岛,养了一大帮子只会摇旗呐喊不出力的奸猾家伙,正好撒出去做点正经事。"

陈平安看着顾璨。

顾璨想了想:"我会事先说好,在商言商做买卖,不要打着青峡岛的旗号强买强卖,胡作非为。"

陈平安说道:"如果万一还是有了意外,你马上告诉我,我自己来处理。"

顾璨灿烂笑道:"放心,绝对不会有意外,这儿是青峡岛,是书简湖,规矩有很多,也有很多人喜欢坏规矩,可真要坏了规矩,需要什么样的代价,人人肚子里都有本账,门儿清。"

顾璨带着小泥鳅离开青峡岛山门这边,突然说道:"小泥鳅,我怎么觉得陈平安最后的眼神,怪怪的,你那会儿,心里边慌不慌?"

小泥鳅怯生生道:"有一点儿。"

顾璨大摇大摆:"我就说嘛,陈平安适合待在咱们书简湖,有他在了,我最多就是只怕他一个人,但是我可以真正天不怕地不怕啊,这笔买卖,你说谁更赚?当然是我嘛。"

小泥鳅羞涩一笑:"炭雪觉得对唉。"

顾璨转过头,看到小泥鳅低头拧着衣角,笑骂道:"你个没羞没臊的小娘们,前边还说着太文气了,这会儿就急吼吼用上名字啦?"

顾璨突然哭丧着脸:"不过小泥鳅,咱们最近可要悠着点,不许像以前那么打打杀杀了,别看陈平安当起了账房先生,可他一直瞧着咱们呢。"

小泥鳅拍了拍肚子："暂时不饿。"

顾璨白眼道："刚吃了那个金丹境妇人，你再要喊饿，我给你抓谁去？我师父啊？"

小泥鳅眼神熠熠闪光。

顾璨嘿嘿一笑，双手笼袖，抬起头："小泥鳅，我很开心，比痛快杀人还要开心。"

小泥鳅有样学样，最近也学会了"坦诚相见"："饿肚子之前，主人开心，我也很开心。"

顾璨问道："你说陈平安到底在捣鼓什么呢？"

小泥鳅摇头道："我都不敢靠近陈平安和书案，我又不喜欢想事情，不知道。"

顾璨叹了口气："无所谓了，只要每天能够看到陈平安，还有啥不满足的。"

池水城高楼内。

崔东山最近已经开始站起身，经常在那座金色雷池内踱步。

反观崔瀺，开始闭目凝神，偶尔会收到品秩最高的飞剑传信，需要他亲自处理一些关系到大骊走势的军政国事。

崔东山站在那个圆圈边缘，低头看着两幅画卷，一幅是顾璨与婢女小泥鳅的言行举动，一幅是账房先生陈平安的屋内光景。

崔东山开始点评顾璨："骨耸者早夭，骨露者无以立，骨横者气凶悍，骨象金石者命极硬。喂，你觉得顾璨这个小崽儿，如果离开了骊珠洞天，再也没有见到陈平安的话，有没有可能靠着自己，成为蜂尾渡刘老成之后的宝瓶洲第二位上五境修士？"

崔瀺睁开眼睛，点头道："可能性极大。身处乱世之中，顾璨反而如鱼得水。"

崔东山微笑道："这会儿怎么说？我家先生虽然元气大伤，伤及大道根本，可这个死局，毕竟没有更死，你是不是比我家先生更加失望啊？哈哈，你费尽心机安排了四难，结果先生在第三难的本心一事上，直接认输，既然内心深处，坚持顾璨行事仍是错，又无法一拳打死顾璨，更无法丢下顾璨不管，那就先过了本心一坎，毅然决然，崩碎了好不容易炼制成功的第二件本命物，借此机会，不但让你的前两难，变成了笑话，我家先生还得以再次做了一场切断和圈定，拣选了一条最没有岔路的羊肠小道，暂时抛开情与法，不去斤斤计较法与理，而是开始去追本溯源，并且在思考这条来龙去脉的同时，我家先生第一次开始尝试走出自己那个'无错'的圈子，等于破开屏障，不再因为道理而画地为牢，开始走入大天地，心念所及，天下无处不可去！"

崔瀺答非所问："听说你如今重新捡起了被我们当年丢掷一旁的术家算术，并且开始钻研脉络障？"

崔东山笑呵呵道："小有所成，不值一提，不值一提，比不得你谋划的千秋大业。"

崔瀺冷笑道："想说就说，憋着作甚？难道你觉得我会求着你，说那些新悟出的玄理妙处？"

崔东山搓手道："既然你变着法子求我了，那我就……只说一件趣事，相信你一样会好奇。我问你，崔瀺，你就不想知道那趟倒悬山之行，我家先生是如何过了未来老丈人、丈母娘那一关的？我可以给你一点暗示，与顾璨有一丢丢的关系。"

崔瀺淡然道："当年在落魄山竹楼，爷爷就提及过，陈平安在倒悬山和剑气长城，最大的险境，在于可以一口气从四境连破两境，直接跻身第六境武道巅峰，这一点，陈平安这么一个城府深沉的家伙，肯定想到了。从现在的迹象来看，陈平安能够将一身拳意收放自如到如此地步，藕花福地的境遇未必够，多半是在那场老丈人考察女婿的考验当中……嗯，倒悬山那边有个卖黄粱酒的店铺，喝了酒便是忘忧人，陈平安应该在当时就跻身过第六境了，如何做到的，又是如何返回原本境界，大千世界无奇不有，也没什么好奇怪的。况且那边又有个卖酒多年的杂家老祖宗。但是都不重要，就算是陈平安一步登天，成为地仙修士，我都不奇怪。所以陈平安是如何过关的，很简单，两位剑气长城的道侣大剑仙，假扮路人，在黄粱福地酒铺子里，故意激怒陈平安，使得陈平安热血上头，舍了武道前程不要，在绝境当中一路破境，也要为心爱姑娘的爹娘说几句公道话。"

崔东山笑嘻嘻道："你还是厉害。不过以后说话注意点，我家先生那不叫城府深沉，是万事多想涨慧根，与咱们俩天生一肚子坏水的，可是一个天一个地。"

崔瀺嗤笑道："我估计剑气长城那边，所有人都觉得是陈平安配不上宁姚。"

崔东山疑惑道："你咋回事，干吗为我家先生说好话，咋的，想要投降输一半？你要是这么想，也不是不行，那咱们就当打了个平手？"

崔瀺自顾自说道："当时肯舍得自己的武道前程，才过得了倒悬山那一关，若是如今连为顾璨留下来都不愿意，陈平安哪有资格走到这个局中。那种今日不舍、想着来日家当更多了再舍的聪明人，我们看到过多少了？"

崔东山越来越犯迷糊："崔瀺，你又给我家先生说好话？你该不会是失心疯了吧？别这样啊，真要失心疯也成，等那件大事完成之后，你再疯，到时候我大不了在落魄山竹楼门口，给你放个小饭盆……"

崔瀺指了指画卷中的那间屋子，转头望向崔东山，嘴角翘起，冷笑道："我先前是怎么告诉你的？第四难，难在无数难。你知不知道，第四难这才刚刚开始，陈平安当下用心越多，此后心坎就越多，到时候，我估计你就要求着我投降输一半了，就要担心陈平安是不是彻底走火入魔了。"

崔东山不再像刚才那般故作轻松，坐回原地，缓缓道："一时胜负在于力，万古胜负在于理。"

崔瀺笑道："若是这'一时'就是几十年，一百年呢，就是凡夫俗子的一辈子，你当如何，陈平安又当如何？"

崔东山板着脸道："你要学学我家先生，懂得善待人间，而老子我崔东山，就是人间的其中之一,所以别他娘的在这里咄咄逼人。"

崔瀺微微一笑:"阮秀一行入局了,已经快要被书简湖遗忘的宫柳岛主人刘老成也快要入局了。说不定,来得早不如来得巧。"

崔东山摇头晃脑:"不听不听,王八念经。"

崔瀺缓缓道:"这就是讲道理的代价。在泥瓶巷白白送出了一条必然元婴境的泥鳅,蛟龙沟失去了齐静春的山字印,在老龙城差点被杜懋一剑捅死,看来你家先生吃的苦头还是不太够,代价不够大。没关系,这次他在书简湖,可以一口气吃到撑死。"

崔东山依旧坐在那儿,晃来晃去:"不听不听,王八念经,老王八念经最难听。"

崔瀺转过头,看着这个"少年崔瀺":"以后你如果还有机会去落魄山,记得对爷爷好一点,换成我是爷爷,看到你这副德行,当年早打死你了。"

崔东山不但摇晃屁股,还开始挥动两只雪白大袖子。

崔瀺自言自语道:"要在死路上逼死自己吗?"

陈平安放下笔的时候,突然发现了外边的日头。他想了想,便走出屋子,开始晒那些竹简。

很多竹简正反两面都刻了字,倒不是竹子不够用,游历千万里,路途中自然不缺遇到竹林的机会。只是读书多了,就会发现许多道理,哪怕出自三教百家学问的不同文脉,在一枚竹简上成双成对的有些语句,还是有些"亲近";儒教之内文脉不同,可依旧宛如嫡系,三教不同,仿佛近邻;三教与之外的诸子百家,就像是萍水相逢的江湖朋友,又或是多年不往来的远房亲戚?

陈平安晒竹简的时候,拿起其中一枚,正面是一句儒家的"物有本末,事有始终。知所先后,则近道矣",反面是那句道家的"天地有大美而不言,四时有明法而不议,万物有成理而不说"。

只是这枚竹简比较特殊,陈平安当初翻阅佛经后,又以刻刀在竹简一面的空白处,篆刻了一句字体稍小的佛家语:"诸佛妙理,非关文字。"

有一枚竹简,正反两面分别篆刻着"君子务本,本立而道生",和那句佛家的"无有定法,如来可说"。

拿起后,默诵一遍,轻轻放下。

陈平安又拿起一枚竹简,正面是"是法平等,无有高下""人有南北,佛性无南北",反面则是"君臣上下贵贱皆从法"。

最后陈平安拿起一枚竹简,正面是"哀莫大于心死,人死亦次之",反面是"穷则变,变则通,通则久"。

秋高气爽,日头高照。

陈平安晒了所有的竹简，自己蹲在好似圆形居中的空白处，双手笼袖，就这样环顾四周。

一直这么蹲着，等到日头斜照在山，陈平安才开始一枚枚竹简收起来，放入方寸物当中。

这么多书上的道理，且放一放。

道理在书上，做人在书外。这句话，是陈平安在骊珠洞天尚未破碎下坠之前，就已经知道的一个道理，而且不是从书上看来的，是别人认真讲，他用心听来的。

陈平安刚刚收好所有竹简，就看到顾璨带着小泥鳅走来，朝他挥手。

陈平安关上屋门，走向顾璨，一起去往那座富埒王侯的豪门宅邸。

大门上张贴有两幅门神彩绘挂像。陈平安看着它们，心中喃喃道："挡得住鬼，拦不住人。"

顾璨问道："怎么了？"

随即他有些埋怨："你偏偏要搬去山门口那边住着，连像样的门神都挂不下，多寒酸。"

陈平安笑了笑："吃饭去。"

到了饭桌上，才发现顾璨娘亲早早给陈平安和顾璨都倒了酒。

小泥鳅坐在顾璨身边，她其实不爱吃这些，不过她喜欢坐在这边，陪着那娘俩一起吃饭吃菜，这让她更像个人。

顾璨其实与娘亲说好了今晚不喝酒的，便有些担心，怕陈平安生气。

却看到陈平安已经拿起了酒杯，敬了娘亲一杯酒，不但如此，又给自己倒了一杯，抿了一口后，开始夹菜。

一顿饭，多是妇人在聊当年骊珠洞天的琐碎趣事，陈平安也没有一直沉默，会说一些如今龙泉郡的热闹，其乐融融。

顾璨喝完了一杯酒后，只觉得自己能够豪饮千百斤都不醉。

不承想陈平安对他泼了冷水："你年纪还小，哪怕如今是练气士了，乌啼酒也能裨益修行，但还是要少喝，真高兴，就喝三杯。"

顾璨做了个鬼脸，点头答应下来。妇人掩嘴而笑。

若是陈平安能够在这些无伤大雅的小事上，多管管儿子顾璨，她还是很愿意看到的。

尤其是小泥鳅无意间说起了那块"吾善养浩然气"玉牌的事情后，妇人独自想了半宿，觉得是好事情，至少能够让刘志茂忌惮些，只要陈平安有自保之力，也就意味着不会拖累她家顾璨不是？至于那些绕来绕去的对错是非，她听着也心烦，倒也不觉得陈平安会存心伤害顾璨，只要陈平安不去好心办坏事，又不是那种做事情没轻没重的人，她就由着陈平安留在青峡岛了。

吃完饭后,陈平安开始像往常那样,绕着青峡岛沿湖小路独自散步。走走停停,并无目的。偶尔会遇到一些青峡岛修士,多是年纪轻、辈分低的下五境练气士,至于那些杂役婢女,自然不敢胡乱离开各个府邸。

见到了陈平安,他们都会喊声陈先生,因为根本不清楚这个年轻人的根脚,只听说是顾璨亲自邀请到青峡岛的贵客,不但如此,顾璨每天都要去山门口那间屋子坐会儿,与这位贵客聊聊天,这可是太阳打西边出来的天大稀罕事。

那个账房先生对谁都比较和气,反而让人捉摸不透,他们无形中对他也就少了许多敬畏的心思。难不成是个花架子?比如是顾小魔头的大骊同乡?又或者是那位夫人的娘家晚辈?

陈平安行走在幽静道路上,停下脚步。眼前站着两个人,顾璨的师兄晁辙,还有能够让顾璨还算青眼相加的吕采桑。吕采桑是一个白衣胜雪的俊美少年,年纪其实将近三十岁,可心性与皮囊都还是少年,应该是十几岁的时候就跻身了洞府境,才得以颜色若童子,这说明那位书简湖屈指可数的老元婴境修士,收取吕采桑作为闭关弟子,很有眼光。

吕采桑撇下已经停步的晁辙,上前几步,脸色阴沉:"你叫陈平安?我劝你以后少对璨璨指手画脚!"

陈平安直接问道:"不然如何?"

吕采桑微微愕然,正要说话,陈平安的视线已经越过他,望向自认为是局外人的晁辙,犹豫了一下,说了一句怪话:"算了,下不为例。"

晁辙欲言又止。

陈平安摇头道:"不用解释,我知道了,不想听而已。"

吕采桑看着那个神色憔悴、眉宇间满是阴霾的年轻男人,讥笑道:"好大的口气,是璨璨借给你的胆子吧?"

好似一个病秧子的陈平安,伸出一只手臂。

晁辙凭借本能想要后退,只是不愿意在吕采桑这个青峡岛外人面前露怯,遂强自镇定。

天地寂静。

吕采桑大笑道:"你这是干吗?"

陈平安皱了皱眉头,自言自语道:"不来?你可想好了。"

当言语落定时,只见一条金色丝线刹那之间从顾璨府邸处拔地而起,金线不断拉伸,最后一把长剑悬停在陈平安手掌上方。

哪怕飞剑已至陈平安掌心上方一寸高处,静止不动,可这把长剑飞掠带出来的那条金色长线始终没有退散。

吕采桑眯起眼,心中震撼不已。

陈平安问道:"是不是按照书简湖的规矩,你们两个已经可以死了?"

陈平安瞥了眼那把微微颤鸣的半仙兵剑仙,淡然道:"回去,下次出鞘,会让你满意的。"

那把剑仙一闪而逝,那条长达千余丈的金色光线这才消失。

吕采桑依旧站在原地,不肯退让。

晁辙已经让出道路,站在一旁。

陈平安看了眼一脸视死如归的吕采桑,满脸疲倦不曾清减丝毫,却出人意料地笑了笑:"顾璨应该是真心把你当朋友的。"

说完之后,陈平安竟是转身而走,返回那间屋子。

内心深处有些后怕的吕采桑,转过头,望向一身冷汗的晁辙,犹然嘴硬,问道:"这家伙是不是脑子进过水?"

晁辙不敢说一个字,心中骂道:你他娘的吕采桑可以跑回师父那边躲起来,可老子一旦惹了这么一尊不显山不露水的剑仙瘟神,能跑哪儿去?

陈平安回到那间屋子,点燃桌上灯火。

书简湖各处的地方志陆陆续续送来了,还夹杂有不少各大岛屿的祖师堂谱牒等等,田湖君能够送来这么快,理由很简单,都是青峡岛缴获而来的战利品,并且是最不值钱的那一类,如果不是陈平安提起,迟早会当成一堆废纸烧掉。青峡岛如今的藩属十一大岛,一座座都给那对师徒亲手打杀得香火断绝了。

这些都需要一一翻阅,一样需要做摘抄笔记。在这之后,还需要问得更细致,到时候就不是坐在这边动笔头的事情了。

可陈平安不觉得这是一件多难的事情。一来他擅长水磨功夫,不过是将练拳一事放下,换一件事去做而已。二来,如果这才开了个头,就觉得难,他早就可以知难而退了。

深夜时分,窗外圆月当空,清辉皎洁,陈平安放下笔,揉着手腕推门而出,绕圈踱步,当是散心。

已经寄出三封信,龙泉郡披云山,桐叶洲太平山,老龙城范家。

估计一时半会儿还不会得到飞剑回信。

陈平安不着急,也急不来。

曾经的千山万水,他都是一步步走过来的,风驰电掣的飞剑往来,要快多了。

陈平安突然走出那个圈子,过了青峡岛山门,去往渡口。站在岸边,蹲下身,掬起一捧水,洗了把脸,抬起头后,望向远方。

不知为何,这一刻,陈平安看待这座在宝瓶洲声名狼藉的书简湖,却想起了一句已经忘记了出处、如今也不愿意去深究的好话:

天地英雄气,千秋尚凛然。

陈平安轻轻呼出一口气,拍了拍脸颊,站起身,返回山门口那间屋子。

远远看去,桌上的灯火,光亮透出窗户。

陈平安下意识就要加快脚步,然后骤然放缓,哑然失笑。

四岁以后,从来没有哪次"回家",泥瓶巷祖宅会有灯火等候。成为少年之后,违背誓言,还是去当了龙窑学徒,挣了些铜钱,可每次出门怎么可能不熄灯,由着灯油消减?今天则是出门时分,已然忘记熄灯,你这会儿匆忙赶去屋子,又能做什么?吹灭了?可是当下没有半点睡意,注定要挑灯夜读。再点燃灯火?那么这熄灯点灯之间,意义何在?

陈平安干脆缓缓而行,进了屋子,关上门,坐在书案后,继续翻阅香火房档案和各岛祖师堂谱牒,查漏补缺。

心不静,就先别练拳,至于修士炼气,就更不用想了。

陈平安在藕花福地就知道心乱之时,练拳再多,毫无意义。所以那会儿才经常去状元巷附近的小寺庙,与那位不爱讲佛法的老和尚闲聊。更何况,如今陈平安是提不起精气神,比心不静还要更加复杂,那些精气神如坠井底,巨石绑缚,怎么提起来?只是这种心境,倒也算另外一种意义上的心定了。

陈平安合上那些保存不善的泛黄档案,拿起手边那把当年在大隋京城铺子买玉簪子时掌柜附赠的普通小刻刀,以刀柄轻轻在桌上画出一条虚线。

想了想,陈平安抽出一张被他裁剪到书籍封面大小的宣纸,提笔画出一条直线,在首尾两端分别写下"顾璨大错"和"顾璨向善",字体较大,然后在"错"与"善"之间,依次写下蝇头小楷的"书简湖一地乡俗",就在陈平安打算写一国律法的时候,又将之前七个字抹掉,不但如此,陈平安还将"顾璨向善"一并抹掉,在那条线居中的地方,略有间隔,写下"知错""改错"两个词语。很快,这两个词又被陈平安涂抹掉了。

最后陈平安将这张纸揉成一团,却没有丢入竹篓,而是收入方寸物当中。

陈平安双手笼袖,背靠椅子,熄灭灯火,闭上眼睛,似睡非睡,下一次睁眼,已是天蒙蒙亮时分。

常将半夜萦千岁,只恐一朝便百年。

陈平安站起身,不用手脚舒展,筋骨自行松动,传出一连串的咯吱响声。陈平安走出屋子,打算绕着青峡岛走一圈。青峡岛是书简湖首屈一指的大岛,估计走下来得花半天工夫。如今他在屋子那边的衣食住行,由一个青峡岛少女修士负责,陈平安便跟住在附近看守山门的一个老修士打了声招呼,让他见着了那个少女修士,告诉说今天不用往这边送食盒。

老人是个洞府境修士,赶紧应承下来。

陈平安突然笑道:"估计她还是会准备的,我不在的话,她也不敢擅自走入屋子,那就这样,今天的三餐,就让她送到你这边,让张老前辈享享口福,只管放开肚子吃便是,先前张老前辈与我说了不少青峡岛旧事,就当是报酬了。"

老修士忐忑道:"陈先生,我不会因为嘴馋丢了性命吧?"

陈平安摇头道:"不会的。"

老修士仍是不太爽利,委实是在这青峡岛见多了云谲波诡的起起伏伏,由不得他不胆小如鼠:"陈先生可莫要诓我,我晓得陈先生是好心,见我这个糟老头子日子清贫,就帮我改善改善伙食,只是那些美食,都是春庭府里的专供,陈先生若是过两天就离开青峡岛,一些个躲在暗处眼红的坏种,可是要给我穿小鞋的。"

陈平安道:"那就将春庭府食盒都搁在张老前辈这边,回头我来拿。"

老修士笑道:"还是这样比较稳妥。"

陈平安离去后,老修士有些埋怨这个年轻人不会做人,真要可怜自己,难道就不会与春庭府打声招呼,到时候谁还敢给自己甩脸子。这个账房先生,假惺惺做派,每天在那间屋子里边故弄玄虚。在书简湖,这种装神弄鬼和沽名钓誉的手段,老修士见得多了去了,活不长久的。

老修士这一发牢骚,就如洪水决堤,开始埋怨那个家伙在山门这边住下后,害得他少了好些油水,再不敢为难一些下五境修士,私下盘扣一两枚雪花钱,遇上一些个身姿曼妙的晚辈女修,更不敢像往常那般过过嘴瘾手瘾,说完了荤话,偷偷摸摸在她们屁股蛋儿上捏一把。

本以为能够跟这个账房先生套近乎,混个脸熟,说不定也能因祸得福,从此搭上春庭府这条线,不敢说飞黄腾达,在青峡岛混个油水十足的衙门,不也行?不承想那个账房先生是个油盐不进的主儿,任由他手段迭出,百般讨好,要么是江湖雏儿听不懂话外话,要么是装傻扮痴,其心可诛,估摸着眼中只瞧得起吕采桑那些与顾魔头交好的天之骄子,打心眼里就看不上自己这种没有前途的洞府境,真是可恨。

陈平安慢慢走,其间又要绕路登山,走到那些青峡岛供奉修士的仙家府邸门前,再原路返回,以至于回到青峡岛正山门那边,竟然已是暮色时分。

陈平安远远看去,那个春庭府的少女修士,据说是顾璨娘亲的贴身婢女,双手拎着一只精美食盒,亭亭玉立,站在屋子门口,看门老修士低头哈腰陪在一旁,像是在赔笑道歉。

陈平安快步走去，从那个年轻女修手中接过了食盒，道了一声谢。生了一张白腻鹅蛋脸的春庭府少女，向这位陈先生施了个万福，并未多说什么，姗姗离去。

陈平安回到屋子，打开食盒，将菜肴悉数放在桌上，还有两大碗米饭，拿起筷子，细嚼慢咽。最后重新收拾好碗筷，一一放回食盒，盖好。

生死大事，对错是非，不是有理由有借口就可以去做。顾璨能够在内心说服自己，就可以像那些纸上文字一样，被一笔抹掉。恰恰是顾璨的不认错，不以为是错，才在陈平安心坎此处结成死结。

既然自己无法放弃顾璨，又不会因一地乡俗，而否定自己心中的根本是非，否认那些已经低到了泥瓶巷小路、不可以再低的道理，陈平安想要向前走出第一步，试图改错和弥补，就必须先退一步，先承认自己的"不够对"，万般道理且不说，换一条路，一边走，一边完善心中所思所想，归根结底，还是希望顾璨能够知错。退一万步说，只有上不去的天，天即长生不朽；没有过不去的山，山即人间种种心坎。

陈平安想要去直面这些心坎，自己的，已死之人的，在乎那些已死之人、犹然在世之人的，这些注定会磨损心中万古刀的人间苦难。

犯了错，无非是两种结果，要么一错到底，要么就步步改错。前者能有一时甚至是一世的轻松惬意，大不了就是临死之前，来一句"死则死矣，这辈子不亏"，江湖上的人，还喜欢嚷嚷那句"十八年后又是一条好汉"。后者，会尤为劳心劳力，吃力也未必讨好。

十人树杨，一人拔之，则无生杨矣。

陈平安想要先尝试着去验证这句话的正反两面，至于对错，无论最终得到的结果如何，则都与书上道理先搁一边。

在此期间，陈平安能做的，不过就是让顾璨稍稍收敛，不继续肆无忌惮地大开杀戒。

与顾璨说了那么多，最后让陈平安感觉自己讲完了一辈子的道理，好在顾璨虽然不愿意认错，可到底陈平安在他心目中不是一般人，所以也愿意稍稍收起跋扈气焰，不敢太过顺着"我如今就是喜欢杀人"那条心路脉络，继续走出太远。毕竟在顾璨眼中，想要隔三岔五邀请陈平安去春庭府这个新家，与他们娘俩还有小泥鳅坐在一张饭桌上吃饭，他就需要付出一些什么，这种类似交易的规矩，很实在，在书简湖是说得通的，甚至可以说是畅通无阻。

所以接下来，陈平安跟田湖君要了一块青峡岛供奉玉牌，挂在腰间，第二天开始在青峡岛四处逛荡，与人闲聊。在宫柳岛群雄会聚、推举"江湖君主"的那一天，陈平安甚至跟青峡岛借了一艘渡船，重新穿上法袍金醴，背好那把剑仙，开始独自一人，以青峡岛供奉的身份，以及对外宣称喜好撰写山水游记的小说家练气士，这个从未在书简湖历史上出现过的滑稽身份，游历书简湖那些法外之地。

按照那幅田湖君赠予的江湖形势图,先从青峡岛的十多个藩属岛开始登岸游历,其中就有田湖君结丹后名正言顺开辟府邸的那个每逢明月照耀,就如雪白鱼鳞的素鳞岛。

陈平安昼夜不息,将这些岛屿逛完,已经是三天之后,他又记下了一些不在香火房档案上的姓名。

书简湖那座宫柳岛上还在争吵不休,隐约分出了三个阵营:拥护青峡岛刘志茂担任新一任江湖君主的诸多岛屿势力;竭力坚持截江真君"才不配位"的一拨岛主,这些岛主与藩属势力,立场极为坚定,便是刘志茂坐上了江湖君主的盟主座椅,他们也不认,有本事就将他们一座座岛屿继续打杀过去;最后一个阵营,就是坐观虎斗的岛主,有可能是见风使舵的墙头草,也有可能是暗中早有秘密结盟,暂时不便亮明立场。

有意思的是,反对刘志茂的那些岛主,每次开口,都好似事先约好了,喜欢阴阳怪气说一句截江真君虽然德高望重,但是如何如何。

在书简湖,"德高望重"这个说法,好像比任何骂人的言语都要刺耳,更戳人的心窝子。

这天陈平安自己驾驭渡船,来到一座名为珠钗岛的岛屿。珠钗岛距离青峡岛较远,岛屿不大,门派修士弟子稀少,所以此次宫柳岛会盟,去不去宫柳岛在两可之间的岛主,并未像其他许多削尖了脑袋都要去宫柳岛占据一席之地的小岛主一样,而是选择留在岛上,不掺和书简湖这场极有可能决定未来百年格局的盛举。

陈平安停船靠岸,渡口已经站着一个高髻、穿着袒露的妇人,妇人体态丰硕,方额广颐。

陈平安已经猜出这个龙门境女修的身份,相传这个本名为刘重润的妇人,曾是宝瓶洲中部一个覆灭王朝的皇室宗亲,末代小皇帝正是被这个被称呼为姑妈的女子,提着送到龙椅御座上去的。池水城那边的稗官野史记载,据说小皇帝当时年少懵懂,还笑呵呵拍着屁股底下那张巨大龙椅,要姑妈一起坐,然后这个妇人当时还真就一屁股坐了上去,将小皇帝抱起放在怀中,满朝文武,噤若寒蝉,无人胆敢质疑。

田湖君曾经随口提及过这个珠钗岛岛主,称赞了一句"有大丈夫气"。

刘重润微笑道:"你就是住在青峡岛山门口的那位账房先生?"

陈平安愣了一下,在青峡岛,可没有人会当面说他是账房先生。

陈平安说道:"算是吧。"

刘重润开门见山问道:"该不会是你们青峡岛见这珠钗岛碍眼,趁着附近岛主都去了宫柳岛的间隙,来做些什么?"

陈平安摇头道:"就我一个人拜访珠钗岛,多有叨扰,是想要跟刘夫人问些书简湖的风土人情,若是刘夫人不愿意我上岛,我这就去往别处。"

刘重润眯起那双极为狭长的丹凤眼："若是我说珠钗岛不欢迎账房先生呢？我这岛上，只有女子，人人修为都不高，若是谁被你瞧上了眼，抓去青峡岛担任开襟小娘，我到时候是放人，还是不放人？"

陈平安神色如常，抱拳告辞，转身走上渡船，果真去往别处。

刘重润站在原地，这下子她真是有些摸不着头脑了。事实上，她都已经准备好了一个姿容出彩的年轻女修弟子，就当是破财消灾了。

陈平安在下一座邻近的飞翠岛一样吃了闭门羹，岛主不在，管事之人不敢放行，任由一个青峡岛"供奉"登岸，到时候给青峡岛那帮不讲半点规矩的修士一锅端了，他找谁哭去？若是孑然一身，他倒不敢如此拒绝，可岛上还有他开枝散叶的一大家子，实在是不敢掉以轻心，只是如此不给那个青峡岛年轻供奉半点面子，老修士也不敢太让陈平安下不来台，一路相送，赔罪不已，那般架势，恨不得要给陈平安跪下磕头，陈平安并未劝说安慰什么，只是快步离开、撑船远去而已。

第三座岛屿花屏岛，金丹境地仙的岛主不在，去宫柳岛商讨大事去了。岛主是截江真君麾下摇旗呐喊最卖力的盟友之一。一个少岛主留在岛上看守老巢，听闻顾大魔头的客人、青峡岛最年轻的供奉要来做客，赶紧从脂粉香腻的温柔乡里跳起身，慌慌张张穿戴整齐，直奔渡口，亲自露面，对陈平安笑脸相迎。

真见着了被青峡岛藏藏掖掖的年轻供奉，少岛主其实还是有些失望的。瞧着就不像是什么擅长厮杀的高人，倒像是个乡野村塾的教书匠。如今青峡岛周边附近的大小岛屿，其实都在暗中谈论此事，只是青峡岛那边口风紧，半点有用的消息都没传出来，只听说是个在池水城当众甩了顾大魔头两耳光的狠人，顾璨也没还手，反而以礼相待，接到了青峡岛春庭府。如今连同花屏岛少岛主在内的一干狐朋狗友，都在押注此人能够活几天，花屏岛少岛主是押了一月内必死，谁不知道大魔头顾璨是出了名的喜怒无常，杀人随心？书简湖给那条大泥鳅当作腹中食物的练气士，可不都是什么仇家，青峡岛的座上宾，觥筹交错的酒肉朋友，不在少数。

陈平安在花屏岛喝了一顿酒，他喝得少，对方却喝得很是酒逢知己千杯少，聊出了许多少岛主的"酒后真言"。

回到渡船上，撑船的陈平安想了想那些言语的火候分寸，便知道书简湖没有省油的灯。远离花屏岛，停船于湖心，陈平安掏出笔纸，又写下一些人和事情。

此后每天就是这样走走停停，在一座座岛屿看到不同的风景和人事，与珠钗岛一般闭门谢客、婉拒陈平安登山的，一样很多。

陈平安怀中那张书简湖形势图上，不断有岛屿被画上一个圆圈。

他每天天未亮就撑船离开青峡岛，夜幕深深才返回青峡岛那间屋子。

书简湖除了会聚了宝瓶洲各地的山泽野修外，还巫风鬼道大炽，各种闻所未闻的旁门邪术，层出不穷。

比如那花屏岛，修士都喜欢穷奢极欲，沉浸于醉生梦死的快活日子，道路上，凿金为莲，花以贴地。

又有一座岛屿名为邺城，岛主开办了斗兽场，谁若胆敢朝凶兽丢掷一颗石子，就是"犯兽"大罪，处以极刑。每天都有别处岛屿的修士将犯错的门中弟子或是抓捕而来的仇家，丢入邺城几处著名的斗兽场牢笼，邺城自有醇酒美妇伺候着来此找乐子的八方修士，欣赏岛上凶兽的血腥行径。

还有那个衣冠岛的岛主，据说曾经是宝瓶洲西南某国的一个大儒，如今却喜好搜罗各地儒生的帽冠，拿来当作夜壶。

有一天陈平安离开了一座名为云雨岛的岛屿，岛上有两个仙家洞府门派，都擅长房中双修术。见着了陈平安，其中一个门派的女子，无论岁数大小，都好似那饥渴难耐的豺狼虎豹，只是年轻人腰间悬挂着的那块青峡岛供奉玉牌，让她们不敢太过胡来。陈平安下山登船的时候，轻轻一震，犹然萦绕在法袍金醴附近的脂粉香味飘散一空。

陈平安在去往下一座岛屿的路途上，终于遇到了一拨潜伏在湖中的刺客，共三人。

被初一和十五各自搅烂本命物所在气府的两名刺客重伤跌落水中。借机欺身而近的一个兵家修士，本以为胜券在握，却被那个精神不济、好似病秧子的年轻人，一拳打得坠入湖中。

陈平安撑船，以竹篙将三人分别拉上船，问了些问题，其中一名刺客趁着陈平安沉思之际，再次拼死偷袭，便被轻描淡写一拳打死了。

陈平安随后将两个活着的人，以及那具冰冷的尸体，送到了书简湖云楼城附近的岸边，一人背着尸体、一人踉跄登岸后，他掉转船头，缓缓而归。

半个时辰后，数十个练气士浩浩荡荡杀出云楼城，以一名七境剑修为首，将陈平安和那条渡船围在当中。

陈平安问那名剑修："你知道我是谁，叫什么名字？是因为朋友义气出城厮杀，还是与青峡岛早有冤仇？"

剑修放出豪言，他连那两人都不熟悉，只能算是朋友的朋友，但你们这些青峡岛修士，书简湖人人得而诛之。

陈平安犹豫了一下，没有去动用背后那把剑仙，而是双指拈出了一张符箓——日夜游神真身符。将那名七境剑修和几名冲在最前边的云楼城"义士"，当场镇杀，又以飞剑初一刺杀了劫后余生的最早刺客之一。

不理会那些作鸟兽散的云楼城修士，越发萎靡不振的陈平安没有就此去往青峡岛，割下两颗头颅挂在腰间后，反而再次停船靠岸，在渡口系好后，走入云楼城，来到一座高门府邸外，说是找人，找一个刚刚在书简湖云雨岛附近认识的熟人。

无人阻拦，陈平安跨过门槛后，在一处院子找到了那个当时背着死人登岸的刺客，他身边悬停着那把悄然尾随入城的飞剑十五。

陈平安转头望向一处，轻声喊道："炭雪。"

一个少女出现在墙头。

陈平安说道："以后不要再跟着我了，保护好顾璨。还有，告诉顾璨，这些事情，他别管，不许迁怒云楼城。"

那条小泥鳅使劲点头，如获大赦，赶紧一掠而走。

陈平安将两颗头颅放在院中石桌上，坐在一旁，看着那个不敢动弹的刺客，问道："有什么话想说？"

那个男子大概是心知必死，最后一丝侥幸都荡然无存后，便蓦然胆气十足，大声狞笑道："老子在地底下等着你！"

陈平安问道："那如果我反悔了，把云楼城内所有认识你的人，都杀干净？"

男人死死盯着陈平安："我都要死了，还管这些做什么？"

陈平安转头看了眼院子门口那边站着的府邸数人，收回视线后，站起身："过几天我再来看看你。"

陈平安脚尖一点，踩在墙头，像是就此离开了云楼城。只是离去之时，飞剑十五一口气搅烂了这名刺客的剩余本命窍穴。

实则陈平安此后秘密返回那座府邸，然后看到了一场闹剧。

原来那个刺客并非府上人氏，而是与上一代家主关系莫逆的神仙中人，是书简湖一个几乎被灭满门的漏网之鱼。他此前也不是潜伏在容易泄露行踪的云楼城，而是居住在距离书简湖三百多里的石毫国边关城池当中，只是此次陈平安将他们三人恰好放在此地，刺客便来到府上修养，刚好另外那名刺客在云楼城颇有人缘和香火，就集结了那么多修士出城追杀陈平安。除了与青峡岛的恩怨之外，未尝没有借此机会，杀一杀如今身在宫柳岛的刘志茂风头的想法。一旦得逞，与青峡岛敌对的书简湖势力，说不定还会对他们庇护一二，甚至能够重新崛起，所以当初两人在府上一合计，觉得此计可行，既是富贵险中求，有机会扬名立万，还能宰掉一个青峡岛极其厉害的修士，何乐而不为？

府上两个不过是四境修士的供奉，联手一个五境纯粹武夫，生怕这个倒在血泊中的、曾经是府上人人敬仰的观海境"老"神仙还有杀手锏，磨磨蹭蹭了半天，好不容易才敢出手，将其拘押起来，三人一个个早已满身大汗。当代家主这才开始破口大骂此人的忘恩负义，差点连累府上百余人一起陪葬。这个家主脸色狰狞，说就算刨地三尺，也要将刺客那个几年前来府上做客的漂亮女儿找出来。那个被五花大绑的刺客终于开始死命挣扎，浑身皮开肉绽，血肉模糊。

那个家主畅快异常，眼眶通红，说了一番最为雪上加霜的言语："别以为你那个老来得女的小丫头很难找，别人不晓得你的底细，我知道，不就在石毫国边境那几座关隘城池当中藏着吗？听说她是个没有修行资质的废物，偏偏生得貌美，相信这般姿色的年轻女子，大把银子砸下去，不算太难找出，实在不行，就在那处地方放出消息，说你已经快要死在云楼城了，就不相信你女儿还会猫着藏着不愿现身！"

三天后，石毫国一座关隘城池，有个中年男人在云楼城一行入城之前就已经等在那边。

一行人为了赶路，风餐露宿，叫苦连连。

一个四境修士和一个五境武夫带队，始终没有发现，有人在看着他们的言行举止，甚至还会默默记在纸上。

那拨人在关隘城池中搜寻无果，立即火速赶往石毫国附近一座郡城。最终在郡城一条巷子里，找到了那户唯有老妪和少女相依为命的人家，不算大富大贵，殷实门户而已。

这拨人没有火急火燎上去抢人，毕竟这里是石毫国郡城，不是书简湖，更不是云楼城，万一那个老妪是深藏不露的中五境修士，他们岂不是要在阴沟里翻船？

众人齐心合力想出一个法子，让一个长相最憨厚的家族护院，趁着老妪出门的时候，去通风报信，就说是少女她爹在云楼城府上被青峡岛修士重创，命不久矣，已经完全失去说话的能力，只是死活不愿咽气，他们家主俯身一听，只能听到他反复念叨着郡城名字和女儿，这才辛苦寻到了此地。她再不去云楼城就晚了，就注定要见不着她爹最后一面了。

少女一开始没有开门，但听闻那名云楼城府上护院捎来的噩耗后，果真满脸泪水地打开院门，哭哭啼啼，体态孱弱如娇柳，看得那个护院汉子私底下喉结微动。

少女收拾好包裹后，骤然想起那个朝夕相处、照顾自己起居的老妪，便与那个着急带着她离开郡城的护院说自己一定要与老嬷嬷说一声。老嬷嬷身子骨太差了，如果找不到自己，一定会忧惧伤心，指不定不等她走到云楼城，老嬷嬷就离开人世了，她岂不是世上再没有一个亲人？

护院一听，心中一盘算，是个不中用的老婆娘？再瞅瞅这个满脸纯真的动人女子，十七八岁，不说山上洞府，只说市井坊间，可不能算是什么少女了。他便觉得由着她知会一声行将就木的老嬷嬷，能出什么错？若是自己太过生硬，说不定才会惹来她的怀疑。于是他便改变初衷，陪着姿容凄美的动人女子，一起等待那个老嬷嬷的到来。

结果等到手挎菜篮的老妪一进门，护院刚露出笑容就已脸色僵硬，后背心被一把匕首捅穿，护院转头望去，已经被那女子迅速捂住嘴巴，轻轻一推，摔在院中。

老嬷嬷见到这一幕后，无动于衷。

女子忍着心中悲苦和担忧,将云楼城变故一说,老妪点点头,只说多半是那户人家在落井下石,或是在向青峡岛仇家递投名状了。

女子哀求老妪一定要去云楼城一趟,哪怕是死,哪怕见不着她爹最后一面,也要去云楼城。

老妪哀叹一声:"清净日子算是走到头了。"环顾四周,如飞鸟张翼掠起,直接去了一处盯梢她们许久的修士住处,一番血战,捂着几乎致命的伤口返回院子,与那女子说解决掉了潜伏此地的后患,她是肯定去不得云楼城了,要女子自己多加小心,还交给女子一枚丹药,事到临头,一咬即死。

切实感受到天有不测风云的女子,强颜欢笑,抹去眼泪,收拾好行李,独自离开这座郡城,去往命运未卜的书简湖云楼城。

女子雇用了一辆马车,驶出郡城大门。她并不知道,小院那边,一个背着长剑的中年男人,在一座客栈打晕了云楼城剩余的所有人,然后去了趟老妪正在咳着血熬药的院子。老妪看到悄无声息出现的男人后,已经心生死志,不承想那个相貌平平、好似江湖游侠的背剑男人,丢了一颗丹药给她,然后在墙角蹲下身,帮着煮起药来,一边看着火候,一边问了些那名暴毙修士的来历。老妪打量着那颗芬芳扑鼻的幽绿丹药,一边拣选着回答问题。说那修士是垂涎自家小姐姿容美色的书简湖邪修,手段不差,擅长隐匿,自家主人离开已久,那名邪修最近才不小心露出了马脚,极有可能出身于云雨岛或是鎏金岛,应该是想要将小姐掳去,上供孝敬给师门里边的大修士。她原本是想要等着主人回来,再解决不迟,哪里想到术法通天的主人已经在云楼城那边惨遭横祸。

老妪越来越觉得莫名其妙。原来那个中年男人煮药间隙,竟然还掏出了纸笔,记下了见闻。

中年男人帮着煮完药后,就站起了身,只是离开之前,他指着那具来不及藏起来的尸体,问道:"你觉得这个人该死吗?"

老妪犹豫了一下,选择坦诚相待:"如果他不死,我家小姐就要遭殃了,到了那座云楼城,只会生不如死,说不定让小姐生不如死的众人当中,就会有此人一个。"

中年男人不置可否,离开院子。

几天后的深夜,有一道曼妙身影,从云楼城那座府邸墙头一翻而过,虽然当年在这座府上只待了几天而已,但是她的记性极好,不过三境武夫的实力,竟然就能够如入无人之境,当然这也与府邸三个供奉如今都在赶回云楼城的路上有关。

只是当她悄无声息地落在一处院落之时,整座府邸骤然光亮起来,一盏盏灯笼点燃高挂起来。

这个夜潜府邸的女子,被一名重金聘请而来的临时供奉、六境剑修,以一把本命飞剑故意抵住心口,而非眉心或是脖颈。剑修再将一把出鞘长剑,轻轻搁在那蒙面女子肩头，双指并拢轻轻一挥，撕去遮掩女子容貌的面纱，面容如花甲老人的"年轻"剑修，倍觉惊艳，微笑道："不错不错，不是修士，都拥有这等肌肤，真是天生丽质了。听说姑娘你还是个纯粹武夫，想必稍稍调教一番，床笫功夫一定更让人期待。"

剑修转头对府邸主人笑道："没骗人，按照约定，剩余一半的神仙钱，你们就不用掏腰包了。"

那女子只说要见她父亲最后一面，在那之后，任由处置。

剑修收剑入鞘，点了点头，却闪电出手，双指一敲女子脖子，然后再轻弹数次，女子嘴中呕出一颗丹药，被面容苍老的剑修捏在手中，凑近鼻子，嗅了嗅，满脸陶醉，然后随手丢在地上，以脚尖碾碎："如花似玉的小娘子，寻死怎么成，我那买你性命的一半神仙钱，知道是多少银子吗？二十万两白银！"

不知为何，浑身发麻酥软的女子，想要咬舌自尽都成了奢望，只能被那名剑修按住肩头，扯去这处院落一间偏屋。剑修踢开门，她看到了那个浑身是血、瞪圆眼睛的男人。

女子哭泣出声。

六境剑修扬扬得意道："父女团圆之后，就该……"

就在此时，剑修身体瞬间紧绷，那柄本命飞剑刚刚离开关键气府，就发出一声颤鸣，原来是直直撞在了另外一柄本命飞剑的剑尖之上。剑尖那一小截瞬间崩碎不说，剑修的飞剑还被人以双指夹住。

剑修僵硬转头，立即抱拳道："晚辈云楼城杜射虎，拜见青峡岛剑仙前辈！"

原来不知何时，这名六境剑修老人身边站了一个脸色微白的年轻人，背剑挂葫芦。

陈平安松开手指，递给这名剑修两枚小暑钱。

六境剑修杜射虎战战兢兢收下两枚小暑钱后，二话不说，直接离开了这座府邸。

本命飞剑碎裂了剑尖，哪里是这次两枚小暑钱的报酬就能够弥补的，只是修补本命飞剑的神仙钱，又哪里能够比自己的这条命值钱？只是可惜那个生得水灵白嫩的小娘们，注定是无福消受了。

这天夜里，一辆马车缓缓驶出云楼城去往石毫国城门，到清晨时分，已经远离云楼城。陈平安停马后，跳下马车，准备返回云楼城外的那个渡口，希望那艘系在岸边的渡船，没被人偷走，不然还是有些小麻烦。

那个女子掀开车帘子，坐在车夫位置上，她父亲已经在后边的车厢熟睡过去，性命无忧，只是这辈子很难再重返中五境了。她望向陈平安的背影，忍着泪水，沉声道："总有一天，我会找你报仇的！"

可是陈平安根本没有理睬她，就连看她一眼都没有，这让女子越发悲苦愤懑。

蓦然之间，女子背脊生寒，因为陈平安停步转身了。

陈平安说道："我可能在书简湖至少要待两三年，如果对你来说时间太短，没有把握报仇,将来可以去大骊龙泉郡找我。"

女子愕然。

陈平安对她说道:"你可以多带个朋友,好帮你收尸,因为我到时候只会杀你一个人。"

女子怔怔地看着陈平安渐渐远去。

车厢内,她爹似乎被吵醒了,咳嗽道:"不要想着找他报仇了。"

女子擦干净眼泪,转头问道:"爹,之前他在,我不好问你,我们与他到底是怎么结的仇?"

车厢内,男人哑口无言。

绕着云楼城,来到那个渡口,那艘渡船不但还在,竟然还有云楼城不认识的两个修士专门帮忙守着,大概是防止不长眼的毛贼见财不要命,害得这个青峡岛供奉迁怒于整座云楼城。

陈平安向两个修士致谢后,撑船离开。

愈行愈远,陈平安思绪飘远,回神之后,腾出一只手,在空中画了一个圆。

去往青峡岛,水路迢迢。

陈平安暂时没打算去往附近的书简湖岛屿,结果在半路就遇上了来接他的那艘巨大楼船。陈平安飘掠上船头,顾璨和小泥鳅并肩而立,顾璨挠头道:"陈平安,怎么几天没见,你又瘦了?"

陈平安问道:"宫柳岛那边怎么样了?"

顾璨翻了个白眼,双手笼袖:"没劲得很,拍桌子瞪眼睛,一天到晚吵架。不过这也不奇怪,书简湖历史上最近几次推举江湖君主,最长的一次,足足拖了大半年呢,就差没在岛上建茅屋或是议事堂打地铺了。最短的一次,倒是才个把月,因为吵来吵去,吵得某人烦死了,那家伙就一口气宰了二十多个当时的岛主,然后当天就有了新任江湖君主,是那人的姘头,也是书简湖唯一一个以女子身份坐上江湖君主这把交椅的修士。"

陈平安点点头。

顾璨好奇问道:"这次离开书简湖去了岸上,有好玩的事情吗?"

陈平安想了想,说道:"看了一条线。"

顾璨跟小泥鳅面面相觑。

顾璨不打算自讨苦吃,转移话题,笑道:"青峡岛已经收到第一份飞剑传信了,来自咱们家乡的披云山。那把飞剑,已经让我下令在剑房当老祖宗供奉起来了,不会有人擅自打开密信的。"

陈平安回头看了眼顾璨,点点头,挤出一个笑脸,提醒道:"宫柳岛那边,越是风平浪静,你和小泥鳅越是要小心。我猜测大骊跟朱荧王朝,会在书简湖暗中较劲一番,如果遇到这种情况,只要有任何一方参与其中,你最好退一步,不着急出手。青峡岛的刘志茂,能不能当成江湖君主,已经不是你和小泥鳅吃掉一两个金丹境地仙可以决定的了。"

顾璨嗯了一声:"记下了!我晓得轻重的,大致什么人可以打杀,什么势力不可以招惹,我都会先想过了再动手。"

小泥鳅揉了揉肚子,其实有些饿了。

然后陈平安收回视线,继续远眺湖景。他不知道这辈子还有没有机会,回首望之,美玉粲然。

第七章
直抒胸臆

到了青峡岛,陈平安去剑房取了魏檗从披云山寄来的回信,那把飞剑一闪而逝,返回大骊龙泉郡。

与顾璨分开,陈平安独自来到山门口那间屋子,打开密信,上边回复了陈平安的问题,不愧是魏檗,问一答三,将其余两个陈平安询问君子钟魁和老龙城范峻茂的问题,一并作了回答,洋洋洒洒万余字,将阴阳相隔的规矩、人死后如何才能够成为阴物鬼魅的契机、缘由,涉及酆都和地狱两处禁地的诸多投胎转世的繁文缛节、各地乡俗导致的黄泉路入口偏差、鬼差区别,等等,都给陈平安详细阐述了一遍。

最后在密信末尾,魏檗附有两门亲笔撰写的秘术。一门秘术是魏檗当年所在神水国皇室珍藏的左道术法,借助天地间的水运精华,用以快速寻觅那一点真灵之光,凝聚流散的亡魂,重塑魂魄,此法大成之后,尤其能够敕令一切近水之鬼,故而是神水国的不传之秘,唯有国师、供奉仙师可以研习。另外一门秘术是魏檗从神水国兵库无意间得到的一种旁门道法,术法根柢近巫,只是杂糅了一些上古蜀国剑仙的敕剑手段,用来破开阴阳屏障,以剑光所及地带,作为桥梁和小径,勾连阳间和阴冥,与去世先人对话,不过需要寻找一个天生阴气浓郁体质的活人,作为返回阳间的阴物栖息之所。这个人在密信上被魏檗称之为"行亭",必须是祖荫阴德厚重之人,或是天生适合修行鬼道术法的修行奇才,又以后者为佳,毕竟前者有损祖宗阴德,后者却能够以此精进修为,转祸为福。

陈平安反复浏览了这封披云山密信。

被视为账房先生的陈平安并不知道,云雨岛和云楼城接连发生的两场厮杀,在青峡岛算是纸包不住火了。如今的书简湖,都在疯传青峡岛多出一个战力惊人的年轻外乡供奉,不但拥有可以轻松镇杀七境剑修的两具符箓神灵傀儡,而且身负两把本命飞剑,最可怕的地方,在于此人还精通近身肉搏,曾经面对面一拳打杀了一个六境兵家修士。

符箓仙师,地仙剑修,武道宗师?这个给青峡岛看门的账房先生,到底是什么来头?一时间宫柳岛上,刘志茂声势暴涨,许多墙头草开始随风倒向青峡岛。

春庭府,这天饭桌上,顾璨母亲顾氏对最近难得回家吃饭的顾璨说道:"璨璨,不要学陈平安。"

顾璨正在狼吞虎咽,含糊不清道:"不学,当然不学。"

顾氏欣慰而笑,拿起丝巾擦拭一旁儿子嘴角的油渍,低声道:"陈平安这般好人,娘亲当年喜欢,可是在咱们书简湖,'好人不长命,祸害遗千年',真不是什么难听的言语。娘亲虽然从来不曾走出春庭府,去外边看看,可是每天也会拉着那些婢女丫鬟闲聊,比陈平安更知道书简湖与泥瓶巷的不同,在这儿,由不得我们心肠不硬。"

顾璨点头道:"娘亲,放心吧,我心里有数,天底下就只有一个陈平安,我可学不来,学不像。"

最后顾璨抬起头:"何况天底下也只有一个顾璨!"

顾氏突然问道:"之前娘亲只知道陈平安有了大出息,可到底如何,陈平安他不说,娘亲也不好多问。如今听府上那些开襟小娘们私底下聊,好像陈平安便是在书简湖占据一座大岛,都绰绰有余?听说那天晚上,就连吕采桑都差点给陈平安一剑杀了?"

顾璨想了想:"不太清楚,我只知道那把半仙兵,名叫剑仙。听刘志茂说,好像陈平安暂时还无法完全驾驭,不然的话,书简湖所有金丹境地仙,都不是陈平安的三合之敌,地仙之下,肯定就是一剑的事情了。不过相比这把没有完全炼化的剑仙,刘志茂明显更加忌惮那张仙家符箓,问了我知不知道这符箓的根脚,我只说不知,多半是陈平安的压箱底本事之一。小泥鳅当时被我安排跟在陈平安身边,免得出意外,给不长眼的东西坏了陈平安游历书简湖的心情,所以小泥鳅亲眼见识过那两尊天兵神将的神通。小泥鳅说好像与所有符箓派道士的仙符道箓不太一样,符胆当中所蕴含的,不是一点灵光,而是好似山水神祇的金身根本。"

顾氏感慨道:"原来陈平安已经这么有出息了啊。"

顾璨吃相不好,这会儿满脸油腻,歪着脑袋笑道:"可不是,陈平安只要想做成什么,他都可以做到的,一直是这样啊,这有啥好奇怪的。"

顾氏看着一脸天真无邪的儿子,有些无奈,有些事情,到底还是要当娘亲的多想想才行,这跟她一个妇道人家的本事大小没关系。

在顾璨带着小泥鳅去往宫柳岛凑热闹的时候,顾氏来到春庭府后院一个大厅,将府上数十个开襟小娘都喊到一起,莺莺燕燕,疾言厉色,将她们训诫了一通,不许任何人在陈平安跟前嚼舌头,一经发现,直接杖毙,而且她会命人翻出春庭府专有的香火房秘档,如果有亲人已经是青峡岛修行中人,立即让田湖君亲自打断长生桥,如果不在书简湖,却受了春庭府馈赠而富贵起来的门户,一律抄家,交由池水城城主范氏处置。

这天暮色里,陈平安敲开了青峡岛一栋寻常府邸的大门,是一个二等供奉的修道之地。供奉本名早已无人知晓,只知姓马,鬼修出身,据说曾是一个覆灭之国的皇家驮饭人,也就是皇帝老爷出巡时《京行档》里的杂役之一,不知怎么就成了修道之人,还一步步成了青峡岛的老资历供奉。

鬼修在已经让谱牒仙师瞧不起的山泽野修里边,又是极其不受待见的一种,故而这栋府邸位于青峡岛的偏远僻静地带,灵气不算充沛,阴气十足,占据了一口每隔一段时间就有阴风吹拂的古怪水井,府邸四周,常年阴气森森,四周邻里间,从无往来。这个鬼修供奉最早是青峡岛头等供奉里边的末席,但随着青峡岛吞并了十数座藩属大岛,有些大岛主和供奉客卿惜命,选择依附如日中天的截江真君,一来二去,久而久之,青峡岛原有势力的座椅就不断往后挪,越挪越靠后,好在刘志茂没有克扣功勋老供奉们的俸禄神仙钱,反而增加了一两成,这才没"寒了众将士的心"。

门房是个瘦骨嶙峋、满身腥臭的老妪,但是满头青丝,眼眸雪白,瞧见了这个姓陈的账房先生,老妪立即挤出谄媚笑容,干瘪脸庞的褶皱之间,竟有蚊蝇蛆虫之类的细微活物簌簌而落。老妪还有些羞赧,赶紧用绣花鞋脚尖在地上偷偷一拧,结果发出噼里啪啦的爆裂声响,这就不是瘆人,而是恶心人了。

老妪也察觉到了这点,竟是脸上泛起羞愧难当之色,嘴唇微动,却说不出一个字来。

陈平安神色自若,认得出眼前这个阳气稀薄、灵性迟暮的"老妪",其实不过是二十岁出头的女子而已。

世间女子,皆有爱美之心。

老妪摇晃了一下房门旁一串铃铛,对陈平安说道:"我家主人,很快就会前来,劳烦陈先生稍等片刻。"

老妪稍稍犹豫,指了指府邸大门旁的一间阴暗屋子:"奴婢就不在这边碍眼了,陈先生只要一有事情,招呼一声,奴婢就在侧屋那边,马上就会出现。"

陈平安点点头,问道:"敢问应当如何称呼小夫人?我以后可能要经常拜访府上,总不好每次都喂喂喂。"

那面目可憎的老妪愣了一下,不敢以当下这副面容正视陈平安,转过头,细声细气道:"陈先生可以喊奴婢,红酥,酥糖的酥。"

一道黑烟滚滚而来，停下后，一个矮小男子现身，衣袍下摆与两只大袖中，依然有黑烟弥漫出来，男子神色木讷，对那门房老妪皱眉道："不知好歹的下贱玩意儿，也有脸站在这边与陈先生闲聊！还不赶紧滚回屋子，也不怕脏了陈先生的眼睛！"

　　红酥赶紧去侧屋内躲起来，站在小窗口附近，连看一眼的胆子都没有，只希望能够听一听双方对话的语音。

　　随着青峡岛蒸蒸日上，主人从头等供奉沦为二流垫底的边缘供奉，加上青峡岛不断开辟出新的府邸，又有周边十一个大岛划入青峡岛辖境，这一年多来，已经难得有客人来访，熟人修士早早去了别处夜夜笙歌，陌生修士不愿意来这里烧冷灶，她日日夜夜守着府门，府邸内外严禁下人言语，所以平日里，便是有鸟雀无意间飞掠过府门附近的那点叽叽喳喳声响，都能让她回味许久。

　　进了府邸，陈平安与鬼修说明了来意。

　　马姓鬼修沉吟不语，内心隐隐不悦，这个如今在书简湖名声大噪的账房先生，有些过分了。登门拜访，竟然是要跟他讨要那些当年被自己"捡漏"拘押起来的残余魂魄，而这些被他关押在招魂幡和那口水井当中的魑魅魍魉，已是他的大道之一，其中十数个生前拥有中五境修为的鬼魅，更是被他炼制为鬼将，如今各司其职，缺一不可。

　　哪怕年轻人说是愿意以神仙钱购买，可这是钱不钱的事情吗？

　　你这姓陈的家伙，是真不懂道上的规矩，还是一开始就打算仗势凌人？你不是有本事甩顾璨小魔头两个耳光吗，那你再去问问顾璨看，用多少神仙钱可以买那春庭府妇人的性命？你看顾璨会不会答应你！

　　即便心中越琢磨越恼火万分，姓马的鬼修依旧不敢撕破脸皮，眼前这个神神道道的账房先生，真要一剑刺死了自己，也就那么回事，截江真君难道就愿意为了一个已经没了性命的二流供奉，与小徒弟顾璨还有眼前这个年轻剑仙，讨要公道？不过鬼修也是个性情执拗的，便回了一嘴，说他是拘魂拿魄的鬼修不假，可是真正收益最丰的，可不是他，而是藩属岛屿之一的月钩岛上那个自封为山湖鬼王的俞桧，他作为昔年月钩岛岛主麾下的头号战将，不但率先叛变了月钩岛，此后还跟随截江真君、顾璨师徒二人，每逢战事落幕，必然负责收拾残局。如今田湖君占据的素鳞岛在内诸多藩屏大岛，战死之人的魂魄，十之七八，都被俞桧与另外一个当下坐镇玉壶岛的阴阳家地仙修士一同瓜分殆尽了，他连染指一二的机会都没有，只能靠花钱向两个青峡岛头等供奉购买一些阴气浓厚、骨气强健的鬼魅。

　　世间没有坐下来谈不拢的买卖，说到底还是得看掏钱的诚意够不够，拿钱的心狠不狠。

　　鬼修最后撂下话，虽然陈先生按照那些阴物魂魄生前境界高低，依次给出的价格还算公道，可终究是涉及自身鬼修大道的要紧事，不是给不给面子的事情，除非是陈先生能够做成一件事，他才愿意点这个头，在那之后，一个个招魂幡和阴风井里边的阴物鬼魅，他得慢慢拣选出来，才能开始做买卖。

陈平安知道了那件事情后，点头答应下来。

离开府邸，经过府门的时候，陈平安与那个名叫红酥的门房老妪告辞一声。

陈平安回到青峡岛山门那边，没有返回屋子，而是去了渡口，撑船去往那座珠钗岛，再次见到了那个高大丰腴的美妇人岛主刘重润。

原来马姓鬼修，与这个妇人同出一国，只是双方身份天壤之别，一个是末代小皇帝的亲姑妈，权倾朝野，只差没有自己登基的女子，一个却是皇宫杂役里边的驮饭人。至于双方当年如何认识，到底发生了怎样的故事，陈平安没有细问，反正鬼修之所以投靠刘志茂，选择青峡岛作为自己的开府之地，为的就是能够接近珠钗岛岛主刘重润。

被田湖君誉为"有大丈夫气"的刘重润，上次不知眼前账房先生的修为深浅，出于小心谨慎，拒绝了陈平安的登门上岛，结果云雨岛和云楼城两处的厮杀结果出来后，她便有些后悔。以陈平安高深莫测的修为，恐怕凭借一己之力让珠钗岛死伤大半都不难，于是很快就让人寄一封邀请函去青峡岛，主动邀请陈先生来访珠钗岛的宝珠阁，算是亡羊补牢，以免她刘重润和珠钗岛在那个账房先生心头留下芥蒂。

今天刘重润本打算将功补过，只是当她听说青峡岛马姓鬼修想要见她一面后，立即翻脸，将陈平安晾在一旁，转身登山。她冷声道："陈先生若是想要游览珠钗岛，我刘重润定当一路陪同，若是给那个贼心不死的贱种担任说客，就请陈先生马上打道回府。"

陈平安只得撑船离开，去找那个道号为山湖鬼王的俞桧。俞桧是书简湖屈指可数的大鬼修，金丹境修为，不是马姓鬼修的龙门境能够媲美的。

俞桧如今占据着整座月钩岛，与田湖君身份相当，都属于刘志茂手底下的封疆大吏。相较于马姓鬼修的声名不显，逐渐沉寂，俞桧可谓恶名昭彰，越来越名扬书简湖。月钩岛是实力不俗的大岛屿，老金丹境岛主更是出了名难啃的硬骨头，结果正因为俞桧的叛变，破坏了月钩岛的山水阵法，让刘志茂和顾璨的小泥鳅乘虚而入，打得月钩岛千余修士措手不及，死伤惨重。天资卓绝的俞桧却一夜暴富，收拢了大量中五境修士的魂魄，以独门秘法一一炼化，传言极有可能是下一个书简湖新晋元婴。他还霸占了月钩岛老岛主的妻妾女儿，最近一年快活似神仙，连刘志茂都曾在青峡岛庆功宴上开了几句玩笑，调侃俞桧才是书简湖最会享福之人。顾璨更是在庆功宴上对此人竖起大拇指，让俞桧很是脸面有光，赶紧起身回敬了顾璨三大杯酒。须知那个不可一世的小魔头顾璨，几乎从来不对任何一个供奉有好脸色。

渡船靠岸之时，陈平安抬出那张日夜游神真身符，召出两尊符胆之中孕育出一点神光的傀儡真神。

就这么登山。行事风格，很书简湖。

第七章 直抒胸臆

不再是那个青峡岛上对谁都和气的账房先生了。吓得原本还想要稍稍拿捏架子的俞桧，立即亲自出门迎接贵客。

得知这个像是要在月钩岛大开杀戒一番的陈先生，只是来此购买那些无足轻重的阴物魂魄后，俞桧如释重负的同时，拐弯抹角地与账房先生说了自己的诸多苦衷，例如自己与月钩岛那个挨千刀的老岛主，是如何的深仇大恨，自己又是如何忍辱负重，才好不容易与那老色胚欺凌的一个小妾女子，重新花好月圆。

陈平安安安静静听了一会儿这个山湖鬼王大吐苦水，等到俞桧自己都觉得已经无话可说的时候，才开始与他做起了交易阴魂的买卖。不知是俞桧觉得自己家大业大，还是更有远见和魄力，比那青峡岛的马姓鬼修，要好说话许多，许多三魂七魄已经没剩下多少的阴魂鬼物，几乎是直接白送给了陈平安。这类阴物，如果不是俞桧早已不再是那个需要去村野坟冢、乱葬岗寻觅低贱鬼魅来炼化本命物的可怜小修士，早就被他全部炼化一空了，毕竟鬼将和品秩更高的鬼王，都需要以这些零零散散的魂魄为食。

陈平安又问了一些温养魂魄的符箓之道。俞桧一直小心翼翼提防着陈平安身后的那两尊傀儡，生怕一言不合，他们就要暴起杀人，面对这些不痛不痒的询问，自然知无不言言无不尽。

云楼城外，有数十个修士在旁压阵的七境剑修，都被那两个大块头当场镇杀了，关于此事，相信连他俞桧在内的书简湖所有地仙修士，都开始未雨绸缪，殚精竭虑，思考针对之策，说不得就有一拨拨岛主在宫柳岛那边联手破局。

在书简湖数万山泽野修当中，始终存在着一个被修士奉为圭臬的法则，那就是没有什么真正无敌的法宝，今天有，明天就会无，最晚后天，肯定就已经有了破解之法。

陈平安没有让俞桧送行，到了渡口，收起那张符胆神光越来越黯淡的日夜游神真身符，藏入袖中，撑船离开。

书简湖的秋色，风景旖旎，千余座岛屿，就有千余仲秋的美景。

陈平安没有急于返回青峡岛。就在湖上，他停下渡船，摘下养剑葫，喝了一口酒提神。

陈平安别好养剑葫，环顾四周湖色风光。

文圣老先生曾言，君子性非异也，善假于物也。所以陈平安才会写那三封信，飞剑传信三个方向。不惜消耗符胆神光，也要果断动用日夜游神真身符，再有就是强迫那把半仙兵出鞘。

陈平安如今也知道了原来世间道理，是有门槛的。太高的，不愿走进去；太低的，不喜欢当回事；不高不低的，丢丢捡捡，从来不是真正的道理。归根结底，还是依循一个人内心深处看待这个世界的底层脉络、切割心田的纵横田垄，再为人处世。例如顾璨娘亲，从来不信恶有恶报，陈平安则一直相信，这就是两人心性的根本区别，才会导致两人在计较得失一事上，出现更大的分歧。顾璨娘亲重实物，陈平安愿意在实物之外，再算得失，这与离开家乡经历了什么，知道多少书上道理，几乎全无关系。若是再往更深处考究，那就涉及一个人对待世界的最朴素观点了，涉及国师崔瀺所谓的那个"一"了。

陈平安之前其实已经想到这一步了，只是选择停步不前，转头返回。

多思无益。所有决定一个人秉性和行为的根本认知，无论宽窄、大小和对错、厚薄，总归是要落在一个"行"字上头，比拼各家功夫。

陈平安如今不得不拳也不练、剑也搁放，就连十年之约和甲子之约的重要前程，暂时也不去多想，自然而然，也就有了许多静下心来去想事情的光阴，再来看待书简湖，比起当初在黄庭国紫阳府站在栏杆上，要想得更多，看得更远。比如陈平安可以笃定书简湖在大骊铁骑南下之前，是一处山泽野修避难的法外之地，是朱荧王朝眼中吃下来消耗太大，不吃又碍事的鸡肋之地，但如今均衡已破，作为兵家必争之地，这里必然要迎来一场翻天覆地的大变局。

陈平安也在等。无论是近水楼台的朱荧王朝得以占据书简湖，还是远在宝瓶洲最北端的大骊铁骑入主书简湖，或是观湖书院居中调节，不愿看到某方一家独大，那就会出现新的微妙平衡，都会出现一国之法足可覆盖一地乡俗的迹象。

宫柳岛那边，还是每天争吵得面红耳赤。这在书简湖是极其少见的画面，以往哪里需要磨嘴皮子，早开始砸法宝见真章了。

既然是岛主会盟，台面上的规矩还是要讲的，顾璨和吕采桑、元袁这些朋友都没有去那个山富堂露面，虽然绝大多数岛主见着了他们几个，都得笑脸相向，说不定与三个小兔崽子称兄道弟，也不觉得是耻辱。宫柳岛这段时间人满为患，多是各个岛主的亲信和心腹。担任上一任书简湖江湖君主的女修在一次外出途中暴毙后，原本受她照拂的宫柳岛，已经两百来年无人打理了，只有一些还算念情的年迈野修，会时不时派人来宫柳岛收拾收拾，不然宫柳岛早就变成一座荒草丛生、狐兔出没的破败废墟了。

宫柳岛的老主人，正是宝瓶洲唯一一个上五境野修刘老成。此人出身于宝瓶洲东南一个叫蜂尾渡的小破地方，结丹于一座仙家小门派悬挂两山间的一条栈道上，名声大振于书简湖。

当初刘老成跻身上五境后，按照儒家书院订立的山上礼仪，本可以开宗立派，只是刘老成却只是将一个关系莫逆的书简湖女修推上了江湖君主的宝座，自己则离开了书简湖，居无定所，游历四方，再无音讯传回书简湖，这才使得好不容易有望统一的书简湖，继续保持群雄割据的乱世格局，这才有了刘志茂和青峡岛的飞快崛起，任由顾璨这么个无法无天的外乡小崽子在书简湖翻江倒海。

入冬时分，陈平安开始经常往来于青峡岛马姓鬼修府邸、珠钗岛宝珠阁、月钩岛俞桧与那个阴阳家大修士之间。

就在连陈平安都觉得宫柳岛即将吵出一个结果的时候,书简湖芙蓉山出现了一场惊天变故。

芙蓉山岛主本身修为不高,芙蓉山一向是依附于天姥岛的一个小岛屿,天姥岛则是反对刘志茂成为江湖君主的大岛之一。

以盛产绝佳篆刻印章芙蓉石著称于宝瓶洲中部的芙蓉山,位于书简湖边缘地带,靠近湖边四大城池之一的绿桐城。结果一夜之间,大火熊熊燃烧,爆发了一场不逊色于两位元婴之战的剧烈战事,芙蓉山修士与潜入岛上的十余个不知名修士,大打出手,宝光照彻大半座书简湖,其中又以一盏宛如天庭仙宫的巨大灯笼,悬挂书简湖夜幕上空,最为惊世骇俗,简直是要与明月争辉。最后更是有一条长达数百丈的火焰长龙,咆哮现身,盘踞在芙蓉山之巅,地动山摇水掀浪,看得宫柳岛原本想要赶去一探究竟的大修士,一个个打消了念头,所有人看截江真君刘志茂的眼神,都有些玩味,以及更大的畏惧。

芙蓉山岛主如丧考妣,天姥岛岛主更是暴跳如雷,大声斥责刘志茂竟然坏了会盟规矩,在此期间,擅自对芙蓉山下死手!

刘志茂辩驳了几句,说自己又不是傻子,偏要在这会儿犯众怒,对一个属于青峡岛"飞地"的芙蓉山玩什么偷袭?

天姥岛岛主将刘志茂骂了个狗血淋头,刘志茂二话不说,就跟虽非元婴境修为却有一件极其罕见法宝的天姥岛岛主,来了一场捉对厮杀。

当天晚上,顾璨与小泥鳅并肩而立,眺望芙蓉山那条气势惊人的火龙。

顾璨笑问道:"同类?"

小泥鳅抹了把嘴:"只要吃了它,说不定可以直接跻身上五境,还可以至少一百年不跟主人喊饿。"

顾璨眼神炙热,问道:"胜算有多大?"

小泥鳅死死盯住芙蓉山的那片绚烂火光,口水直流,只得捂住嘴巴,笑呵呵道:"如果只是与它打架,没有任何修士插手,在这书简湖,六四分,我的赢面稍稍大一些。"

顾璨想了想:"事情没这么简单,咱们这次就听陈平安的,不急。那拨人敢在这个时候出手,肯定不是来送死的。"

小泥鳅跃跃欲试道:"那我潜入湖底,就只是去芙蓉山附近瞅一眼?"

顾璨摇头道:"最好别这样做,小心自投罗网。等到那边的消息传到青峡岛,我自会跟刘志茂商量出一个万全之策。"

小泥鳅委屈道:"刘志茂那条老狐狸,可未必愿意看到我再次破境。"

顾璨眯起眼,轻声道:"那么如果宫柳岛的刘老成出现了呢?你觉得我师父还坐不坐得住?"

小泥鳅歪着脑袋:"那个玉璞境野修,偷偷回来了吗?"

顾璨扯了扯嘴角:"只要事后确定了,真有机会让你饱餐一顿,吃完了这顿可以百年不饿肚子。就算刘老成没来宫柳岛,我都会让'刘老成'出现在书简湖某座城池。田湖君、吕采桑、元袁、俞桧等,这些家伙都可以派上用场了,要做就做一笔大的!"

芙蓉山之巅,夜幕中,一个马尾辫青衣女子抖了抖手腕,那条火龙化作手镯盘踞在她的白嫩手腕上。

董谷和徐小桥面面相觑,不由苦笑,他们从破开山水大阵到一路登山,打得那么辛苦,两个武道七境宗师都战死了一人,结果大师姐一出手,就结束了。

阮秀别过头,拿出一块巾帕,小口小口地吃着一块糕点。

没办法,宋老夫子都用上了那盏灯笼本命物,也还是差点让那个擅长分魂之法的老金丹境修士逃离远遁。

总这么在人家师徒屁股后头追着,让她很不满。只是这一路南下,奔波劳碌,她没好意思说自己其实已经很无聊很无聊了而已。

阮秀此刻身前,还站着一个满脸血污、衣衫褴褛的高大少年,满脸仇恨地盯着她。

阮秀吃完了糕点,心情高兴了一些,与高大少年对视,问道:"想死?"

高大少年吐出一口血水,想起那个被火龙一口吞入腹中的凄惨师父,心中恨意滔天,眼神坚毅得令人动容,只见他双手握拳,讥笑道:"追了我们这么远,你们大骊这帮鼻子属狗的修士,图什么?还不是想让我返回大骊,给你们卖力?增加你们大骊宋氏的武运?"

阮秀看着那个高大少年,缓缓说道:"你挺聪明的,其实一点都不想死,只是知道大骊粘杆郎绝对不会杀你,你又很想从你师父手上得到那部仙家玉牒和一件本命法宝,所以就一直跟着你师父。不过我看得出来,你对你师父还是有些真感情的,现在很想要为他报仇雪恨,打算哪天学会了那玉牒上的仙法,炼化了那件本命法宝,再反出大骊。嗯,还想将我……不是千刀万剐,而是打造成一具保存灵智的玩物傀儡……你先等会儿。"

阮秀转过头,又吃了一小块糕点,看着巾帕上边所剩不多的几块桃花糕,她心情便有些糟糕了,重新望向那个满心惊骇的高大少年:"你再想想,我再看看。反正你都是要死的。"

高大少年终于流露出一丝惊慌,转头望向那个他看出是地位最高的宋夫子、大骊礼部清吏司郎中,冷笑道:"她说要杀我,你觉得可行吗?"

阮秀眨了眨眼睛:"我要杀你,他们所有人加在一起,都拦不住的。"

宋夫子陷入两难境地。

此行南下之前,宋夫子大致知道一些最隐秘的内幕,比如大骊朝廷为何如此推崇圣人阮邛,十一境修士,确实在宝瓶洲属于凤毛麟角的存在,可大骊不是宝瓶洲任何一个世俗王朝，为何连国师大人自己都愿意对阮邛百般迁就？答案就在眼前这个温婉秀美的姑娘身上。

国师对这位礼部郎中只说了一句话，如果阮秀死了，你们所有人就死在大骊国境之外，不会有人帮你们收尸。如果阮秀要杀你们，那更是你们咎由自取，大骊朝廷非但不会替你们撑腰，还会追责问罪你们的上司。

阮秀轻轻一抖手腕，那条袖珍可爱如手镯的火龙真身，"滴落"在地面，最终变成一个面覆金甲的神人，大踏步走向那个开始求饶的高大少年。

高大少年刹那之间，浑身上下缠绕有一条条金色熔浆，如困牢笼，大声哀号不已。

金色神人只是一把拧掉高大少年的头颅，张开大嘴，将头颅与身躯一并吞入腹中。

宋老夫子脸色悲苦，却不敢拦阻。

万里迢迢的辛苦追捕，竹篮打水一场空。

阮秀转头望向宫柳岛方向，想了想，打开巾帕，看着那几块糕点，又恋恋不舍合上巾帕，想着还是要省着点吃，这儿可没有骑龙巷的糕点铺子。

从来眼神寂然如古井深渊的阮秀，蓦然间眼中亮起璀璨光彩，歪着脑袋，一脸匪夷所思的神采。她视线偏移，望向距离那座宫柳岛有一段距离的某个地方。

就像看到了比糕点更美味的熟悉存在，她飞快重新取出巾帕，一口一块糕点，还使劲抖了抖巾帕，这才将其放入袖中，最后拍拍手，心满意足地点了点头。

她两边腮帮子鼓鼓的，怎么就跟销赃似的？

阮秀再次收起"手镯"，一条看似玲珑可爱的火龙真身，缠绕在她的手腕之上，发出微微鼾声，芙蓉山一役，仅是金丹境地仙就有两名，更吃掉了一个武运昌隆的少年，让它有些吃撑了。

阮秀问了一个让宋老夫子措手不及的问题："我能搬些芙蓉石回龙泉郡吗？我想在小镇巷子里边，开一家卖印章和风水石的铺子。"

这位礼部郎中，一向以思维敏捷著称于大骊朝廷，曾经与皇帝陛下有过"一炷香内，君臣奏对三十七问答"的庙堂美谈，这会儿也有些跟不上阮姑娘的思路了。他思量一番，笑道："阮姑娘只要咫尺物足够大，便是将芙蓉山搬空了也无妨。"

阮秀得到答案后，立即就让董谷和徐小桥开始"凿山"，在两个师弟师妹当那采矿之人的时候，阮秀对宋老夫子说道："宋老先生，放心，不会让你白跑一趟的。在书简湖那座咱们路过的绿桐城，还有返回大骊的路上，如果还是原先路线，我会帮你找到三个合适的修道人选。加在一起，差不多能顶一个……徐小桥，他叫什么来着？"

远处徐小桥轻声道："韩劲。"

阮秀点头道："对，就是不比这个韩劲差。一个是绿桐城土地庙那边卖香酥老翁的孙子，离咱们最近；再一个是石毫国甘露寺吹糖人摊贩那边，我送了一只糖人的那个小女孩,就是那个脸上两块腮红特别可爱的小丫头;最后一个,是在那个叫辇止渡的仙家渡口,我在买一大兜黄桂柿子饼的时候,遇到的一个当地小孩,当时他还跟我比拼谁胃口大来着,结果把他给吃得牙疼了,哭着跑回家找爹娘了。"

三个大骊粘杆郎都有些不敢置信,真不是儿戏?

不承想宋郎中点头道:"等董先生和徐姑娘挖够芙蓉石,我们先返回绿桐城土地庙,找出那个名叫童山的孩子。"

粘杆郎立即心中有数,既然连宋郎中都记住了那个孩子的姓名,显而易见,必然是一块资质不俗的修道美玉。

阮秀抬头望向宫柳岛那边,当她做出这个动作时,原本已经打算"冬眠"的腕上火龙,睁眼抬首,与她一起望向那边。

某些远古真龙后裔,先天嗜好同类相杀,在古蜀国历史上,这类凶悍存在,往往是远游历练的剑仙斩杀的首选。

徐小桥突然说道:"大师姐,师父交代过我们,除公事之外,大师姐在书简湖不许……"

徐小桥说到这里,瞥了眼黑袍青年董谷。

这次芙蓉山的开山之路,就是这位同门二师兄现出真身,强行破开阵法屏障,受伤极重,断了一根獠牙不说,还折损了至少四五十年道行。

董谷板着脸,补上徐小桥不太敢讲的剩余二字:"胡来。"

阮秀环顾四周,有些遗憾:"那就先余着。"

董谷和徐小桥同时点头,宋夫子也跟着点头。

阮秀看着他们如出一辙的动作,觉得有趣,笑道:"你们做什么,小鸡啄米啊?"

她这一笑,那个早已对阮秀动心的粘杆郎少年,便心神恍惚,看得痴了。

池水城内那条专门售卖仙家器物的猿哭街,一个青衫长褂的老人行走其中,面容普通,意态寻常,就像是寻常殷实门户里边的富家翁,双指反复摩挲着一枚雪花钱,边走边看,逛得多,就是不买东西,好在猿哭街多的就是奇人异事,也没谁在乎这么个高瘦老人。

老人走到一间铺子,最近比较春风得意的老掌柜正在喝小酒儿,两碟佐酒菜,是盐水花生和书简湖特产的银鱼丝,见着了长褂老人,老掌柜眼皮子都不搭一下。

老人似乎有些遗憾,好奇问道:"掌柜的,那把大仿渠黄剑卖出去了?哟,仕女图也卖了?遇上冤大头啦?"

守着这间祖传铺子的老掌柜性情古怪,本就是个不会做买卖的,若是寻常店主,遇上这么个不会讲话的客人,早翻白眼或是直接撵人了,可老掌柜偏不,反而来了兴致,笑道:"可不是,同一个客人,外乡人,挺识货,冤大头算不上,千金难买心头好嘛。"

老人啧啧道:"不错不错,虽说比你太爷爷的生意经差远了,可是运气就要好太多了。这都能卖出去,我还以为再吃个百来年灰呢。"

老掌柜斜了老人一眼:"口气不小,是书简湖的哪位岛主仙师?呵呵,可是我没记错的话,稍微有点本事的岛主,如今可都在宫柳岛上待着呢,哪有闲工夫来我这儿装老神仙。"

老人忧愁道:"几百号人在宫柳岛上吃喝拉撒,还不得是个粪坑。"

老掌柜有些乐呵:"那些飞来飞去的神仙,又不是我们这些凡夫俗子,宫柳岛变不成茅厕。再说了,宫柳岛这么个乱坟岗似的地儿,等到会盟结束后,变成个啥样,谁在乎。"

老人叹了口气:"我倒是挺在乎。"

老掌柜觉得越来越有意思,招招手:"老哥儿,来喝一杯?"

老人摇头道:"比泔水好不到哪里去,不喝。"

老掌柜笑骂道:"好心当作驴肝肺,不喝拉倒,不过你这臭脾气,对我胃口,店里物件,随便看,有相中的,我给你打九折。"

老人摆摆手,走出铺子。

老人逛完了整条猿哭街,太久没有返回书简湖,早已物是人非,再也见不着一张熟悉面孔。老人走出猿哭街,来到池水城一条闹中取静的巷弄,走到尽头处,掏出钥匙打开院门,里边别有洞天。

虽无人居住,但是每隔一段时间都有人负责打理,而且极其卖力和用心,所以廊道曲折、庭院深深的幽静宅邸,依旧纤尘不染。

老人来到一座水榭,推开窗户,细听之下,泉水击石,水声泠泠。

约莫半个时辰后,一个池水城籍籍无名的富态老人,来到水榭外,躬身道:"晚辈不第巷王观峰,拜见刘老祖。"

老人转过身,笑道:"是那石毫国王水部的玄孙吧?进来坐,你们王氏当年于我有恩,我的性格,你们从石毫国迁出的池水城王氏一脉历代家主,要比书简湖现在的很多年轻人更清楚,所以用不着如此拘谨。"

水榭内并无多余装饰,就几个铺放在地的白蒲团,实际比池水城城主范氏还要有钱的王观峰,战战兢兢坐在一个蒲团上,并没有因为老人的和颜悦色,就当真不知天高地厚。

姓刘的老人问了些书简湖最近百年的情况,王观峰一一答复。

刘姓老人听完了宫柳岛近况后,笑道:"我在蜂尾渡那么远的地方,都听说了青峡岛刘志茂和顾璨这对师徒的赫赫威名。"

王观峰小心斟酌一番,回答道:"如今大骊宋氏和朱荧王朝在拿书简湖掰手腕子,我们押注了青峡岛，朱荧王朝应该是选了青冢、天姥和粒粟三岛联盟，主事人是朱荧王朝一个出身皇家的九境剑修，与黄鹂岛有些渊源，只是如今此人隐匿在何处，查不出来。但是朱荧王朝内部，对于顾璨到底是拉拢还是打杀，应该也存在异议，并未统一意见，所以先前池水城刺杀，朱荧王朝某股势力，已经栽了大跟头。刘志茂本人依旧是元婴境，并无破境迹象，倒是顾璨身边的那条蛟龙之属，已经跻身了元婴境，战力惊人，连刘志茂都要忌惮，说不定将来会形成尾大不掉之势，最终刘、顾两人分摊书简湖。不过这都是老祖袖手旁观的结果。"

老人笑问道："那个叫顾璨的小魔头，号称打遍书简湖无敌手？"

王观峰算是嚼出一些言外之意了，小心翼翼问道："老祖是想要我们转头押注朱荧王朝？"

老人摇头道："两回事。刘志茂能够有今天的风光，一半是靠顾璨和那条元婴境蛟龙，先让他坐几天书简湖江湖君主的位置好了，到时候顾璨死了，刘志茂也就废了大半，墙倒众人推，书简湖两百年前姓什么，两百年后还会姓什么。"

老人笑了笑："什么时候书简湖的野修，已经这么不怕死了？一个小屁孩儿，就敢这么抖搂威风？"

王观峰解释道："朱荧王朝未必没有拉拢顾璨、掣肘刘志茂的想法，不然不会由着顾璨如此横行无忌，不过那蛟龙的成长速度，不到三年就从金丹跻身了元婴，实在太过匪夷所思，也确实让我们所有人有些发蒙。"

老人显然不是那种喜欢苛责下人的山上修士，点头道："这不怪你们，之前我与两个朋友一起游历，聊到此事，境界和眼光高如他们，也是与你王观峰一般感想，差不多就是匪夷所思这么个意思了。

"押注刘志茂没问题，如果不怕我坑你们王氏的银子，只管将全副家当都压上去。"

老人最后笑道："只不过那个顾璨嘛，到时候就由我亲自来杀，你们只需要装聋作哑，静观其变，不用多做什么，等着收钱就是了。"

王观峰咽了口唾沫。

老人神色淡漠："既然大伙儿都是山泽野修，那就没谁的命更值钱，不会有人能够从头杀到尾，至少在书简湖，在我这里，没这样的道理。"

王观峰伏地而拜。

书简湖，其实是有规矩的，书简湖的老人不提起，年轻人不知道而已。

鬼修府邸的那个门房老妪，最近多了一点生气，就是每天盼着那个年纪轻轻的账房先生能够登门拜访。

哪怕那个陈先生每次来去匆匆，也不会在门房那边如何停步，只是与她打声招呼就走，几乎连闲聊半句都不会。可名为红酥的老妪，人不人鬼不鬼的她，仍是有些开心。

这天账房先生离去后，她站在府邸门口倚门远望那个背影，以至于自家老爷出现在她身旁都毫无察觉，等她猛然惊觉之时，马姓鬼修冷哼一声："怎么，还奢望着麻雀飞上枝头？给陈平安这种人上人青眼相加，收为丫鬟？"

红酥赶紧向鬼修施了个万福，惨兮兮道："老爷说笑了，奴婢哪敢有此等活该遭雷劈的非分之想。"

鬼修抛出一小袋子神仙钱："这个陈平安最近还会经常来府上做客，每天一枚雪花钱，足够让你恢复到生前模样，然后维持大概一旬光阴，省得被陈平安以为我们朱弦府是座阎罗殿，连个活人门房都请不起。"

红酥双手捧住那袋子神仙钱，鞠躬谢恩。

她当然不会对那个年轻且温柔的账房先生真有什么想法，世间女子，无论自己美丑，真不是遇见了男子，他有多好，就一定要喜欢的，也不一定是他有多不好，就一定喜欢不起来。为世间男女牵红线的月老，想必是个老顽童吧。

满头青丝却面目苍老的红酥，她只是在死气沉沉的府邸，守着这座大门日复一日、年复一年，实在太枯燥乏味了，好不容易瞧见个年轻人，自然要珍惜些。

不太爱与人说话的鬼修今儿破天荒留在了门口，远眺青峡岛以外的广袤湖景，面有忧色。

之前刘志茂跟天姥岛老岛主大打出手，打得后者差点脑浆子成了那晚宫柳岛宵夜的白米粥，虽然青峡岛这方盟友表面上士气大涨，可是明眼人都知道，芙蓉山惨剧，无论是不是刘志茂幕后下的毒手，刘志茂此次走向江湖君主那张宝座的登顶之路，受到了不小的阻碍，无形中已经失去了不少小岛主的拥护。因为在书简湖有两条久盛不衰的金科玉律，一个叫帮亲不帮理，一个是帮弱不帮强。所以青峡岛最近几天的氛围有些凝重，十二大岛屿的宴席都少了很多。

陈平安还是经常在朱弦府、月钩岛和玉壶岛三地串门。月钩岛俞桧是最好说话的，买卖最为顺利。玉壶岛那个阴阳家大修士也算可以，虽然谈不上热络，可有一说一的商家风范，反而让陈平安更能接受，倒是修为最低的马姓鬼修这边，还是咬死一点，除非陈平安能够说服珠钗岛刘重润，不然就没得谈，所以陈平安就跟个媒婆似的，时不时往珠钗岛跑。刘重润比鬼修更硬气，你陈平安不提那个驮饭人，就是珠钗岛的贵客，宝珠阁那边好酒好茶美娇娘，虚位以待，可要是为了个当年刘氏皇族的杂役贱种当说客，珠钗岛的山门都不用进。一根筋的陈平安也就真不跨过山门，次次在渡口那边与刘重润说几句，就撑船返回。

其实两人是可以聊一聊的，当初在藕花福地逛荡了将近三百年的光阴岁月，见过许许多多的官场事和皇家事，只是如今陈平安不愿分心，也没办法分心。以后哪天要离开书简湖了,陈平安倒是一定会拜访珠钗岛,将一些心中疑惑,向刘重润这个当年差点当上宝瓶洲第一个女帝的女修询问一番。

不过虽没能跟马姓鬼修顺利讨要到那些阴魂,但是相互切磋一些鬼道术法,反而比跟俞桧那个能闲扯两个时辰废话的油子更有意义,至于玉壶岛的阴阳家修士,不苟言笑,陈平安就是想聊都撬不开嘴,所以陈平安还是跑朱弦府更多,况且都在青峡岛。饭后散步,经常是一件事情还没想明白,一抬头就到了。

这天陈平安在黄昏里,刚去了趟剑房收取飞剑传来的一封密信,就来朱弦府这边散心了。

老龙城范峻茂那边回信了,但是就四个字:无可奉告。

陈平安也没辙。

未来的大骊南岳正神,与魏檗平起平坐的一洲头等神祇,何况范峻茂可比魏檗小心眼多了,惹不起。

不过陈平安当时在寄去的信上写得清清楚楚,既然是他陈平安在求人,双方更是在做买卖,范峻茂照理说不该如此才对。

陈平安今天依旧是与门房老妪红酥打过招呼后,就去找马姓鬼修。

没有停步,没有多聊,容貌已经恢复到四十岁妇人模样的红酥,也不觉得失落,觉得这样挺好,莫名其妙,反而更舒心些。

这天陈平安离开朱弦府后,发现顾璨和小泥鳅站在小路尽头,问陈平安今晚有没有空,顾璨说他娘亲又做了家常饭。

陈平安说今晚不行,还要去两座距离青峡岛比较远的岛屿瞧瞧,回来的时候肯定已经很晚了,便是宵夜都不行了。

顾璨有些失望。陈平安也未再说什么。

顾璨将陈平安送到山门口的屋子外边,突然问道:"陈平安,其实你对我娘亲有些看法的,对吧?"

陈平安揉了揉他的脑袋:"这些你不要多想,真有事情和问题,我会找时间和机会,与婶婶聊聊,但是在你这边,我绝对不会说你娘亲什么不好的话。"

顾璨似懂非懂,带着小泥鳅离开了。

陈平安走回屋子,埋头于书案间。

池水城高楼内,崔瀺放下一封密信,揉了揉眉心,细细思量起来。

崔东山依旧待在那座金色雷池内,一步都没有离开过,不过当下在模仿陈平安的天地桩。

世事走向和人心起伏,都有迹可循,这一直是崔瀺钻研极深的一门自家学问。

崔瀺自言自语道:"一方面是陈平安来得比预期早,这是因为顾韬的脑子,当然还有陈平安的,都要比绣花江水神要好一些,使得阮秀和顾璨在书简湖两败俱伤的可能性,被扼杀在了摇篮里。不过这本就是陈平安破局的一部分,哪怕你不在,我都不会阻拦。

"另一方面,是我稍稍小觑了顾璨的定力,他没有莽撞出手,在那晚直接驱使那条泥鳅挑衅阮秀。至于阮秀对陈平安的好感,以及刘老成这个宫柳岛主人的野心,两者都比我想象中要更大一些,这些都是不小的变数。

"按照当年那场骑龙巷风波的推衍结果,大致可以得出一个结论,阮秀是老神君极为重视的一个存在,甚至要比李柳、范峻茂还要关键,她极有可能,是当初神道大灵当中的那一位,故而看得见一个人身上的因果报应。有她在,陈平安等于事先知道了科举题目,第四难,难在无数难,差不多可以减去半数难。但是我依旧让那个找了诸多借口、耗在绿桐城不肯挪步的阮秀,名正言顺地留在书简湖,让你输得口服心服。"

说到这里,崔瀺笑着望向崔东山。

刘老成既然秘密进入了书简湖地界,却依旧没有通过任何渠道,跟大骊谍报通气,这说明刘老成这个上五境野修,在攀上了玉圭宗老宗主荀渊的关系后,已经打算破釜沉舟,选择赌上书简湖的所有家当,作为玉圭宗将下宗山门建立在书简湖的投名状。一般而言,即便坐视青峡岛刘志茂一统书简湖,只要玉圭宗将下宗山门选址于此,身为宫柳岛主人,加上还有许多藏在水面下的老关系,刘老成都不亏,犹有小赚,无非是大头给刘志茂和幕后的大骊宋氏捞到手而已。山泽野修出身,胜负在五五之分的大好赌局,谁不赌?更别提刘老成这种宝瓶洲山泽野修第一人。刘志茂即便羽翼已丰,可是面对在书简湖根深蒂固的刘老成,一旦后者搅局,他未必愿意玉石俱焚。

这就是大势。刘老成身上有。

一个人身上,独占一份风云大势。何其之难。

刘志茂还差得远,半数功劳靠着徒弟顾璨和一条畜生,好似妇人持家点点滴滴攒下来的那点气势,能跟刘老成这种单枪匹马、硬生生杀出一条血路的老不死的比?修为,心性,手腕,都不在一个层面上。再给刘志茂一两百年光阴经营地盘,积攒人脉,然后必须跻身上五境,还差不多。反观刘老成,毕竟是崔瀺自己都很欣赏的一方豪杰。

崔东山倒立行走,随口道:"阮秀留在书简湖,你一样可以顺势而为。一两颗关键棋子的自我生发,导致的变数,根本无碍大局,同样可以扭转到你想要的大势中去。"

崔东山倒转身形,重新站定,满脸无所谓道:"找个由头给姓宋的,让他们赶紧离开绿桐城便是。"

崔瀺笑问道:"这是为何?明摆着是你小赚的,这都不要?"

崔东山使劲揉着脸颊:"我当然是要豪赌一场!输了,大不了倾家荡产;赢了,我也会离开山崖书院,为你谋划宝瓶洲以南的大势。"

这下子崔瀺是真的有些想不明白了,不得不问道:"这又是为何?"

崔东山耍无赖道:"我喜欢!就喜欢看到你算来算去,结果发现自己算了个屁的样子。"

崔瀺哈哈大笑:"那你要失望了。"

崔东山打了一通王八拳,轮到他问了一句:"为何?"

崔瀺笑眯眯道:"你可以猜猜看。"

崔东山突然问道:"如果刘老成出手打死了顾璨,这个局,岂不是虎头蛇尾?"

崔瀺反问道:"真正需要着急的人,是我吗?不是你才对吗?"

崔东山嘿嘿一笑。

崔瀺微微一笑:"那我可要说一句大煞风景的言语了。若是陈平安开始坦然面对那些茫茫多的冤死之鬼,肯定会有各种有意思的事情,其中,哪怕只有一个阴物,或是一个阴物的在世亲人,对陈平安当面质问一句:'道歉?不需要。补偿?也不需要。就是想以命换命,做得到吗?'那个时候,陈平安当如何自处?此处心坎,又该如何过?这还只是无数难之一。"

崔东山蹦蹦跳跳,双手捂住耳朵:"不听不听,老王八念经真难听。"

朱弦府门房那边。

这一天陈平安坐在门槛上,那个名叫红酥的女子,不知为何,不再靠每天汲取一枚雪花钱的灵气来维持容貌,于是她很快就恢复到了陈平安初次见她时的老妪面容。

然后在这一天,陈平安突然掏出纸笔,笑着说是要与她问些陈年往事,不知道合不合适,没有别的意思,让她切莫误会。

在回答问题之前,红酥站在阴暗屋子的房门口,笑问道:"陈先生,你真是一个诸子百家当中的小说家吗?"

陈平安摇头道:"我不是,但是我有一个朋友,喜欢写山水游记,写得很好。我希望有些见闻,能够将来跟这个朋友重逢的时候,说给他听听,或是记下一些,直接拿给他看看。"

红酥提着裙摆,快步走到陈平安身边,问道:"能坐吗?"

陈平安无奈道:"这儿是你家唉。"

红酥笑着坐下,离着陈平安还是有段距离。

她有些难为情道:"陈先生,事先说好,我可没什么太多的故事可以说,陈先生听完之后估摸着会失望的。还有还有,我的名字,真的能够出现在一本书上吗?"

陈平安微笑道:"当然可以啊,只要你不介意。而且等下聊完之后,你一定要记得提醒我,哪些故事可以写,哪些不可以写,哪些人和事,是多写还是少写,到时候我都会

——叮嘱那个朋友的。"

红酥双手攥紧放在膝盖上,神采奕奕。

陈平安满脸笑意,看着她,眼神温柔且清澈,就像看到了一个好姑娘。

红酥赶紧站起身,欢快俏皮地施了一个万福,这才坐下,笑颜如花。

她将自己的故事娓娓道来,竟然想起了许多她自己都误以为早已忘记的人和事。

陈平安便一一记下。

偶尔说累了,红酥便会直直地看着那个脸色微白的账房先生低头认真写字,丝毫不觉得有任何不妥。

最后陈平安收起了纸笔,抱拳感谢。

红酥捂嘴娇笑不已,然后小声提醒道:"陈先生,记得与你朋友说一声,一定要版刻出书啊,实在不行,我可以拿出几枚雪花钱的。"

陈平安皱着脸道:"哪好意思拿这么昧良心的银子。放心吧,这点钱我朋友还是有的。再说了,你也要相信他的文章本事,一定有书肆愿意出钱买的。"

陈平安离开后,门房老妪还是满脸笑意,竟是忍不住原地蹦跳了一下。结果发现身边站着朱弦府老爷,她赶紧收敛笑意。

不承想那个古板严酷的老爷道:"回头你与陈平安说一声,我与长公主刘重润的故事,也可以写一写。只要他愿意写,我给你一枚小暑钱作为报酬。"

红酥怯生生道:"若是奴婢说服不了陈先生,老爷会不会责罚奴婢?"

马姓鬼修骂骂咧咧,大步转身跨过门槛:"那就是他眼瞎耳聋,跟你这个丑八怪没关系。他娘的,你那点鸡毛蒜皮的家长里短,能跟老子与刘重润那般荡气回肠的恩怨情仇比?他陈平安又不是个傻子……"

说到这里,鬼修咳嗽一声,转过头,说道:"你与陈平安提及此事的时候,记得好好说话,多磨一磨他。"

红酥如释重负,使劲点头。随即她便有些纳闷。咦?自家老爷啥时候如此通情达理了?

青峡岛山门口那间屋子里边,书简湖岛屿和附近城池州郡的形势图、香火房户籍档案、各大岛屿祖师堂谱牒,加上将近二十万字的摘抄手稿,一一分门别类,大多数都已经放入柜子抽屉内,宛如杨家铺子和灰尘药铺的那些药屉,可书案那边仍是堆积成山。

屋内一张书案,一排靠墙柜子,一张饭桌,此外不过是一张椅子、两条长凳和一个小板凳,就这么些家当。

后来因为顾璨经常光顾屋子,从秋末到入冬,就喜欢在屋门口那边坐很久,不是晒太阳打盹儿,就是跟小泥鳅唠嗑,陈平安便在逛一座紫竹岛的时候,跟那个极有书卷气的岛主,求了三竿紫竹,两大一小,前者劈砍打造了两张小竹椅,后者烘烧打磨成了一根鱼竿。只是做了鱼竿,身处书简湖,却一直没有机会钓鱼。

今晚陈平安打开食盒,在饭桌前默默吃着宵夜。

陈平安还在等桐叶洲太平山的回信。

即便魏檗已经给出了所有的答案,不是陈平安不相信这位云遮雾绕的神水国旧神祇,而是接下来陈平安需要做的事情,不管如何求全求真,都不为过。

只是跨洲的飞剑传信,就这么泥牛入海都有可能,加上如今的书简湖属于是非之地,飞剑传信又是出自众矢之的的青峡岛,故而陈平安已经做好了最坏的打算,实在不行,就让魏檗帮个忙,代为书信一封,从披云山传信给太平山钟魁。

若是第一次游历江湖的陈平安,说不定即便拥有这些关系,也只会自己兜兜转转,不去麻烦别人,因为麻烦别人会心里不得劲儿,可是如今不一样了。

陈平安不想活成东海观道观老道人嘴里的那种孤家寡人,欠一些人情,并不可怕,有借有还,将来朋友遇上了难事,才能更轻松些开口,只要别好借难还就是了。

陈平安吃完了宵夜,装好食盒,摊开手边一份邸报,开始浏览。

上边写了时下书简湖的一些趣闻趣事,跟世俗王朝驿骑发送至官署案边的官场邸报,差不多性质,其实当初游历途中,在青鸾国百花苑客栈,陈平安就曾经见识过这类仙家邸报的奇妙。在书简湖待久了,陈平安也入乡随俗,让顾璨帮忙要了一份仙家邸报,只要一有新鲜出炉的邸报,就让人送来。

宫柳岛上几乎每天都会有趣事,当天发生,第二天就能够传遍书简湖。

这要归功于一个名叫柳絮岛的地方,其修士从岛主到外门弟子,乃至于杂役,都不在岛上修行,成天在外边晃荡,所有的挣钱营生,就是靠着各种场合的见闻,加上一点捕风捉影,贩卖小道消息,还会给半数书简湖岛屿,以及池水、云楼、绿桐、金樽四座湖边大城的豪门大族,不定期发送一份份仙家邸报。事情少,邸报可能就豆腐块大小,价钱也低,保底价,一枚雪花钱;若是事情多,邸报大如堪舆图,动辄十几枚雪花钱。

最近这份邸报上主要写着宫柳岛的近况,也介绍了一些新崛起岛屿的出彩之处,以及一些老资历大岛屿的新鲜事。例如碧桥岛老祖师这趟出门游历,就带回了一个了不得的少年修道天才,天生对符箓拥有道家共鸣。又比如蜡梅岛瀑布庵女修当中,一个原本籍籍无名的少女,这两年突然长开了,蜡梅岛专程为她开辟了镜花水月这条财路,不承想头一个月,观赏这个少女袅袅风情的山上豪客如云,丢下许多神仙钱,使得蜡梅岛灵气暴涨了一成之多。还有那沉寂百年、"家道中落"的云岫岛,一个杂役出身、一直不被人看好的修士,竟然成为了继素鳞岛田湖君之后新的书简湖金丹境地仙,所以连去宫柳岛参加会盟都没有资格的云岫岛,这两天嚷嚷着必须给他们安排一张座椅,不然江湖君主无论花落谁家,只要云岫岛缺席了,那就是名不正言不顺。

陈平安看着这些精彩纷呈的"别人事",觉得挺好玩的,看完一遍,竟然忍不住又看了一遍。

这份邸报上,柳絮岛主笔修士专门给蜡梅岛那个少女修士留了巴掌大小的地方,以类似打醮山渡船的那种拓碑手法,加上陈平安当年在桂花岛渡船上见识过的画家修士的描景笔法,使得邸报上少女站在瀑布庵梅花树下的侧面栩栩如生。陈平安瞧了几眼,确实是个气质动人的姑娘,就是不知道有没有以仙家"换皮剔骨"秘术更换面相,若是朱敛与那个荀老前辈在这里,多半能一眼就看穿了吧。

陈平安买邸报比较晚,这会儿看着诸多岛屿奇人异事、风土人情的时候,并不知道,在芙蓉山遭遇灭门惨祸之前,一切关于他这个青峡岛账房先生的消息,就是前段日子柳絮岛最大的财路来源。

柳絮岛当然没敢写得太过火,更多还是些溢美之词,不然就要担心顾璨带着那条大泥鳅,几巴掌拍烂柳絮岛了。历史上,柳絮岛修士不是没有吃过大亏,自创建祖师堂以来,五百年间,就已经搬迁了三次立身之地,其间最惨的一次,元气大伤,财力不济,只好跟一座岛屿租赁了一小块地盘。

三次"因言获罪":一次是柳絮岛初期,修士下笔不知轻重,一份邸报,惹了当时江湖君主的私生子。第二次,是三百年前,惹恼了宫柳岛岛主。对这个老神仙与那弟子女修的关系添油加醋,哪怕全是好话,笔下文字,尽是艳羡师徒结为神仙眷侣,可仍是引来了刘老成的登岛拜访,倒是没有打杀谁,却也吓得柳絮岛第二天就换了岛屿,算是赔罪。第三次,邸报上,不小心将刘志茂的道号截江真君,误刻为截江天君,使得刘志茂一夜之间成了整座书简湖的笑柄。刘志茂杀上柳絮岛,直接拆了对方的祖师堂,这次便是柳絮岛最伤筋动骨的一次。等到被打蒙了的柳絮岛修士秋后算账,才发现主笔那份邸报的家伙竟然跑路了。原来那家伙正是柳絮岛一个大修士手底下众多冤死鬼中的一个晚辈,在柳絮岛蛰伏了二十年之久,就靠着一个字,坑惨了整座柳絮岛。而负责校勘邸报文字的一个观海境修士,虽说确实失责,可如何都算不得罪魁祸首,却仍是被拎出来当了替死鬼。

陈平安听到比较难得的敲门声,听先前那阵稀碎且熟悉的脚步声,应该是那个朱弦府的门房红酥。

他赶紧起身去打开门,拥有一头青丝的老妪红酥,婉拒了陈平安进屋子的邀请,犹豫片刻,轻声问道:"陈先生,真不能写一写我家老爷与珠钗岛刘岛主的故事吗?"

陈平安微笑道:"好吧,那下次去你们府上,我就听听马远致的陈年往事。"

红酥虽然面容苍老,沟壑纵横,且不知为何,会有浓厚的阴煞之气单单凝聚盘踞在她的脸庞上,才使得她如此面目丑陋,可其实她若是汲取了神仙钱的灵气,姿色并不差,而且她有一双颇为灵秀的眼眸。这会儿她眨了眨眼睛,壮着胆子,轻声问道:"陈先生是故意拒绝我家老爷的吧？是因为猜到了我家老爷会再让奴婢来找先生,好给奴婢这么大一个功劳,对不对？"

陈平安伸出一根手指放在嘴边,示意她天知地知你知我知,便可以了。

月辉下,女子嫣然一笑,月光皎皎。

红酥望向眼前这个有些消瘦的年轻人,提起手中一壶酒,黄纸封,壶身以红绳缠绕,柔声笑道:"不是什么值钱的东西,叫黄藤酒,以糯米、粳米酿造而成,是我故乡的官家酒,最受女子喜好,也被昵称为加餐酒。上次与陈先生聊了许多,忘了这一茬,便请人买了些,刚刚送到岛上,若是先生喝得习惯,回头我搬来,都送给先生。"

红酥突然意识到自己言语的不妥,赶紧说道:"方才奴婢说那妇人女子爱喝,其实家乡男子也一样喜欢喝的。"

陈平安接过那壶酒,笑着点头道:"好的,若是喝得惯,就去朱弦府找你要。"

红酥走后,陈平安不但没有喝酒,还将那壶酒放入咫尺物当中,是不敢喝。不是信不过红酥,而是信不过青峡岛和书简湖。即便这壶酒没问题,一旦开口讨要,根本不知道哪壶酒当中会有问题,所以到最后,陈平安肯定也只能在朱弦府门房那边,与她说一句酒味绵软,不太适合自己。这一点,陈平安不觉得自己与顾璨有些相似。

为了那个万一,顾璨可以毫不犹豫地杀掉一万。陈平安也是害怕那个万一,只能将红酥的好意,暂时搁置、封存。

只不过两者看似相仿,到底是一个相像的"一"衍生出来的大不同。

只要顾璨还死守着自己的那个"一",陈平安与顾璨的心性拔河,是注定无法将顾璨拔到自己这边来的。陈平安也已经暂时放弃了。

连两个人看待世界,最根本的心路脉络,都已经不同,任你说破天,一样无用。

顾璨没有见过陈平安与藕花福地画卷四人的相处时光,也没有见过其中的暗流涌动、杀机四伏,与最终的好聚好散,最后还会有重逢。虽然这未必适合书简湖和顾璨,可顾璨终究是少看了一种可能性。

在逐渐熟了书简湖一部分高高低低、复杂交错的脉络后,陈平安相信顾璨如果将一部分心思放在杀人之外,哪怕是学一学刘志茂笼络人心、培植势力的手段,他与他娘亲都可以在书简湖活得更好、更长久。

只是陈平安如今看到了更多,想到了更多,但是却已经没有去讲这些"废话"的心气。

不说,却不意味着不做。恰恰相反,需要陈平安去做更多的事情。

道理讲尽,顾璨仍是不知错,陈平安只能退而求其次,止错。

只要他身在书简湖,住在青峡岛山门口当个账房先生,至少可以争取让顾璨不继续犯下大错。

顾璨既然不知错,坚信自己是最对的,自然更不会改错,陈平安为了一饭之恩,和一部拳谱,两次大恩,皆有回应。

一次为了过心坎,不得不自碎金色文胆,才可以尽量以最低的"心安理得"留在书简湖,接下来的一切所作所为,就是为顾璨补错。

这是一个很简单的顺序,就是做起来并不容易。尤其难在第一步,陈平安如何说服自己?那晚金色文胆破碎,与金色儒衫小人作揖告别,就是必须要有的代价。

人生在世,讲理一事,看似容易其实最难,难在就难在那些需要付出代价的道理,还要不要讲?与自我内心的良知,拷问与答复之后,如果还是决定要讲,那么一旦讲了,付出的那些代价,往往不为人知,甘苦自受,无法与人言。

在这两件事之外,陈平安更需要修补自己的心境。不能补救到一半,他自己先垮了。

陈平安走出屋子,这次没有忘记吹灭书案与饭桌上的两盏灯火。

过了青峡岛山门,来到渡口那艘渡船。站在湖边,陈平安并未背负剑仙,只穿着青衫长褂。

天地寂寥,四下无人,湖上仿佛铺满了碎银。入冬后的夜风微寒,这让陈平安在练拳跻身第五境,尤其是身穿法袍金醴之后,终于感受到了久违的人间节气冷暖。

随着江湖越走越远,尤其是看过了越来越多的官场和山上光景,陈平安就越来越佩服阮师傅对于师徒关系的看法,也越来越佩服崔东山教他的那场棋外棋。

阮邛收取弟子,不是为了师父哪天与人争执,弟子在旁起哄,大肆攻讦对手,或是不问是非,毅然决然投身战场。阮邛曾言,我只收取那同道中人做弟子,而不是收取一些只知道为我卖命的徒弟门生。

人生之难,难在意难平,更难在最重要的人,也会让你意难平。不过这只是好人之难。到底是更多的人,从来不思量这些的。

世道打了我一拳,我凭什么不能还一脚?世人胆敢一拳打得我满脸血污,害我心里不痛快,我就定要打得世人粉身碎骨,至于会不会伤及无辜,是不是死有余辜,想也不想。这是不对的。

修力是立身之本,修心是登高之路。大道之上,仗剑直行也好,负笈游学也罢,偶尔总要给人让让路。

陈平安面容愁苦,只觉得天大地大,这些言语,就只能憋在肚子里,没有人会听。

陈平安心思微动,想了想,从咫尺物当中取出一块黑炭。

他在渡口画了一个大圈,然后弯腰在圆圈之中缓缓画出一条直线,将圆圈一分为二。

陈平安蹲在那条线旁边,久久没有动笔,眉头紧皱。神色萎靡的账房先生,只得摘下腰间养剑葫,喝一口乌啼酒提神。这才在那条直线上下,各自写了一个"善"和"恶"。

陈平安今夜要在那个曾经在心路上停步、不愿深思、也无力去深究的"一"字上,跨出一步。就像泥瓶巷草鞋少年,当年走在廊桥之上。

陈平安蹲在地上,在那条直线上,在"善""恶"二字之间,轻轻写下"以人为本"四个字,喃喃道:"暂时只能想这么多。"

陈平安闭上眼睛,又喝了一口酒,睁开眼睛,站起身,大步走到"善"那个半圆的边缘,一气呵成,到"恶"这个半圈的另外一段,画出了一条斜线,挪步,从下往上,又画出一条斜线。最终,一个圆圈,已经被陈平安切割成六块,交集只有那个圆心一点。

之后,陈平安好像豁然开朗,快步走到那条直线上的"善"字半圆当中,在这三块区域居中的那块扇形上,手中炭笔挥洒如飞,自言自语道:"若说这是本心向善的赤诚之心,且最为坚定,心智不易移动,那么在这块地方的世人,三教学问,诸子百家,甚至哪怕是没有读过书识过字,教之'书上自有黄金屋、书中自有千钟粟''修身齐家治国平天下',那就是最好的学问,因为听得进去,甚至无需任何一位圣贤苦口婆心说道理,因为这类人,愿意听,也愿意坐而闻道,起而行之,无论世道如何困苦,也会坚守本心!"

陈平安快速起身,退到与那个半圆写满炭字区域"针锋相对"的"恶"之半圆居中地带。

蹲下身,一样是炭笔哗哗而写,喃喃道:"人性本恶,此恶并非一味贬义,而是阐述了人心中另外一种本性,那就是天生感知到世间的那个'一',去争去抢,去保证自身利益最大化,不像前者,对于生死,可以寄托在儒家'三不朽'、香火子孙传承之中。在这里,'我'就是整个天地,我死天地即死,我生天地即活,个体的我,这个小'一',比整个天地这个大'一',分量不轻半点,朱敛当初解释为何不愿杀一人而救天下,正是此理!同样非是贬义,只是纯粹的人性而已,我虽非亲眼见到,但是我相信,一样曾经推动过世道的前行。

"心性全部落在此地'开花结果'的人,才可以在某些关键时刻,说得出那些'我死后哪管洪水滔天''宁教我负天下人''日暮途远,倒行逆施'。可是这等天地有灵万物几乎皆有的本性,极有可能反而是我们'人'的立身之本,至少是之一,这就解释了为何之前我想不明白的事情,那么多'不善'之人,修道成为神仙,一样毫无阻碍,甚至还可以活得比所谓的好人更好。因为天地生养万物,并无偏私,未必是以'人'之善恶而定生死。"

喝了一大口酒后,陈平安起身走到上边半圆的最右手边:"此地人心,不如邻近的右边之人那么心志坚韧,比较游移不定,不过仍偏向于善,但是会因人因地因时而易,会有种种变化,那就需要三教圣人和诸子百家,谆谆教诲以'玉不琢不成器,人不学不知道',警示以'人在做天在看',劝勉以'今生阴德来世福报、今生苦来世福'之说。"

陈平安写到这里,又有所想,来到圆心附近的"善""恶"二字附近,复以炭笔缓缓补充了两句话,在上边写了"愿意相信人生在世,并不都是'以物易物'",在下边则写了"若是任何付出,只要没有实质回报,那就是折损了'我'这个'一'的利益"。

收起炭笔,陈平安喃喃道:"一旦感知到受损,这个人的内心深处,就会产生极大的质疑和焦虑,就要开始四处张望,想着必须从别处讨要回来,以及索取更多。这就解释了为何书简湖如此混乱,人人都在辛苦挣扎,再就是我先前所想,为何有那么多人,一定要在世道的某处挨了一拳,就要在世道更多处,拳打脚踢,而全然不顾他人死活,不单单是为了活着。就像顾璨,明明已经好好活下去了,还是会顺着这条脉络,变成一个能够说出喜欢杀人的人,不只是书简湖的环境造就,而是顾璨心田的田垄纵横,就是以此而划分的。当他有机会接触到更大的天地时,比如当我将小泥鳅送给他后,来到了书简湖,顾璨就自然会去攫取更多属于别人的'一',金钱,性命,在所不惜。"

陈平安来到上半圆的最左手边:"此地人心,最为无序,想要为善而不知如何为之,有心为恶却未必敢为,所以最容易觉得'读书无用''道理误我',虽然身处这边的半圆,却一样很容易从恶如崩,因此世间便多出了那么多'道貌岸然的伪君子',就连佛经上的佛祖,都会忧心末法的到来。此处之人,随波逐流,活得很辛苦,甚至会是最辛苦的。我先前与顾璨所说,世间道理的好,强者的真正自由,就在于能够保护好这拨人,让他们能够不用担心下半圆中的居中一拨人,不会由于后者的横行无忌,而遭受众多无缘无故的灾厄,不用害怕所有辛苦勤劳积攒出来的财富,朝夕之间便毁于一旦,让这些人,哪怕不用讲道理,甚至于根本不用知道太多道理,更甚至是他们偶然的不讲理,微微动摇了儒家打造出来的那张规规矩矩、原本四平八稳的木椅子,都可以好好活着。"

陈平安起身挪步,来到与之相对应的下半圆最右手边,缓缓写道:"此地人,你与他说放下屠刀立地成佛,知错能改善莫大焉,与邻近居中的那拨人,注定都只是空谈了。"

虽然下边半圆,最左手边还留有一大块空白,可是陈平安已经脸色惨白,竟是有了筋疲力尽的迹象,喝了一大口酒后,摇摇晃晃站起身,手中木炭已经被磨得只有指甲盖大小,陈平安稳了稳心神,手指颤抖,写不下了。他强撑一口气,抬起手臂,抹了抹额头汗水,想要蹲下身继续书写,哪怕多一个字也好,可是刚刚弯腰,竟然一屁股坐在了地上。

陈平安一手将养剑葫随便放在地上,另外一只手松开手指,仅剩的那点木炭滚落在地,他就那么仰面躺在渡口上。

"儒家提出恻隐之心,佛家推崇慈悲心肠,可是我们身处这个世界,还是很难做到,更别提时时刻刻做到这两种说法,反而是'赤子之心'与道祖所谓的'返璞归真,复归于婴儿',似乎好像更加……"

陈平安竭力站起身,退出那个尚未补全炭字的圆圈,死死盯着那个大圆,最后视线凝聚在圆心地带、自己最早写下的"善""恶"二字之上。

陈平安摇摇晃晃，伸出一只手，像是要抓住整个圆圈。

他几乎连自己都不知道在说什么了。此时此景，形骸俱忘矣。

"是不是可以连善恶都不去谈？只说神人之分？本性？不然这个圆圈还是很难真正站得住脚。

"这就需要……往上提起？而不是拘泥于书上道理，不是拘束于儒家学问，单纯去扩大这个圈子？而是往上拔高一些？

"若是如此，那我就懂了，根本不是我之前琢磨出来的那样，不是世间的道理有门槛、分高低。而是绕着这个圈子行走，不断去看，是心性有左右之别，同样不是说有人心在不同之处，就有了高下之分、云泥之别。故而三教圣人，各自所做之事，所谓的劝化之功，就是将不同区域的人心，'搬山倒海'，牵引到各自想要的区域中去。

"若是，先不往高处去看，不绕圈平地而行，只是借助顺序，往回退转一步来看，也不提种种本心，只说世道真实的本在，儒家学问，是在扩大和稳固'实物'区域，道家是在向上抬升这个世界，让我们人能够高出其余所有有灵万物。"

陈平安闭上眼睛，取出一枚竹简，上边刻着一位大儒充满苍凉之意却依旧美好动人的文字，当时只是觉得想法奇怪却通透，如今看来，只要深究下去，竟是蕴含着一些道家真意了："盆水覆地，芥浮于水，蚂蚁依附于芥子以为绝境，须臾水干涸，才发现道路通达，无处不可去。

"道家所求，就是不要我们世人做那些心性低如蝼蚁的存在，一定要去更高处看待世间，一定要异于世间飞禽走兽和花草树木。

"那么佛家呢……"

陈平安伸出双手，画了一圆："配合儒家的广，道家的高，将十方世界，合而为一，并无疏漏。"

陈平安最后喃喃道："那个'一'，我是不是算知道一点点了？"

砰然一声，耗尽了浑身气力与精神的陈平安，后仰倒去，闭上眼睛，满脸泪水，他伸手抹了把脸，伸出一只手掌，微微抬起，泪眼视线蒙眬，透过指缝间，浑浑噩噩，将睡未睡，已是心神憔悴至极，可心中最深处，满怀快意，碎碎念道："云散天明谁点缀，天容海色本澄清。"

陈平安闭上眼睛，缓缓睡去，嘴角有些笑意，小声呢喃道："原来且不去分人心善恶，念此也可以一笑。"

在陈平安第一次在书简湖，大大方方躺在这座画了一个大圆圈、来不及擦掉一个炭字的渡口，在这青峡岛呼呼大睡、酣畅香甜之际，有一个依旧落拓不羁的青衫男子，与一个越来越动人的青衣马尾辫姑娘，几乎同时来到了渡口。

两人没有任何言语，甚至连视线交会都没有。

那个没有在太平山祖师堂提笔回信,而是亲自来到别洲异乡的读书人,捡起了陈平安的那粒木炭,蹲在那个圆圈下边最左手边的地方,想要落笔,却犹豫不决,他非但没有懊恼,反而眼中全是笑意:"高山在前,难道要我这个昔年书院君子,只能绕道而行?"

阮秀则站在直线一端尽头的圆圈外,吃着书简湖畔绿桐城的新糕点,含糊不清道:"还差了一点点神人之分,没有讲透。"

读书人手持木炭,抬起头,环顾四周,啧啧道:"好一个事到万难须放胆,好一个酒酣胸胆尚开张。"

阮秀也说了一句:"寸心不昧,万法皆明。"

青衫男子这才转头望向小口小口啃着糕点的阮秀:"你可莫要趁着陈平安熟睡,占他便宜啊。不过若是姑娘一定要做,我钟魁可以背转过身,这就叫君子有成人之美!"

阮秀这才看向他,疑惑道:"你叫钟魁? 你这个人……鬼,比较奇怪,我看不明白你。"

钟魁伸手绕过肩头,指了指那个鼾声如雷的账房先生:"这个家伙就懂我,所以我来了。"

钟魁看着这座在他眼中与世人绝不一样的书简湖,嘀咕道:"世间岂能唯我钟魁一人是君子。那世道得是多大的一个粪坑?"

阮秀脸色淡然:"我知道你是想帮他,但是我劝你,不要留下来帮他,会帮倒忙的。"

钟魁问道:"当真?"

阮秀反问道:"你信我?"

钟魁点了点头。

阮秀吃完了糕点,拍拍手,走了。

钟魁想了想,轻轻将那点木炭放回原处,起身后,凭空而写,在书简湖唯余八个字而已,然后也跟着离去,返回桐叶洲。

已经不再是书院君子的读书人钟魁,乘兴而来,乘兴而归。

他留下的那八个字,是:"诸事皆宜,百无禁忌。"

第八章
人心似水

池水城高楼内,身为大骊国师的崔瀺,今夜已经接连搁置了三把传信飞剑,始终没有理会。

崔东山沿着那座金色雷池的圆圈边缘,双手负后,缓缓而行,问道:"钟魁所写内容,意义何在?阮秀又到底看出了什么?"

崔瀺两句反问,就随便打发了崔东山:"你当我是道祖啊?所有推算出来的最终真相,都需要汇总大量的消息,这点常识都没有了?"

崔东山更绝:"无聊,找点话聊聊,你还当真啊。"

崔瀺又收到了一把极其隐蔽的传信飞剑,与之前所有飞剑如出一辙,并不是从书简湖辖境上空飞掠而至,而是先在这栋高楼内出现一道泉眼,然后泉水潺潺流淌,便有飞剑破空而至,然后泉眼消散。

这自然是大骊军方的最高机密之一,耗费了大骊墨家修士的大量心血,当然还有数量惊人的神仙钱。

崔瀺还是没有打开飞剑,缓缓道:"以人为本,且先不谈鬼魅精怪,是坐镇一洲的书院圣人必须得有的高度,然后还要去想天下,想一想'人'之外的事情。这就高出了君子的学问,君子只须惠泽一国之地,再去谋一洲,故而君子立本在人。"

崔瀺又道:"陈平安想出这个圈子的范围,不谈学问深浅,只说大小,其余与青鸾国大都督韦谅提出世间律法必须以人为本,有异曲同工之妙。这意味着与一切山精鬼魅说人间律法,是不适用的。"

崔东山问道:"所以你才将法家子弟韦谅,视为自己的半个同道中人?"

崔瀺点头道:"在走到道路尽头之前,还算殊途同归,而且与事功学说,能够大道互补。"

崔瀺转过头,笑道:"对了,你之前为何不求我帮忙遮掩渡口气象?不怕惹来不必要的关注视线?"

崔东山继续沿着那座金色雷池绕圈行走,随口道:"不用,终究是我们都能想明白的东西,更别提老秀才当年参加两次三教辩论的那个高度了。陈平安这门学问,吓不死人。真正能够吓死人的,还是老秀才那些直接吓破了佛子灵台金身、道门真灵无垢心境的言辞。"

崔瀺似乎认可这个说法:"陈平安算是走在了半山腰,手里提着一盏灯笼,灯火飘摇,微微映照脚下四周的小路。你我不算,裨益不大,只可惜见者唯有钟魁、阮秀二人而已。"

崔东山停下脚步,瞥了眼摊放在崔瀺身前地面上的那幅山水画卷,讥笑道:"其余人等,看到了也觉得碍眼而已。全然看不懂倒还好,看个半懂——就是上半圆里边的最左手,越发心虚。世事人心如此,陈平安都能看透。顾璨,青峡岛那个门房修士,你觉得他们看到了又如何?只会更加烦躁而已。所以说人生悲喜命中注定,至少一半是说对了的。该是泥泞里打滚的蝼蚁,就一辈子是如此。该是看见了一点光亮,就能爬出粪坑的人,也自然会爬出去,抖搂一身粪,从外物上的泥腿子,变成心性上的翩翩佳公子,比如那个卢白象。"

崔瀺的脸色,淡然闲适。

这对"本是一人、魂魄分离"而来的老狐狸和小狐狸,这一番从头到尾都云淡风轻的闲聊,言下之意,似乎极有默契,都在有意无意去压低陈平安那个渡口圆圈的高度和意义。

接下来两两无言。

崔瀺开始依次打开那四把传信飞剑。

由于支撑这样一把飞剑"游走于光阴长河缝隙之间"所需神仙钱,极其巨大,所以信上阐述每一件事情的篇幅,往往不长,措辞尽量简明扼要。

这也是崔瀺成为大骊国师之后,着重治理官场繁冗后的成效之一。

尽量在大骊文官武将之间,说一些大家相互都"听得懂"的言语。

崔瀺看似在处理繁忙政务。

崔东山灵犀所致,在心中反复默默诵读一句话,是老秀才与一位远游浩然天下的大佛子,在私底下论道,曾经提及的一句言语,一句"大话":"我心光明,夫复何言。"

崔瀺有条不紊处理所有军政事务,一一回信。

然后寂然而坐,以内视之法,沉浸于心神当中,那个崔瀺元婴,在本命窍穴当中,席地而坐,将渡口圆圈的那条直线,扭转了轨迹,于是变成了道祖当年在人间所绘的阴阳鱼图案。

然后伸手一挥袖,将这个圆轻轻推到一边,然后重新观看原先的圆,看着被切割成六大块的版图。六块,陈平安当时提及曾经不从高往低去看,而是绕圈而行,那就是只有左右之分,搬山倒海,迁徙人心,这叫轮回不息!

崔瀺的心神元婴,越看越脸色发冷。

骤然之间,崔瀺将心神拔出,睁开眼睛,一只大袖内,双指飞快掐诀,以"姚"字作为起始。

此后某个时刻。

"崔东山!"

"崔瀺!"

一老一少,几乎同时喊出对方名字。

崔东山飞快拿出那幅曾经给裴钱看过的光阴长河走马图,摊放在地上。

崔瀺则迅速来到崔东山那座金色雷池的边缘,沉声道:"只挑出龙窑姚姓窑头的画面!所有!"

崔东山恼羞成怒道:"那个杨老头,比你更是个老王八蛋!肯定是他故意藏掖了姚窑头的所有轨迹,瞒天过海,我们先前那点本就不用心的推衍,根本就是被杨老头带到臭水沟里去了!他娘的,这肯定是杨老头和姚窑头之间的一笔买卖!崔瀺,你我可不许为他人作嫁衣裳,我崔瀺,可以是被儒家文脉逼死的,被天下大势碾压而死的,但绝对绝对,绝不可以是蠢死的!"

崔东山情急之下,都不去计较自己自称"崔瀺"的口误了。

崔东山越想越疯癫,直接破口大骂:"齐静春是瞎子吗?!他不是棋力高到让白帝城城主都视为对手吗?骊珠洞天的前五十九年,不去说它,齐静春他只有失望而已,可他在决定将最重要的那一部分失望,选择寄托在陈平安身上之后,为何还不管管?听之任之,视而不见?!我就说佛家,作为收取骊珠洞天三千年租金的那个存在,绝对不会如此简单!说不定那个苦行僧,都只是障眼法!"

相较于崔东山的气急败坏,崔瀺要沉稳许多,问道:"陈平安身上那两把飞剑,在初一、十五这两个名字之前,真正的名字叫什么?"

崔东山皱眉道:"我只知道被陈平安命名为初一的那把,是在黄庭国老秀才那幅山河画卷出现裂缝,老秀才走出画卷后,交给陈平安的。第二把飞剑十五,则是杨老头,这个跟东海那个臭牛鼻子活了差不多岁数的万年老王八,跟陈平安要了一点不值钱的破烂东西,作为交换,主动送给了陈平安。杨老头说是就叫十五,明摆着是顺着陈平安对初一的改名,而随口胡诌的狗屁名字。"

崔瀺低头凝视着从那幅光阴长河走马图中以独门秘法撷取出来的一幅幅片段画面。

崔东山伸手指向楼外,大骂道:"齐静春睁眼瞎,老秀才也跟着疯了?"

崔瀺淡然道:"是谁费尽心思,要陈平安去研习佛经?"

崔东山使劲朝金色雷池外边吐了一口唾沫,唾沫往崔瀺脑袋上飞去:"滚你娘的,不是你要设立此局,坑害我们师徒二人,我会让陈平安去通读三教百家的那些正经?"

崔瀺头没有抬头,一挥袖子,那口唾沫砸回崔东山脸上。

崔东山随便抹了把脸,愤愤不平,依旧在骂天骂地。

看完了第二遍所有关于陈平安嘴中那个"姚老头"的画面。

崔瀺轻声道:"别忘了,还有齐静春帮忙讨要而来的那张'姚'字槐叶。一棵槐树那么多祖荫槐叶,偏偏就只有这么一张落下。将这段光阴长河,截取出来,我们看一看。"

崔东山照做。

在真正的大事上,崔东山从不别扭矫情。

画卷上,齐静春在为陈平安要到了唯一一张愿意离开枝头的槐叶后,曾悄然转头,望向槐叶最高处,笑容有些讥讽。

齐静春就看了这一眼,却恰好是多年之后两人"俯瞰"画卷之时,双方三人,宛如隔着一条光阴长河的对视。

巧合?

故意的?

崔东山心中悚然,崔瀺脸色阴沉。

崔东山喃喃道:"齐静春到底是在嘲笑那些槐荫姓氏老祖宗的不长眼,还是在笑话我们两个,根本猜不到他在做什么吗?或者,两者都有?"

崔瀺闭口不言,在心中缓缓推敲、演算。

崔东山一屁股坐在地上,干号道:"我们到底做了什么啊?你比我修为高,岁数大,吃过的秤砣多!不如你来说说看?我现在心里堵得慌,就像我家先生如今心田干涸,在渡口那边字都几乎写不动了,我这会儿,也心累,骂不动你了。"

崔瀺装聋作哑。

崔东山双手挠头:"这日子苦啊,先生揪心,学生也揪心,有福没同享,却有难要同当,没法过了,不过了不过了。"

崔瀺突然笑了起来:"你比我还要怕齐静春,所以我知道,其实在破局之初,你比我更希望齐静春已经死绝了,但是这会儿,是不是改变主意了,希望齐静春能够再来一次阴魂不散?"

崔东山黯然无语。

崔瀺伸手指了指走马图："收起来吧，多想无益，如今猜测齐静春的用心，已经意义不大。"

崔东山挪动屁股，一点一点来到那幅走马图旁边，一巴掌拍在画卷上齐静春的脸上，犹不解恨，又拍了两次："天底下有你这么算计师兄的师弟吗？啊？来，有本事你出来说话，看我不跟你好好掰扯掰扯……"

崔瀺说道："不嫌丢人吗？"

崔东山气呼呼收起那幅走马图。

崔瀺转移话题："既然你提到了掰扯，那你还记不记得，有次吵赢了佛道两家，老秀才返回学塾后，其实并没有如何高兴，反而难得地喝起了酒，跟我们几个感慨，说遥想当年，那些在史书上一个个籍籍无名的百姓，道路上遇见了至圣先师与礼圣，都敢掰扯掰扯自己的道理，并不畏惧，有所悟便哈哈大笑，觉得不对，便大声辩驳。我记得很清楚，老秀才在说这些话的时候，神色慷慨，比他与佛道两教辩论时，还要心神往之。这是为何？"

崔东山愤愤道："老秀才心比天高！"

崔瀺一口气问了一大串问题："为何现在读书识字，相比远古时代，可算越来越轻松，但是对于百家圣人和圣贤道理，世人却越来越心生敬畏？儒家门生，竟然会觉得自己的学问，一定高不过圣贤，今人注定不如古人。为何世间学问越来越多，后世之人的心性上，却越来越矮？"

崔东山叹了口气："大概是当日子过得越来越好后，我们对待这个世界就会越来越迟钝，就像当年那些高高在上的神祇。"

崔瀺眯起眼："对我们而言，只要熬过了接下来那场大劫难，这不是很好的一件事情吗？"

崔东山脸色僵硬。

崔瀺冷笑道："后悔了？"

崔东山浑身颤抖。这对于终日没心没肺、无法无天的白衣少年而言，是破天荒的事情。

崔瀺突然站起身："你找了个不错的先生。别的人，比如这书简湖里边九成九的货色，就算同样给那个臭牛鼻子，丢到藕花福地的那条光阴长河里去，别说是三百年，就是给他们看三千年光阴，也看不出什么花来。"

崔东山疑惑道："说这个作甚？你每次说好话，我就瘆得慌。"

崔瀺望向楼外的月夜湖色："如今大骊事务繁多，我不可能在这里每天收取最重要的飞剑传信，会耽误你我真正的大事。我与你不一样，这一坎，陈平安过不去，你就要跟着被连累，我则早早就立于不败之地了。所以我和你的主次之分，不是没有理由的。"

崔东山似乎并不奇怪崔瀺的离去，没有多说什么。

崔东山眼珠子悄然转动。

崔瀺背对着崔东山："我劝你拿出一点骨气来，别想着趁我不在，捣鼓一些见不得人的小动作。如果你这么做，我会对你很失望的。"

坐在地上的崔东山，轻轻挥动一只袖子，就像是在"扫地"。

崔瀺说道："趁我还没离开，有什么问题，赶紧问。"

崔东山倒也不客气，立即问道："真由着刘老成出手，打死顾璨？你不管管？"

崔瀺摇头道："反正跟死局关系不大，我又不是陈平安，在意一个毛头小子的死活做什么？打死了顾璨，刘老成还不是得跟我们大骊做买卖，无非是从刘志茂换成了刘老成而已，你看看，连姓氏都一样。其实这样更好，刘志茂自身无法服众，书简湖野修那一套行事风格，跟腐朽王朝官场上的阳奉阴违，没什么不同。还不如换成刘老成，此人更知道大势，以后与我们大骊合作，会很爽利，不至于像刘志茂那般极有可能深陷泥潭，得了好处，做起事情来，有心无力，容易当缩头乌龟，说不定还给了他趁机坐地起价的机会。所以哪怕刘老成当上江湖君主之后，待价而沽，要价更高，前期大骊难免会割肉更多，可长远来看，大骊还是可以赚回来的。"

崔东山赶紧又问："如果，我是说如果万一，齐静春真阴魂不散了，你这一走，他来了，咋办？"

崔瀺回答道："我自然留了后手在书简湖暗处，就像在骊珠洞天，道家留了个陆掌教在那边。我不是你，我说了的事情，我就做得到。别猜了，你一旦逾越雷池，不守规矩，我也有其他后手，可以针对你。"

崔东山默不作声，这次是真挥动两只袖子扫地了。

崔瀺感慨道："人之贤不肖譬如鼠矣，在所自处耳。老鼠永远不会知道自己搬动粮食，是在偷东西。"

他转过头，笑问道："那我们人呢？证道长生不朽？如果更高处有不可知的存在，它正在看我们，我们人又是在做什么？"

崔东山嘀咕道："早就想明白的事情，问我做什么。不就因为得想明白，我们才选择做那件事情嘛。所以，藕花福地画卷四人当中，最有意思的那个朱敛，才会隔岸观火，得出正确结论，说你我是那察见渊鱼者不祥。"

崔瀺笑了："我是怕你成为下一个顾璨，忘性大。"

崔东山翻了个白眼。

崔瀺微笑道："我与齐静春，骊珠洞天、书简湖，两次都是君子之争。"

崔东山脸色古怪。

崔瀺说道:"你会怀疑,就意味着我此次,也曾经有所自我怀疑。但是我现在告诉你,是君子之争。"

崔东山再问:"齐静春可以眼睁睁看着赵繇转投其他文脉,毕竟是在儒家之内。齐静春也可以留下三本书给宋集薪,为宋集薪阐述法家精义,毕竟儒法之争,并不过火。可如果齐静春把陈平安推到佛门里头去,陈平安再不回头,这算怎么回事?哪怕齐静春当初坐镇骊珠洞天,对佛法多有深思,可我不觉得他真是逃禅了,这一点,我深信不疑。那么,陈平安之于齐静春,到底是小师弟,李宝瓶、赵繇、宋集薪三人的传道人、护道人,还是齐静春真正的香火传承之人?!又或者,干脆什么都不是?"

崔瀺笑呵呵道:"不知道。"

崔东山喃喃道:"就知道。"

崔瀺如同长辈指点晚辈,对崔东山说道:"小兔崽子,以后别再对人说'我认输'。人的那一口精气神,下坠容易提起难。下棋之人,心里认输,投子棋盘就行了,有谁会开口说'我认输'的?"

崔东山意兴阑珊:"少对我指手画脚,我们已经不是一个人了。"

崔瀺并未收起地上那幅画卷,自然是留给了崔东山,最后笑道:"你这会儿应该感慨一句,我家先生,忧患实多。"

崔东山没有反驳,反而附和道:"远看青山多妩媚,身在山中路难行,路上更有山中贼。"

崔瀺一步跨出,如过门扉,一闪而逝。

在确定崔瀺真正离开后,崔东山双手一抬,卷起袖子,身前多出一副棋盘和两罐彩云子。

他正襟危坐,神色肃穆,郑重其事,下起了五子棋。

陈平安约莫是在秋分时节,从大骊匆匆忙忙动身赶来书简湖的。

到了书简湖辖境,乘坐马车到了湖边那座池水城,一路上所见风景,山明水净夜来霜,数树深红出浅黄。

在那之后,见到了顾璨,在青峡岛见过了秋高气爽的江湖画面,此后露气开始逐渐重而凝稠,书简湖天寒夜长,风烟萧索,水雾弥漫,陈平安去了趟云楼城,借助那对父女,再去了趟石毫国边境关隘,看了那一条线,也看到了一番另外的风景,霜草苍苍虫切切,村南村北行人绝。

回到青峡岛后,悄然入冬,水始冰地始冻,雉入大水化为蜃。

四处游历诸多岛屿的时候,由于详细了解了书简湖的历史变迁与风土人情,陈平安还真专程拿出小半天工夫,守在锦雉岛,去欣赏"野鸡入湖化蜃"的画面,只是这种景象极难遇见,只能碰运气,就像当年遭遇过山鲫,只能苦等久候,才有机会找出那条金色过山鲫。但是陈平安没办法耗费太多光阴去碰运气,只得悻悻然离开,有些遗憾。

人总不能活活憋死自己,总得苦中作乐,找些法子排忧解愁。希冀着能够亲眼目睹雉入水的场景,是如此;在青峡岛朱弦府,与门房红酥询问她的那些故事,也是如此。

到了青峡岛后,陈平安几乎很少喝酒,多是偶尔喝上一两口,用来提神醒脑。

旧岁近暮,寒风绕枯枝,飞鸟疾厉。

就在陈平安误以为会一直这样缓缓前行,宫柳岛那边继续吵吵闹闹,他这边则安安静静,埋头做着事情,可能哪天抬头望去,视野所及,就是那柳色早黄浅,水文新绿微了。

突然有一天,宫柳岛那边不吵了,顾璨带着小泥鳅返回山门口,找到了正在精研魏檗所传一桩秘术的陈平安,说是定下来了,反对势力中,嗓门最大的青冢、天姥和粒粟三座岛屿的岛主,先前嚷嚷着要与青峡岛双方各自派遣三人或是五人,谁赢谁来推荐人选担任江湖君主,但是就在青峡岛打算答应下来的时候,青冢岛老岛主和天姥岛的一个首席供奉,两个最有希望打擂台的强大地仙,竟然一夜之间,莫名其妙就同时销声匿迹,彻底没了人影。形势急转直下,粒粟岛岛主强撑大局,单独一人在宫柳岛亲自找到刘志茂,一番密谈之后,应该是谈拢了条件。刘志茂就这么登上了江湖君主的宝座,简直就是不费吹灰之力。要知道连同弟子田湖君在内,十余座藩属岛屿的大佬修士,都做好了血战一番的准备,在注定会无比残酷血腥的战事之中,谁死都有可能,不过刘志茂和顾璨肯定不在此列,大家对此都心知肚明,也无太多怨言,怨气倒是未必没有,可大势如此,由不得人。估计那个截江真君睡觉都能笑出声来。

陈平安听到这个消息后,并没有轻松起来。

有些事情猜得出来,比如粒粟岛极有可能就是大骊宋氏的棋子,青冢、天姥两岛的重创,是国师崔瀺的秘密手笔。

但是有些事情,陈平安猜不出,例如朱荧王朝有没有后手,如果有,会是谁,到时候试图扭转局势的雷霆一击,是针对刘志茂,还是顾璨和小泥鳅?或者,干脆就知难而退了?边境线上狼烟四起的朱荧王朝,其实已经自顾不暇,干脆就丢了书简湖这块鸡肋之地?说不定连同自己身在青峡岛的潜在影响,都在那头绣虎的算计之内,这大概就叫物尽其用?

陈平安只是要顾璨在这段时间,最好不要轻易外出,小心朱荧王朝的疯狂反扑。

顾璨笑着点头,说这个自然想到了,刘志茂也提醒过他,近期不可得意忘形,不管是谁的酒局,都不可以参加,只需要等三两个月,到时候就算是去青冢岛和天姥岛的祖师堂门口撒尿,都不敢有人管了。所以刘志茂特别小心谨慎,就连庆贺自己"登基"的筵席,都故意拖延到了明年开春时分,怕的就是到时候青峡岛打开山水大阵,前来恭贺之人,鱼龙混杂,真要那个时候给人捅一刀子,青峡岛是要伤筋动骨的。

陈平安和顾璨当时一左一右坐在小竹椅上,闲聊了片刻。

隆冬时分,湖上飞鸟几乎绝迹,偶有点点。应该快要下雪了。

顾璨走后,陈平安走到渡口那边,深思不语。

就在这天的黄昏时分,陈平安在书案那边猛然抬头,快步走到窗口附近。

只见青峡岛外,有一个老修士悬停空中,冷笑道:"我叫刘老成,来这里会一会顾璨,无关人等,全部滚蛋。不然之后谁帮你们收尸,也得死,死到无人收尸为止。"

不等言语落定,老修士就已经一挥袖子,一张张泛着金光的黄纸符箓,连绵不绝地画弧飞掠,最终形成一个大圆,就像是整座青峡岛被勒住了脖子。

老修士身旁浮现出一尊身高百丈的金身法相,身披一具黑色火焰的古怪宝甲,一手持巨斧,一手托着一方印章,名为"鎏金火灵神印",正是上五境修士刘老成的最关键本命物之一。在水运昌盛的书简湖,当年刘老成却硬生生凭借这件火属本命物,杀得众多岛屿遍地哀号,修士尸体漂满湖面。

那些品秩极高的破障符箓,不断收缩包围圈,"嵌入"青峡岛山水阵法之中,一张张砰然碎裂后,护山大阵被崩出一个个大窟窿,如果不是靠着阵法中枢,储备着堆积成山的神仙钱,加上田湖君和几个心腹供奉拼命维持阵法,不断修缮阵法,可能瞬间就要破碎,即便如此,整座岛屿仍是开始地动山摇,灵气紊乱。

这个在书简湖消失很多年的老修士,根本没有多余的言语。

刘老成身边那尊巨大法相,一斧头直直劈下,当场就将号称坚不可摧的青峡岛护山阵劈得崩散。

一粒黑点掠出春庭府,在空中现出真身,变为一条长达三百余丈的巨大蛟龙,撞向玉璞境修士刘老成的那尊金身法相。

蛟龙瞬间缠绕住金身法相,一起砸入书简湖当中,惊起一阵滔天巨浪。

法相并未一撞后仰倒地,而是双脚落在湖底后,后滑出去。

由于临近青峡岛,此处湖水并不算太深,身披火焰宝甲的金身法相,双脚站在湖底,湖水只在腰部附近。

一印章狠狠砸入蛟龙头颅之中,不去拔出。

这尊法相,将身躯远远比它还要庞大的蛟龙,砸得直接坠入湖中,一脚踩中其头颅,一斧头砍下去。

刘老成嗤笑不已。得了那么大一块琉璃金身碎片,自己最近可没闲着,在玉璞境瓶颈上停滞了两百多年,现在虽未跻身仙人境,但也差得不远了!

除此之外,为了对付这条元婴境蛟龙,还专门耗费巨资,掏出足足九十枚谷雨钱,做了件很没有性价比的事情。那就是请一位上五境大修士,在那把斧头之上,篆刻了一句道家"真言","射虎不成重练箭,斩龙不断再磨刀"！

至于"磨刀"之说,用在了巨斧之上,显得很是滑稽,可这些无伤大雅的事情,对于山泽野修而言,根本不用在意。管用就行！

血肉模糊。

书简湖湖水急剧翻涌,沸腾不已,从蛟龙伤口处流淌出来的鲜血,腥气冲天。

不过蛟龙到底是以肉身坚韧著称于世的大妖,并不是完全没有一战之力,拼死挣扎之后,也曾数次将金身法相掀翻在水中。

刘老成向青峡岛某处伸手一抓。整座春庭府与山根相连的地皮,开始崩裂出无数条裂缝,竟是仿佛要被老修士一抓之后,拔地而起。

刘老成定睛望去,讥笑道:"还想躲？已经找到你了。"

他的另外一只手,向上一抬,然后屈指一弹,只见春庭府当中一个身穿墨青色蟒袍的少年,被扯到府邸上空后,如遭重锤,整个人撞入背后的青峡岛山体之中。

刘老成根本不去看身后书简湖的战局,而是视线偏移:"刘志茂,怎么说？弟子就要被我活活打死了,还这么客客气气？"

寂静无声,没有回应。

刘老成扯了扯嘴角:"既然青峡岛这么客气,那我可就真不客气了。"

他伸出并拢的双指,轻轻向前一挥。

那枚被金身法相拍入蛟龙头颅之中的法印,如一抹流萤划空而去,砸向已经深陷山壁之中的顾璨。

刘老成笑了笑:"哟,青峡岛修士里边,总算还是有个爷们的。"

视野之中,一个身穿金色法袍的年轻人,脚踩两把飞剑,悬在顾璨身前空中,伸手一招,春庭府当中,掠起一条金色长线。

陈平安伸手虚握,那把剑仙,刚好悬停在他手中,只是仍未真正握住攥紧。

面对那枚让书简湖所有老一辈修士吓破胆的鎏金火灵神印,陈平安握住那把剑仙。

青峡岛上空,风起云涌。

刘老成皱了皱眉头,心思微动,并未驾驭本命法印,直直撞向陈平安与那把半仙兵的剑尖,而是让火灵神印画出一个圆弧,停在陈平安身侧百余丈之外。

山泽野修,出手果决且狠辣,而算计得失,更是锱铢必较。

刘老成很快就舒展眉头,若是那个大名鼎鼎的青峡岛账房先生,已经完全炼化了那把半仙兵,还算有点棘手,既然并未炼化完整,那就不算回事了。

青峡岛一座藩属岛屿之巅,站着一个儒雅青衫老人和一个身材矮小的精悍老者,皆是外乡人。他们正是玉圭宗老宗主荀渊,与无敌神拳帮老帮主高冕。

高冕察觉到荀渊的细微异样,问道:"荀渊,是你熟人?"

荀渊微笑点头:"挺熟。除了你,是我在你们宝瓶洲,最早认识的人之一,在老龙城那边遇到的,一个很不错的年轻人,杜懋就是在他手上吃了大亏,这么说起来,刘老成还得感谢他,才能得到那么大一块琉璃金身碎块。"

高冕问道:"那要我提醒一声老刘吗?我怎么听着,老刘是在做恩将仇报的缺德事?"

荀渊笑着摇头:"不用提醒。这算什么恩将仇报。不然除了刘老成,我们玉圭宗,上上下下,连我在内,一样需要将这个年轻人当活菩萨供奉起来。"

高冕咧咧嘴,笑呵呵道:"真不用?老刘一旦杀得兴起,到时候我都拦不住,除非你出手,舍得将一个板上钉钉的下宗首席供奉白白变成敌人?"

荀渊缓缓道:"那个年轻人,有个观点,与你我大致相同,行走江湖,生死自负。既然如此,那我为何要出手相救,沾染那么多红尘因果,好玩啊?"

高冕瞪了一眼荀渊:"他娘的胆肥了,你姓荀的,敢这么跟老子说话?"

荀渊赶紧抱拳告罪。

高冕这才心满意足,看着那边的对峙。结局已定,只要刘老成再次出手,顾璨和那个年轻人,不但会死,而且在这书简湖,就真不会有人收尸。

高冕略带唏嘘道:"可惜了,只凭他是青峡岛上唯一一个胆敢拦阻老刘的晚辈,我就觉得这人不坏。"

荀渊语气平淡道:"活了我们这么一大把岁数的老头子,亲眼所见的可惜事情,还少吗?死在我们手上的修士,除了该杀的,有没有枉死却不得不死的?有的吧,而且注定还不少。这就叫哪个郎中门口没有冤死鬼。"

高冕双臂环胸,撇撇嘴。

荀渊缓缓道:"说句难听的,下宗选址书简湖,是我玉圭宗的头等大事,是一桩千秋大业。如果那个年轻人与玉圭宗起了大道之争,我是不介意做第二个杜懋的。杜懋傻就傻在自恃修为,将宝瓶洲视为弹丸之地,全然不占理,就出手了。我如果出手,好歹还占着点理,终究是在礼圣圈定的规矩之内行事。当然,最后是生是死,各凭本事,独独不可女子作态,怨天尤人叫委屈。"

高冕点了点头,"能说出这番话,让我对你有些刮目相看了。"

荀渊微微一笑:"刘老成想要杀人立威,可能要付出不小的代价,比你想象中要大很多。"

高冕问得一针见血:"是今晚打小的,还是以后打老的?"

荀渊说道:"就在今晚。"

高冕终于有些好奇了。

青峡岛那边，陈平安双指拈符，轻轻丢出，日夜游神真身符现身，再将那条以蛟龙沟老蛟龙须制成的金色缚妖索，交给了其中一尊夜游神。然后猛然之间，陈平安真正握住了那把出鞘的剑仙。

刘老成哈哈大笑，眼神却极为阴沉："书简湖都在传你是一个很奇怪的剑修，不论如何，我还是对你比较上心的，不比刘志茂少。就看你有没有那个真本事，让我再次亏钱了。"

不见刘老成如何动作，那方悬停在空中的鎏金火灵神印，流淌坠落下一滴滴金色火焰，然后每一滴火灵金液在空中蓦然变大，变成一具具淡金色披甲武卒，手持各色兵器，有数十个之多，在青峡岛落地后，向那两尊日夜游神真身符傀儡蜂拥而去。不但如此，书简湖水当中如有仙人汲水，一道道粗如井口的水柱冲出水面，向陈平安激射而去。

陈平安手持剑仙，一次次挥剑而已。一条条水柱，与金色剑气长线搅在一起，在空中一同消散无形。

刘老成好整以暇。就这么耗着便是了，一点灵气而已。对方却是要拼命，才能一次次斩碎那些势大如世俗王朝最大床子弩的水柱，更要小心翼翼分出心神，防着自己那枚本命法印的偷袭。

陈平安握住半仙兵的那只手，已经血肉磨光，可见手指和掌心的白骨。

刘老成如同猫逗耗子一般，时不时还会给陈平安一点"意外之喜"，比如莫名其妙从青峡岛山崖处撞出的石块，可能大如亭台楼阁，气势如虹，也可能小如拳头，悄无声息。

刘老成越看越觉得有意思。那个年轻人的神色，实在是太平静了。

分明是形骸枯槁，心田干涸，所有的精气神，早已是强弩之末。人未死心先死？空空如也。

是一口气将其打死了算了，还是？刘老成难得有此犹豫。

刘老成心中盘算着利益得失，出手却没有丝毫懈怠。他倒要看看，这个神魂早已不堪重负，不由自主颤抖起来的年轻剑修，那一口气能坚持多久。

书简湖内，手持一柄专门压胜蛟龙之属的巨斧金身法相，与那条满身伤口纵横交错的大泥鳅，打得翻江倒海，湖水中皆是鲜血。

两尊日夜游神真身符金光逐渐黯淡，鎏金火灵神印源源不断滴落火灵金液。

这两处战场，胜负毫无悬念。只是出剑不停的陈平安四周，几乎缠满了流萤长久不散的金色细线。

刘老成看着从头到尾一言不发的陈平安，杀意渐重，开始多过不杀之心。

以白骨手掌握住那把半仙兵的陈平安，终于出现了一丝气机凝滞的凶险破绽。

刘老成毫不犹豫,稍稍调动几乎深不见底的气海灵气,青峡岛四周,随之轰隆隆巨响,如雷炸响湖面,一瞬间,数百条水柱同时冲出水面。

陈平安深吸一口气,心中默念二字,只是握住剑仙。

那些离开书简湖的水柱不断汇聚,从四面八方围杀这一人一剑,就像一个大如山峰的碧绿水球,将陈平安困在当中。

片刻之后,那些湖水凝固静止,悬在空中,早已不见年轻账房先生的渺小身影。

青峡岛在内,十数座藩属岛屿的数千修士和杂役婢女,都认为陈平安死定了。

更远处,也有无数人在旁观这场荡气回肠的厮杀。有人松了口气,有人幸灾乐祸,但也有寥寥无几的修士和寻常人,这拨人哪怕认识那个账房先生不算太久,可仍然有些遗憾,比如珠钗岛刘重润。还有一些跟账房先生打过交道的婢女,觉得这个陈先生是与一般神仙老爷不太一样的人。也有人百感交集,比如朱弦府鬼修;甚至是伤心,比如门房红酥。

空中,那巨大的碧绿水球表面,发出一声细不可闻的轻微碎裂声响,显露出一丝金线。声响越来越密集,越来越震撼人心,如市井坊间正月初一里的爆竹声。蓦然之间,青峡岛上,就像下了一场冬雨。

刘老成神色自若,以心湖涟漪问话陈平安。

得到答案后,刘老成点了点头。

在战战兢兢的青峡岛修士眼中,只见那个账房先生依旧悬在原地,并且做了一个奇怪动作,手腕一拧,倒持长剑,依旧没有说话,但是面朝刘老成,双手抱拳,像是在致谢。

刘老成点点头,收起了书简湖里的那尊金身法相,以及那方本命印章,就此一掠而走。

夜色中,三个老人御风同游,去往宫柳岛。

一场大战之后,刘老成气定神闲。这就是上五境修士的底蕴。何况刘老成连真正的杀招都没有拿出手。那尊金身法相一旦露出最近才炼化而成的半琉璃金身,那才是大杀四方的时刻。

高冕奇怪问道:"为何不杀掉那个年轻人?斩草不除根,可不是你老刘以往的作风。"

刘老成无奈道:"你嗓门儿那么大,故意说给我听,我耳朵又没聋。"

荀渊笑而不言。

刘老成带着两人落在宫柳岛山门口,三人缓缓前行。

刘老成说道:"既然与我晋升十二境契机的那块琉璃金身有些渊源,我就得念这份情。再者,一个能够从杜懋手底下活下来的年轻人,我与他反正没有直接冲突,那就做人留一线。杀人立威,伤人也可以立威,差不多就行了。何况那小子比较识趣,与我做了笔买卖。"

高冕笑呵呵道:"念情和忌惮,哪个多些?"

刘老成黑了脸。

荀渊突然说道:"如果那个年轻人,当时没有那个抱拳动作,老刘肯定当场就已反悔,估计已经宰了他。"

刘老成嗯了一声:"我这点眼力还是有的,不会养虎遗患,那家伙是真心还是假意,看得出来。"

荀渊突然笑道:"你们信不信,哪怕是在书简湖,陈平安也可以比那个顾璨,活得更长久。"

高冕摇头,不以为然道:"未必吧。我认可此人的人品,是一回事;混江湖,是另外一回事。"

刘老成却点头道:"事实如此。咬人的狗儿不露齿。之所以不杀他,有一个很重要的原因。"

刘老成环顾四周:"在书简湖这种乌烟瘴气的地方,所谓的狗屁聪明人再多,若是有个人还愿意傻乎乎讲规矩,本事又足够,至少我刘老成,是敢放心跟他做大买卖的。"

高冕不理会刘老成这个山泽野修的肺腑之言,只听进去了一句话,怒道:"你他娘的,连荀老儿的马屁都拍?有没有点出息?你咋就从来不拍老子的马屁?"

荀渊满脸无奈。

刘老成斜眼道:"我见过你被人打出屎的惨状,怎么敢拍你马屁?我怕拍完之后,就是一手的屎尿屁。"

荀渊眼睛一亮:"还有此等往事?说道说道?"

刘老成有些尴尬:"好汉不提当年勇,聊什么聊。"

高冕哈哈笑道:"他早年遇上我们宝瓶洲仅有的一位武道止境宗师,是崔氏的当家人,一言不合就跟人卷袖子干架了,给人干翻撂倒之后,心服口服。在那之后,他就给自己取了个武十境的绰号。只是那个武夫,后来失踪了,听说好像去了趟中土神洲,估摸着跟这个武十境的下场差不多,在那边,一山还有一山高,不知生死。"

荀渊说道:"纯粹武夫,每一个能够走到九境并且摸着了十境门槛的人,都是有大毅力的。我们桐叶洲那边,一洲武运就不太行,竟然还不如你们宝瓶洲这么小的地方,奇怪吧?"

高冕是直肠子:"奇怪个卵的奇怪,你们桐叶洲的武夫就是不济事,这会儿有几个十境?两个有没有?知道我们宝瓶洲现在有几个吗?如果加上我最佩服的那个,再算上那个去拆了你们桐叶宗祖师堂的李二,和大骊藩王宋长镜,三个!"

刘老成却似有所悟。

荀渊笑了笑。所以说他会与这个无敌神拳帮帮主，成为朋友；与更聪明的刘老成，只会成为盟友。

大战落幕，陈平安背着顾璨，缓缓下山。

日夜游神真身符已经收入袖中，符胆之内的那点神光，几乎消耗殆尽，下一次恐怕"请神下山"不用一炷香，根本无需与人厮杀，就要自行消散了。

顾璨满脸血污，面容惨败，受伤极重，但是总算活了下来。

那条奄奄一息的蛟龙，尾巴轻轻一摆，去往更远的地方，最终沉入书简湖某处水底。在那边，它这些年，偷偷挖掘出了一座"龙宫"的粗糙雏形。

刘老成在青峡岛大展威风，以上五境修士的无敌之姿，将顾璨和那条蛟龙之属一并打成濒死的重伤。作为新一任江湖君主的刘志茂，青峡岛的主人，从头到尾都没有露面。反而是那个账房先生，出手阻拦了刘老成。最后那个曾经有一句名言传遍书简湖的刘老成，那个亲口说出"杀人杀到心软，都不可以手软"的宫柳岛岛主，竟然还手下留情？一时间，整座书简湖数万野修，都觉得是雾里看花，越看越迷糊了。

山路上，随着小泥鳅进入巢穴，开始进入休眠状态，顾璨的伤势便稍稍好转些许。

他抱住陈平安的脖子，轻声道："陈平安，你是不是要把小泥鳅收回去了？炭雪对你其实还是挺怕的，毕竟你算是小泥鳅真正的主人，跟了你，我也不担心她会受委屈，换成别人，一旦我护不住她，我恨不得炭雪死了算数，但是你拿走，我能接受，而且以后我肯定不后悔。你是知道我性子的，说一是一，说二是二。"

"你留着吧。炭雪如今跟在你身边，我才能放心做自己的事。"

"到底是为啥？不怕炭雪跟着我，纯粹是为虎作伥吗？"

"我以前在桐叶洲得了件仙家法宝，是一把剑，名叫痴心，也可以叫吃心，吃人心肝的吃心，往人心口一戳，就可以提升品秩。我一开始特别反感，别说拿着它跟人厮杀，就是看一眼都觉得膈应，但是后来总算想明白了，东西是死的，人是活的，君子不器，才能驾驭万物。算了，这些道理，你也不爱听，我不说便是。"

"说吧，不知为什么，以前觉得心烦意乱，现在听你唠叨这些，虽然不太听得进，还是会左耳进右耳出，可是觉着挺顺耳的。陈平安，你说怪不怪？"

陈平安却转移话题了："这是第二次了。"

顾璨哦了一声："我心里有数的，一次是没有离开青峡岛，这次是救了我。再有一次，你就不会理我了，只把我当作陌生人。"

陈平安淡然道："还算知道点好歹，有点良心。"

顾璨笑道："哈。不多的，也就对我娘亲，对你，两个人。我那个死鬼老爹，没啥印象,委实是亲近不起来。至于到时候一家团圆了,与他见了面,会不会改观,不太愿意去想这些。"

陈平安嗓音越发沙哑:"慢慢来吧。"

"陈平安,我还是想要知道,这次为什么救我?其实我知道,你一直对我很失望,我是知道的,所以我才会带着小泥鳅经常去屋子门口那边,哪怕没有什么事情,也要在那边坐会儿。"

"不要说话了。"

"一时半会儿死不了的,小泥鳅已经在水底老窝趴着,我已经感觉好些了。陈平安,说说看呗,我还想听……听一听你的道理。"

陈平安喉结微动,强行咽下那口鲜血,只要顾璨愿意听他说,他就愿意说给顾璨听,脸色已经比顾璨还要雪白的陈平安,胸口急剧起伏,轻轻吐纳几次,略微平稳之后,沙哑道:"我与你做过了切割与圈定,这是弈棋衍生出来的说法,也能够拿来练剑。简单来说,前者,就像我搬出春庭府,住在山门口的屋子里;后者,就是我一直在看着你,你只要不走出那个我认为没有犯错的圈子,我就帮你,我就还是你最早认识的那个泥瓶巷邻居。"

"那如果你到了青峡岛后,我还是滥杀无辜呢?你会离开吗?还是打死我?"

"我会尽力拦着,让你不犯错,就像今天拦着刘老成杀你一样。而且我也不会离开书简湖,还有很多事情在等着我去做,既是为你,也是为自己。"

"这么活着,不累吗?"

"当年在泥瓶巷,每天过着好像一辈子都熬不出头的苦日子,就不累了?也累的,只不过你忘了而已。"

"可人活着,不就是为了活得开心和痛快吗?"

"关于这个又绕回原点的问题,我的答案,当然可以给你,可你未必听得进去,就不去说了。所以我希望将来你可以走出书简湖,自己去亲眼看看更大的江湖。对了,我收了开山大弟子,是个小姑娘,叫裴钱,以后你如果离开书简湖走江湖,或是你回龙泉郡的时候,我又不在,就可以找她。我觉得你们两个,会比较投缘,嗯,也有可能会相互看不顺眼。"

顾璨有些开心,因为这是陈平安第一次,跟自己说到了和他陈平安"捆绑"在一起的将来事。

顾璨迷迷糊糊道:"陈平安,我有些困。"

陈平安轻声道:"那就睡一觉,之后的事情,你不用担心,有我在。"

顾璨竭力让自己不昏睡过去,轻轻呜咽道:"陈平安,我很怕我一睁开眼睛,你就偷偷离开青峡岛了。"

陈平安说道:"不会的。"

顾璨嗓音渐渐小下去:"真的不骗我吗?"

陈平安反问道:"我什么时候骗过你?"

顾璨轻轻点头,放心睡去。

顾璨已经睡着,所以他才没有察觉到,没办法擦拭脸庞的陈平安,不断有鲜血滴落在他的手臂上。

春庭府内,顾璨躺在床上。顾氏坐在床边,伤心欲绝。

田湖君带来了青峡岛秘藏珍贵丹药,但是当她看到那个站在床边的账房先生后,竟是有些心颤,还有手抖。

陈平安瞥了眼她手中的药瓶,沙哑开口:"没有问题?"

田湖君使劲点头:"以性命保证!"

陈平安说道:"回去之后,告诉刘志茂,我近期会找他。"

田湖君只得应下。

给昏迷中的顾璨服下丹药后,田湖君落荒而逃。

顾氏仓皇失措,只是反复呢喃:"怎么会这样,怎么会这样……"

陈平安动作微颤,搬了把椅子坐在旁边,反问道:"为什么不会这样?"

顾氏抬起头,泪眼婆娑,看着这个面容消瘦了许多的年轻人,这一刻,突然感到如此陌生。

陈平安再问:"是不是还想问我,是不是故意看着顾璨重伤?"

顾氏视线游移。

陈平安自问自答道:"不是这样的,我当下能做到的,就这么多。"

顾氏叹了口气,眉眼低敛,满脸泪痕,点点头:"我信你,陈平安。"

这一刻,陈平安有些伤心,跟顾璨和婶婶顾氏有关系,却关系不大。

那夜在渡口,他其实已经想明白了死结中的一个症结所在。

他陈平安想要证明这一点,不难。只需要在顾璨面前,不露痕迹地展现一两个细节,例如对某件身外物的重视程度,要超出顾璨更多。顾璨的本心,跟陈平安有关的那块心田,一样会荒废,很快就会变得杂草丛生,最终说不定以顾璨容易走极端的性情,还会与他陈平安反目成仇。

陈平安不愿意去验证,不想去试探人心。知道了答案,又能如何?

撇开所有,只说恩怨和利益得失,不是怕顾璨对自己的看法会从亲人变成仇寇。

陈平安在自己心安之时,并不畏惧任何敌人在拳头上的强大,从小巷蔡金简和苻南华,再到搬山猿,到之后所有道路上的敌人,都是如此。

陈平安不希望自己已经失去了当年的那个小鼻涕虫，再失去一个初衷是为了娘亲、走到这一步的书简湖顾璨，更不想顾璨与自己一般伤心。

世事人情，是不是一个人想得越深，就越与人无话可说？

陈平安坐在椅子上，闭眼休憩片刻后，站起身。

顾氏紧张问道："陈平安，你去哪里？"

陈平安说道："我只要在青峡岛，在哪里都一样，婶婶放心好了。"

顾氏欲言又止，终于还是不敢强行挽留。

陈平安一走出春庭府，就立即一手捂住心口，一手捂住嘴。他强提一口气，缓缓走向山门口的屋子。

到了那间屋子，打开门，关上门，点上桌上灯。

陈平安坐在背对窗户的长凳上，颤颤巍巍，取出从杨家药铺买来的药膏，强行咽下。

他一人独坐。桌上搁放着养剑葫，飞剑初一和十五各自在门口和窗边。

非人情，不可，难近，难亲，便有了失望。

想得家中夜深坐，还应说着远行人，似乎便有了希望。可到头来，还是会失望的。

吃下杨老头炼制的药膏后，从体魄到神魂，都已经毫无知觉的陈平安，怔怔地看着灯火，灯花渐瘦天将明。

眼神死寂如古井深渊的年轻人，转头望向窗外。

天亮了。

大寒时节，湖水苍茫，寒气砭骨。

顾璨昏迷了三天三夜，陈平安每天都会去病榻旁坐上一段时间，闻着浓郁的药味。就像先前顾璨和小泥鳅，会去山门口屋子外晒太阳一样。

陈平安在屋子里边，时不时起身坐到床头查看顾璨的脉象。久病成医，陈平安不算门外汉。对于伤势是加剧还是好转，还是能看出一些门道。刘志茂当初让田湖君捎来的那瓶灵丹妙药，效果显著，极有可能是类似青虎宫陆雍专门为地仙炼制的珍稀丹丸。

这天顾璨醒转过来，见到了坐在那张椅子上的陈平安，咧嘴一笑，只是很快就又睡去了，不过呼吸已经沉稳了许多。

陈平安离开春庭府后，顾氏犹豫片刻，让府上一个龙门境修士老管家去请刘志茂，说她有事商议。

顾氏坐在床边，轻轻握住顾璨还是有些烫热的手，泫然欲泣。

她神游万里，最后轻轻叹息一声。

所幸璨璨性命无忧，就是有些可惜，耽误了春庭府精心配制而出的"神仙饭"。

修士进食，极有讲究，诸子百家当中的药家，在这件事上，功莫大焉。民以食为天，练气士作为山上人，一样适用。

以一年中的二十四节气作为大致节点，有一整套极为完善的时令药补，能够裨益修士体魄神魂，修道之人的药补，就类似于富贵门庭的食补。当然，想要环环相扣，增益修行，需要日复一日，年复一年，所以得有钱，很有钱。

顾氏很快就眼神坚毅起来。

不幸女子对于生活磨难的韧性，一个娘亲牵挂儿子前途的执着，一个寡妇不得不对每一枚铜钱精打细算的精明，就像一砖一瓦，拼凑成了泥瓶巷的那栋祖宅，为相依为命的娘俩遮风避雨。

她放轻脚步，跨过门槛，门外有个开襟小娘想要帮着关门，被顾氏一瞪眼，赶紧缩回手，顾氏自己轻轻掩门。

在富丽堂皇的春庭府客厅，顾氏见到了刚刚落座的截江真君，如今的书简湖江湖君主，也是当年那个一手将他们娘俩带出泥瓶巷的世外神仙，刘志茂。

看着眼前的顾氏，从一个沾着满身乡野土味的尤物妇人，一步步蜕变成现在的青峡岛春庭府女主人。三年过去了，姿色非但没有清减，反而增添了许多富贵气，肌肤宛如少女，刘志茂还知道她最爱府上婢女说她如今比石毫国的诰命夫人还要贵气。刘志茂接过府上管事小心翼翼递过来的一杯热茶，轻轻摇晃杯盖，颇为后悔，这等妇人，当年若是早早霸王硬上了弓，恐怕就不是今天这番田地，一个当师父的，反过来忌惮弟子。因为顾氏一旦被他刘志茂降服，她自有万般理由和借口，可以完完全全说服自己，说不定就可以借此更好地控制住顾璨。只要不断给她带来荣华富贵，她就会拼命搂住，死死抓在手心，守着这份家业，想着将来全部留给儿子，那才会是一个青峡岛最好的盟友。

而不是如今这般，胃口越来越大，住着已经不输王侯宅邸的春庭府，便开始眼巴巴望着他刘志茂的那座横波府，从一开始对田湖君的百般逢迎、揣摩心思，到如今表面上依旧和气、骨子里却透出来一股颐指气使。不但如此，一个阔气起来的村妇，竟然还开始读书了，不但读书，就连琴棋书画都开始碰了，让几个出身豪阀世族的开襟小娘，教她高门礼仪和繁文缛节。

这让刘志茂看得乐呵，真真是个妙人也。

不过刘志茂先前心中那点悔意，来也快去也快。

刘志茂笑问道："夫人，找我谈事情？"

顾氏点头道："我想跟真君确定一件事，陈平安这趟来咱们青峡岛，到底是图什么？真不是为了从璨璨手中抢回那条小泥鳅？再有，小泥鳅说陈平安当初交给你一块玉牌，到底是什么来头？"

刘志茂没有饮茶,将杯盖轻轻放在一旁,茶杯中香雾袅袅。他笑了笑,道:"原来是这些啊,我还以为夫人是想要兴师问罪,问我这个师父,为何没有出面保护弟子。"

顾氏说道:"这些不去说它,我相信真君有难言之隐,所以决不会心生芥蒂。我还可以保证帮着真君,在璨璨那边说些不昧良心的言语,不然岂不是白白便宜了四周环伺的豺狼虎豹?"

刘志茂会心一笑,谁说女子头发长见识短来着?

他点头道:"那块玉牌,大有来历,我不方便泄露天机。至于陈平安来书简湖的目的,实在不好揣测。说实话,我也一直想不明白,他当了咱们青峡岛的账房先生后,我就更看不懂了。不过我相信陈平安对顾璨,是没有坏心的。"

顾氏皱了皱眉头,似乎有些奇怪,觉得今天的刘志茂,说话太扭捏了,以往与刘志茂商议秘事,可从来不会这么拖泥带水,难道是处心积虑当上了书简湖君主,没得意几天,又给那挨千刀的刘老成在青峡岛一闹,吓破了胆子?大喜大悲之后,就失了分寸?难道刘志茂如此一个纵横捭阖的枭雄,其实心性还不如自己一个妇道人家?

刘志茂眯了眯眼,笑道:"陈平安的性情如何,夫人比我更清楚:喜欢念旧情,对看着长大的顾璨,更是全心全意,恨不得将所有好东西交予顾璨。只是今时不同往日,离开了当年那条满地鸡粪狗屎的泥瓶巷,人都是会变的,陈平安估摸着是投了儒家门户,所以喜欢讲道理,只不过未必适合书简湖,所以才会在池水城打了顾璨两个耳光。要我看啊,还是真正在意顾璨,念着顾璨的好,才会如此做,换成一般人,见着了亲人朋友飞黄腾达,只会欢天喜地,其余万事不管。夫人,我举个例子,换成吕采桑,见到顾璨有钱了,自然觉得这就是本事,拳头硬了,便是好事。"

顾氏扯了扯嘴角。

刘志茂叹了口气:"话说回来,陈平安的想法没错,只是他太不了解书简湖,不知道咱们这儿的江湖险恶。好在待了一段时间后,应该总算知道些书简湖的规矩,所以就不再对顾璨指手画脚了。夫人,我们再将道理反一反去讲,显而易见,对于陈平安这种人,讲讲感情,比什么都管用,因人而异,因地而宜。"

顾氏若有所思,觉得当下这番话,刘志茂还算厚道,此前,尽是些客套废话。

不愧是那个在小镇与人争吵从不落下风的妇人,一点就透。

顾氏便有些懊恼,如果按照刘志茂的这个说法,那天晚上,从见到陈平安背着顾璨返回春庭府,到陈平安最后离开屋子,确实是她做得差了。

听过了刘志茂这些话,若再有那晚的事情,她就绝不会那般做错说错处处错。

这两年一有闲暇光阴,让府上婢女在旁,揉肩敲背扇风祛暑、持炉取暖之余,她必让一个据说是礼部侍郎嫡女的丫鬟,朗读各色书籍内容,那些士大夫、文人雅士推崇的大道理,她也听了,就是不爱听而已,倒是一些个典故,经常让她大受启发。比如之前听到书上说有人家中遭遇火灾,闻讯后先问有无伤人而不问损耗,此人一下子就名声大噪,成了读书人中著名的仁人。顾氏所悟,便是觉得自己其实有机会,也可以拿来一用,这才是最上乘的笼络人心。还有什么名垂青史的功勋武将,身居高位,却愿意为士卒吸脓水,此后全军上下的将士人人愿意效死。诸如此类,顾氏都有自己的心得体会。

顾氏恨不得给自己一耳光,刘志茂的言语,其实就是那些个书上的道理,自己明明都知道了,记在了心头,怎么事到临头,就没做成?

刘志茂察觉到顾氏的异样,问道:"夫人怎么了?"

顾氏强颜欢笑:"没事。那敢问真君,此后我们应该如何行事说话?那个宫柳岛刘老成,还会不会对我们青峡岛逞凶?"

刘志茂安慰道:"刘老成此人,是我们书简湖历史上首屈一指的大豪杰,便是他的敌人,都要佩服。他杀伐果决,故而当时来到青峡岛,他要杀顾璨,谁都拦不住,可如今他既然已经放过了顾璨,一样谁都拦不住,也改变不了这个决定。刘老成绝不至于再跑一趟青峡岛,所以顾璨与春庭府,已经没有危险了。甚至我,可以跟夫人撂下一句准话,那一夜厮杀过后,顾璨才真正没了危险。如今的书简湖,没有谁敢杀一个刘老成都没有杀掉的人!"

顾氏将信将疑。

刘志茂没有多说什么,眼前女子,话说一半,由着她自己去琢磨就行了,无论真话假话,只要说得太死,她反而疑神疑鬼,选择不信。

顾氏转身拿起茶杯,低头喝了口茶水,姿态雍容,动作优雅,再无半点泥土味。

刘志茂突然放低声音,问道:"夫人,你为何如此……不放心陈平安?"

顾氏眼神晦暗不明:"真君方才说过,人都是会变的。"

刘志茂抚须而笑。

顾氏问道:"真君,你来说说看,我在书简湖,能算是坏人?"

刘志茂摇头:"自然不算,算好人了,赏罚分明,也不刻薄仆役婢女这些下人。"

顾氏问道:"就连坏人都有偶然的善心,我当年对陈平安那么做,不过是施舍一碗饭而已,值得奇怪吗?我如今防着陈平安,是为了璨璨的终身大事,是为了璨璨的修行大道,我又不去害陈平安,又有什么奇怪?"

刘志茂恍然:"夫人这么一说,我就明白了。"

顾氏掩嘴而笑,然后一双水润眼眸,风情流转,问道:"真君是瞧不上我们春庭府的茶水?所以一口都不愿意喝?如果没记错,这可是田湖君亲自送来的虹饮岛仙家茶叶,难道真君府邸私藏了更好的茶叶?"

"夫人这番言语说得教人伤心了,行吧,我便是花钱请人去四处搜罗,也要给春庭府拿来几斤比虹饮岛更好的茶叶。"

刘志茂伸手指了指顾氏，哈哈大笑，轻轻将杯盖放回茶杯上，告辞离去，让顾氏不用送。

顾氏站起身又落座，沉思片刻，起身离开。

远远站在院门口而不是厅门的老管家，赶紧走入客厅，若是平时，自然是让府上婢女收拾残局，今天不同，岛主亲临，他觉得应该亲自收拾。

这个老修士收起刘志茂那杯茶的时候，发现杯中茶水已点滴不剩，唯有绿如翡翠的几片仙家茶叶，躺在杯底。老修士心中感慨，岛主对春庭府和夫人，还是一如既往地信任有加啊。

刘志茂离开春庭府后，直接返回了自家府邸，先让人去朱荧王朝京城购买几斤最贵的茶叶。

这个书简湖最有希望跻身上五境的截江真君，坐在密室一个价值连城的蒲团上，摊开手心，上有一小团水球，晶莹剔透，他从袖中取出一只白碗，将掌心水球放入碗中。

一直枯坐到深夜时分，刘志茂才施展神通，出现在山门口那座屋前，轻轻敲门。

刘志茂推门而入，陈平安已经绕出书案，坐在桌旁，朝他伸手示意落座。

这个出身泥瓶巷的大骊年轻人，没有指着自己鼻子，当场破口大骂，既是好事，也是坏事。

刘志茂与陈平安相对而坐，笑着解释道："先前陈先生不准我擅自打搅，我便只好不去讲什么地主之谊了。现在陈先生说要找我，自然不敢让先生多走几步路，便登门拜访，事先没有打招呼，还望陈先生见谅。"

堂堂元婴境老修士，又是在青峡岛自家地盘上，把话说到这个份儿上，可谓能屈能伸。

陈平安面无表情，伸出手。

刘志茂赶紧手腕翻拧，手心上方悬停一枚晶莹剔透的玉牌，竟是不敢触碰丝毫，轻轻一推，被陈平安收起。

刘志茂又拿出一只水碗，以手指推向陈平安那边，水碗最终停在桌面中央。刘志茂微笑道："顾璨母亲，找过我，有些言语，我希望陈先生可以听一听，我这等小人行径，自然龌龊，可也算聊表诚意。"

白碗水面，涟漪微动，很快就传出了春庭府客厅刘志茂与顾氏的对话声。

不承想陈平安伸出手臂，以掌心捂住碗口，震碎涟漪，盛放有回音水的白碗，复归寂静。

那晚握着半仙兵剑仙剑的手，哪怕事后陈平安涂抹了陆抬赠送的那瓶能够白骨生肉的中土陆氏秘炼丹药，如今仍是触目惊心，惨不忍睹。

刘志茂一脸由衷佩服神色，道："陈先生真乃正人君子也，刘志茂是以小人之心度君子之腹了。"

陈平安缩回手，双手笼袖："我知道她是怎么样的人，是怎么想的，可能她说的言语，比我想象的更糟糕。但是在我搬出春庭府的那一刻，她的任何言行，都已经与我关系不大了。"

刘志茂点点头，表示理解。

陈平安缓缓道："当年在泥瓶巷，为了帮助自己挑中的顾璨留住那条小泥鳅的机缘，你不但先以秘术蛊惑了云霞山蔡金简，更以阴毒的旁门神通，悄悄在我心头刻写了'一心求死'四个字，诱使我去刺杀蔡金简和荷南华，以卵击石，好让我彻底消失。"

刘志茂道："我承认是有这回事，绝不否认。陈先生不是有一把半仙兵吗？可以往我心口或是头颅，刺上一剑，我绝不还手。你我从此恩怨两清！在那之后，如果陈先生再要不依不饶，那就试试看。"

陈平安笑了笑："你们书简湖的行事风格，我又领教到了，真是百看不厌，每天都有新鲜事。"

刘志茂板着脸，不言不语。

其实在书简湖，顾璨和顾氏除外，刘志茂给人的印象，就是沉默寡言，惜字如金，但对谁都是笑脸相向。尤其是在田湖君这些嫡传弟子与俞桧这些藩属"重臣"眼中，刘志茂道貌岸然与心狠手辣，实在是极具慑力。

常年不言不语之人，要么性情憨厚不善言辞，要么就是心计多如牛毛。

所以天姥岛那个最看不顺眼刘志茂的老岛主，曾经书简湖唯一的八境剑修、如今已经神魂俱灭的可怜虫，给了刘志茂一句"假真君，笑面佛，袖藏修罗刀"的尖酸评价。

陈平安接下来做了一个让刘志茂都眼皮子微颤的动作。陈平安从袖中抬起那只裹有棉布的手掌，摘下腰间养剑葫，将桌子中间那只白碗中的水倒掉后，向里面倒了大半碗乌啼酒，推回给刘志茂。陈平安将养剑葫放在桌边，微笑道："刺你一剑，又能如何。且不说能不能伤到真君，就算可以，狡兔三窟，我是知道山上仙家那些替死之法的，还不止一种。"

刘志茂拿过白碗，大大方方喝完了碗中酒："陈先生天资聪慧，福缘深厚，当年是我刘志茂眼拙了。我认罚。陈先生不妨开出条件来。"

陈平安说道："如果我说既往不咎，你不信，我自己也不信。"

刘志茂爽朗大笑，推出白碗："就冲陈先生这句天大的敞亮话，我再跟陈先生求一碗酒喝。"

陈平安果真又给刘志茂倒了酒，差不多刚好是半碗。

刘志茂一饮而尽。

若是青峡岛修士看到这一幕,估计只当是主宾尽欢,相逢唯一笑,杯中泯恩仇。

陈平安说道:"在开出条件之前,我有一事询问真君。"

刘志茂点头道:"知无不言,言无不尽。"

陈平安问道:"真君修心,根柢为何?"

刘志茂毫不犹豫道:"道人修道,自然求真。"

陈平安问道:"能否细一些说?说些自家功夫?"

刘志茂稍稍犹豫,仍是开口答道:"七情六欲,一团乱麻。那就抽丝剥茧,分门别类……"

说到这里,刘志茂伸手指了指书案之后的那排柜子:"正如陈先生这般放置不同的秘档。"

刘志茂继续道:"此后,选择走我这条旁门左道的修士,又各有取舍,各有各的小径可走。或者缩为芥子大小,搁置一旁,或者大化为山岳,不断稳固,都是修行法,至于凝练芥子有几粒,积土成山有几座,就是每个人修道的资质和天赋了。其中关隘重重,险阻极多,对付那些芥子,又可以衍生出上古流传下来的斩三尸之术,内炼金丹之道,至于如何成山,又有餐霞饮露、外丹服饵之途。其中修行快慢,以及瓶颈高低,就看各家祖传的修真法诀以及丹药品秩如何。"

刘志茂就此打住:"只能细说到这一步,涉及根本大道,再说下去,那才是真正的一心求死,还不如干脆让陈先生多刺一剑。"

却又问道:"我知道陈先生已经有了盘算,不如给句痛快话?"

陈平安笑道:"不着急。我还有个问题,刘老成黄雀在后,将青峡岛在书简湖的数百年声势,一夜之间,连同小泥鳅一起打入湖底。那么真君还能当这个江湖君主吗?真君是将到嘴的肥肉吐出去,双手奉送给刘老成,从此封禁十数岛屿山门,当个藩镇割据的书简湖异姓王,还是打算搏一搏?刘老成黄雀在后,真君还有大骊弹弓在更后?"

刘志茂没有直接回答什么,只是既感慨又委屈,无奈道:"怕就怕大骊如今已经悄悄转去支持刘老成,没了靠山,青峡岛小胳膊细腿的,折腾不起半点风浪。我刘志茂,在刘老成眼中,如今不比岛上那些开襟小娘好到哪里去,莫说是剥掉几件衣裳,便是剥皮抽筋,又有何难?"

陈平安笑道:"听说真君煮得一手好茶,也喝得便宜酒,我就不行,怎么都喝不惯茶水,只知道些纸上说法。"

刘志茂悻悻然道:"陈先生教诲,刘志茂铭记。"

陈平安收敛笑意:"你我之间的恩怨,想要一笔揭过,可以,但是你要交给我一个人。"

刘志茂直接摇头道:"此事不行,陈先生你就不要想了。"

接着笑道:"说句实在话,一个朱弦府半人半鬼的女子而已。刘老成那晚自己强行掳走,或是跟你一样,与我开口讨要,我敢不给吗?可为何刘老成没有这么做,你想过吗?"

陈平安双手笼袖,安安静静坐在刘志茂对面,如灵气稀薄之地,一尊彩绘剥落的破败神像。

刘志茂好奇问道:"这桩秘事,别说她蒙在鼓里,就算朱弦府鬼修马远致都不清楚,你又是如何猜出来的?"

陈平安没有掩饰:"先是朱弦府这个名称的由来,然后是一壶酒的名字。"

刘志茂越发纳闷,再次敬称陈平安为陈先生:"请陈先生为我解惑。"

陈平安缓缓道:"驮饭人出身的鬼修马远致,对珠钗岛刘重润情有独钟,我听过他自己讲述的陈年往事,说到朱弦府的时候,颇为自得,但是又不愿给出答案,我便去了趟珠钗岛,以'朱弦府'三字,试探刘重润,这个女修立即恼羞成怒,虽然一样没有说破真相,但是骂了马远致一句'无耻之徒'。我便专程去了趟池水城,在猿哭街以购买古籍之名,问过了几座书肆的老掌柜,才知道了原来在刘重润和马远致故国,有一句相对生僻的诗词,'重润响朱弦',便解开了谜题。马远致的沾沾自得,在将府邸命名为朱弦,更在'响'谐音'想'。"

刘志茂抚掌而笑:"妙哉,若非陈先生揭开谜底,我都不晓得原来马远致这个身份卑贱的驮饭人,还有此等雅致肠子。"

陈平安说道:"黄藤酒,宫墙柳。红酥家乡官家酒。书简湖宫柳岛,以及红酥身上那股萦绕不去的极重煞气,细究之下,满是执着的哀怨愤恨之意,都不用我翻看书简湖野史秘录。当年刘老成与弟子女修那桩无疾而终的情爱,后者的暴毙,刘老成的远离,是世人皆知的事情。再联系你刘志茂如此谨慎,自然知晓成为书简湖君主的最大对手,根本不是你和大骊有粒粟岛作为内应的青冢、天姥两岛,而是始终没有露面的刘老成。你胆敢争这个江湖君主,除了大骊是靠山,帮你聚拢大势,必然还有阴私手段,可以拿来自保,留一条退路,保证能够让上五境修士的刘老成一旦重返书简湖,至少不会杀你。"

刘志茂爽朗大笑,真是知己!

真是打破脑袋都想不到,偌大一座书简湖,到最后,竟然是这么个外乡年轻人,才是他刘志茂的知己!

陈平安神色略显疲惫:"我先提半个要求,你肯定在顾璨娘亲身上动了手脚,撤掉吧。如今顾璨已经对你没有威胁,而且你的燃眉之急,是宫柳岛的刘老成,是如何保住江湖君主的位置。在大骊那边,我会试试看,帮你私底下运作一番。至少不让你被当作一枚弃子,作为刘老成的登顶之路。"

刘志茂皱眉道:"红酥的生死,还在我的掌握之中。"

脸颊微微凹陷的年轻账房先生,拿起养剑葫,喝了一口酒,咳嗽几声后,说道:"万一呢？万一刘老成已经不再是当年那个宫柳岛岛主，万一涉及他的大道前行，红酥，真的有那么重要吗？当年放不下，你确定如今仍是放不下？说不得一个'万一'真正临头，就是他直接了结了红酥性命，再将胆敢触碰到他刘老成逆鳞的你一拳打死。所以说，刘志茂，你自己选择，我只是给你一个防止最坏结局发生的建议。"

刘志茂问了一个关键问题："陈先生，真有本事影响到大骊高层的决策？"

陈平安点头道："可以，但有限，不过我可以明明白白告诉你，大骊宋氏如今还欠我一些东西。"

刘志茂看着这个年轻人，百感交集。

他收起那只白碗，站起身："三天之内，给陈先生一个明确答复。"

陈平安没有起身："希望真君在涉及大道走向和自身生死之时，可以做到求真。"

刘志茂嘴角抽动："会的。"

刘志茂走后，陈平安咳嗽不断。

那晚强行驾驭那把剑仙，隐患无穷。

对本就坏了一处本命窍穴的他，无疑是雪上加霜。

但是这都不算什么。陈平安从来不怕自己哪天又变得一穷二白，再次家徒四壁。

可是，有些许多他人不在意的细微处的那点点失去，甚至会让陈平安想喝酒而不敢。

陈平安走出屋子，过了山门，捡了一些石子，蹲在渡口岸边，一颗颗丢入湖中。

顾璨，我想要的不是那条泥鳅。从一开始就不是这样，不然在泥瓶巷你说出了那番言语后，我就可以不去在意姊姊的那一饭之恩了。但是我知道，你恰恰是知道这些，你才会说那样的话，因为你必须从我嘴里得到确切的答案，才能在最脆弱的时候，彻底放心。这是顾璨聪明的地方，也是顾璨还不够聪明的地方。

这不是说顾璨就对陈平安如何了，事实上，陈平安之于顾璨，依旧是很重要的存在，在不涉及根本利益的前提下，甩顾璨两个、二十个耳光，顾璨都不会还手。

真相很简单，陈平安一直是泥瓶巷的草鞋少年，顾璨其实就还是那个挂着鼻涕虫的小孩子，只是那个时候，草鞋少年与小鼻涕虫，只能相依为命，而且都还不清楚自己的本心，与对方的本心，随着光阴长河的缓缓向前，便会有人生聚散，人心离合。

陈平安想要的，只是顾璨或是姊姊，哪怕是随口问一句，陈平安，你受伤重不重，还好吗？

陈平安丢完了手中石子，蹲在那边，抬起头，轻轻吐出一口气。

隆冬时分，雾蒙蒙。陈平安缩了缩肩膀，低头捧起双掌，轻轻呵气取暖。

万众瞩目的宫柳岛上，刘老成已经放出话去给整座书简湖，不准任何人擅自靠近岛屿千丈之内。无一人胆敢逾越。

这天酒品依旧很差的高冕大醉酣睡之后,只剩下荀渊与刘老成两人,在一座破败凉亭内对饮。

对于凡夫俗子眼中的陆地神仙而言,在意的是那千秋长寿,对一年当中的酷暑严寒,却毫无感觉。

两人并没有怎么聊天。

荀渊突然笑道:"差不多可以回去了。"

刘老成点点头:"桐叶洲缺不得荀老坐镇。"

荀渊摇头道:"高冕是不会多想事情的,他觉得我这趟游历宝瓶洲,就是奔着他去的,事实上,只有一半是如此。你不一样,如今算是我们玉圭宗自家人了,所以一些秘事,也该与你坦诚相见了。"

在书简湖就是天王老子一般存在的刘老成,沉声道:"荀老请讲。"

荀渊在老龙城灰尘药铺给朱敛送过"才子佳人打架书",在高冕那边,低声下气,简直就是无敌神拳帮老帮主的小跟班,当了一路的钱袋子,始终都乐在其中,并非是作伪,图谋什么?

但是在刘老成这边,刘老成面对荀渊,却是高山仰止。

荀渊轻声道:"我呢,其实机会很大,可就是不太想跻身十三境,束缚太多,不如现在的仙人境自在。天塌下来高个子顶着嘛,比如我们桐叶洲,以前就是桐叶宗,是那个杜懋。可如今我就算不认,也得认了。至于为何不向前走出一步,跻身飞升境,我暂时也不确定对错,你以后自会清楚。"

荀渊拧转手中酒杯:"可我毕竟是玉圭宗的宗主,还是要为自家人考虑的。杜懋一死,一身大道,崩塌流散,可不止你刘老成抢到手的琉璃金身碎块而已。还有那些冥冥之中、不可言说的玩意儿,也就是我们修道之人所谓的机缘,所以姜尚真能够从原本属于我的那份机缘当中,截取多少,又能从桐叶宗修士手中抢到多少,看本事,看造化。

"如果姜尚真一无所获,被我灰溜溜赶到这座书简湖,刘老成你到时候就能者多劳,多帮衬着点这么个废物。

"如果姜尚真还算不错,也是好事,一个选址宝瓶洲的玉圭宗下宗,同时两人有望仙人境,相信就算是天君祁真,隔壁邻居的观湖书院,又或是大骊宋氏,都不敢轻辱你们了。"

刘老成点点头。这些是实在话。

刘老成自己之所以没有在书简湖开宗立派,不只是心灰意冷那么简单,其中的门道,弯弯绕绕,极其凶险,而且极其分心,因果深重,一不小心,就会耽误甚至是阻碍大道登顶。而且每次拔高,无论是境界和修为,往上多走了一步,身边亲近之人心思如何,又有道不尽的难言之隐，苦不堪言。刘老成是吃过大苦头、栽过大跟头的，当年差点连命都丢了。

黄藤酒，埋在宫墙柳。那是一本很有些年头的陈年旧账，糊涂账。就连铁石心肠如刘老成，一样不愿旧事重提。

如果不是彻底想清楚了，又有玉圭宗下宗选址在书简湖，刘老成恐怕这辈子都不会返回这个伤心地。

与荀渊相处越久，刘老成就越发胆战心惊。这不只因为荀渊是一个老资历的仙人境山巅修士而已。这是一种让刘老成熬过一次次险境的直觉。

为何没有对刘志茂这个聪明人以及那个年纪轻轻的账房先生痛下杀手，还有个原因，刘老成没有与高冕和荀渊说出口，因为那会让他变得很被动。把柄留在刘志茂手上，不痛不痒，但是留在荀渊和姜尚真手上，刘老成会被扒掉一层皮，鲜血淋漓，还要乖乖受着，要不然就是彻底撕破脸皮，两败俱伤。

刘老成跻身上五境之后，反而越发沉寂，就在于更大的壮阔画卷摊开在眼前后，才发现一个让他每每深思、次次背脊发寒的残酷真相。

大道之争，听上去很笼统，可当境界够高、视野够远的一个山泽野修，低头看一眼自己脚下道路的宽窄，再看一看同等高处的谱牒仙师上五境，看看他们脚下的道路时，才知那是一条坑坑洼洼的羊肠小道与通衢大道的差别。

刘老成难道真不希望自己成为荀渊之流的大宗宗主？不想着能够真正决定一洲走势？

有心无力，做不到而已。

荀渊笑着望向眼前这个宝瓶洲野修。

荀渊眼中的刘老成，是个身负气运和大势的人，极其难得。作为极其出类拔萃的玉璞境，便是最擅长捉对厮杀、又有杀力巨大本命物的姜尚真，都未必是其对手。但是一旦跻身十二境仙人境，姜尚真就可以扳回劣势。

所以刘老成担任玉圭宗下宗的首席供奉，刚刚好。姜尚真心性本就不差，虽一肚子坏水，但根子上跟刘老成是差不多的货色，两人都是天生的山泽野修，越是大争乱世，越是如鱼得水。

荀渊微笑道："刘老成，放宽心，我会保证你安安稳稳跻身仙人境，到时候就不是你一次次给我敬酒了，再有酒局，无论大小，我都会回敬的。"

刘老成拿起酒杯，笑道："那就再敬谢荀老一杯酒！"

荀渊与之轻轻碰杯，各自饮尽，自然仍是刘老成率先喝光，荀渊慢悠悠喝完。

池水城高楼顶层的宽敞屋子中，崔东山数次准备走出那座雷池，又缩回脚。

他蹦蹦跳跳，双袖使劲拍打，如同一只胡乱扑腾翅膀的大白鹅。

水雾弥漫的宫柳岛，崔瀺留下的那幅山水画卷，已经完全无法窥探。

若是坐镇宝瓶洲天幕上空的儒家圣人想要看，当然看得到，但是在不涉及大是大非的前提下，如此行径，属于"无礼"，甚至不是道理的理。而这个道理高到成为礼的规矩，恰恰是礼圣当初为自己儒家订立的铁律，专门给儒家圣人施加的枷锁，束手束脚，很好玩。

事实上，在儒家坐镇浩然天下的漫长岁月里，有过许多惊世骇俗的秘密谋划，诸子百家的，十二、十三境大修士的，妖魔鬼怪山精神祇的，都有，有一部分胎死腹中，但是更多的，都造成了巨大的破坏和深远的后患。但是这条规矩，雷打不动，依旧牢牢约束着神位上的儒家自己人。

是不是很匪夷所思？

不要觉得只有礼圣是如此不可理喻。白玉京，莲花佛国，一样有类似的一条线存在。

崔东山停下动作，重新盘腿坐在棋盘前，两只手探入棋罐内，胡乱搅动，两罐彩云子发出各自磕碰的清脆声响。

哪怕看不到宫柳岛的事情，可还是要对荀渊那晚的言行，称赞一句："姜还是老的辣，刘老成还是嫩了点。"

崔东山拈出一枚彩云子，重重敲在棋盘上。

"提点了刘老成。如何选择，既是对一个下宗供奉的心智考验，更是卖了一个好给刘老成。

"但这些都是小事。如今书简湖这块地盘，随着大势汹涌而至，是大骊铁骑嘴边的肥肉，还是朱荧王朝的鸡肋，真正决定整个宝瓶洲中部归属的大战，一触即发，那么咱们头顶那位中土文庙七十二贤之一，肯定会看着这边，眼睛都不带眨一下的。刘老成毕竟是野修出身，对于天下大势，即便拥有直觉，可是能够第一手接触到的内幕、交易和暗流走势，远远不如大骊国师。"

崔东山凝视着那枚棋子，冷笑道："刘老成，所以你对于荀渊的城府，还是理解得太浅啊。"

当时在藩属岛屿之巅的三言两语，是说给真正的幕后大人物听的，有些是直接的，有些是间接的。

崔东山自言自语道："第一，荀渊提醒你刘老成。言下之意，其实已经带着倾向性，所以你不管是打死陈平安，还是手下留情，都会感激荀渊。这就叫人之常情。甚至就连我家先生，知道了此事过程，说不定都会感激'仗义执言'的荀渊。"

崔东山又拈出一枚棋子，摆放在棋盘上："第二，不杀死我家先生，他荀渊就在小处,得了风雨飘摇、几无灯火的文圣破败一脉的好感,白白拿到手一份人情。就算是文圣洞察人心,可是事实摆在那边,捏着鼻子也得认,这就是君子之风,读书人,没办法的。"

崔东山再拿出棋子,随便丢在棋盘上:"第三,才是真正大处的实惠,大到不可估量。荀渊是说给头顶那个打过交道的坐镇圣人听的,更是说给那个差点连冷猪头肉都没得吃的圣人听的。只要起了大道之争,哪怕他荀渊知道陈平安身后站着那个高大女子,一样杀。"

"真以为那个只是交出了一块'吾善养浩然气'玉牌的七十二贤之一,不生气?当然,不是生我家先生的气,相反,这位圣贤,气量极大,否则当初在老龙城也说不出那样的慷慨言语。但越是如此,他作为监督巡狩宝瓶洲的圣贤之一,对于那个竟敢出剑、想要捅出天底下最大篓子的女子,就越是不满。

"饶是这等圣贤、豪侠兼备的风流人物,尚且如此。那个给亚圣拎去文庙闭门思过的可怜虫,岂不是更加心里畅快?要对荀渊高看一眼?

"上宗建立下宗,一向是极难之事。不是钱多钱少,不是拳头硬不硬,而只是儒家学宫答不答应的事情。"

崔东山视线从棋盘上移开,瞥了眼画卷上模糊的宫柳岛:"刘老成啊刘老成,如此一来,荀渊总共才说了几句话,几个字?最后玉圭宗捞到手的价值,又是多少?"

崔东山一拍棋盘,四枚棋子高高飞起,又轻轻落下。

崔东山啧啧道:"修道之人,修心无用?"

崔东山一挥袖子,四枚棋子砰然横飞出去,怒道:"连同崔瀺在内,你们所有人赶紧去烧香磕头,别让我家先生渡过此次心劫,不然你们一个都跑不掉!书简湖,正阳山,清风城,真武山,桐叶宗,玉圭宗,大骊宋氏,白玉京……"

崔东山嗓音越来越低,最后神色呆滞许久,冷不丁哀号起来:"崔瀺说得对啊,我家先生,忧患实多!"

荀渊悄然离开书简湖后,直接去了海上,而不是去最南端的老龙城,御风泛海,以此返回桐叶洲。

刘志茂和粒粟岛岛主,联袂拜访宫柳岛,两人都停在岛屿千丈之外的湖面上。刘老成只见了后者,让前者滚蛋。

池水城高楼内,崔东山看得哈哈大笑,满地打滚。

开心完了之后,崔东山就又愁眉不展,趴在地上以凫水姿态,"爬"到了金色雷池边缘,唉声叹气,真是作茧自缚。

总得找点解闷的乐子不是。

崔东山坐起身,往棋盘上丢棋子,盖棺定论,来算一算自家先生遇到之人,起先对他的好感多寡。

齐静春。崔东山往棋盘上丢了十枚棋子,然后翻白眼道:"就你眼光好,行了吧。"

然后挥袖将棋子推出棋盘。

剑灵。崔东山一枚都没丢,又翻了个白眼,嘀咕道:"还是你齐静春厉害,行了吧?"

这才丢了六枚下去。

又将棋子拂出棋盘。

杨老头。一枚。

阿良。五枚。

崔东山想了想:"到了红烛镇的话。"

再加上了四枚棋子。

左右。三枚,看在齐静春的面子上,再加三枚。

魏晋。没有。

阮邛。两枚。

崔东山几乎将所有陈平安认识的人,都在棋盘上计算了一遍。

最后崔东山突然暴跳如雷,想起漏掉了某个最讨厌的家伙:"最没有良心的老秀才,就你最喜欢偏袒人!"

他双手抱起一整罐棋,哗啦啦倒在棋盘上。

崔东山皱了皱眉头,收起那幅山水画卷,将所有棋子收回棋罐,沉声道:"进来。"

这栋高楼的主人、池水城城主范氏夫妇,加上那个傻儿子范彦,陆续走入屋内。

范彦低头哈腰,战战兢兢地跟在父母身后。屋内并无椅凳,崔东山都是坐着的,他们三个总不好站着说话,只好跟着崔东山坐在远处,当然是跪坐姿态。

崔东山打了个哈欠。

池水城范氏以前是两面谍子,在大骊宋氏和朱荧王朝之间倒卖情报,至于每一份谍报的真假成分各占多少,就看是经营书简湖的大骊绿波亭谍子大头目,出价更高,驾驭人心的手段更高,还是朱荧王朝的那帮蠢货更厉害了。事实证明,粒粟岛岛主,要比朱荧王朝负责这一块的谍报话事人,脑子灵光不少。最终池水城范氏,选择完完全全投靠大骊铁骑。

池水城城主没有说话,反而是那个据说只会花钱和宠溺儿子的范氏主妇,娓娓道来,将书简湖形势和朱荧王朝边军近况,有条不紊地说了一遍。

崔东山面无表情。

那个女子不敢有丝毫怠慢。因为大骊国师临行之前留下一句分量极重的话语:将那个楼顶少年,以大骊六部衙门的左右侍郎视之。

女子与自己男人商议之后,得出一个结论,楼顶那个家伙,至少也该是个大骊地仙修士，或是某个上柱国姓氏的嫡子嫡孙。

女子瞥了眼身边的夫君。池水城城主赶紧站起身，弯腰走到那座古怪玄妙的金色雷池边缘，低头伸手，双手送出一封大骊国师交予范氏的密信，轻声道："国师大人交代过小的，如果今天公子还未走出顶楼，就拿出这封信。"

崔东山一招手，抓住那封密信，撕开信封，随手丢掉，打开那封密信后，脸色阴沉。这一幕，看得范氏夫妇眼皮子直打架。

大骊国师的密信，竟敢如此对待？

若是他们夫妇二人有此殊荣，早就当圣旨供奉起来了。

崔东山将那封密信卷成一团，攥在手心，骂骂咧咧。

信上内容是："先前说你忘性大，肯定不会服气。现在呢？

"这个圈子，是你崔东山自己画的，我与你在这件事上有较过劲吗？我最后与你说'逾越雷池、不守规矩'，才是针对你，那么你出了圈子，守住规矩，我又能如何？是你自己钻牛角尖，画地为牢而不自知罢了，与陈平安何异？陈平安走不出来，你这个当弟子的，真是没白当。不是一家人不进一家门。什么时候，你已经沦落到需要一座雷池才能守住规矩了？

"既然如此可怜，我就送你这封信，你把它吃了吧。要是吃不饱，可以再开口跟范氏讨要。"

崔东山果真将那纸团塞进嘴里，咬碎吞咽而下。

哎哟，一股宣纸味儿，还挺好吃。

崔东山摇头晃脑，指了指继续并肩跪坐的夫妇二人身后："范彦对吧，滚出来，装傻扮痴很好玩吗？说说看，你是如何看待顾璨那傻子的。"

身材高大的青年站起身，作揖行礼，然后向前跨出一步，与父母坐在一排，他爹娘明显有些紧张，甚至还对这个"傻"儿子带着一丝畏惧。

范彦神色坦然，直视着这个眉心有痣的白衣少年，毫不怯场，微笑道："那个顾璨啊，很简单的，只需要表现得傻一点，对父母感情深厚、单纯一点，肯吃苦吃亏，久而久之，掩饰得很好，火候把握到位，那个孩子就信了。卖他，我只是等出得起价钱的人而已，没想到刘老成害我损失了一大笔神仙钱，我还没地方诉苦。"

崔东山笑道："聪明人。"

范彦说道："可惜没有大智慧。"

崔东山乐了，问道："你真是这么想的？"

范彦微微错愕。

崔东山站起身，双手负后，一脚迈出，走在金色雷池边缘，居高临下，盯着那个年轻人："想要活得高高在上，就要能够同时承受更大的好、更大的坏。

"想要活得轻松，一种是装糊涂，一种是真糊涂。你范彦算哪一种？慢慢想，答错了，明儿池水城的城主府，就可以办一场白发人送黑发人的丧礼了。哦，不好意思，城主夫妇，瞧着还是年轻的。"

范彦脸色惨白。

崔东山始终微笑看着他。

不承想范彦蓦然一笑，再无半点惶恐。

崔东山歪着脑袋，冷冷盯着这个将顾璨心性玩弄于股掌的范彦："是不是崔瀺，早早告诉你，不用担心我会迁怒于你？你死不了？那你知不知道，他到底是怎么想的？连这个都猜不到，连我是谁都不知道，谁给你的胆子，敢这么跟我说话的？"

直到这一刻，范彦才开始真正紧张起来。

崔东山讥笑道："大骊吃掉书简湖，已经没有悬念，你这种倒卖情报的谍子，先前确实对我们大骊有用，也立功不小，可是该给的好处，一枚铜钱没少你们，可你们范氏那些私通朱荧王朝的勾当，真当大骊绿波亭没有记录在档？你凭什么觉得自己有保命符？靠脸啊？嗯?!"

一步跨出那座金色雷池，整座高楼，轰然一震。

元婴境修士！

崔东山走到范彦身前，伸出两根手指，粘在一起，居高临下，冷笑道："捏死你这种渣滓，我都嫌脏手。还他娘的敢在我面前抖机灵？"

崔东山转头向房门那边，吐了一口唾沫："崔瀺，我知道你在想什么，让这个小杂种勾起我攒了一肚子的天雷怒火，好帮你宰了那个朱荧王朝的九境剑修，对吧？"

崔东山对一旁那对瑟瑟发抖的夫妇，厉色道："教出这么个废物，去，你们做爹娘的，好好教儿子去，亡羊补牢，不晚的，先打十几二十个耳光，记得响亮点，不然我直接一巴掌打死你们仨。他娘的你们书简湖，不都喜欢一家地上地下都要团团圆圆的吗？这么些个上不得台面的腌臜规矩，你们还上瘾了。"

屋内一个个耳光声响起，比棋子摩挲的声响，好听多了。

崔东山总算心情大好。

崔东山走出屋子，来到廊道栏杆处，神色萧索："顾璨啊顾璨，你真以为自己很厉害吗？你真的知道这个世道有多凶狠吗？你真的知道陈平安是靠什么活到今天的吗？你有了条小泥鳅，都注定在书简湖活不下去，是谁给你的胆子，让你觉得自己的那条道路，可以走很远？你师父刘志茂教你的？你那个娘亲教你的？你知不知道，我家先生，为你付出了多少？"

黄昏中，陈平安拎着那壶一直搁在咫尺物中的黄藤酒，散步走到朱弦府大门外。

红酥笑着走出偏屋，伸手打招呼道："陈先生！"

陈平安与她还是像那天听故事、写故事一样，一起坐在门槛上。

红酥眼神熠熠，转过身，伸出大拇指："陈先生，这个！"

陈平安眼神晦暗，嘴唇微动，仍是说不出那个会让女子心如刀割的真相。

世事从来不简单。不是一味说真话，做好事，就一定得到最好的结果。

现在的门房红酥，至少生死无忧。知道了真相，就可以过得更好吗？不会变得终日惶惶吗？

红酥这一世，如今到底是心思柔软的善良女子，看到了这个账房先生，好像有些伤心，她便想岔了，误以为是那场跌宕起伏、荡气回肠的厮杀，让陈先生受伤不轻，所以比起之前那次见面，瞧着更加神色萎靡了几分，再说又有那么一个跋扈可怕、不可匹敌的敌人，如今就待在宫柳岛，盯着青峡岛这边，所以陈先生肯定是在担忧以后的前程。

陈平安提起手中红酥赠送的黄藤酒，挤出一个笑脸："之前没舍得喝，你那边有杯碗吗？咱们喝喝你这家乡的……加餐酒？"

红酥羞愧道："只有一个碗。"

她问道："不然我去府上跟人讨要酒具？"

陈平安微笑道："不用，你就用碗好了，我直接拿着酒壶喝。"

红酥满脸笑意，脚步轻盈，去阴暗的偏屋拿来了一只白碗。她坐下后，陈平安已经揭开黄纸封与泥封，侧过身，给红酥倒了些酒。

红酥脸色古怪，憋着笑。

这陈先生，真是的，就给倒了这么点酒水？一两重的白碗，倒了酒，然后就只有一两半重？

这酒可是她送给他的哎。

陈平安看着红酥，再看看酒碗，又倒了点酒。

红酥终于忍不住，一手持碗，一手掩嘴，止不住的笑声，悠悠然透出指缝。

陈平安也跟着笑了起来，这一次倒酒，总算给她倒满了。

红酥笑得一双灵动眼眸眯成月牙儿，双手捧着白碗，小口小口抿着。

陈平安仰头喝了口黄藤酒。

两人也没怎么聊天。

红酥有些好奇，这么好的陈先生，上次她开玩笑询问，他扭扭捏捏点头承认的那个姑娘，如今在哪儿呢？

若是见着了如今这么孤孤单单的陈先生，肯定会很心疼他吧？

陈平安喝了口酒，望向远方，轻声道："红酥，我们是朋友，对吧？"

红酥使劲点头。

陈平安嗯了一声，像是在跟她说，也像是在告诉自己："所以，以后不管遇到什么事情，都先不要怕，不管事情有多大，赶紧记起一件事，山门口那边，有个姓陈的账房先生，是你的朋友。"

红酥有些莫名其妙，可她还是很开心呀，她悄悄转头望去，身边这个账房先生，冬寒渐重，便不知不觉，已经换了一身青色厚重的棉衣长袍。

第九章
磨剑

这天剑房有人来屋外告知陈平安,又有外乡飞剑莅临青峡岛,陈平安赶紧离开了屋子。

不出意外,会是钟魁的回信。

果不其然,到了那座收取四面八方各地传信飞剑的剑房,陈平安收到了一封来自太平山的密信,只可惜钟魁在信上说最近有急事,拔出萝卜带出泥,桐叶洲山下各处,还有妖魔作祟八方,虽然比不得先前险峻,可是反而更恶心人,真可谓打杀不尽的魑魅魍魉,他暂时脱不开身,不过一有空闲,就会赶来,但是希望陈平安别抱希望,他钟魁近期是注定无法离开桐叶洲了。

陈平安有些担心,毕竟钟魁如今不但已经被书院撤去君子头衔,还成了鬼物之身,一旦遇上元婴境妖魔,没了书院身份,就等于失去一张最大的护身符。

担心之后,陈平安收起了密信,走出剑房,开始嘀嘀咕咕,在心里笑骂钟魁不仗义,信上说了一大通类似书简湖邸报的消息,姚近之选秀入宫,三个大泉皇子精彩纷呈的起起伏伏,埋河水神娘娘洪福齐天,碧游府成功升为碧游水神宫,诸如此类,一大堆都说了,偏偏连一门敕鬼出土、请灵还阳的术法都没有写在信上。

在陈平安离开剑房没多久,岛主刘志茂毫无征兆地莅临此地,让剑房修士一个个噤若寒蝉,这可是让他们无法想象的稀罕事。截江真君几乎从未走入过这座剑房,一来这个元婴境岛主自己就有收发飞剑的仙家上品小剑冢,更加隐蔽和便捷;二来刘志茂在青峡岛深居简出,除了偶尔去往顾璨所在的春庭府,就只有嫡传弟子田湖君和藩属岛屿的岛主,才有机会面见到他。

刘志茂双手负后,弯腰低头,仔细凝视着那把尚在剑房架上一道"马槽"中汲取灵气的太平山传信飞剑,应该是在确认"太平山"三个字的真假。

在宝瓶洲,每一把出自大宗仙家的传信飞剑,往往光明正大地以独门秘术,篆刻上自家的宗门名字,这本身就是一种巨大的威慑。在宝瓶洲,例如神诰宗、风雪庙和真武山,皆会如此。除此之外,出了一个天纵奇才李抟景的风雷园,亦是如此,并且一样可以服众。风雷园中半数传信飞剑,甚至还是宝瓶洲当之无愧的元婴境第一人李抟景亲自以本命飞剑的剑尖,篆刻上"风雷"二字。只不过相传李抟景已经兵解传世,风雷园交由黄河、刘灞桥两个年轻人坐镇,加上死敌正阳山不可阻挡地迅猛崛起,即便黄河极其瞩目,刘灞桥也属于大道可期,可没了李抟景的风雷园,还算是风雷园吗?如今声势到底是大不如从前了。现在宝瓶洲山上修士,都在猜测那个在风雪庙神仙台上一鸣惊人的新任园主黄河,到底何时能够真正挑起重担。

碰上了篆刻名字的飞剑,一小撮胆敢私下截取飞剑的山泽野修,一般只要看到名字,就会主动放归飞剑,绝不敢擅自破开禁制,给自己惹来杀身之祸。

其余山上仙家,都很默契,没那脸皮做这种事情。龙泉剑宗那边,地仙董谷曾经向阮邛提议,既然如今我们已经是"宗"字头山门,那么是否在可以传信飞剑上篆刻文字,一向不苟言笑却也极少给门内弟子脸色看的阮邛,当时就脸色铁青,吓得董谷赶紧收回话语,阮邛当时自嘲了一句:"一个连元婴境都没有的宗门,算什么'宗'字头山门。"

剑房主事人壮起胆子,小声道:"岛主,这把飞剑不止篆刻了'太平山'三字,另一边剑身,犹有刻字。"

刘志茂嗯了一声,伸出一根手指,轻轻一晃,那把悬停在剑槽之中的飞剑轻轻翻转,显露出"祖师堂"三字。

刘志茂眯起眼,心中叹息,看来那个账房先生,在桐叶洲结识了很了不起的人物啊。

之前刘志茂抛开架子,主动登门请罪,与陈平安双方打开天窗说亮话,原本对于陈平安所谓"大骊如今还欠了我一些东西"这番话,有些将信将疑,现在依旧没有全部相信,不过算是多信了一分,怀疑自然就少去一分。

桐叶洲第三大仙家,太平山祖师堂的传信飞剑。放在九洲当中版图最小的宝瓶洲,大致相当于出自神诰宗天君祁真之手的莲花堂飞剑,还是很能吓唬人的。

早已不太将书简湖放在眼中的宫柳岛刘老成,未必在意,但当个书简湖君主还如此坎坷的刘志茂,还是得好好掂量掂量。

跨洲飞剑,往返一趟,消耗灵气极多,很吃神仙钱。

青峡岛剑房几个管事修士,专程为此事商讨了一番,除了飞剑来自"太平山"一事,

第九章 磨剑

必须禀报田湖君外,还要不要"顺嘴"说说那几枚小暑钱的事情。只是一番权衡,众人咬咬牙,决定就不要用这种小事去劳烦田湖君了,最后剑房众人便自掏腰包,将这几枚小暑钱的开销给对付过去了,上上下下,为青峡岛分点忧,共渡难关嘛。

刘志茂收回视线,转头问道:"这把飞剑在剑房吃掉的神仙钱,陈先生有没有说什么?"

剑房主事人摇头道:"不曾,好像陈先生不太了解剑房规矩。"

刘志茂笑问道:"那你们有无暗示陈先生?规矩嘛,说一说也无妨,不然以后剑房少不得还要亏钱。"

主事人心中悚然,立即答道:"剑房绝无半点暗示!"

刘志茂自言自语道:"这个陈先生,是跟咱们青峡岛越来越不见外了,嗯,其实是好事情。"

刘志茂又问道:"前两天陈先生在你们这边,又寄了两封信去家乡?"

主事人点头道:"都是飞剑传信去往龙泉郡,不过稍有不同,一封去往披云山,一封去往落魄山。"

刘志茂突然问道:"你们觉得这个陈先生,好不好打交道?"

剑房诸人面面相觑,刘志茂摆摆手道:"算了,你们根本走不到那一步。"

刘志茂一步跨出,径直离开剑气驳杂紊乱的剑房,返回自己那座横波府。

先前向他亲自禀报消息的田湖君一直站在原地,刘志茂说道:"就按陈平安的要求去找,不管花费多少人力物力,都作为青峡岛最近的头等事情去办,记得别大张旗鼓,悄悄办成就行了,回头把人带回青峡岛。陈平安足够聪明,又不是跟春庭府打交道,你们就没必要画蛇添足了。"

田湖君点头领命,没有一个字的废话,反正她这个师父,从来不爱听那些,说一箩筐阿谀言语,都不如一件小事摆在功劳簿上,师父反而会看。

刘志茂笑道:"今儿剑房难得做了件好事,主事人在内那四人,都还算聪明。你去秘档上,销掉他们近百年中饱私囊的记载,就当那四十多枚不守规矩赚到的谷雨钱,是他们没有功劳也有苦劳的额外报酬了。"

田湖君点头,原本按照师父制定的既定策略,他在成为江湖君主后,会有一轮声势浩大的犒赏功臣与杀鸡儆猴,双管齐下,有些在台面上,有些在桌底下。只是如今形势变幻,多出一个宫柳岛刘老成,前者就不合时宜了,只能拖延,等到形势明朗再说,可是一些不识趣的人心蠢动,导致后者反而会加大力度,谁敢在这个时候触霉头,那就是秋后算账,外加乱世用重典,真是会死人的。

田湖君悄然离开横波府,返回自己开辟出府邸的那座素鳞岛。府上莺莺燕燕,见到了她这个地仙"老祖",一个个谄媚不已,有些带着点真心,更多是虚情假意。

田湖君对于这些，并没有半点喜欢或是厌恶，在书简湖讨口饭吃，不这样做，要么一辈子给人当牛做马，更惨一点的，就会慢慢饿死。

她先让两个跟自己一起搬迁到素鳞岛府邸的心腹老人，去将陈平安提出、刘志茂发话的那件事，分别告知处理类似事情最为经验丰富的青峡岛钓鱼房，以及两个与她私交甚好的藩属岛屿岛主，合力去办好此事。

她独自走过一条长达数里的密道，悄悄来到她用来潜心修道的密室。密室位于素鳞岛府邸下边的岛屿腹中，越往下，灵气精华凝聚而成的水运越浓郁。所谓密室，其实只是在一条地下河旁边摆放了一张椅子而已，整个地下，呈现出淡淡水运具象化的幽绿颜色，不但如此，密室头顶墙壁中还渗出丝丝缕缕的月白色光辉，然后分别涌入那张椅子上镂刻的一条条蛟龙嘴中。

田湖君坐在那张破败不堪的老旧龙椅上，深吸一口气，满脸陶醉。她双手握住椅把手，不断有蛟龙之气与水运灵气一同渗入她的手心处，疯狂涌入那几座本命气府，灵气激荡，砥砺道行。

田湖君脸庞扭曲，脸上既有痛苦也有愉悦，一身香汗淋漓。

一个时辰后，田湖君睁开眼睛，重重吐出一口污秽浊气，轻轻挥袖，那口浊气顺着地下河流入书简湖，不至于浸染侵蚀此地的宝贵灵运。

田湖君略有疲惫，更多还是心满意足。修道之路，其中艰辛，让人大怖，可其中愉悦，远胜人间情爱，因此男女之间的那些山盟海誓和矢志不渝，在脱胎换骨的中五境练气士，尤其是地仙境修士眼中，实在是挠痒而已。不过事无绝对，若是大道本身就涉及那道情关，便是元婴境修士都要满身泥泞，不堪重负，死活超脱不得。

关于此事，风雷园李抟景就是最好的例子。

以此人堪称惊才绝艳的修道天赋，本该比风雪庙魏晋更早跻身上五境剑仙才对。一旦跻身玉璞境，跨过那道天堑，仙人境都有可能是李抟景的囊中物。到时候谁是宝瓶洲真正的本土修士第一人？一个十二境剑修够不够资格？须知如今的宝瓶洲修士执牛耳者、道家天君祁真，不过是刚刚跻身仙人境而已。

可偏偏李抟景这等占据一洲剑道气运的大风流人物，恰好就是迈不过那道田湖君之流都不会太在意的关隘。

大道难料，不外乎此。

田湖君收起思绪，开始仔细思考自己的前程。

大道之上，风光无限好，可总不能只看别人的壮丽风景，自己也该成为别人艳羡不已的风景，才是正道。

一想到那个躺在病榻上的小师弟，田湖君心情复杂。

站起身后，瞬间抖散一身衣裙上的汗水污渍。

她向前走出几步，站在地下河畔，陷入沉思。

在刘志茂和顾璨这对师徒中，田湖君内心情感，其实更倾向于小师弟顾璨，而不是那个城府深沉、为了大道谁都可杀的师父——而且师父会杀得让人莫名其妙，临死都不知缘由，这才是最可怕的地方。

反观顾璨，虽然桀骜不驯，不会真正做生意，可她田湖君只要持之以恒，反而容易付出一分，得到两分意外之喜的回报。小师弟到底还是个孩子，能够应付那些看似盘根交错、实则浮于表面的各方势力，可尚未真正了解隐藏在书简湖水底的那几条根本脉络，那才是书简湖的真正规矩。顾璨不会用人，只会杀人，不会守拙守成，只会一味进取，终究不是长远之计。所以理智告诉田湖君，顾璨身上可以押重注，但绝对不可以倾家荡产去支持，他太喜欢剑走偏锋了。

她田湖君远远没有到可以跟师父刘志茂掰手腕的地步，极有可能，这辈子都没有希望等到那一天。

田湖君其实很遗憾，遗憾顾璨在短短三年之内，就可以打下一座小江山，但是到了高位之后，还没有想着应该如何去守江山。她其实可以一点点教他，倾囊授以自己两百多年辛苦琢磨出来的心得，但是顾璨成长得实在太快了，快到连刘志茂和整座书简湖都感到措手不及，他怎么可能去听一个田湖君的意见？也许再给资质、性情和天赋都极好的顾璨几十年光阴去慢慢打熬心性，那时候说不定真正可以跟师父刘志茂平起平坐。

可惜刘老成来了，一下子就将顾璨和他那条泥鳅一起打回了原形。

史书上说藩镇之贵，土地兵甲，生杀予夺。

可是不可以视而不见，书简湖终究只是宝瓶洲的一隅之地，又迎来了千年未有的新格局，大风险与大机遇并存。

大骊铁骑也好，朱荧王朝也罢，无论是谁最后成为了书简湖的太上皇，都希望能够拥有一个足够掌控书简湖局势的"藩王"，做不到，即便成了江湖君主，也一样会换掉，一样是被弹指之间生杀予夺。

田湖君从来不觉得小师弟顾璨做得差了，事实上，顾璨做得已经让她都感到心悸和敬畏，只是做得似乎……还不够好，但大势不等人。

现在大势席卷而至，怎么办？

田湖君突然想起那个住在山门口的年轻的账房先生，也许能够稍稍阻滞洪水大势淹没书简湖和青峡岛，可真能够补救吗？

田湖君摇摇头，太难了。

陈平安返回屋内，坐在书案后边，该搜集整理的档案都已经就绪。

暂时能够收集到的阴魂鬼物，也都与月钩岛俞桧、玉壶岛阴阳家修士谈好，朱弦府马远致尚未答应出售，可也已经许诺会收拢、筛选阴物，只等陈平安办成了那件事情，朱弦府就可以拿出所有准备妥当的阴物，到时候该是几枚神仙钱就是几枚。不过随着时间推移，陈平安在珠钗岛刘重润那边碰壁次数越来越多，好像鬼修马远致也有些气馁，口风有所松动，打算退让一步，陈平安只要请得动刘重润登上青峡岛，他就可以先交出一半积攒在招魂幡和那口水井中的阴物，算是作为定金。

陈平安给披云山魏檗寄去的信，主要是询问买山事宜，再就是几件小事，让魏檗帮忙。

给落魄山寄去的家书，则是让朱敛不用担心，自己在书简湖并无人身危险，不用来这边找他。再让朱敛转告裴钱，安安心心待在龙泉郡，只是别忘了今年大年三十，喊上青衣小童和粉裙女童，去泥瓶巷祖宅守夜。若是怕冷，就去小镇购买好一些的木炭，守夜晚上点燃一炉炭火。过了子时，实在犯困就睡觉好了，但是第二天别忘了张贴春联和"福"字。这些千万别花钱去买，竹楼二楼的崔姓老人写得一手好字，让他写就是了，写春联和"福"字的红底子纸张，去年没用完，还有足够的盈余，粉裙女童知道放在哪里。最后叮嘱裴钱，正月初一清晨，在泥瓶巷祖宅放爆竹的时候，不要太肆无忌惮，泥瓶巷那边家家户户院子小，门口巷子窄，爆竹别燃放太多。若是觉得不过瘾，那就回到落魄山那边燃放，爆竹堆放再多，都没关系，如果嫌弃自己劈砍竹子、制作爆竹太麻烦，可以在小镇店铺那边买，这点钱，不用太过节俭。再就是关于新年红包，哪怕他陈平安不在家乡，可也还是有的，初一或是初二，他的朋友，山岳大神魏檗会露面，到时候人人有份，但是讨要红包的时候，谁都不许忘记说几句喜气言语，对魏先生，更不许无礼。

陈平安提起木头笔架上的一支紫竹笔管的小锥笔，轻轻呵了一口气，却愣了一下，放下笔，有些头疼，更多还是愧疚。

桌上笔架，是陈平安随手自制，毛笔则是紫竹岛岛主的附带馈赠。当时陈平安开口跟人家讨要了三竿紫竹，岛主好人做到底，又送了陈平安两支紫竹岛秘制的毛笔，自然是一等一材质的上品紫竹笔管，毫尖有一小截是透明的，极为玄妙，是紫竹岛岛主的不传之秘，哪怕是下五境练气士，只要轻轻呵出一口灵气，就能够如饱蘸墨汁，下笔自如，墨迹芬芳，纸张甚至借此能够天然防蛀百年之久，故而此"湖竹笔"得以远销朱荧王朝山上山下，是达官显贵的头等案头清供，哪怕无法书写，悬在笔架那边，做做样子，一样能让主人见之心喜。

陈平安当时厚着脸皮收下了，讨要了两支小尖毫，最适宜书写蝇头小楷。

与当年李希圣赠送的那支小雪锥，有异曲同工之妙。呵气成墨，呵一口气之后，若是灵气过于淋漓，只需要搁置笔山或是悬于笔架，但不会有点滴"墨汁"坠落，若是少了，书写一半便已无墨，无非是再轻轻呵一口气罢了，十分方便。而且若是本命窍穴分出五行之属，墨迹还有色彩之分，极其实用，所以还是许多山上女修间写信往来的心头好。

陈平安已经不练拳、不炼气许久，加之与刘老成那场大战，身体虽在缓慢痊愈，可是直到方才这一刻，他才意识到自己两座本命气府内，已经灵气枯竭到这个地步，原本金色文胆所在的窍穴，已经满目疮痍，破碎不堪，不用去说，当晚为了握住那把剑仙，类似涸泽而渔、焚林而猎，给那座绿衣小人扎堆的"水府"也造成了巨大的影响。只是影响之大，还是超出了陈平安的预期，竟是到了水府灵气名副其实的滴水不剩了。

陈平安毫不犹豫地站起身，撑着那艘几乎快要被整座书简湖都知晓的普通渡船去了赵素鳞岛，拜见田湖君。

府上管事歉意回复说岛主在闭关，不知何时才能现身，他绝不敢擅自打搅，但是如果真有急事，他便是事后被重罚，也要为陈先生去通知岛主。

闭关一半，是修行大忌。陈平安又不是不涉江湖的雏儿，赶紧与那个满脸"慷慨赴死"的老修士笑着说没有急事，他就是几次登上素鳞岛，都没能坐一会儿与田岛主好好聊聊，这段时间于田岛主实在麻烦许多，今天就是得空儿，来岛上道声谢而已，根本无需打搅岛主的闭关修道。

府上管事修士如释重负，陈平安刚要离开，突然笑问道："听闻府上珍藏有曹娥岛的姑娘茶，偶尔会拿出来款待客人，我既然来都来了，能不能多叨扰一番，喝杯茶润润嗓子再走？若是事后田岛主生气，前辈就说是我死缠烂打，扬言不给茶喝就不走了，才害得前辈不得不破费一番。"

府上老修士笑得合不拢嘴，赶紧带着这个账房先生入府，很快就奉上了一壶天然蕴含水运的曹娥岛姑娘茶。

陈平安喝着茶，就与老修士闲聊起来，相谈甚欢。

陈平安告辞后，老修士又亲自一路送到了素鳞岛渡口，与他使劲挥手作别。

回府路上，老修士趾高气扬，正值寒冬时分，老人都满面春风。今儿自己面子真是大了去。

陈平安离开素鳞岛后，没有就此返回青峡岛，而是去了赵珠钗岛。

一壶曹娥岛茶水，用以裨益水府灵气，实在是杯水车薪，还是需要购买一些浓厚水运凝聚的秘制丹药。

既然田湖君在闭关，就只能来找刘重润了。

传言刘重润当年家国覆灭，偷藏了许多从王朝秘库里边取出的好物件，更重要的是陈平安在书简湖，信不过任何人。

经过与朱弦府马远致的闲聊，加上对书简湖历史和关系的梳理，发现这个珠钗岛刘重润，属于那种做生意还算公道的修士，两百多年来，没有传出劣迹。

若是刘重润出身于帝王之家，所以天生善于隐藏，以至于两百年没有泄露半点，并且更有幕后人,能够神通广大到算出他今天的临时起意,要与刘重润购买丹药,陈平安认栽。

今天刘重润还是没有亲自接见陈平安。

很正常,估计是她确实厌烦了他这个账房先生的蹩脚媒婆行径。

之前有两次,陈平安停船登岸,刘重润已经懒得露面,只是派遣一个姿容极其出彩的嫡传弟子负责在渡口"拦阻",名字没能记住,因为珠钗岛上上下下的行事风格,在书简湖还算洁身自好,殊为不易,与同样女修扎堆却被书简湖男修讥笑为"窑子岛"的云雨岛比,双方口碑,天壤之别。当时陈平安登岸此地,只是为了从岛主刘重润那边获知一些事情,至于珠钗岛其余任何修士,陈平安不想有任何交集。自然不是陈平安如何清高自负,而是他知道,自己在书简湖的一言一行,都会带来种种不可预知的结果,就算是好的,也只是锦上添花,可若是坏的,那就是殃及池鱼,有杀身之祸。

人生在世,一旦深陷困境,不可避免地走下坡路,往往就是进退失据,左右为难,很容易让人四顾茫然。

这会儿,除了慎重考虑自己的利益得失,以及小心权衡破局之法,若是还能够再多考虑考虑身边周围的人,虽未必能够以此解围,可到底不会错上加错,一错到底。

陈平安说明来意,那个气质不俗的貌美女修笑问道:"陈先生,这次真不是给那鬼修当说客来了?"

陈平安点头保证道:"真不是。"

年轻女修有些懊恼,轻轻一跺脚,埋怨道:"陈先生害我输了十枚雪花钱呢。"

陈平安无奈道:"如果我说一句活该,我还能去见你那个岛主师父吗?"

年轻女修不情不愿说道:"可以的。"

陈平安于是说道:"活该。"

远处许多偷偷躲在暗处的珠钗岛女修笑声不断,多是刘重润的嫡传弟子,或是一些上岛不久的天之骄女,往往年纪都不大,才敢如此。

年轻女修没好气道:"陈先生自个儿去山巅宝光阁,行不行啊?"

陈平安微笑道:"行的。"

过了山门,年轻女修还真就直接把陈平安晾在一边,跑去山门偏屋那边与师妹们窃窃私语,然后和几个与她一般押错注的女修乖乖掏出雪花钱给赢了的人。

一个挣得双手捧钱都快要捧不住的幸运少女探出脑袋,对陈平安的背影大声笑道:"陈先生,谢了啊!"

缓缓登山的陈平安没有转头,只是抬起手,挥了挥,应该是示意不用谢。

山门偏屋这边,七八个年轻女修,无论输赢,哄然大笑。

陈平安在宝光阁见到了一身华贵宫装的刘重润,两人相对而坐,后者娴熟煮茶,一举一动都透着真正的富贵气。

难怪听说早前春庭府邀请过刘重润两次,只是她都婉拒了。

刘重润问道:"陈先生就半点都不担心自己的身体状况?"

陈平安开门见山道:"担心啊,这不就来你们珠钗岛了?想要跟刘岛主买些适宜补养水府灵气的灵丹妙药。如果我没有记错,当年刘岛主故国,曾有一座水殿和一艘龙舟,都是在刘岛主亲自主持下打造而成,两物皆名动宝瓶洲中部。"

刘重润点头道:"适宜地仙温养水属气府和本命物的丹药,我不但有,而且还不止一样,但是这已经不是价格高低的事情。在书简湖,这样的珍稀宝贝,我却不敢拿出来售卖,一旦面世,除非我能源源不断拿出手,不然就是一个'死'字。相信以陈先生的才智,可以想通其中症结。"

陈平安嗯了一声:"换成我,一样觉得烫手,不到山穷水尽的地步,绝不敢拿出来换成谷雨钱。"

刘重润递过来一杯雾气升腾的虹饮岛仙家茶,阳光映照下,茶杯上竟然浮现出一条手指长短的袖珍彩虹。

刘重润笑问道:"陈先生是明白事理的人,那么你自己说说看,我凭什么要开口报价?"

陈平安想了想:"那刘岛主要怎么才肯开价,说说看。"

刘重润神色凝重,道:"珠钗岛想要搬迁出书简湖,陈先生意下如何?"

陈平安好奇问道:"珠钗岛一直没有沾惹是非,始终保持中立,几乎没有仇家,那么书简湖的最终归属,是大骊宋氏还是朱荧王朝,似乎对于刘岛主影响都不大,珠钗岛无非是分不到一杯羹,却也不会惹上一身腥。在那之后,书简湖趋于有序,规矩会越来越类似一个王朝藩镇,刘岛主恰好最熟悉这种规矩,为何执意要搬迁基业?"

刘重润双手捧茶,视线低垂,睫毛上沾着些许茶水雾气,尤为润泽。

陈平安一手掌心托茶杯,一手扶住瓷色如雨过天青的瓷杯,始终凝视着这个珠钗岛岛主,既无丝毫邪念,更无半点爱怜。

刘重润微微抬起头,与他对视,片刻之后,竟是先败下阵来。她低头喝了一口茶水:"我就怕是朱荧王朝最终得到了书简湖。有些看似荒诞不经的宫闱秘史,其实恰恰是真相。"

陈平安开始在脑海中翻阅那些有关朱荧王朝、珠钗岛以及刘重润故国的前尘往事。

从青峡岛到书简湖,将他视为账房先生,其实不全是个玩笑称呼。

只是许多悄悄搁放在山门屋子柜子里的书简湖岛屿秘事,以及一些残片断章的稗官野史,太过支离破碎,许多小道消息,还会混淆真相。

陈平安思来想去,没有能够梳理出一条站得住脚的来龙去脉。毕竟这座珠钗岛,并非陈平安需要去重点关注的关键"战场",他知道得还是太少。

刘重润问了一个在书简湖最不该问的问题:"我能相信陈先生的人品吗?"

陈平安摇头又点头,缓缓道:"别相信我的人品,但是比起你们书简湖野修一贯的买卖风格,比如喜好翻脸不认人、擅长黑吃黑的种种行径,跟我陈平安做生意,肯定要稍微好一些,稍微好点。"

刘重润苦笑道:"就凭着陈先生从未以势压人,在渡口岸边吃了那么多次闭门羹,也未有过半点恼羞成怒,我就愿意相信陈先生的人品。"

陈平安喝了口茶水,望向刘重润:"是珠钗岛的潜在劫难过大,已经超出了刘岛主的承受范围,所以不得不赌一赌我的人品吧?"

被人一语道破心中的小算盘,刘重润有些神色尴尬。

陈平安问道:"是知道了我的大致来历,想要搬迁去往龙泉郡西边大山?"

陈平安自顾自说道:"珠钗岛修士稀少,明面上的地仙更是只有刘岛主一人而已,去了灵气充沛的大骊龙泉郡,凭借一两座不大的山头,就可以扎根下来,又算投靠了宋氏,从书简湖抽身离开不说,还可以借此远离战火如荼的宝瓶洲中部,朱荧王朝即便打赢了战争,想要去大骊找刘岛主的麻烦,自是鞭长莫及……"

一开始刘重润听得仔细,不愿错过一个字,可听到后来,刘重润脸上浮现几分羞恼怒意,狠狠瞪着陈平安。

陈平安有些奇怪:"怎么了?"

刘重润望向这个棉衣长袍的年轻男人,死死看着他的眼睛,似乎想要从他眼中找出一点蛛丝马迹,然后她就会翻脸,对他下逐客令。

刘重润没能看出端倪,忍了忍,可到底还是没能忍住:"陈平安!你真没有听说过朱荧王朝与我故国的一桩恩怨秘史?"

陈平安皱眉道:"我对刘岛主所知一切,大半是朱弦府马远致说给我听的,多是刘岛主早年的风光事迹,并不曾听说太多与朱荧王朝的恩怨。只知道鬼修马远致对朱荧王朝极其仇视,几次离开书简湖,都是秘密潜入朱荧王朝边境,并成功袭杀数名边关将领,造成朱荧王朝多桩悬案。但是这里边,到底藏着什么心结,我确是不知。"

陈平安问道:"刘岛主,在忌惮某个朱荧王朝的权势大人物?并且涉及刘岛主故国覆灭的缘由?"

刘重润摔出手中那只茶杯,砸在地上,砰然碎裂。

这个身世充满了传奇色彩的丰腴美人,深吸一口气,看到对面的陈平安依旧神色如常,哀叹一声,自嘲道:"不好意思,是我修心不够,在陈先生面前失态了。"

陈平安摆摆手,示意无妨。

刘重润缓缓道:"朱荧王朝一个老不死的地仙剑修,当年他任使节出访我国京城,你能想象吗,在他的异国他乡,我刘重润还是只差了一身龙袍一张椅子的堂堂君主,差点被他闯入宫内凌辱了。从皇宫禁卫到朝廷供奉,竟是没有一人胆敢阻拦。他虽没能得逞,但是在慢悠悠穿上裤子的时候,撂下一句话,说要我迟早明白什么叫鞭长可及,什么叫可以横跨两国京城。当年我们被灭国,此人刚好在闭关中,不然估计陈先生你在书简湖是喝不上这顿茶水了。可是如今此人,已经是朱荧王朝权倾一方的封疆大吏,是一座藩属国的太上皇。不凑巧,与石毫国差不多,该死不死,刚好毗邻书简湖!"

陈平安默不作声。

刘重润一咬牙,下定决心,她微微抬起臀部,挺起胸膛,沉声道:"只要陈先生答应租借龙泉郡山头和珠钗岛火速迁徙一事,刘重润愿意自荐枕席!就在今天,只要你陈平安喜欢,甚至可以就在此时此地!"

刘重润视线坦荡荡,陈平安眼神寂然,古井不波。

然后陈平安问了一句比拒绝刘重润更为大煞风景的言语:"为何不找刘志茂或是刘老成?"

刘重润脸色黯然些许,随即眼神中再度恢复昂扬斗志,冷笑道:"找了刘志茂,等他玩腻了,肯定转手就会将我卖给朱荧王朝。至于宫柳岛刘老祖,我估计连他的面都见不到吧。而且即便刘老成愿意见我,只要我敢开这个口,估计就要被他一巴掌拍成一摊烂肉了。"

陈平安问道:"刘岛主可曾有过喜欢的男子?"

刘重润摇头道:"不曾有过!若是有过,我刘重润便是身死道消,珠钗岛便是就此与家国一般覆灭,也绝不会说出自荐枕席这种话!"

陈平安点头道:"应该是真的没有过。不然如果刘岛主有过真正喜欢的人,就不会对我说出这种混账话。"

刘重润恼火道:"陈平安,你不要得寸进尺!士可杀不可辱,我刘重润虽是女子,却也不至于沦落到被你如此说教、羞辱的地步!"

陈平安喝了口茶,有些无奈:"说好的买卖不成仁义在呢?"

刘重润气倒是消了些,只是到底脸上挂不住,愤愤然骂道:"男人就没一个好东西,要么是满脑子脏水,恨不得所有女子都是他们的床笫玩物,要么就是你这种假正经,都可恨!"

陈平安递过去空茶杯,示意再来一杯,刘重润没好气道:"自己没手没脚啊?"

陈平安只得自己斟了一杯茶,不忘重新拿起一只茶杯,给刘重润倒了一杯茶水,轻轻递过去。刘重润接过瓷杯,如豪饮醇酒似的,一饮而尽。

只要一方始终心平气和,另外一方再满腔怒火,都不太容易被火上浇油。

在刘重润给自己倒了一杯茶水,慢慢抿了一口后,陈平安才开口问道:"刘岛主就那么讨厌马远致,只是因为他当年那个杂役驮饭人的身份?我觉得不像,刘岛主不是这种人。"

刘重润缓缓道:"他丑啊,哪怕给瞧一眼我就觉得恶心。当年是如此,如今更是如此。一双狗眼就喜欢往妇人胸脯和屁股上瞄,越大的,他越喜欢!女子身份越尊贵的,这个驮饭人就越垂涎!"

陈平安不打算说话了,绝对不予置评,并且打算以后都不掺和。

刘重润放下茶杯,冷笑道:"不是男人为我们女子做很多事情,女子便一定要喜欢他,天底下没有这样的道理!"

不过刘重润叹了口气:"不过他做了那么多事情,我当然都清楚,一清二楚,不然你以为我会忍他这么多年,由着他悬挂那块朱弦府匾额?只是有些时候,念着这些情分,难免还是有些无关男女情爱的感动……只不过稍稍多想,一想到他那张满口龅牙黄牙的嘴脸,我真是有些吃不下饭。"

陈平安闭口不言。

刘重润却没打算放过这个年轻的账房先生,她斜眼瞥着陈平安那张消瘦惨白的脸庞:"若是陈先生长得如他一般歪瓜裂枣,你看我乐不乐意那么多次在渡口现身,撑死了见你一两次。你以为世间市井女子和山上女修,喜欢看丑八怪,不去多瞧几眼英俊男子啊?这就跟你们男人管不住眼睛,喜欢多看几眼佳人美妇,一样的道理。唯一的区别,就在于男人管不管得住心思和裤裆了。"

刘重润拿起茶杯,缓缓抿茶,然后笑眯眯问道:"不知道陈先生管住了裤裆,心思管住了没有?"

陈平安眼神清澈,道:"不用管。"

刘重润见他不似作伪,又听明白了他的言下之意,就有几分苦闷和气馁:"真是一尊泥菩萨不成,还是我刘重润已经人老珠黄了?"

陈平安放下茶杯,说道:"既然刘岛主已经开价了,我可以试试看,与大骊那边接触一下。"

刘重润放低嗓音:"粒粟岛岛主?"

陈平安没有故弄玄虚,轻轻点头。

双方皆是书简湖的明眼人。

刘重润提醒道:"事先说好,陈先生可别弄巧成拙,不然到时候就害死我们珠钗岛了。"

陈平安笑道:"我会注意的,哪怕没办法解决刘岛主的燃眉之急,也绝不会让珠钗岛雪上加霜。"

刘重润玩味道:"不知道陈先生何来的底气,说这种话?"

陈平安沉默片刻，直截了当道："相较于我当下做的某件事，珠钗岛的去留，只是一个三方都可以互利互惠的添头，很小的彩头。"

刘重润脸色变幻不定。

陈平安双手笼袖："不信？反正珠钗岛就是在赌，既然赌了，也没有更多的退路，不信最好也信。死马当活马医，就姑且信一信我这个蹩脚郎中好了，说不定就是意外之喜，比我当那媒婆好不少。"

刘重润突然露出太阳打西边出来的少女娇憨神色："如果我现在反悔，就当我与陈先生只是喝了一顿茶，还来得及吗？"

陈平安点头道："来得及。我不是刘岛主，我还是讲买卖不在仁义在的。"

刘重润气得牙痒痒，眼前这个年轻人，真是百毒不侵、油盐不进！

刘重润抬起双手，手肘有意无意挤压出一片壮观风情，她对陈平安嫣然一笑，一拍手掌，然后要陈平安稍等片刻。

很快就有一个老态龙钟的老嬷嬷手持一只瓷瓶走入院中，老嬷嬷将瓷瓶毕恭毕敬交给刘重润后，再次默默走出院子。

陈平安知道这个深藏不露的老妪，哪怕一身如何都遮掩不住的腐朽气息，却是珠钗岛能够屹立不倒的根本所在。说不定当年刘重润能够在自家京城皇宫内，从那个丧心病狂的朱荧王朝地仙手中逃过一劫，都要归功于这个苍老妇人。

刘重润将瓷瓶抛给陈平安："陈先生可要小心收好了。这是当年水殿秘藏的最好丹药之一，能够大补水府灵气和修缮水属本命物，这瓶丹药只要丢到书简湖，就能够激起百丈高浪，任何一个金丹境地仙都要垂涎三尺。这是定金，是珠钗岛该有的诚意。接下来，就要看陈先生你有没有化腐朽为神奇的通天本事了。事情成了，先前那四个字，我在动身离开书简湖之前，都有效。将来搬到了龙泉郡，可就不管用了，过时不候！"

陈平安对于后半段话置若罔闻，当场打开瓷瓶，倒出一颗碧绿丹药，闭眼片刻，睁眼后对刘重润微微一笑，直接丢入嘴中。

刘重润好奇问道："这瓶丹药自然是没有动过手脚，可是陈先生如何这么快确定？"

陈平安当然不会告诉她有关自己水府栖息着那群绿衣水运童子的内幕，随口道："我既然到了书简湖，就入乡随俗，赌大赢大。"

刘重润一挑眉头，没有多说什么。

陈平安问道："我想问一问刘岛主故国与朱荧王朝的详细历史，可能要耽搁刘岛主不少光阴，可以吗？"

刘重润疑惑道："这是为何？与你接下来要谋划的事情有关系？"

陈平安摇头道："几乎没有任何关系，只是我想多知道一些当局者对于某些……大势的看法。我曾经只是旁观、旁听过类似画面和问答，其实感触不深，现在想要多知道一点。"

刘重润犹豫了一下,点头道:"可以,旧事重提,虽然我心里头不太痛快,反正连那等龌龊事都说与陈先生听了,其余庙堂和沙场上的事情,根本算不得什么。"

陈平安抱拳道谢。

刘重润抛出一记妩媚白眼。

陈平安视而不见。

此后整整两个时辰,刘重润将故国大势,从龙兴立国、逐渐衰落、中兴重振、积重难返、竭力维持,到最终覆灭,娓娓道来,

刘重润早已不是那个长公主,如今只是一个书简湖金丹境修士,说得坦诚相见,陈平安听得聚精会神,默默记下,受益匪浅。听到重点,干脆就从咫尺物当中拿出纸笔,一一记下。在刘重润说到精妙处或是不解处,陈平安便会询问一二。

这些都让刘重润别扭不已,在心中哭笑不得。自己怎么像是一个学塾夫子,在这儿为一个勤勉学生传道授业解惑?这可是她生平头一遭的感觉。

当刘重润觉得无话可说之际,陈平安却说下次拜访宝光阁,还要与刘岛主再细问漕运、胥吏二事。

刘重润气笑道:"陈平安,你烦也不烦?!想上我的床,你就不能直接开口,非要这么绕弯子?好玩吗?怎么,想要身心皆取。好嘛,你陈平安倒是胃口比谁都大!那朱荧地仙与驮饭人两个老色胚加起来,都不如你一个!"

陈平安脸色不变,缓缓道:"刘岛主,方才你说那山河大势,极有风采,就像一个'罪不在君'的亡国帝王,与我复盘棋局,指点江山,让我心生佩服,这会儿就差远了,所以以后少说这些怪话,行不行?"

刘重润似乎有些伤心,一手捂住衣襟领口,咬着嘴唇。

陈平安不为所动,就要起身告辞。

刘重润突然柔声喊道:"陈平安。"

陈平安只得坐在原地,一头雾水:"嗯?"

刘重润以迅雷不及掩耳之势,猛然扯开领口。

陈平安不愧是经历过无数场生死厮杀的老江湖,同样以迅雷不及掩耳之势,一下子闭上眼睛,猛然站起身:"下不为例!不然买卖作废!"

刘重润笑得花枝乱颤,望向陈平安匆忙离去的背影,乐不可支道:"你不如将此事说给朱弦府那个家伙听听?看他羡慕不羡慕你?"

陈平安停下脚步,背对着她,轻声道:"刘重润,这样不好。"

刘重润收敛笑意,冷哼一声:"恕不远送!"

陈平安走出山巅,去往渡口,撑船返回青峡岛。

第九章 磨剑

那个老嬷嬷走入院子，看着似乎有些魂不守舍的刘重润，问道："长公主，真要相信一个在书简湖露面还不到半年的外乡人？何况还如此年轻。哪怕算是心思缜密，做事稳重，可年纪小，就意味着根基浅，这是万古不易的道理，不然当年那个给长公主亲手提着坐在龙椅上的小杂种，会忍气吞声，故意装傻卖疯那么多年？结果差点真给小杂种做成了那个地仙剑修都没做成的恶心事。"

刘重润恢复正常神色，淡然道："知道天底下什么样的人，最值得跟他们做生意吗？"

老嬷嬷说道："请长公主明示。"

刘重润站起身，身材修长的她，极有气势。她面沉如水，咬牙道："聪明，好人，有底线，三者兼备。以前如果那个小杂种不是被人蛊惑，故意倒行逆施，唯一的本事，就是与我作对，一个一个接连害死了庙堂和边军当中所有这种人，我们岂会灭国?!"

老嬷嬷不去评点这些往事，哪怕已经离开那座皇宫很多年了，她还是秉持宫中既定的宗旨，不去妄言、干涉朝政。

老嬷嬷只是板着脸，说道："长公主，说句大不敬的言语，对这么个乳臭未干的毛头小子，说那样的话，做那样的事，委实是太不害臊了些。"

刘重润竟是飞奔过去，低头弯腰，轻轻挽住老嬷嬷的胳膊，撒娇道："好玩嘛，就这么一回，以后不会再有啦。"

老嬷嬷点头道："深闺寂寞，这是市井女子的烦忧，长公主如今已是金丹境地仙，就莫要如当年少女时那般顽劣了。再者，老牛吃嫩草，不好。"

刘重润满脸通红，好似赌气，松开老嬷嬷胳膊，去了宝光阁不见人。

老嬷嬷等到刘重润躲了起来，这才展颜一笑，只是瞬间就收了起来。

老嬷嬷心知肚明，不是长公主对那年轻人真有想法，一见钟情，而是长公主如今肩头的压力太大，又没有一个可以依靠的主心骨，难免会做出些过火的举止，所以这半年来，宝光阁摔碎的珍贵瓷器有多少？而当一丝希冀的曙光，突如其来，更是会让人心神摇曳，陡然间大悲大喜，更能见本心本性，金丹境地仙也不例外。

这个她看着长大的长公主，从小就是调皮顽劣、无法无天的性情，早年宫中那些个教仪嬷嬷，管教起长公主来，简直就是个个心肝疼。也就是她，一直陪伴着长公主，双方相依为命，一直走到了今天这一步。而她的金丹已腐朽，即将崩坏，又成了差点压碎长公主心境的最后一根稻草。

眼睁睁看着身边至亲，化作一堆白骨，几乎是每一个地仙修士都要经历的痛苦。至亲多半不会是爹娘长辈了，而是师徒，或是道侣，或是传道人和护道人。关系越好，心魔越大。就像当年离开宫柳岛的刘老成，不得不亲手斩杀自己入魔的挚爱道侣。传言虽然不知真假，毕竟这是书简湖的第一大禁忌，但是这个老嬷嬷却深信不疑。

陈平安返回青峡岛,天已经是暮色笼罩。

又咽下一颗水殿秘藏的丹药,陈平安提起一支紫竹笔,呵了一口气,开始书写在珠钗岛积攒出来的腹稿。

之所以要与刘重润询问、请教两国大势,因为这是他在书简湖想要看到的第三条线,事情的发生,距离当下最遥远,但是很快就有可能用得着。

之前第一条线,是顾璨和他周边众人,最复杂难解。第二条是那对云楼城重逢的父女,相对最简单清晰。

来龙去脉。脉络。这是陈平安如今自己私底下复盘藕花福地之行,得出的一个最大结论,遇见众人万事,我只管单刀直入,暂时撇开一切善恶,只去深究此人为何说此话、做此事、有此念头。一旦如此,哪怕所有人都如那痴心剑,一样可以为我所用。但是在这个极其耗费心神的漫长过程中,他必须比以往想得更多,走得更慢!

陈平安暂时停笔,拿起手边的养剑葫,喝了口酒就放下了。

他神色越发憔悴,脸颊凹陷,脸庞上甚至还有些许的胡子碴,可是当下提笔写字,眼神熠熠光彩。

中土神洲一座最为巍峨的山岳之巅,一个穷酸老儒士正在一边掐指推衍,一手捻须,苦着脸絮絮叨叨,哀怨道:"这就不太善喽。"

身形魁梧的金甲神人坐在不远处,俯瞰着广袤辖境:"既然形势不妙,你又看不到具体事,为何不干脆偷溜过去?反正你做这种勾当,没人会感到奇怪,你又皮厚,给文庙晚辈指着鼻子骂,都不在乎。"

老秀才白眼道:"闭嘴,跟你聊天,和东海那老家伙差不多德行,就是对牛弹琴。"

金甲神人不以为意。

换成任何一个飞升境之下的修士,胆敢在这座穗山上,要这位中土神洲山岳万千神祇的"首尊"闭嘴,估计已经被劈了个半死。至于飞升境,一剑劈出穗山地界,又有何难。

老秀才随手将一把石子丢在地上,嘀咕道:"你以为那个观道观的臭牛鼻子,是白送那把桐叶伞的?那三百年光阴长河,是白给我那关门弟子瞧的?可都是包藏祸心,用心险恶着呢。"

金甲神人讥讽道:"还不是你自讨苦吃。"

老秀才骂娘道:"你除了有几斤蛮力,懂个屁。"

金甲神人哦了一声:"那你倒是离开穗山啊,亚圣不是派人捎话来,要找你去文庙谈心吗?"

老秀才摇晃着肩膀,扬扬得意道:"嘿,就不就不,我就要再等等。能奈我何?"

金甲神人瞥了眼老秀才，犹豫了一下，问道："那块银锭剑丸，你是不是早就知道之前的因果了？"

老秀才收敛神色，点点头："小事而已。"

金甲神人笑道："你倒是心大。"

老秀才冷笑道："我要是不心大，容得下这座浩然天下那么多假读书人？"

金甲神人问道："齐静春既然全然不在了，你真不怕那个都不承认你是先生的闭关弟子走岔了？"

老秀才猛然起身，大步走到盘腿而坐的金甲神人跟前，两人一站一坐，刚好让他用手指敲打后者的脑袋，一戳一戳，骂道："你可以侮辱我的学问和修为，但是不可以侮辱我收取弟子的眼光！"

金甲神人被一口气戳了十几下头盔，淡然道："你再戳一下试试看？"

老秀才果真又戳了一下，然后立即往后蹦跳后退，一本正经道："你自己说的，怪不得我。"

金甲神人叹了口气，转过头，破天荒哀求道："算我求你了，你赶紧从我的穗山滚蛋吧！"

老秀才没来由地大怒道："求人有用，我需要躲在你家里？啊？我早就去跟老头子跪地磕头了，给礼圣作揖鞠躬了！有用吗？"

金甲神人转回头："有火气，别往我身上撒。"

老秀才搓手呵呵而笑："不把你当撒气筒，我难道真去找老头子和礼圣撒泼啊，我又不傻。"

金甲神人已经彻底忍无可忍，缓缓起身，手中多出一把巨剑，不承想老秀才已经倒地而睡："哎哟喂，推衍一途，真是耗费心力，累死个人，我打个盹儿，如果我打呼噜，你忍着点啊。"

金甲神人深吸一口气，重新坐回原地，沉默许久，问道："真就把那个大祭酒晾在穗山大门外边喝西北风？"

老秀才背对着这尊山岳大神，呼呼大睡，双手掐指不断，不忘记提醒那个大个子："我已经睡着了，所以你问我问题，我不回答，情有可原的。"

云海浩荡，可能比浩然天下任何一处天幕，甚至比四座天下都要更加壮阔无边。

一个高大女子，一手撑着桐叶油纸伞，一手掌心挂剑于金桥之上。长剑抵住金色长桥的栏杆，从剑尖处，溅射出如同大日光明的璀璨光芒，如同一直在磨砺剑锋。

她不是不可以走出去。只是前些年，一个将死之人，就站在这座金色拱桥之上，与她说了一番肺腑之言：

"世间最好的磨剑石,不是斩龙台。

"对于纯善之人,是人心最纯粹部分的诸多恶念。反之亦然。皆可砥砺出最纯粹的剑心。剑气长城的万千剑修,善恶不定,依旧剑气如虹,就是证明。

"在陈平安长大之前,最多最多,你只能出剑一次。一次,分寸正好。而且我希望这一次,越晚越好,最好是结丹之后、玉璞之前。再往后,就作废了。

"如果有第二次,他就不会是某位学宫大祭酒或是文庙副教主,又或是重返浩然天下的亚圣了。"

那个双鬓霜白的儒士,当年指了指天空:"礼圣的规矩最大,也最稳固。一旦他露面……

"怕不怕,值不值得,并不一样。所以恳请前辈还是要多思量,再思量。"

在这些言语之后,还有一些。其中一句,最让她心动:"当初前辈选择并无恶感也无好感的陈平安作为新的主人,自然只是因为我齐静春说动了前辈,去赌那个万分之一。可是前辈当真就不想亲自确定一下,陈平安到底值不值得前辈托付所有希望,此后哪怕百年千年,再过一万年,都不会失望?!"

此后两句话,则是让她都有些动心,并且动容:"前辈那个时候,肯定是不太想的。但是前辈必须知道,在陈平安内心深处,他比任何人都希望,证明自己不曾让我齐静春、让你失望。

"哪怕那个时候,陈平安已经对自己失望。"

想到这里,高大女子轻轻一按手中长剑,竟是剑尖连同一大截剑身,直接钉入了那座金色拱桥的栏杆。

第十章
大雪

这天夕阳西下,天边挂满了金灿灿的鲤鱼斑,就像一条硕大的金色鲤鱼游弋于天幕,人间不得见其全身。

青峡岛钓鱼房主事,一个资历极老的龙门境修士,亲自带着一个怯懦少年下船登岸,一起走向山门。

青峡岛钓鱼房的练气士,类似大骊王朝的粘杆郎,老修士名为章靥,一个很脂粉气的古怪名字,却是截江真君刘志茂的真正心腹。章靥是最早追随刘志茂的修士,没有之一,那个时候刘志茂还只是个观海境野修,章靥却是正儿八经的谱牒仙师出身,并且当时就已经是观海境,这里边的故事,青峡岛老一辈人,能够说上好几顿酒。

少年名为曾掖,是茅月岛刚发掘出来的一棵好苗子,天生适宜鬼道修行,不过好资质在书简湖并不意味着就能有好前程。如果没有青峡岛钓鱼房的横插一脚,少年曾掖会被岛主用来饲养蛊灵和培育鬼胎,少年早期境界攀升一定会一日千里,仿佛真是茅月岛倾力栽培的天之骄子,事实上,当曾掖跻身中五境的那一天,就会被剖魂剐魄,到时候,少年就会知道什么叫人有旦夕祸福了。

章靥是一个性情寡淡的修士,其实不太喜欢与谁絮叨,便是在刘志茂那边,他同样言语不多,只是事关重大,他不得不再次提醒道:"曾掖,我们那个供奉陈先生,他的诸多事迹,你多少也听过,是个很厉害的大人物。他如今就住在山门口附近,等下你见着了陈先生,不用故意替我和青峡岛说好话,一切照实说。在茅月岛,你自己也亲耳听到你师父与祖师与我坦白的谋划,所以你这条小命,归根结底,其实算是陈先生救下来的。

再者,我知道你在担心什么,是不是才出龙潭,又入虎穴?不妨与你直说了,这个陈先生,肯定不会害你。你在茅月岛,只会死相凄惨,到了我们青峡岛,却是真正的修道机缘。说实话,连我都要羡慕你,在仙家洞府,就算是那些个祖师堂嫡传的谱牒仙师,都不会有你这样的好运气。"

曾掖性情软弱,在茅月岛那边吓破了胆,也被师父伤透了心,这会儿还是有些失魂落魄,只是不断点头,想着情况再坏也坏不过茅月岛。

章鬳沉默片刻,缓缓道:"只是飞黄腾达之后,也别太忘本,终究是我们青峡岛把你从火坑里拽出来的,以后不管跟着那个陈先生在哪里享福,还是要想一想青峡岛的这份救命恩情。曾掖,你觉得呢?"

曾掖咽了口唾沫:"晓得了,我绝不会忘记神仙老爷你的大恩大德。"

章鬳笑了笑:"这些话,我只听你说一次,以后放在心里就是了,别总挂在嘴上,说着说着,就跟一坛酒似的,今天一口,明天一嘴,很快就会见底,心里就不当回事了。"

曾掖只是一个当年被师父从石毫国市井带回茅月岛的孤儿,他师父眼拙,只看出了一点端倪,倒是茅月岛的龙门境祖师爷慧眼独具,一眼相中了曾掖的稀奇根骨,打算以邪门的鬼道秘法,掏空曾掖的根骨元气,养出两三个中五境的阴灵鬼魅。茅月岛老祖之前在曾掖面前坦言,若是自家有青峡岛的底蕴,倒也不会如此涸泽而渔,说不得曾掖就会成长为茅月岛第一个金丹境地仙,委实是没那么多神仙钱可以糟蹋。曾掖自然听得背脊发寒透心凉。

该说的该做的,都差不多了,章鬳领着曾掖来到门外,轻轻敲门:"陈先生,那个合适人选,给你带来了。"

曾掖骤然间心中涌起一股巨大的惶恐,如被潮水淹没,两腿发软。就像那个老神仙说的,他怎么会不怕是从一个火坑跳入另外一个油锅?然后少年曾掖生平第一次,见到了那个叫陈平安的男人。

屋门被打开,曾掖虽然才十四岁,但是身材高大,已经不输青壮男子,所以无需仰视,就能看清楚那个男人的面容。那人穿了一件厚实的青色棉袍,头顶别有一根白玉簪子,身材修长,面容消瘦。既不像章鬳这样的老神仙,也不像吕采桑、元袁那样的贵公子。

然后那人微笑道:"你好,我叫陈平安,你呢?"

曾掖想要说话,但是整个人身体紧绷,四肢僵硬,嘴唇微动,愣是没能说出半个字来。

章鬳有些无奈,只得代替这个呆头鹅回答陈平安的问题:"陈先生,他叫曾掖,掖庭的掖,是我从茅月岛揪出来的一个可怜虫,符合陈先生的要求,资质根骨天生适宜鬼道修行,是阴物附身和鬼魅栖息的首选,双方一同行走阳间,非但不会损耗少年本元,反而能够助长修行。"

陈平安点了点头,然后对曾掖笑道:"我略通一种旁门称斤法,你只需要站好,我试试看你的骨气有多重。"

曾掖待在原地,毫无反应,陈平安就迟迟没有动手。

章靥轻轻一拍曾掖,笑道:"已经话都不会说了,如今连点个头都不会啦?"

曾掖给章靥这一拍,整个人终于还魂,使劲点头。

陈平安抓住曾掖肩头,轻轻提起,曾掖脚尖踮起,却没有离地。

陈平安松手后,点头道:"不是特别沉,今后我会注意留心你的魂魄迹象,只要稍有不对,就不会让你强撑着。"

曾掖还是不说话,是不敢说,也不知道说什么,就像又丢了魂魄。

毕竟在那座阴气森森的茅月岛,在被老祖相中根骨之前,他就被那帮门内弟子欺负惯了。对于章靥这样高高在上的青峡岛老神仙,以及比老神仙好像还要更了不得的年轻神仙,没让人搀扶着,就已经是曾掖最大的努力了。

章靥无奈道:"陈先生,这少年的性情,是不是过于差了点?不然我再去书简湖周边找找?"

陈平安其实一直在留心曾掖的脸色与眼神,摇头笑道:"没关系,我觉得挺不错的。"

章靥松了口气,算是交差了。

茅月岛那边没敢狮子大开口,却也不会白送。这就是书简湖的不成文规矩。要么青峡岛打上门去,直接抢人,连同茅月岛一起吞并了,别说是一个曾掖,茅月岛所有的人和财物,都可以白拿白得,可既然青峡岛选择了和气生财,就得有做买卖的样子,所以章靥在茅月岛开出一个还算公道的价格后,没有讨价还价,就给了那笔神仙钱。

陈平安对此并不陌生,问道:"茅月岛那边开了什么价?"

章靥犹豫了一下,缓缓道:"按照茅月岛祖师的说法,保守点,一个曾掖最终可以养育出鬼胎、阴灵各一,二十年内,至少相当于两个洞府境修士,再抛开将曾掖栽培到中五境的成本,所以茅月岛开价十枚谷雨钱。"

陈平安想了想:"到了我这边,还得加上章老先生与青峡岛钓鱼房的所有耗费,那就当十五枚谷雨钱算,先记在青峡岛账上,回头我与其他开销,一并支付。"

章靥点头道:"没问题。"

自家那个混世魔王顾璨也好,黄鹂岛吕采桑、鼓鸣岛元袁也罢,现在这拨最拔尖的年轻后生,都与老一辈书简湖野修大不相同了,人人以破坏老规矩为乐,以此作为聚拢人心的养望之本。章靥不敢说他们就一定是错,毕竟这些小崽子,他见着了都要笑脸相向,可到底心里头是不舒服的。只是如今什么规矩都不讲的年轻人,好像反而混得更好,这让章靥这种书简湖老人有些无奈。

所以陈平安这等作为，让章靨心生一丝好感。不然以此人在书简湖积攒出来的威望，硬是一枚雪花钱都不掏，他章靨和青峡岛不一样得捏着鼻子认了？不过这点好感，不顶用就是了。

章靨一想到这些，就更加烦闷，总觉得哪里不对，又想不出个所以然。

书简湖就是这样了。

他一个大道无望的龙门境修士，结丹已经彻底不用奢望，刘志茂私底下已经做了所有该做的事情，仁至义尽。在人人奋发、朝气勃勃的书简湖，章靨无异于风烛残年的市井老人，而且相比后者，练气士对于自己的身躯腐朽、魂魄凋零，拥有更加敏锐的感知，那种仿佛一寸一寸深埋入土的垂死之感，如果不是章靨还算心宽，性情并不偏激，不然早就做出什么丧心病狂的举动了，反正在为恶无忌、行善找死的书简湖，多的是发泄的法子。

少年曾掖就这么在青峡岛住下了，就住在陈平安隔壁屋子里。

茅月岛少年曾掖关上门，坐在床边，只觉得恍若隔世。

他一宿没睡踏实，好不容易才迷迷糊糊睡去，直睡到第二天日上三竿才醒。睁开眼后，看着极为陌生的住处，一脸茫然，好不容易才记起自己如今不是茅月岛修士了，思来想去，不断给自己鼓气壮胆，结果刚刚走出屋子，就看到一个身穿墨青色蟒袍的家伙坐在隔壁门口，在小竹椅上嗑着瓜子，正转头望向他。曾掖差点没吓得掉头跑回屋子躲进被子。

顾璨问道："你就是曾掖？从茅月岛那边过来的？"

曾掖额头已经沁出汗水。

这个小魔头在书简湖，掀起了一场场腥风血雨。虽然没有亲眼见过本人，只在柳絮岛邸报上看到过顾璨的容貌，可是那些邸报上的内容，以及茅月岛修士提及顾璨的那种神态语气，都让曾掖记忆犹新。原本以为这辈子都没机会见到顾璨，曾掖也不希望见到，不然多半就是顾璨带着那条大泥鳅踏平茅月岛那天了。

顾璨没好气道："原来是个傻子。"

曾掖哪敢还嘴。

顾璨竟然没有一巴掌拍碎自己的脑袋瓜子，曾掖差点想要跪地谢恩。

几乎让曾掖感到窒息的凝重气氛，陡然间一扫而空，原来是那个穿青色棉袍的男人走到了门口。

陈平安对顾璨说道："你现在身子骨弱，属于盛极而衰，比寻常市井百姓更容易被阴寒煞气渗透气府，赶紧回春庭府修行。"

顾璨点点头，看了看手中还剩下的一小堆瓜子，递给陈平安："那我走了啊。"

陈平安接过瓜子，捡起一颗嗑了起来，说道："回头等炭雪可以返回岸上，你让她来找我，我有东西给她。"

顾璨笑容灿烂："好嘞。"

陈平安在顾璨离开后，对曾掖递出手中瓜子，后者赶紧摇头。

陈平安转身去屋子里边搬了一把椅子，递给曾掖，自己则坐在顾璨原先坐的那把竹椅上。

曾掖战战兢兢把屁股搁在椅子上，手脚都不知道应该放在哪里了。

陈平安嗑着瓜子，微笑道："你可能需要跟在我身边，短则两三年，长则七八年都说不定，平时可以喊我陈先生，倒不是我的名字如何金贵，喊不得，只是你喊了，不合适。青峡岛上上下下，如今都盯着这边，你干脆就像现在这样，不用变，多看少说，至于做事情，除了我交代的事情，你暂时不用多做，最好也不要多做。现在听不明白，没有关系。"

曾掖默然点头。

陈平安突然问道："怕不怕鬼？"

曾掖欲言又止。

陈平安说道："曾掖，那我就再跟你絮叨一句，在我这里，不用怕说错话，心里想什么就说什么。"

曾掖这才说道："不怕鬼，从小我就能见着脏东西，跟着师父到了茅月岛，那边好多师祖师兄师姐，都养着鬼。"

陈平安随口问道："恨不恨你师父？"

曾掖抿起嘴，又不说话了。憨厚少年，脸上有伤感，还有一丝倔强。

陈平安点点头："那就是有些恨意的，可伤心更多，对吧？而且想来想去，好像师父人其实不坏，如果不是他，说不定你早就死了，所以不管是对师父，还是对茅月岛，还是愿意当作亲人和真正的家。"

曾掖低下头，嗯了一声，泪眼蒙眬，含含糊糊道："我知道自己傻。对不起，陈先生，以后肯定帮不上你大忙，说不定还要经常出错，到时候你打我骂我，我都认。"

陈平安嗑着瓜子，望向远方，轻声道："这就是傻啊？我倒是不觉得。"

曾掖只顾着伤心，没能听真切，才记得自己身边坐着一个青峡岛供奉的时候，自己应该一字不漏听着那些金科玉律。曾掖越发觉得自己没出息，活该遭罪。

陈平安说道："不过不是我说你啊，曾掖，你胆子太小，倒是真的，我像你这么大的时候，都算是独当一面了。见着了所谓的大人物，可从来不会心虚犯怵的。"

陈平安嗑完了瓜子，掌心摩挲着下巴上的胡茬，自嘲道："这么讲话，有点不要脸了。嗯，干脆回头再去趟紫竹岛，再讨要一竿竹子，给自个儿做一把竹刀。加上那把猿哭街买来的大仿渠黄，学一学自己的开山大弟子，刀剑错，吓唬吓唬人，还是可以的。"

曾掖比较后知后觉，这会儿才说道："我哪里能跟陈先生比。"

陈平安笑了笑，站起身："识字吗？如果认得字，我先传授你两门秘术，品秩不算太高，修行得法，比你在茅月岛不会差。"

曾掖连忙跟着起身："识字，就是总被师父骂笨。"

陈平安拎着椅子，说道："没关系，遇到不解的地方，就问我。"

陈平安跨过门槛，转头望去，曾掖小心翼翼跟在身后，两手空空。

陈平安无奈道："你师父骂你笨，我看没冤枉你，倒是把竹椅拎着啊。"

曾掖恍然大悟，立即转身跑去拿起了竹椅。

陈平安会心一笑。自己身边总算有个正常孩子了。挺好的。

这么想的时候，账房先生陈平安根本没有意识到，他只比少年曾掖大了三岁而已。

接下来几天，曾掖除了睡觉返回隔壁屋子，几乎都待在陈先生这边，反复翻看那几页纸。纸以规规矩矩的蝇头小楷写就，曾掖作为已经入门的下五境修士，当然认得字，可是那门被陈先生说是"品秩不算太高"的鬼道秘术，一个个字，似乎没有打算认识他的意思。

曾掖几乎每隔两三句话，就会遇上拦路虎，蹦出疑问。起先曾掖想要硬着头皮跳过几段，先将这桩秘术浏览完毕再询问，可是越看越头疼，竟是大汗淋漓，以至于出现了魂魄失守的危险迹象。曾掖立即心中悚然，关于仙家秘法的修行，他听说过一些讲究和禁忌，越是上乘秘术，越是不能随意将心神沉浸其中，一旦无法自拔，又无护道人，就会伤及大道根本。

陈平安一直坐在他身边，起先没有刻意提醒，直到曾掖赶紧放下手中几张如同重达千斤的纸张，大口喘气，这才暗暗点头。才情天赋不佳，并不是最可怕的，心性太过浮浅，那才是曾掖修行这门鬼道秘法的最大关隘。

倘若曾掖连这点定力都没有，跟在他这边做那件事情，只会把曾掖一步步往走火入魔那边推。陈平安不会赶他走，但是也绝不会让曾掖继续修行下去，就当是多了个邻居，与那个看守山门的老修士差不多。陈平安宁可十五枚谷雨钱打了水漂，也要让章廨和青峡岛钓鱼房另寻合适人选。

曾掖吃过苦头后，不再打肿脸充胖子，一有疑惑就开口向陈平安询问，陈平安便为他一一解惑。

一来魏檗当时就有详细旁注，二来陈平安与朱弦府马远致、地仙俞桧和阴阳家大修士切磋多次，自己如今也有几分心得。

至于为何没有直接给曾掖一份"批注版"秘法，或是竹筒倒豆子，将所有精妙细微处与注意事项一并说给曾掖听，这就又涉及身边少年的大道修行了。

相逢是缘，陈平安希望曾掖能够在这桩买卖当中，真正获益，找到以后跻身中五境乃至于未来大道修行的立身之本。

授人以鱼不如授人以渔。当年阿良是这么对他的，陈平安也愿意如此对待一个十四岁的书简湖少年，因为曾掖是一个尚未被书简湖大染缸完全浸染心神和更改秉性的质朴少年。

魏檗的这桩秘术，品秩肯定不低。然后陈平安拿出来，曾掖伸手接住了，此后拿不拿得住，不是学不学得会这么简单。

曾掖是怎么学会的，他到底付出多大的心血和毅力？若是轻而易举就得到了，如此大的一桩福缘，又岂会真正珍惜，岂会在未来的漫长修道生涯，不断扪心自问，问一问初衷，告诉自己当年的那份"来之不易"？

陈平安不管在山上任何其他宗门、仙家洞府、百家门派，是以什么途径和宗旨去传授弟子大道，只要在他这里，就是可以慢，但必须稳。

只是陈平安很快就有些头痛了。因为曾掖……实在是太不开窍了！

陈平安以前总觉得自己资质平平，因为教他识《撼山谱》字的，是宁姚。论读书，远游大隋，身边有红棉袄小姑娘李宝瓶，触类旁通，举一反三。论修行，当时有林守一。论习武，教拳之人是"身前无敌"的崔姓老人，此后更是在剑气长城遇到了同龄人曹慈，惊才绝艳，陈平安连败三场。最后身边，还跟着一个修行剑气十八停跟玩一样的裴钱，关键这黑炭丫头还算是他的开山大弟子。论风流气概，更是有陆抬、柳清山……

哪怕陈平安开始自省，经历过藕花福地的境遇后，不再一味妄自菲薄，可其实江山易改禀性难移，难免还是有些后遗症。结果直到遇到了榆木疙瘩曾掖，陈平安都要觉得自己其实是个修道天才了……几乎都要感慨一句，难怪老大剑仙当时泄露天机，说自己其实如果没有打碎本命瓷和打断长生桥，原本有那"地仙资质"。

因为曾掖实在是太鲁钝了。往往一句口诀，翻来倒去，仔仔细细，陈平安解释了大半天，曾掖不过是从云里雾里，变成了一知半解。

当年宁姚在泥瓶巷祖宅传授撼山拳的拳理精髓，陈平安觉得自己其实听得明白，不过是真正六步走桩的时候，晃晃悠悠，有些出丑，可是很快就小有心得了。不过也是当年自己身在福中不知福，并未意识到纯粹武夫苦求的"拳意"，早已流淌全身，拳意虽未气象茁壮，可从无到有，就是跨过了武道的第一道门槛，相当于练气士的一步登天，殊为不易。

好在陈平安不是什么急性子，曾掖学得慢，那就教得再慢一些，再细致一些。

三页纸，曾掖一天学一页，还是很吃力。所以少年每天都很愧疚，觉得对不住陈先生。

陈平安没有说什么，没有安慰这个少年，更没有说什么曾掖你其实资质很不错的虚言。

世事复杂，本心精诚。本就是相悖的两物，迟早要磕碰在一起，并且往往是后者输得多。

曾掖今天历练和磨砺越多，底子就打得越牢固，以后才能不至于遇到真正的大事情，未战先败，或是三两下就认输。

身在书简湖青峡岛，陈平安如今多的是光阴去回首往昔，不知不觉便嚼出许多以前来不及深思多想的余味来。例如落魄山竹楼二楼那个光脚老人，曾言所谓的纯粹武夫，纯粹不在拳法拳招，学得世间千万拳，都不耽误"纯粹"二字，真正的纯粹在我之拳意，更在己之心性。很简单，你陈平安初次练拳，二三境的蝼蚁，当你分别面对四境五境、八境九境以至于十境武夫之时，内心深处，知道自己必输无疑，可是一旦身陷绝境，要分出生死，你还敢不敢一拳递出？还能不能拳意半点不减？甚至反而更加拳意纯粹，一往无前？与强者对敌，心性上，先要将自己立于不败之地，才有取胜机会，哪怕是万分之一的机会。拳意动摇丝毫，连那万分之一的机会都无！不然认死便是，练什么拳，吃什么苦？

三天之后，曾掖算是勉强知晓了这桩秘术，然后开始正式修行。

陈平安这才提醒曾掖，不用贪图速度，只要慢而无错，他陈平安就可以等。不然出错再纠错，那才是真正的消磨光阴，耗费神仙钱。为了让曾掖感触更深，陈平安的方法很简单，一旦曾掖因为修行求快，出了岔子，导致神魂受损，必须服用仙家丹药弥补体魄，他会出钱买药，但是每一粒丹药的开销，哪怕只有一枚雪花钱，都会记在曾掖的欠债账本上。

陈平安最后一次流露出严肃神色，站在即将"闭关"的曾掖屋子门口，说道："你我之间，是买卖关系，我会尽量做到你我双方互利互惠，有朝一日能够好聚好散，但是你别忘了，我不是你的师父，更不是你的护道人，这件事情，你必须时刻牢记。"

曾掖有些畏惧这样神态的陈先生，赶紧点头。

如果不是如此，三天的朝夕相处，都是一个毫无架子、与人和善的陈先生，曾掖其实都快忘记第一次见到陈先生的光景了，几乎忘记了自己当时的窘态和惶恐。

反而是那个只见了一次面的顾璨，曾掖始终记忆深刻，有天晚上还做了个噩梦，梦到身穿墨青色蟒袍的小魔头，一手剖开了他的胸膛，剜出心肝，吞咽而下，还满脸笑意，说了句"真美味"！曾掖呆呆低头，看着心口处那个鲜血淋漓的窟窿，然后……惊醒过来，坐在床上，吓了个半死，当时久久没能平稳心神。

陈平安在曾掖正式修行秘法之时，去了趟月钩岛和玉壶岛，掏钱给俞桧和那个阴阳家修士，将那些残余魂魄或是化作厉鬼的阴物，放入一座陈平安跟青峡岛秘密库房赊账的鬼蜮法宝"阎王殿"。阎王殿实际是一臂高的阴沉木材质袖珍阁楼，里边打造、划分出三百六十五间极其微小的房屋，作为鬼魅阴物的栖身之所，极其适宜豢养、拘押阴灵。

陈平安先前在青峡岛拦阻刘老成一战,俞桧和阴阳家修士都看在眼里,所以总价低了两成。

当然,两只老狐狸,身为截江真君麾下大将,都不会说自己是忌惮陈平安的战力才如此"厚道",卖家涨价,让买家多掏银子,不容易,可卖家找个由头降价,让利给买家又何难?陈平安自然更不会说破,向两个修士道谢一番,一来二去,倒是有了点无足轻重的香火情。

陈平安去两处岛屿谈买卖的时候,背上了久违的竹箱,用来放置那件世间鬼修梦寐以求的真命法宝阎王殿。

俞桧和阴阳家修士都看在眼里,但都没有表露出任何异样,故意视而不见。

在他们看来,陈平安与刘老成那夜死战不退,这会儿还能够活蹦乱跳,就已经是元婴境大佬都要佩服的事情,无法炼化阎王殿,无非意味着陈平安当下处境不妙,关键气府不稳,以至于无法收起这件鬼修至宝,不值得奇怪。

仙家灵器法宝的小炼化虚,实物化虚,将其秘藏在气府内,术法本身,并不算太过艰深,门槛不高,只是一来这会占据气府,不断蚕食灵气,越是好东西,汲取灵气就越是海量。所以当初在剑气长城,看门的捧剑汉子,交出那条金色缚妖索的同时,还顺便传授了一道炼物口诀——陈平安学得很快。

二来小炼之法的成功与否,也要看灵器和法宝的品秩高低。一般来说,地仙修士就连半仙兵都无法驾驭使用,何谈小炼。老龙城符家的威慑力,其中一个来源,就在于符家地仙修为,便可以彻底驾驭一件半仙兵。所以不仅是俞桧和阴阳家修士,连同刘志茂在内所有的青峡岛修士,真正最大的奇怪之处,在于陈平安竟然能够使用那把极有可能是半仙兵的佩剑!

年纪轻轻的账房先生,掌控一把不知名仙剑,能够与兵家修士拳碰拳,拥有两把本命飞剑……这些一个个不讲理之处,恰恰是陈平安在书简湖可以讲理的本钱。

只不过换作一般的书简湖野修和散仙,一旦有了这些个不讲理,大概只会更不讲理。拳头硬,本事大,不就是为了能够不讲道理吗?不然图什么?难道还要与人为善?书简湖从来没有这样的道理,祖祖辈辈,千余岛屿,数万修士,早就对此习以为常。大概在书简湖本土,只有修为最高的刘老成,反而才是唯一的例外。只可惜刘老成如今连书简湖任何修士都不愿意见一面,唯一登上宫柳岛的修士——粟粟岛主,真实身份还是个大骊宋氏的大谍子,不然一样没本事登岛。

陈平安回到青峡岛,又去了趟朱弦府。

在珠钗岛那边,从刘重润嘴里,得知了当年那些坑坑洼洼的两国内幕秘史,这次再看那块高高挂起的朱弦府匾额,陈平安便有些感慨。

陈平安揉了揉下巴，想着是不是该刮刮胡子了？

不然真要学那徐远霞，大髯示人？

鬼修马远致出现在府门口，破口大骂，让陈平安滚蛋。陈平安没滚，事情都还没谈呢。

马远致骂完了之后，问道："柳絮岛邸报上，说你最新一次去往珠钗岛，是在莺莺燕燕的重重包围里，去见的刘重润?! 邸报还言之凿凿，说那刘重润对你多半是青眼相加了，说不定哪天你就要兼任珠钗岛的供奉！"

陈平安翻了个白眼。

马远致满脸狐疑道："真没点事情？"

陈平安不说话。

马远致立即笑脸道："陈先生如此高风亮节之人，又是正人君子，自然不会与我争抢刘重润，是我失礼了。走走走，府上坐，只要陈先生可以跟我保证，这辈子都与刘重润没半点瓜葛，尤其是没有那男女关系，先前那桩买卖，我们就以半价交易！"

陈平安问道："我对刘岛主自然没有半点非分之想，可是如果刘岛主对我死缠烂打，怎么办？"

马远致哈哈大笑道："没想到陈先生也是会讲笑话的风趣人，长公主殿下，会喜欢你？她又没鬼迷心窍，绝无可能的。"

然后马远致轻声道："万一，真要有这一天，长公主殿下真犯浑了，还请陈先生坐怀不乱！拿出一点斯文人该有的风骨！朋友妻不可欺啊。"

与马远致同行走在朱弦府内，陈平安听得头皮发麻，差点没忍住，就要把刘重润关于马远致的看法说破，好不容易憋回肚子，对于这个驮饭人和刘重润的故事，唯有叹息一声。

一想到自己至少还要再去趟珠钗岛，陈平安更是头疼不已。

陈平安只能对马远致保证，他绝对不会招惹刘重润，更没有半点念想。

马远致心满意足了，在大厅落座前，瞥了眼陈平安，说道："如果是刚到青峡岛那会儿，我还是有些不放心，可就你现在这副模样，比我的相貌好不到哪里去，可以放一百个心！"

陈平安摘下背后竹箱，拿出那座法宝阎王殿，无奈道："那我谢谢你的信任。"

之后双方开始交易。

马远致对这座底座篆刻有"下狱"二字的阎王殿，啧啧称奇，垂涎不已，眼睛不眨一下，死死盯着那座小巧玲珑的木质阁楼，直言不讳道："老子在青峡岛打生打死这么多年，就是想着哪天能够凭借功劳，换来真君的这桩赏赐，实在不行，攒够了钱，砸锅卖铁也要买到手。须知阎王殿是咱们鬼修最本命的至宝，那些鬼修地仙，如果没有一座阎王殿,都不好意思出门跟同行打招呼。不过呢,阎王殿也有品秩高低,这虽是最低的那种,但已是相当不俗的法宝了。听说咱们宝瓶洲道行最高的那位元婴境鬼修,手上阎王殿是'大狱'品相,大如一栋真正的高楼,拥有三千六百间楼房屋舍,修士分出阴神远游,行走其中,阴风阵阵,鬼魅哭号,十分惬意,还能够神益修为。"

陈平安说道:"哪天我离开书简湖,说不定会转手卖给你。"

马远致转头看了眼陈平安,嘿嘿笑道:"就等你这句话呢,上道!"

交付了神仙钱,马远致领着陈平安来到那口朱弦府水井旁,让陈平安将那座阁楼放在地上。

马远致取出招魂幡,脚踩罡步,念念有词,运转灵气,一股股青烟从招魂幡中飘荡而出,落地后纷纷化为阴物,水井中则不断有惨白手臂攀缘在井口,缓缓爬出,显然水井对鬼物阴灵压胜更强,哪怕离开了水井监牢,一时间还是有些神志不清,连站立都极为艰难。马远致不管这些,敕令众鬼走也好,爬也罢,陆陆续续化作芥子大小,进入那座阎王殿。

陈平安站在一旁,看着这一切,在俞桧和阴阳家修士那边,其实已经看过两遍同样的光景。看着像是凄风苦雨,实则是大日曝晒之苦。

陈平安离开朱弦府前,马远致没有送行,就站在井口旁,他突然对陈平安沉声道:"你何苦来哉?劳心劳神劳力,还半点不讨好。"

陈平安轻声道:"输,肯定是输了。求个心安吧。"

马远致讥笑道:"就为了心安?掏出腰包的神仙钱,是不是太多了些?"

陈平安反问道:"让你心安的人,是刘重润,为了她,你能够偷偷去往朱荧王朝边境,还有那人担任太上皇的藩属国,你连性命都搭上了,我怎么没见你有心疼和后悔?"

马远致愕然,无言以对。

马远致突然笑道:"不一样的,我这样做,还是为了能够讨长公主殿下的欢喜,希冀着能够与她结为道侣,哪怕只有几次鱼水之欢都行,毕竟长公主殿下是我这个贱种驮饭人这辈子最大的追求。你呢,又能得到什么?"

陈平安笑道:"道不同,不多说。"

马远致哀叹一声:"咱俩难兄难弟,亏就亏在都是模样不讨女子喜欢的丑八怪,同病相怜啊,以后你有空常来朱弦府坐坐。见着了你,我心情可以好一些。"

这次轮到陈平安无言以对。

陈平安背上竹箱,离开主人眼神不太好的朱弦府。

他是不算英俊,如今还邋遢,可怎么都不至于沦落到跟马远致一般境地吧?

他陈平安答应,自己爹娘也不答应啊。

陈平安走出府邸大门后,笑了笑。

红酥如今已经不在朱弦府,刘志茂让管家把她安排到了自己的横波府担任丫鬟,据说还有个女官身份,手底下管着十几号婢女。鬼修马远致估摸着都丈二和尚摸不着头脑,但是绝对不敢拒绝岛主心腹交代的这点小事。

陈平安专程去见过红酥一次,那是陈平安第一次莅临横波府,当时红酥兴致不高,陈平安知道,肯定是因为她一个朱弦府外人,就像一个个籍籍无名的小小地方胥吏,突然高升到了京城中枢衙门,关键是竟然还当了个小官,自然会被同僚和下属严重排挤。

不过见着了陈平安,红酥还是很高兴。

陈平安便婉拒了府上大管家的好意,只是让红酥领着自己逛了一遍横波府,这才告辞离去。

在那之后,红酥有一天与管家告假一个时辰,离开等级森严、人人拘谨的横波府,去山门口找了趟陈先生。屋门紧闭,红酥站在门外,还跑去了渡口那边,最终还是没能等到那个账房先生的消瘦身影。红酥只好略带失望,返回横波府,将肚子里的那些感激和谢意,先攒下来留着了。

她却不知,其实陈平安当时就一直坐在屋内书案后。

一如当初年幼时煮药,除了药材好坏,最最重要,就是火候。过犹不及。红酥的感激,陈平安当然心领,但是他却不能不考虑自己的身份,与红酥所处的境地。

刘志茂那天拜访,故意提及顾璨一手造就的开襟小娘,这在陈平安看来,就是很失水准的行为,所以就以听闻真君擅长烹茶,来提醒刘志茂不要再动这类小心思了。刘志茂当然一点就透,不再有意无意地在陈平安和顾璨之间煽风点火。

在书简湖,凭空多出一个真诚以待的朋友,要为此额外消耗多少心神,以及将来需要为此付出多大的代价,陈平安知道。但是陈平安更清楚,在青峡岛有红酥这样一个朋友,对于自己的心境,其实很重要。

如沟渠明月映照之水,细水潺潺,对于干涸心田,无济于事,但是有和没有这条清澈水浅的沟渠,天壤之别。

陈平安当年为了报恩,为顾璨家里做了很多小事,其中就有半夜抢水。他知道每当大旱时分,哪怕抢不到水,抢不过那些半夜巡游虎视眈眈的青壮男子,可只要沟渠里边还流淌着水,就有希望。

别人总有松懈、要回去睡觉的时候,那个时候,猫在暗处的陈平安,就可以飞奔而去,刨开水源上游田地垄边的泥土小水坝,听着哗啦啦的水流声,沿着田垄往下欢快奔跑,一直跑到顾璨他们家的田垄旁边。他蹲下身,建造小水坝,沟渠流水,就会涌入田地中去,看着水位一点一点往上涨,慢慢等着,水满之后,再刨掉那座小小的堤坝,由着流水往下而去。

在那些年里,顾璨他们家几乎从来没有为抢水一事犯过愁,从来没有跟同乡街坊庄稼汉红过脸、吵过架。

陈平安从来不觉得自己是在报答恩情，那就是自己该做的事情。

世事难平，事情摆不平，先将自己心坎摆平了，日子就总能过下去，甚至都不会觉得有多苦。

曾掖这天跌跌撞撞推开屋门，满脸血迹。

陈平安已经站在门外，搀扶他坐在桌旁，掏出一瓶丹药，品秩不高，是青峡岛秘库的寻常丹药，价值一枚小暑钱，一般都是洞府、观海境修士向秘库大量购买，对于曾掖这种三境练气士而言，绰绰有余。灵气过于充沛的上品丹药，下五境练气士根本留不住，没本事淬炼转化为气府积蓄。

曾掖服下丹药后，脸色惨淡，愧疚难当，几乎要落泪了："陈先生，对不起，是我心急了。"

陈平安摆摆手，对少年解释道："事情不可走极端，你今天其实并不是心急，而是必须要咬牙跨过的关隘之一，只是没能成功罢了，所以这几颗丹药，我不会记账。贪功冒进，与畏难不前，两者的区别，要先分辨清楚，另外你应该去追寻的'守中'道心，你在接下来的修行过程中，务必先想清楚。不然之后修行路上，你一遇到瓶颈，就会本能地后退，畏畏缩缩，只会阻碍你大道精进。"

曾掖抹了把脸，笑道："我记住了！"

陈平安说道："记住了，还要多想，不然这些始终不会成为你往上走的大道台阶。你既然承认自己比较笨，那就更要多想想，在聪明人不用停步的笨事情上，多花费功夫，多吃苦。"

曾掖点了点头。道理浅显，还是听得懂的。

陈平安摘下养剑葫喝了口酒，犹豫了一下："唯有竭尽所能和万般努力之后，你才稍微有点资格，去怨天尤人。"

若是以往，陈平安肯定会说犹然不可怨天尤人。此时此地，陈平安却不会再说这样的言语。

陈平安让曾掖自己吐纳疗伤，消化丹药灵气。

陈平安刚起身，突然转头望去，曾掖随着陈平安的视线望去，窗外湖景萧瑟，并无异样。

陈平安皱眉道："不要分心。"

曾掖立即屏气凝神。

陈平安站起身，帮忙关上门，犹豫了一下，没有去往渡口散心赏景，而是回到了自己屋内。

陈平安将那座阎王殿从竹箱中取出，丢入一枚枚雪花钱。

神仙钱之所以能够成为神仙钱，就在于灵气纯粹，不分阴阳。修士能用，鬼魅亦可。道无偏私。

四季轮转，生老病死，阴阳相隔，光阴流逝。

陈平安坐在书案那边，翻开案边一部全都是手书的"账本"。掏出一颗珠钗岛水殿秘藏丹药，轻轻咽下，然后开始闭目养神，当那股灵气缓缓流淌进入自身水府后，略有盈余。陈平安睁开眼睛，再看了一遍账本首页的那些个名字和他们的籍贯、生平事迹，这一页记载，总计九人。

陈平安深吸一口气，这才开始在心中默念法诀，双指并拢掐剑诀，指向桌上那座阎王殿，以鬼道敕令将九个魂魄残缺的阴灵鬼物请出。

屋内早已贴符和布阵，形成一块适合鬼魅重返阳间落脚的阴冥土地。

三张符箓分别是《丹书真迹》上的"云水镇宅符"——符胆中央，有金书三山九侯先生讳字；"柏槐符"，若是宅邸之气如烟火鬼形，既可压胜，又可敕召，全看张贴符箓之人的心意；以及是阴阳家修士附赠传授的符箓，名为"桃木为钉符"，对于鬼魅阴物的凶戾本性，能够先天克制，尽量恢复其清明神志。

至于那座为孱弱阴物在阳间提供"立锥之地"的阵法，学自月钩岛地仙俞桧，陈平安为此让人帮忙，搬了一条巨大的书简湖水底青石上岸，削为青石板，再刻以符字，嵌入地下，铺为地板。除此之外，在青石板附近的地底下，还埋有托付青峡岛修士从别处岛屿购买而来的"本命福德方士"，在各个方位依次填埋。

陈平安每报出一个姓名籍贯，就会有一个阴物走出阎王殿，站在那块占据屋子半壁江山的青色石板之上。

这九个阴物，都来自当年青峡岛首席供奉与顾璨大师兄那两座府邸，既有开襟小娘，也有府上杂役。

先前陈平安已经通过鬼修秘法，成为一座阎王殿的暂时主人，同时却又分别告知阁楼内一间间屋子内的所有阴物鬼魅，告诉他们，他是谁，与顾璨是什么关系，为何在青峡岛此地要做此事，又会如何做将来事。

此时，九个惨遭横死又在死后饱受煎熬的阴物，有愤怒、哀愁、茫然、悲苦、仇恨、狐疑、惊喜、冷漠、恐惧。

陈平安缓缓道："你们有无临终遗愿？有无未了之事却必须要做的？为自己，为亲人，为师门，都可以说，我会尽力帮你们完成心愿。"

桌上除了堆积成山的账本，还有用来提神的养剑葫，以及出自清风城许氏精心打造的六个"狐皮美人"符箓纸人，可以让阴物栖息其中，以所绘女子容貌，行走阳间无碍。

陈平安停顿片刻："如果追本溯源，我确实欠了你们，因为顾璨那条小泥鳅，是我赠送给他的。所以我才会将你们一一找出，与你们对话。我其实不欠你们什么，但因为我们双方所在位置，是这座书简湖。佛家因果，我当然有，却不大，今生苦前生因，这是佛家正经上的话语。若是按照法家学问，更是与我没有半点关系。遵循道家修行之法，只需断绝红尘，远离俗世，清净求道，更不该如此。可是我不会觉得这样是对的，所以我会尽力。"

没有谁率先开口。屋内，活人死人，一起陷入长久的沉默。

那些阴物不管当下是什么情绪和心态，当他们看着那个坐在书案后的年轻人时，他们眼中所见的账房先生，冥冥之中，在他身上看到的情绪，与身边阴物各有不同。如镜自照，悲欢相通。

一个开襟小娘蓦然厉色道："我想你一命偿一命，你做得到吗?!"

陈平安摇头道："当然做不到。"

开襟小娘狞笑道："那你做什么假善人，伪君子?!你就该死，就该跟顾璨那个杂种一起去死，挫骨扬灰，死无葬身之地！"

陈平安看着她。她脸庞扭曲，刻骨仇恨一冲而去，只是刚要冲出那块青石板，就撞壁一般，砰然倒飞出去，她跌倒又挣扎起身，来到那道无形屏障，张开五指，状若疯癫，以指甲疯狂割划那条无形的门："我死了，你也不得好死，你在这里惺惺作态，最该死，比顾璨那个家伙更应该死……"

她最后瘫软在地，呜咽不已。

陈平安站起身，青石板上，其余八个阴物几乎同时向后退了一步。

陈平安绕过书案，来到青石板外，蹲下身。

开襟小娘抬起头："我就是不想死，我就想要活着，有错吗？"

陈平安摇头道："没有。"

陈平安盘腿而坐，轻声道："你叫白离草，原名白梅儿，生前是三境修士，石毫国姑苏郡瓶子巷出身，有一桩娃娃亲。十四岁那年，被青峡岛钓鱼房修士发现有修道资质，便用三百两银子跟你爹娘买下了你，你爹娘最后临时变卦，想多要三百两银子，结果被修士当着你的面，全部打杀当场。到了青峡岛，被岛上首席供奉相中，收为开襟小娘，你嫌弃白梅儿这名字不好听，就改成了白离草，为此还在香火房那边多花了十二枚雪花钱。你最后死在顾璨那条蛟龙鼍从之下，尸体惨不忍睹，你执念重，三魂六魄，得以保存大半，又被朱弦府鬼修马远致掳去，关押在水井当中，想要培养成一名鬼卒。然后我将你带出水井，进了那座阎王殿。"

开襟小娘抹去眼泪："你可以随意处置我，但是顾璨不死，我就死不瞑目！生生死死，我都会记住他顾璨……"

她眼神坚毅："还有你！你不是神通广大吗，你不妨直接将我打得魂飞魄散，就可以眼不见心不烦了！"

陈平安摇摇头，站起身。

一个同样是开襟小娘出身的年轻阴物，怯生生开口道："哪怕是以阴物之身留在世上，我都愿意，再就是以后可以不用遭受神魂煎熬的痛楚吗？"

陈平安点头道："可以。如果还有什么心愿，想到了，还可以告诉我。"

她雀跃起来，姿容婉约，向陈平安施了一个万福。

一个原先神情冷漠的女子阴物，指了指桌上那座阎王殿："我想投胎转世，再也不用被拘押在这种鬼地方，做得到吗？"

陈平安说道："放你去转世，当然不难，但是我不能保证你一定可以再世为人，尤其是下辈子能否享福，我都无法保证，我只能保证到时候会为做出跟你一样选择的阴物，举办一场道家周天大醮和佛家水陆道场，帮你们祈福。此外，还有一些尽量增加你们福报的山上规矩，我一样会做，例如以你们的名义，去已经战乱的石毫国开设粥棚，救济难民，我可以做的事情，并不少。"

冷漠女子愣了一下，似乎改变了主意："我再想想，行吗？"

陈平安嗯了一声："当然。"

她突然问道："你也知道我叫什么？"

陈平安轻声道："知道，而且我还知道以前府邸不少不太重要地方的春联，都是你写的，我专门去找过，可惜如今改名为春庭府的府邸里，都换上新的了。"

冷漠女子蓦然流泪。

陈平安说道："对不起。"

她默不作声，只是哭泣。

其中一个最早最为惊恐慌张的阴物，是一个习惯性与人说话时弯腰的中年杂役男子，他颤声道："神仙老爷，我叫贾高，不晓得小人的名字也没关系，更不用记，我就是想能够去我爹娘坟头上香，可是有些远，不在石毫国，是在朱荧王朝的藩属小国春华国。若是神仙嫌麻烦，便算了，我只要神仙老爷真的能够开办周天大醮和水陆道场，再帮着咱们积攒些阴德，顺顺利利投胎转世，我就不怨那顾璨了。"

陈平安点头道："我知道你籍贯，春华国也会去的，到时候再将你请出来。"

贾高顿时泣不成声，弯腰致谢道："上坟的开销，就有劳神仙老爷破费了，只能下辈子有机会再还。"

陈平安转身拿起养剑葫，喝了一大口酒，才走回原处："就这样吗？就这些吗？"

中年男子阴物胡乱擦了把脸："足够了！"

陈平安嘴唇微动，绷着脸色，没有说话。

突然又有阴物搓手而笑，是一个壮年男子，谄媚道："神仙老爷，我不求投胎，也不敢让神仙老爷做那些费劲的事儿,就是有一个小小的心愿,既不花费神仙老爷一枚雪花钱,也不会让神仙老爷分半点心。"

陈平安眯起眼,面无表情道:"赵史,说说看。"

那个春庭府以前的小管事男子,瞥了眼身边几个开襟小娘阴物,咧嘴笑道:"小的唯一心愿,就是想着能够在神仙老爷的那座仙家府邸里边,一直待着,然后呢,可以继续像在世之时那般,手底下管着几个开襟小娘,只是如今,稍微多想一些,想着可以去她们住处串串门,做点……男人的事情,活着的时候,只能偷瞧几眼,都不敢过足眼瘾,今儿恳请神仙老爷开恩,行不行?若是不行的话……我便真是死不瞑目了。"

那个第一个开口的开襟小娘,名为白离草的少女,满脸冷笑。

陈平安点点头,扯了扯嘴角:"行啊,这点小事。"

男子低头哈腰:"神仙老爷英明。"

陈平安不用去翻那本账本,就缓缓道:"赵史,与祖辈一样,是青峡岛出身,灯花府邸原二等管事,除了约束十数个开襟小娘的衣食住行和月钱,每年还有两次机会离开书简湖,去石毫国在内的周边地界,为青峡岛灯花府寻觅杂役弟子。根据香火房秘档记载,关于你的生平事迹,就只有一桩事情,大概是你上辈子最大的成就了,就是你曾经在云楼城与一个外乡女修起了冲突,凭借青峡岛的名号和人脉,你请云楼城当地修士将其凌辱致死,尸体投湖。"

赵史脸色尴尬:"让神仙老爷笑话了。"

陈平安一步跨入青石板,伸手握住这个阴物的脖颈,面无表情道:"笑话?我不觉得好笑。"

脖颈被陈平安五指攥紧,赵史如入油锅烹煮,痛苦哀号起来:"陈平安!你说话不算话!我诅咒你……"

陈平安手臂抬高,将其悬空,不让这个垂死挣扎的阴物多说半个字,缓缓道:"算话啊,下辈子,你像凭本事对付那个远游云楼城的年轻女修一样,自己投个好胎就行了。至于你魂飞魄散后,还有没有这个机会,我就管不着了。对了,你还记得那个女修的名字吗?我记得,叫魏青玉。"

陈平安手中那个阴物,灰飞烟灭,砰然四散。

陈平安退出青石板,咳嗽了几声,走回书案后边,望向青石板那边,有一男一女,最初分别窃喜与狐疑的两个阴物,不知为何,开始跪下磕头。

一个时辰后,陈平安打开门,走出屋子。曾掖已经站在门口,看到他的身影,转头惊喜道:"陈先生,下雪了!鹅毛大雪!是咱们书简湖今年的头一场大雪。"

只是曾掖很快就住嘴了,有些悻悻然。

对于陈先生这样的大修士而言,人间下不下雪,下得是大是小,有什么意义?

陈平安抬起头,双手笼袖。

大雪茫茫。但是化雪之时,才是天最冷的时候。化雪之后,更是会道路泥泞。

就算是章魇这样的书简湖老人,也都没想到今天这场雪,下得尤其大不说,还如此之久。那股汹汹气势,简直就像是要将书简湖水面拔高一尺。

大雪兆丰年。不止是一句市井谚语,在书简湖数万野修中一样适用。雨雪朝露这些无根水,对于书简湖的灵气和水运而言,自然是多多益善,座座岛屿,估计都恨不得这场大雪只落在自己头上。这下得不是雪花,是雪花钱,一大堆的神仙钱。

事实上,已经有不少地仙修士,去往天上,施展神通术法,以各种看家本领为自家岛屿攫取实实在在的利益。

冬至这天,按照家乡习俗,春庭府包了饺子。

前一天,小泥鳅也终于压下伤势,得以悄悄重返岸上,然后在今天被顾璨打发去喊陈平安来府上吃饺子,说话的时候,顾璨跟娘亲一起在灶台那边忙碌,如今春庭府的灶房,比顾璨和陈平安两家泥瓶巷祖宅加起来,还要大了。

小泥鳅在去山门的路上,也很好奇,顾璨说陈平安要交给自己一样东西,到底是什么?

听说最近一句陈平安深居简出,几乎足不出户,偶尔露面也只是打开门,看几眼大雪封湖的景色,与先前四处游逛书简湖大不相同。

她还是有些怕陈平安。起初在池水城重逢,是涉及自身大道根本的那种本能敬畏,陈平安与刘老成一战后,被陈平安取了个炭雪名字的小泥鳅,就更怕了。

她还是由衷喜欢顾璨这个主人,一直庆幸陈平安当年将自己转赠给了顾璨。在陈平安身边,她如今会拘谨。

小泥鳅炭雪到了屋子那边,轻轻敲门。

陈平安的沙哑嗓音从里边传出:"门没闩,进来吧,小心别踩坏了青石板。"

她打开门,门外这场隆冬大雪积蓄的寒气,随之涌进屋内。

她一开始没留神,对于四季流转当中的天寒地冻,她天生亲近欢喜,只是当她看到书案后那个脸色惨白的陈平安开始咳嗽时,立即关上门,绕过那块大如顾璨府邸书斋地衣的青石板,怯生生站在书案附近:"先生,顾璨要我来喊你去春庭府吃饺子。"

陈平安已经停笔,膝盖上放着一只自制取暖的竹编铜胆炭笼,双手掌心借着炭火驱寒,歉意道:"我就不去了,回头你帮我跟顾璨和婶婶道一声歉。"

炭雪柔声道:"如果先生是担心外边的风雪,炭雪可以稍稍帮忙。"

陈平安摇头道:"算了。"

炭雪还想要说什么,只是看了眼陈平安的那双眼眸,便立即打消了念头。

陈平安问道:"知道为什么给你取名炭雪吗?"

她摇摇头。

陈平安缓缓道:"冰炭不同炉,这是小孩子都懂的道理,对吧?"

她点点头。

陈平安说道:"所以炭雪同炉,还能相亲相近,最为可贵,这是其一。其二,就是我存了私心,见到你就提醒自己,把你送给顾璨,曾经确实是雪中送炭的举动,如果……"

陈平安停下言语,从炭笼那边抬起一只手,拿起桌上的一把刻刀。这个动作,让炭雪这个虽身负重伤、可瘦死的骆驼比马大的元婴境修士,都忍不住眼皮子打战了一下。

桌上放了一把昨夜刚做好的竹鞘竹刀,原本是想要让喜欢雪景的曾掖,帮着去趟紫竹岛讨要或是购买一竿竹子,只是一想到竹刀似乎还是绿竹更好看些,紫竹鞘与刀,挂在腰间,稍稍花俏了些,就改变主意,让曾掖在青峡岛随便劈砍了一竿绿竹搬回来。陈平安连夜做了刀和鞘,剩下许多边角料,又被陈平安削成了一堆小竹简,桌上就放着几支没有刻字的空白竹简,只是与以往那些已经刻了文字的竹简不同,这些青峡岛新制竹简,不再规制相同,而是长短不一,厚薄各异。

陈平安此时拿起了那把得自大隋京城店铺的附赠刻刀,将一支最长的竹简挑出来,在靠近竹简一端处,轻轻一刀切断,分成长短悬殊的两截,然后又将长的那一截,一次次切断,那些间隙,如同一竿青竹的竹节。

炊烟袅袅小巷中,日头高照田垄旁,泥瓶巷两栋祖宅间,金碧辉煌春庭府,无法之地书简湖。

看着这一幕,虽然炭雪根本不知道陈平安在做什么,到底在瞎琢磨什么,可依旧心惊胆战。

这条面对刘老成一样毫不畏惧的真龙后裔,如同即将受罚的犯错蒙童,在面对一个秋后算账的学塾夫子,等着板子落在手心。

陈平安没有抬头,只是盯着那支一断再断的竹简:"我们家乡有句俗语,叫藕不过桥,竹不过沟。你听说过吗?"

炭雪犹豫了一下,轻声道:"在骊珠洞天,灵智未开,到了青峡岛,奴婢才开始真正记事,后来在春庭府,听顾璨娘亲随口提到过。"

陈平安终于抬起头,笑道:"脾气跟顾璨一样,不过这些话里话的学问,是跟婶婶学的?"

炭雪默不作声,睫毛微颤,楚楚可怜。

陈平安说道:"我在顾璨那边,已经两次问心有愧了,至于婶婶那边,也算还清了。现在就剩下你了,小泥鳅。"

炭雪缓缓抬起头,一双黄金色的竖立眼眸,死死盯住那个坐在书案后边的账房先生。

屋内杀气之重,以至于门外风雪呼啸。

自己如今虚弱不已,可他又好到哪里去?!比自己更加是个病秧子!

一旦涉及大道和生死,她可不会有丝毫含糊,在那之外,她甚至可以为陈平安鞍前马后,百依百顺,以半个主人看待,对他尊敬有加。

她这与顾璨,何尝不是天生投缘,大道契合。

陈平安咳嗽一声,手腕一抖,将一根金色绳索放在桌上,讥笑道:"怎么,吓唬我?不如看看你同类的下场?"

炭雪一眼看穿了那根金色绳索的根脚,立即肝胆欲裂。

其余书简湖野修,别说是刘志茂这种元婴境大修士,就是俞桧这些金丹境地仙,见着了这件法宝,都绝对不会像她这般惊惧。

陈平安放下手中刻刀,拿起那根以蛟龙沟元婴境老蛟龙须炼制而成的缚妖索,绕出书案,缓缓走向她:"当然不是我亲手杀的这条元婴境老蛟,甚至缚妖索也是在倒悬山那边,别人请朋友帮我炼制的。杀老蛟的,是一位大剑仙,转手请人炼制的,是另外一位大剑仙,坐镇小天地,即将跻身玉璞境的老蛟,就是这么个下场。顾璨可以不知道,你难道也不知道?书简湖对你而言,只是太小了?只会越来越小。"

陈平安站在她身前:"你帮着顾璨杀这杀那,杀得兴起,杀得痛快淋漓,图什么?当然,你们两个大道休戚相关,你不会坑害顾璨,只是顺着双方的本心,成天胡作非为之外,你不一样是傻乎乎想着帮助顾璨站稳脚跟,再帮助刘志茂和青峡岛,吞并整座书简湖,到时候好让你吃掉书简湖的半壁水运,作为你豪赌一场,冒险跻身玉璞境的立身之本吗?"

陈平安一手持缚妖索,伸出一根手指,狠狠戳在炭雪额头上:"多大的碗,盛多少的饭,这点道理都不懂?!真不怕撑死你?!"

炭雪满脸怒容,浑身颤抖,她很想很想一爪递出,当场剖出眼前这个病秧子的那颗心。

但是她不敢。

其中很重要的一个原因,是那把如今被挂在墙壁上的半仙兵,而不是什么情分,什么香火情。甚至在内心深处,她在陈平安身上,察觉到一丝天生压胜的古怪气息。

一开始,她误以为是当年的大道机缘使然。后来她才惊觉,并不只是如此。

因为眼界和岁月的关系,在这件事情上,她远远不如另一条同类——那个黄庭国紫阳府的开山祖师吴懿。吴懿只是金丹境地仙,就能够一眼看穿真相,陈平安身上有着斩杀蛟龙的因果缠绕,至于为何如此厚重,吴懿也不知道,想不明白。唯一能猜出大致脉络的,是她父亲,那条去了披云山林鹿书院担任副山长的万年老蛟,只可惜他根本不会对这个女儿明言。

陈平安一次次戳在炭雪脑袋上："就连怎么当一个聪明的坏人都不会，就真以为自己能够活得长久？！你去剑气长城看一看，每百年一战，地仙剑修要死多少个？！你见识过风雪庙魏晋的剑吗？你见过一拳被道老二打回浩然天下、又还了一拳将道老二打入青冥天下的阿良吗？你见过剑修左右一剑铲平蛟龙沟吗？！你见过桐叶洲第一修士飞升境杜懋，是怎么身死道消的吗？！"

陈平安收回手，咳嗽不断，沙哑道："你只见过一个玉璞境刘老成，就差点死了。"

炭雪恼羞成怒，咬牙切齿。那双金黄色眼眸中的杀意越来越浓郁，她根本不去掩饰。

陈平安扯了扯嘴角，盯着这条顺风顺水的所谓真龙后裔："到底是为什么，让你和顾璨，觉得杀人是没有错的，自己被杀也是死无遗憾的？顾璨这种人，你这种蛟龙，还有顾璨娘亲这种看似精明的人，如果我不认识你们，知不知道，就算是我路过书简湖，就算我只有这点修为，哪怕一拳不出，一剑不递，只是跟刘志茂、刘老成、粒粟岛岛主他们喝喝茶，聊聊天，跟他们做一笔笔买卖，我在书简湖待上几年，你们就可以死上几次？"

炭雪冷笑道："那你倒是杀啊？怎么不杀？"

炭雪似乎刹那之间变得很开心，微笑道："我知道，你陈平安能够走到今天，你比顾璨聪明太多太多了，你简直就是心细如发，每一步都在算计，甚至连最细微的人心，你都在探究。可是又怎么样呢？不是大道崩坏了吗？陈平安，你真知道顾璨那晚是什么心情吗？你说修行出了岔子，才吐了血，顾璨是不如你聪明，可他真不算傻，真不知道你在撒谎？我好歹是元婴境界，真看不出你身体出了天大的问题？只是顾璨呢，心软，到底是个那么大点的孩子，不敢问；我呢，是不乐意说，你实力弱上一分，我就可以少怕你一分。事实证明，我是错了一半，不该只将你当作靠着身份和背景的家伙。哎哟，果真如陈先生所说，我蠢得很呢，真不聪明。所幸运气不坏，猜对了一半，不多不少。你竟然能够只凭一己之力，就拦下了刘老成，然后我就活下来了，你受了重伤，此消彼长，我现在就能一巴掌拍死你，就像拍死那些死了都没办法当成进补食物的蝼蚁，一模一样。"

陈平安随手将缚妖索丢在桌上，双手掌心贴拢，也笑了："这就对了，这些话不说出口，我都替你累得慌，你装得真不算好，我又看得真切，你我都心累。现在，我们其实是在一条线上了。"

炭雪眯起眼眸："少在这里装神弄鬼。"

陈平安伸出一只手掌，五指张开："加上曾掖，算第四条线。你和我，就我们两个，其实可以单独剥离出来，成为第五条线。"

炭雪冷笑道："陈平安，你该不会是跟那些阴物打交道打多了，失心疯了？走火入魔了？干脆头也不转，一鼓作气转入魔道？怎么，野心勃勃，想要学那个白帝城城主？从成为书简湖君主做起？倒也不是没有可能。陈大先生都认识这么多厉害人物了，靠着他们,有什么做不到的,我这条连先生法眼都不入的小泥鳅,还不是先生幕后那些高耸入云的靠山,随随便便一根手指头就能碾死的。"

陈平安笑了笑,是真心觉得这些话,挺有意思,又为自己多提供了一种认知上的可能性,如此一来,双方这条线,脉络就会更加清晰。

陈平安这一笑,屋内剑拔弩张的氛围便淡了几分。

陈平安伸手示意炭雪坐下说话,他则转身径直走向书案,后背就这样留给了她。

炭雪既没有出手,也没有挪步:"既然陈先生是喜欢讲规矩的读书人,我就站着说话好了。"

陈平安坐回椅子,拿着炭笼,伸手取暖,搓手之后,呵了口气:"与你说件小事,当年我刚刚离开骊珠洞天,远游去往大隋,离开红烛镇没多久,在一艘渡船上,遇见了一个上了年纪的读书人,他也仗义执言了一次,明明是别人无理在前,却要拦阻我讲理在后。我当年一直想不明白,疑惑一直压在心头,如今归功于你们这座书简湖,其实可以理解他的想法了,他未必对,可绝对没有错得像我一开始认为的那么离谱。而我当时至多至多,只是无错,却未必有多对。"

陈平安笑着伸出一根手指,画了一个圆圈:"江湖上,喝酒是江湖,行凶是江湖,行侠仗义是江湖,腥风血雨还是江湖。沙场上,你杀我我杀你,慷慨赴死被筑京观是沙场,坑杀降卒十数万是沙场,英灵阴兵不愿退散的古战场遗址也是沙场。庙堂上,经国济民、鞠躬尽瘁是庙堂,干政乱国、豺狼当道是庙堂,主少国疑、妇人垂帘听政也是庙堂。有人与我说过,在藕花福地的家乡,那边有人为了救下犯法的父亲,呼朋唤友,杀了所有官兵,结果被视为是大孝之人,最后还当了大官,青史留名。又有人为了朋友之义,听闻朋友之死,奔袭千里,一夜之中,手刃朋友仇人满门,月夜抽身而返,结果被视为任侠意气的当世豪杰,被官府追杀千里,路途中人人相救,此人生前被无数人仰慕,死后甚至还被列入了游侠列传。"

陈平安画了一个更大的圆圈:"我一开始同样不以为然,觉得这种人给我撞上了,我两拳打死都嫌多一拳。只是现在也就想明白了,在当时,这就是整个天下的民风乡俗,是所有学问的汇总,就像在一条条泥瓶巷、一座座红烛镇和云楼城的学问碰撞、融合和显化,这就是那个年代、举世皆认的家训乡约和公序良俗。只是随着光阴长河的不断推进,时过境迁,一切都在变。我如果是生活在那个时代,甚至一样会对这种人心生仰慕,别说一拳打死,说不定见了面,还要对他抱拳行礼。"

"有个老道人,算计我最深的地方,就在于这里。他只给我看了三百年光阴流水,而且我敢断言,那是光阴流逝较慢的一截,而且会是世道相较完整的一段河水,刚好看得尽兴,不多也不少,少了,看不出老道人推崇的脉络学问的精妙,多了,就要重返一个老先生的学问文脉当中去了。"

陈平安似乎如今十分畏寒,耷拉着肩头,双手不离开炭笼片刻,微笑道:"你也好,刘志茂也罢,比起他与另外一个'年轻'道士,那些真正站在山巅的道家神仙,真是差了十万八千里都不止啊。"

陈平安抬了抬下巴,点了点炭雪那边:"本性本心之中,应该有那么一块心田,最泥泞不堪,任你源头活水再清澈,就像沟渠之水,只要流进了田地,就会浑浊起来。比如几乎所有人,内心深处,都会自相矛盾而不自知。书简湖就是个最好的例子,与当年三四之争,皑皑洲的无忧之乡,刚好是两个极端。怎么,是不是听不懂?那我就说点你勉强听得懂的。

"遇上对错之分的时候,当一个人置身事外时,不少人会不问是非,而一味偏袒弱者,对于强者先天不喜,无比希望他们跌落神坛,甚至还会苛责好人,无比希望一个道德圣人出现瑕疵,同时对于恶人偶然的善举,无比推崇,道理其实不复杂,这是我们在争那个小的'一',尽量均衡,不让一小撮人占据太多,这与善恶关系都已经不大了。再进一步说,这其实是有益于我们所有人,更加均衡分摊那个大的'一',没有人走得太高太远,没有人待在太低的位置,就像……一根线上的蚂蚱,大一点的,蹦得高和远,孱弱的,被拖曳前行,哪怕被那根绳子牵扯得一路磕磕碰碰,头破血流,遍体鳞伤,却能够不掉队,可以抱团取暖,不会被鸟雀轻易啄食,所以为什么天底下那么多人,喜欢讲道理,但是身边之人不占理,仍是会窃窃欣喜,因为此处心田的本性使然。当世道开始变得讲理需要付出更多的代价,不讲理反而成了安身立命的本钱时,待在这种'强者'身边,就可以一起争取更多的实物,所谓的帮亲不帮理,正是如此。顾璨娘亲,待在顾璨和你身边,甚至是待在刘志茂身边,反而会感到安稳,也是此理,这不是说她……在这件事上,她有多错。只是起先不算错的一条脉络,不断延伸出去,如藕花和竹子,就会出现各种与既定规矩的冲突。但是你们根本不会在意那些细枝末节,你们只会想着冲垮了桥梁,填满了沟壑,所以我与顾璨说,他打死的那么多无辜之人,其实就是一个个当年泥瓶巷的我陈平安,和他顾璨。但他一样听不进去。

"我在这里,做了这么多,迟早有一天会水落石出,就是要他顾璨瞪大眼睛,好好看着,道理不听,随你去。可我陈平安在这里,除了帮他、更是帮自己纠错弥补之外,也要让他明白一个书本之外的道理:在书简湖,最多两年,当一个修士站在一个高位后,根本不用靠着滥杀无辜来立威,一样能够活得比他顾璨更安稳,站得更高。"

炭雪欲言又止。

陈平安笑道:"怎么,又要说我是靠山众多,手里法宝太多?你和顾璨跟我没法比?那你有没有想过,我是如何抓住这些的?一个字一个字说给你们听,你们都不会明白的,因为说了,道理你们都懂,就是做不到,是不是很有意思?本心使然,你们在心性定型如瓷器胚胎的时候,身边又无劝化之人。不过这些都不重要,就算有那么一个人,我看也是白费功夫。说这些，已经无补于事。重要的是，你们甚至不懂怎么当个聪明一点的坏人，所以更不愿意、也不知道怎么做个聪明一点的好人。"

那条小泥鳅咬紧嘴唇，沉默片刻，开口第一句话就是："陈平安，你不要逼我在今天就杀了你！"

陈平安微微偏移脑袋，笑问道："为什么要杀我？杀了我，你和顾璨，还有春庭府，不等于少掉一座靠山了吗？看看，刚才说你傻，坏都坏得愚蠢，还不承认。"

炭雪脚底下响起靴子轻微摩挲地面的声音。

陈平安视而不见听而不闻，指了指隔壁少年曾掖的住处："那边就是一个好人，一样年纪不大，学什么东西都很慢，可我还是希望他能够以好人的身份，在书简湖好好活下去，只是并不轻松，不过希望还是有的。当然，如果当我发现无法做到改变他的时候，或是发现我那些被你说成的城府和算计，依旧无法保证他活下去的时候，我就会由着他去，以他自己最擅长的方法，在书简湖自生自灭。"

曾经有个细节，陈平安拎了竹椅，曾掖却浑然不觉，忘记拎起竹椅入屋。如果说这还只是少年曾掖不谙世情，年纪小，性情淳朴，眼睛里头看不到事情，那么在修行之时，竟然还会分心，追随陈平安的视线望向窗外，这就让陈平安有些无奈了。但一样可以解释，因为少不更事，欠缺足够的磨砺，一样可以等待曾掖的成长。棋盘上，每一步都慢而无错，就不用多想胜负了，终究是赢面更大。可万一老天爷真要人死，那只能是命，就像陈平安对曾掖的说那句话，到了那个时候，只管问心无愧，去怨天尤人。

但是最让陈平安感慨的一件事，是需要他察觉到了苗头，不得不把话挑明了，不得不第一次在心性上，悄悄敲打那个心思微动的少年，直白无误地告诉他，双方只是买卖关系，不是师徒，陈平安并非他的传道人和护道人。

要说曾掖秉性不好，绝对不至于，恰恰相反，历经生死劫难之后，对于师父和茅月岛依旧抱有感情，反而是陈平安愿意将其留在身边的根本理由之一，分量半点不比曾掖的修行根骨、鬼道资质轻。

可即便是如此这么一个曾掖，能够让陈平安依稀看到自己当年身影的书简湖少年，细细探究，同样经不起稍稍用力的推敲。

与顾璨性情看似截然相反的曾掖，他接下来的一言一行与心路历程，原本是陈平安要仔细观察的第四条线。可是真正事到临头，陈平安依旧违背了初衷，还是希望曾掖不要走偏，希望在"自己抢"和"别人给"的尺子两端之间，找到一个心性不会摇摆的立身之点。

不过没关系，插手的同时，更改了那条脉络的些许走势，线还是那条线，稍稍轨迹扭转而已，一样可以继续观看走向，只是与预期比出现了一点偏差而已。

相较于眼前女子的鲜血淋漓，多半只会一条道走到黑，曾掖这条线，少年的人生，还是充满了无数种可能，犹有向善的机会。

至于曾掖的心田之水，会不会哪天遭遇灾厄劫难，结果从纯善之地流向针锋相对的极端自我，陈平安同样不会勉强。

规矩之内，皆是自由，都会也都应该付出各自的代价。

人力终有穷尽时，连顾璨这边，他陈平安都认输了，只能在止杀止错的前提下，与顾璨做了相对彻底的切割和圈定，开始为了自己去做那些事情。

多出一个曾掖，又能如何？

陈平安神色恍惚。

当年在骊珠洞天，在那座小镇木栅栏门口那边，门内是个还穿着草鞋的泥腿子少年，门外是蔡金简、苻南华、清风城许氏、正阳山搬山猿，和那个嚷着要将披云山搬回家当小花园的女孩。

那是陈平安第一次接触到小镇以外的远游外乡人，个个都是山上人，是凡夫俗子眼中的神仙。好在那些人里边，还有个说过"大道不该如此小"的姑娘。

陈平安到了书简湖。当自己的善与恶，撞得血肉模糊的时候，才发现，自己心镜瑕疵是如此之多，是如此破碎不堪。

比如必须要开始承认，自己就是山上人了，至少也算半个。不然只是因为搬山猿那些存在，就一直在内心排斥自己，这就是大道之缺。所以当年在藕花福地，在光阴长河之中，搭建起了一座金色长桥，可是陈平安的本心，却明明白白会告诉自己，只要真的走了上去，桥就会塌，他肯定会坠入河中。

陈平安叹了口气："一次转身，这次走神，小泥鳅，我给了你两次机会，结果你还是不敢杀我啊？"

炭雪冷声道："不还是在你的算计之中？按照你的说法，规矩无处不在。在这里，你藏着你的规矩，可能是偷偷布下的隐蔽阵法，可能是那条天生克制我的缚妖索，都有可能……再说了，你自己都说了，杀了你，我又没什么好处，白白丢了一座靠山，一张护身符。"

陈平安笑道："这算不算我道理说通了？"

她满脸讽刺："那你是不是要说我这种人，是只会拣选自己想要的道理？"

陈平安轻轻摇头。

炭雪皮笑肉不笑道："先生何以教我？炭雪洗耳恭听。"

陈平安开口道："你又不是人，是个畜生而已。早知道如此，当年在骊珠洞天，就不送给小鼻涕虫了，煮了吃掉，哪有现在这么多破事烂账。"

炭雪微笑道："我就不生气，偏偏不遂你愿，我就不给你和我做切割与圈定的机会。"

陈平安啧啧道："有长进了。但是你不怀疑我是在虚张声势？"

她摇头道:"反正开诚布公谈过之后,我受益匪浅。还有一个道理,我已经听进去了,陈大先生如今是在为自己了,做着善人善举,我可做不到这些,但是我可以在你这边,乖乖的,不继续犯错便是了,反正不给你半点针对我的理由,岂不是更能恶心你,明明很聪明,但是也喜欢守规矩、讲道理的陈先生?杀了我,顾璨大道受损,长生桥必然断裂,他可不如你这般有毅力有韧性,是没办法一步步爬起身的,恐怕一辈子就要沦为废人,陈先生当真忍心?"

陈平安点头道:"确实,小鼻涕虫怎么跟我比?一个连自己娘亲到底是怎么样的人,连一条大道相连的畜生是怎么想的,连刘志茂除了手腕铁血之外是怎么驾驭人心的,连吕采桑都不知道如何真正拉拢的,甚至对傻子范彦都不愿多去想一想到底是不是真的傻,连一个最糟糕的万一,都不去担心考虑,这样的一个顾璨,他拿什么跟我比?他如今年纪小,但是在书简湖,再给他十年二十年,还会是如此不会多想一想。"

一番言语,说得云淡风轻。

陈平安背靠椅子,双手暖洋洋的:"世事就是这么古怪,我杀黄鳝河妖,反而有业障在身,顾璨在书简湖杀了那么多无辜的人,竟然也杀对了一些人,当然只是很小一撮人,大因果之外,反而增添了一点点福报。你们书简湖,真是个让人哭笑不得的地方,如果不针对那些凡夫俗子,只对山泽野修大开杀戒,估计全部杀光了,至少也是功过相抵的结果?当然,我不敢断言,只是无聊时候的一个猜测。"

哭笑不得。这个说法,落在了这座书简湖,可以反复咀嚼。活人是如此,死人也不例外。

炭雪还是笑眯眯道:"这些乱七八糟的事情,我又不是陈先生,可不会在乎。至于骂我是畜生,陈先生开心就好,何况炭雪本来就是嘛。"

陈平安灿烂笑道:"我以前,在家乡那边,哪怕是两次游历千万里江湖,一直都不会觉得自己是个好人,哪怕是两个很重要的人,都说我是滥好人,我还是一点都不信。如今他娘的到了你们书简湖,老子竟然都快成为道德圣人了。狗日的世道,狗屁的书简湖规矩。你们吃屎上瘾了吧?"

年轻的账房先生,语速不快,虽然言语有疑问,可语气几乎没有起伏,依旧说得像是在说一个小小的笑话。

炭雪掩嘴娇笑:"陈先生有本事与顾璨说去,我是听不进去的,只会当作耳旁风。顾璨如今心性不稳,不如挑某个雪后的大太阳下,陈先生与小鼻涕虫坐在小竹椅上,一个说,一个听,就像之前在饭桌上嘛。顾璨如今多半是愿意听的了,可能还是不会当真,但好歹愿意听一听了。"

陈平安点点头:"我会考虑的。与你聊了这么多,是不是你我都忘了最早的事情?"

炭雪点头笑道:"今儿冬至,我来喊陈先生去吃一家人团团圆圆的饺子。"

陈平安也再次点头:"至于我,是答应顾璨,要送你一件东西。拿着。"

是那块篆刻有"吾善养浩然气"的玉牌。

炭雪皱了皱眉头,心意微动,没有伸手去接住那块"火炭",只是将其悬停在身前,一脸疑惑。

骤然之间,炭雪心中一悚,果不其然,地面上那块青石板出现微妙异象,不仅如此,那根缚妖索一闪而逝,缠绕向她的腰肢。

她冷笑不已,然后遍体生寒。

低头望去,抬头看去,一根极其纤细的金线,从墙壁那边一直蔓延到她心口之前,然后有一把锋芒无匹的半仙兵,从她身躯贯穿而过。

陈平安伸手掏出一只瓷瓶,倒出一颗水殿秘藏的丹丸,吞咽而下,然后将瓷瓶轻轻搁在桌上,先在嘴边竖起手指,对她做了一个噤声的手势:"劝你别出声,不然立即死。"

炭雪丝毫不敢动弹,被一把半仙兵洞穿了心脏,哪怕是巅峰状态的元婴,都是重创。

陈平安对于她的惨状,无动于衷,只是默默消化、汲取那颗丹药的灵气,缓缓道:"今天是冬至,家乡习俗是会坐在一起吃顿饺子。我先前与顾璨说那番话,自己算过你们元婴境蛟龙的大致痊愈速度,也一直探查顾璨的身体状况,加在一起判断你何时可以登岸,我记得春庭府的大致晚饭时间,以及想过你多半不愿在青峡岛修士眼中现身,只会以地仙神通来此敲门找我的可能性,所以不早不晚,大概是在你敲门前一炷香时,我吃了足足三颗补气丹药。你呢,又不知道我的真正根脚,仗着元婴境修为,更不愿意仔细探究我的那座本命水府,所以你不知道,我这会儿全力驾驭这把剑仙,是可以做到的,就是代价稍微大了点,不过没关系,值得的。比如刚才吓唬你一动就死,其实也是吓唬你的,不然我哪有机会补充灵气。至于现在呢,你真是会死的。"

陈平安站起身,绕过书案,一招手,驾驭那块玉牌从地上飞起,轻轻握在手中。

似乎根本不怕那条泥鳅的垂死挣扎和临死反扑,就那么直接走到她身前几步外,笑问道:"元婴境界的空架子,金丹境地仙的修为,真不知道谁给你的胆子,光明正大地对我起杀心。有杀心也就算了,你有本事支撑起这份杀心杀意吗?你看看我,几乎从登上青峡岛开始,就开始算计你了,直到刘老成一战之后,认清了你比顾璨还教不会之后,就开始真正布局。在屋子里边,从头到尾,都是在跟你讲道理,所以说,道理还是要讲一讲的。没用?我看很有用。只是与好人坏人,讲理的方式不太一样,很多好人就是没弄清楚这点,才吃了那么多苦头,白白让这个世道亏欠自己。"

陈平安伸出一只手,却不是握住那把剑仙,而是以掌心抵住剑柄,一点一点,一寸一寸,往前推去。剑身不断向前。

陈平安道:"其实我吃了那颗丹药,也没法真的杀你,现在,嗯,应该是真的了。你不信的话,不如挣扎一下,试试看?你们混书简湖的,不是就喜欢赌命吗?"

陈平安等了片刻,笑道:"你一点都不聪明,但是运气还算不错。

"知道为什么我一直没有告诉你和顾璨这把剑的名字吗?它叫剑仙,陆地剑仙的剑仙。所以我是故意不说的。

"你想一想看,咱们宝瓶洲的上古时代,哪里剑仙出现的次数最多?

"古蜀国。

"为何多剑仙?因为那里蛟龙混杂,最适合剑仙拿来砥砺剑锋。"

陈平安最后说道:"所以啊,你不赌命,是对的,这把剑,其实哪怕我不吃最后那颗丹药,在尝过你的心窍鲜血后,它自己就已经跃跃欲试,恨不得立即搅烂你的心窍,根本无需我耗费灵气和心神去驾驭。我之所以服药,反而是为了控制它,让它不要立即杀了你。"

炭雪作为一条天生不惧严寒的真龙后裔,甚至是五条真裔当中最亲近水运的,此时此刻,竟是生平第一次知道何谓真正如坠冰窟。

她满脸哀怜和祈求。

陈平安做侧耳倾听状:"你也有道理要讲?"

陈平安收起那个动作,站直身体,然后一推剑柄,炭雪随之踉跄后退,背靠屋门。

剑仙的剑尖早已穿透屋门,将她就这么死死地钉在门上。

陈平安双手笼袖,笑了笑:"但是你问过我,想不想听吗?"

第十章 大雪

图书在版编目(CIP)数据

剑来 12：人间羊肠道 / 烽火戏诸侯著 .—杭州：浙江文艺出版社，2020.9（2025.6重印）

ISBN 978-7-5339-6177-0

Ⅰ.①剑… Ⅱ.①烽… Ⅲ.①长篇小说—中国—当代 Ⅳ.①I247.5

中国版本图书馆 CIP 数据核字（2020）第 134883 号

选题策划　柳明晔
责任编辑　关俊红
营销编辑　俞姝辰　徐轶暄
封面绘图　里　夏
责任印制　吴春娟

剑来 12：人间羊肠道
烽火戏诸侯　著

出版	浙江文艺出版社
地址	杭州市环城北路 177 号
邮编	310003
网址	www.zjwycbs.cn
经销	浙江省新华书店集团有限公司
印刷	杭州杭新印务有限公司
开本	710 毫米×1000 毫米　1/16
字数	328 千字
印张	16.75
插页	2
版次	2020 年 9 月第 1 版
印次	2025 年 6 月第 18 次印刷
书号	ISBN 978-7-5339-6177-0
定价	43.00 元

版权所有　　违者必究

（如有印、装质量问题，请寄承印单位调换）